MILWR BYCHAN NESTA

MILWR BYCHAN NESTA

Aled Islwyn

Gomer

Cyhoeddwyd yn 2009 gan
Wasg Gomer, Llandysul, Ceredigion SA44 4JL.

ISBN 978 1 84851 091 3

Aled Islwyn, 2009 ©

Mae Aled Islwyn wedi datgan ei hawl dan Ddeddf Hawlfreintiau, Dyluniadau a Phatentau 1988 i gael ei gydnabod fel awdur y llyfr hwn.

Cedwir pob hawl. Ni chaniateir atgynhyrchu unrhyw ran o'r cyhoeddiad hwn na'i gadw mewn system adferadwy, na'i drosglwyddo mewn unrhyw ddull, na thrwy unrhyw gyfrwng, electronig, electrostatig, tâp magnetig, mecanyddol, ffotogopïo, recordio, nac fel arall, heb ganiatâd ymlaen llaw gan y cyhoeddwyr.

Dymuna'r cyhoeddwyr gydnabod cymorth Cyngor Llyfrau Cymru.

Argraffwyd a rhwymwyd yng Nghymru gan
Wasg Gomer, Llandysul, Ceredigion.

Diolch

Cyfrannodd tystiolaeth sawl unigolyn anhysbys at greu'r nofel hon. Rwy'n ddiolchgar am gael bod yn rhan o'u bywydau, er mor brin fu'r adnabyddiaeth honno weithiau.

Bu sylwadau ac awgrymiadau adeiladol fy hen ffrind, Ioan Kidd, yn amhrisiadwy wrth gael y gwaith terfynol yn barod i'w gyhoeddi. Rwy'n ddyledus iddo am ei gefnogaeth a'i gyngor doeth.

Yn olaf ac yn bennaf, fy niolch diffuant i Dylan Williams. Bu ei ffydd, ei weledigaeth a'i ddyfalbarhad yn ymylu ar y rhyfygus ar brydiau. Hebddo, ni fyddai'r nofel hon yn gweld golau dydd yn ei ffurf bresennol.

Cyflwynaf y gwaith i'r uchod.

And he knows he shouldn't kill,
And he knows he always will . . .

And he never sees the writing on the wall.

– 'Universal Soldier', Donovan

Dinasyddion sy'n galw Heddwch ydy'r milwyr.

– 'Breuddwyd', Meic Stevens

Dechreuad: Dyfodiad y Dyn

O edrych ar Nesta Bowen, fyddai neb wedi breuddwydio bod ganddi ddyn yn byw yn ei gardd, ond mi oedd.

Cyrhaeddodd gyda barrug cynta'r gaeaf. Mor oer a diwahoddiad â hynny. Ni fyddai'n gadael eto tan i'r tanau wneud eu gwaith.

Dros yr wythnosau cyn ei ddyfod, gwanhau'n raddol fu tynged y dyddiau, wrth i'r nosau dynhau eu gafael yn ôl eu harfer yr adeg honno o'r flwyddyn. Dim ond llwydni a lleithder oedd i'w disgwyl, a chysurai Nesta ei hun o wybod iddi fynd trwy'r felin hon sawl gwaith o'r blaen a dod trwyddi'n ddiogel bob tro. Doedd dim i bryderu yn ei gylch. Gallai sefyll ger sinc ei chegin a sylwi ar sioe ysblennydd Coed Cadno yn matryd o flaen ei llygaid heb deimlo'r un ias o ofn. Dyma oedd i'w ddisgwyl. Y diosg a'r düwch hwn. Hanfod pob hydref.

Gwnaeth ddefod, bron, o dynnu'r llenni ynghyd fymryn ynghynt bob dydd. Nyrsiodd y boilar trwy ei bwl blynyddol. Rhaid nad oedd hi'n hawdd i hwnnw ddod yn ôl at waith ar ôl misoedd ei segurdod, meddyliodd.

O'i rhan ei hun, er llymed ei gardd gefn, gallai gymryd cysur o wybod bod trefn y tymhorau o'i phlaid. Deuai gwanwyn eto, maes o law. Doedd dim yn sicrach. Nid bod ganddi fawr i edrych ymlaen ato yn yr ardd, hyd yn oed pan ddeuai atgyfodiad –

chwyn yn rhemp ac ambell ddant y llew dewrach na'r cyffredin yn codi'i ben, efallai. Dyna i gyd. Ond byddai'n dal i gadw llygad barcud ar ddiddymdra'r tir bob dydd trwy drymder gaeaf. Yr un hen ardd ddidendans, i'w gweld trwy'r un hen ffenestr. Doedd dim mwy i'w ddisgwyl. A dim mwy i'w chwennych. Doedd ar Nesta fawr o angen lliw yn ei bywyd. Llai fyth o drefn allanol. Roedd patrwm dyddiol ei bodolaeth fach ynysig yn ddigon o drefn iddi, diolch yn fawr.

Dim ond pan fyddai'r glaw yn cael ei chwythu o un cyfeiriad penodol, a hwnnw'n un pur anarferol, y câi ffenestr ei chegin byth drochfa. Fel arfer, roedd cysgod y feranda a redai ar hyd cefn y byngalo'n ddigon i'w harbed, gan roi i Nesta olygfa glir dros ei heiddo boed haul neu hindda. Gwyrdd oedd lliw gwreiddiol y tri philer a ddaliai do'r feranda yn ei le, ond pylodd a phliciodd y paent, gan adael rhyw gen trefedigaethol ei naws dros y lle. Yn sgwâr a nobl yr olwg, roedd holl adeiladwaith ei chartref, fel hi ei hun, yn edrych fel petai'n perthyn i hen drefn a fu, yn solet a di-lol.

Hirsgwar cymesur o lesni amrywiol oedd y lawnt ac er bod ei maint yn creu cryn argraff, doedd dim byd urddasol yn ei chylch o gwbl. Fel lloches i lygad y dydd y gwnaethai ei chyfraniad mwyaf i fyd natur ar hyd y blynyddoedd, a chyda phridd gwaddod fel plorod glaslanc trosti, rhoddai'r argraff o fod yn llain anaeddfed a direolaeth.

O'r dydd y cafodd ei phlannu gyntaf, doedd neb erioed wedi ei charu, ei chwtsho na'i charco fawr. Tyfai dwy goeden afalau draw yn ei phen pellaf, mae'n wir, ond sur fu cynnyrch y ddwy yn ystod oes fer eu ffrwythlondeb ac ni welodd neb afal arnynt ers blynyddoedd lawer. Rhwng y lawnt a godre'r wal a redai ar hyd cefn tiriogaeth Nesta roedd border cul, ond eithriad fu i neb erioed blannu dim byd o bwys yno chwaith. Ni chafwyd yr un sioe o liw na phersawr. Brown y pridd ei hun, yn ddiwrtaith, digemegyn a di-glem, oedd nodwedd amlyca'r border bach, er i ambell botyn *terracota* brwnt orwedd wysg ei ochr hwnt ac yma, yn goch ei liw a'i anian, i dorri ar undonedd yr olygfa.

Wal frics oedd y wal dal a ddynodai derfyn. Byddai eraill, o anian wahanol i un Nesta, wedi tyfu rhosod yn ei herbyn, neu ei gorchuddio â chlematis neu eiddew. Ond fel ag yr oedd pethau, cochni llwyd y brics oedd yr unig arlliw a berthynai iddi. Hynny, a'i grym fel ffin. Pwy a ŵyr na chafodd yr ardd ei hoes aur wedi'r cwbl? Rhyw ddyddiau hirfelyn, moethus, ymhell bell yn ôl?

Os bu dyddiau o'r fath, chofiai Nesta mohonynt. Yr unig atgofion a feddai hi oedd o lochesu o dan y bondo ar hen gadair siglo wichlyd, fel rhyw *southern belle* ar ei feranda, yn gwylio'i merch, pan oedd honno'n blentyn, yn cwrso cysgod ei chyfaill dychmygol ar draws y lawnt, neu'n padlo'n egnïol mewn pwll dŵr y byddai ei thad wedi'i baratoi ar ei chyfer.

Am flynyddoedd, Nesta ei hun fyddai'n torri'r lawnt. Un o'r taclau haearn, trwm hynny gyda llafnau'n troi ar olwynion oedd ei pheiriant lladd gwair. Ond roedd ymyrraeth cymydog iddi, a drigai yr ochr arall i'r stryd ac a enillai ei fywoliaeth trwy redeg busnes dofi gerddi, wedi dod â'r dyddiau hynny i ben. Roedd hwnnw wedi taeru wrthi lawer tro yn y gorffennol y dylsai adael iddo ef wneud y gwaith 'yn broffesiynol', ond mynnu straffaglu'n drafferthus i ddal gafael ar y ddolen bren a chadw rheolaeth ar ei chrair rhydlyd wnaethai Nesta, drwy un haf ar ôl y llall. Yna un dydd, dri haf yn ôl, daliodd y dyn hi wrthi. Ei stori ef oedd iddo ganu cloch drws y ffrynt sawl gwaith cyn bod mor hy â mentro heibio'r garej at y llwybr cefn, a'i chael hi yno'n laddar o chwys. Dal i deimlo iddi gael 'ei dal' wnâi Nesta.

'Fe wna i o am ddim os oes raid imi,' roedd y dyn wedi mynnu.

'Wnewch chi ddim o'r fath beth,' oedd ei hymateb hithau.

'Fedrwn i ddim byw yn 'y nghroen a gwybod eich bod chi'n fama'n lladd eich hun unwaith yr wythnos yn reslo efo'r peiriant 'ma. Mewn amgueddfa mae'i le fo.'

'Pan ân' nhw â hwn i amgueddfa, mi fyddan nhw'n 'y nghario inne yno hefyd. Dan ni'n hen lawie.'

'Rwy'n erfyn arnach chi, Mrs Bowen . . . Does dim sens yn y peth!'

'Dwi wedi hen arfer, tydw?'

'Rwy'n mynnu,' pwysodd y dyn. 'Neu mi fydda i'n dod yma'n wythnosol i wneud yn siŵr nad ydach chi'n gelain yn fama ar ganol y lawnt. Tydy hwn ddim ffit i ladd gwair ddim mwy . . . ond fe fedra'ch lladd chi.'

'Os byth y dowch chi o hyd i 'nghorff i ynghanol y borfa 'ma, fe allwch fod yn siŵr nad hwn fydd wedi fy lladd i,' mynnodd Nesta, gan ddal ei thir.

'Rwy'n mynnu, ylwch!'

'Ydych chi wir?'

'Ydw. Am ddim os oes raid.' Tipyn o gambl ar ran y dyn oedd honni hynny. Doedd ganddo mo'r bwriad lleia o wneud gwaith am ddim i neb.

'Chewch chi mo'i wneud e am ddim, mae hynny'n ddigon siŵr. Dwi wedi talu fy ffordd trwy'r hen fyd 'ma erioed a dyw'r llain tir 'ma ddim yn debygol o wneud imi newid arferion oes,' ebe Nesta.

'Wel! Dyna ni 'te,' meddai yntau, gan lwyddo i atal y rhyddhad a deimlai rhag dangos yn ei lais. 'Dyna hynny wedi'i setlo.'

Bu ysgwyd dwylo ar y fargen. Ond oriau'n ddiweddarach, wrth eistedd ar y feranda fin nos yn ei chadair wiail, sylweddolodd Nesta iddi syrthio i fagl felys a osodwyd ar ei chyfer gan y cymydog 'caredig'. Dyn busnes oedd e, siŵr. Sut y gallai hi fod mor dwp?

Byth ers hynny, cafodd y lawnt ei thorri'n rheolaidd a chymen gan beiriant modur mawr. Nid y dyn ei hun a ddeuai i gyflawni'r gwaith. Danfonai un o'r llanciau a weithiai trosto. Er y byddai Nesta wedi bod yno weithiau am awr a mwy yn cyflawni'r gorchwyl, roedd y cyfan drosodd mewn chwinciad bellach. Cafodd y cymydog gwsmer newydd. Arbedwyd cefn Nesta. Yr unig un nad oedd fawr elwach o'r trefniant newydd, mae'n ymddangos, oedd y lawnt. Er y cneifio cyson, parhau i ddilorni trefn wnâi honno yn ei glesni brith, gan gyfleu rhith rhyw orffennol gogoneddus na fu erioed yn eiddo iddi, mewn gwirionedd.

Dair blynedd yn ddiweddarach, roedd yr hen dorrwr lawnt ym meddiant Nesta o hyd. Câi ei gadw, fel ag erioed, yn yr hen gwt glo ym mhen pella'r feranda. Agorai drws y cwt ar y feranda ei hun, gan wynebu'r drws cefn a agorai ar ei ben arall. Ger drws yr hen gwt glo, gyda'r torrwr porfa segur led styllen yn unig oddi wrtho, y gorweddai pen yr ymwelydd pan fyddai'n cysgu. Yno, yng nghornel y feranda, yr oedd ei wâl. Yn ystod y dydd, yn y sied honno y cadwai ei ddwy flanced a'i sach gysgu *standard issue*. Gallai stwffio'r cyfan i'w *kit-bag* a'u cuddio yno'n dwt. Er ei haeriadau hiraethus, gwag, gwyddai'r dyn nad âi'r hen wreigan byth ar gyfyl ei hen ffrind llafurus, y torrwr gwair. Mor hawdd y câi 'hen lawiau' eu hanghofio a threfn newydd ei derbyn . . . hyd yn oed trefn a luniwyd trwy fân dwyll a gwên deg.

Ac yntau'n cysgu allan ar y feranda a hithau yn ei gwely dwbl, wal yn unig oedd rhyngddynt yn ystod oriau'r nos, yn yr wythnosau cynnar hynny. Wal a ffenestr Ffrengig na chawsai ei hagor ers blynyddoedd. Fe'i seliwyd ar gau gan berchnogion blaenorol, ymhell cyn i Nesta ddod ar gyfyl y lle, ac nid oedd hi wedi gweld rheswm erioed dros ei hailagor. Pa angen drws o'i hystafell wely i'r awyr iach oedd arni? Cornel bella'r byngalo, i ffwrdd o sŵn y stryd, a nesaf at y boilar, oedd y man mwyaf clyd i gysgu ynddo a dyna pam y troes hi'r stafell honno'n llofft flynyddoedd maith yn ôl.

Ystafell fwyta ffurfiol fu hi ym mywyd blaenorol y byngalo, o'r hyn a glywsai Nesta, a bryd hynny gallai ddychmygu y byddai cryn fynd a dod trwy'r drws hwnnw – gwŷr a gwragedd bonheddig yn camu'n osgeiddig i awel yr hwyrddydd, gan gario'u gwydrau gwin a doethinebu; plant yn codi o'r bwrdd cinio yn rhy awchus o lawer i chwarae soldiwrs yn yr ardd. Doedd wybod faint o win a gwaed a sarnwyd ar y lawnt, na sawl un a gamodd drwy'r drws hwnnw na ddaeth byth yn ôl trwyddo.

Tanbaid fyddai haul pob atgof teuluol am erddi fel arfer, fe wyddai Nesta'n iawn, ond ni pherthynai fawr o gynhesrwydd i'w hatgofion hi. Nid oedd iddynt fawr o liw na sŵn na symud chwaith. Doedd yno ddim i'w chyffwrdd na'i chyffroi. Câi'r ardd gadw ei hun iddi ei hun, yn union fel y dymunai Nesta wneud hefyd. Ar wahân i'r gorchwyl o'i chadw'n gymen, nid oedd Nesta am ymyrryd â bywyd yr ardd ac nid oedd yn disgwyl i'r ardd ymyrryd yn ei bywyd hithau. Roedd hi'n fargen rhyngddynt, o fath. Tan ddaeth y dyn.

Un dydd o Dachwedd, yn y bore bach, y cafodd hi'r cip cyntaf arno. Ond go brin fod 'cip' yn air cymwys i ddisgrifio'r digwyddiad. Trwy gornel llygad, yr hyn a ddaliodd hi oedd rhith rhyw gysgod main yn diflannu dros y wal. Rhyw lam llwyd. Os hynny! Sigwyd ei synhwyrau. Simsanodd. Holodd ei hun tybed ai dychymygu'r eiliad wnaeth hi. Toedd hi'n giamstar am eu gweld nhw? Yn sicr, ni chredai am eiliad mai dim byd dynol a ddaliodd ei sylw. Rhyw dric, efallai, rhwng y golau trydan roedd hi newydd ei gynnau a'r glaw mân a ddisgynnai oddi allan? Neu lwynog ar ddiwedd ei helfa nosweithiol yn diferu ei ffordd yn ôl i'w wâl?

Gwegianodd a dechreuodd ei hamau ei hun. Camodd at ddrws y cefn, gan ei ddatgloi a chamu allan i ddiflastod glas y dydd. Ffwndrodd ei ffordd fel petai'n brwydro am olygfa well drwy'r glaw. Safodd yn stond ar ganol y feranda, ger y ddwy ris a arweiniai i lawr at y lawnt. Cododd ei llaw i'w thalcen fel petai'n sefyll ar fwrdd llong gan syllu dros ehangder rhyw gefnfor anweledig. Ond er ei rhythu, dim ond llonyddwch oedd i'w weld trwy len y glaw.

Yna sylwodd fod clicied drws yr hen dŷ glo yn rhydd a'r drws yn gil agored. Twt-twtiodd ei hannifyrrwch, gan dynnu'i gŵn gwisgo'n dynn o dan ei gên a mentro'r camau ychwanegol i fynd draw i'w gau'n sownd. Daeth ffrwd o wres i lyo'i phigyrnau wrth iddi gerdded heibio *vent* y boilar, a bu hynny'n bleser annisgwyl i leddfu tipyn ar ei hanniddigrwydd.

Roedd rhoi clo cadarn, pwrpasol, ar ddrws yr hen dŷ glo yn un o'r bwriadau hynny y bu cryn drafod arno dros y blynyddoedd, heb i ddim erioed gael ei wneud. Châi dim o unrhyw werth ei storio yno. Pam trafferthu?

Cododd y glicied a bu'n rhaid iddi roi pwysau ei chorff eiddil yn erbyn y drws i'w gael yn ôl yn ddiogel i'w le. Doedd dim amdani, byddai'n rhaid iddi fynd i'w phoced i gael gweithwyr yno i osod drws newydd.

Er yr ymdrech a gymerodd, llwyddodd i ailorseddu'r glicied heb agor y drws gan adael dirgelion y sied heb eu darganfod. Anadlodd yn drwm wrth feddwl am gost unrhyw adnewyddu. Estynnodd law at y canllaw ar ben yr hanner pared pren. Tynnodd hi ymaith drachefn yn chwim, heb ddisgwyl y tamprwydd.

Pendronodd a phenderfynu mai yn ôl yng nghlydwch ei chegin y dylai fod. Nid oedd i wybod ei bod hi'n sefyll yn yr union fan lle y bu ei gorff yntau, hyd at bum munud ynghynt, yn cysgu ar osgo babi yn y groth. Y bore arbennig hwnnw, roedd ei ymennydd wedi methu yn y ddisgyblaeth a osodasai arno. Bu'r gwres a chwythai tuag ato o gartref Nesta yn rhy gysurlon, mae'n rhaid. Cwsg yn rhy felys. Y dydd yn rhy hir cyn torri.

O ddiogelwch Coed Cadno, roedd e'n edrych arni; yn ei gwylio'n dod trwy ddrws y cefn, yn sefyllian a syllu, yn ffwndro draw at y drws nas caewyd yn sownd ganddo yn ei ruthr ac yna'n hel ei thraed yn ôl i wres y gegin. Dilynodd ei chamre'n bwyllog a dadansoddadol, a gwyddai iddo bron â chael ei ddal y bore hwnnw.

Plât gwag oedd y dystiolaeth gadarn gyntaf gafodd Nesta. Plât gwag ag olion saim selsig arno. Plât na fu iddo unrhyw arwyddocâd cyn hyn. Rhythodd Nesta arno'n ddwys y diwrnod hwnnw, fel petai newydd gymryd arno rhyw bwysigrwydd newydd a bod arni ofn ei gyffwrdd.

Rhuthr fu'n gyfrifol am iddi adael y selsig ar fwrdd y gegin yn y lle cyntaf – rhuthr a grewyd gan Melissa ac a arweiniodd at yr esgeulustod.

Cyrhaeddodd honno awr o flaen yr amser a gytunwyd, i fynd â'i mam i'r ddinas ar fusnes. Roedd hi wedi gadael ei hun i mewn trwy ddrws y ffrynt gan wneud un o'i datganiadau unbenaethol arferol: 'Gobeithio'ch bod chi'n barod, Mam. Rhaid inni'i throi hi o fewn pum munud, ylwch. *Change of plan!* Mam! Ble ydach chi?'

Yn y tŷ bach oedd Nesta ar y pryd. A dyna chwalu'i threfn yn llwyr. Trefn ei meddwl. Trefn ei chorff. Trefn ei dydd. Bu'n rhaid iddi orffen gwisgo ar frys a gwthio'i thraed i'w sgidiau gorau –

y rhai na châi fawr o ddefnydd ac a oedd, o'r herwydd, yn anghyfforddus.

Gweld dyddiad y diwrnod hwnnw ar y pecyn selsig wrth ei dynnu o'r oergell wnaeth Nesta i ddechrau. Dyna fan cychwyn yr helynt, go iawn. Dyna wnaeth iddi benderfynu rhoi'r wyth selsigen o dan y gril gyda'i gilydd. Byddai tair ohonynt yn gwneud brecwast iawn iddi, meddyliodd – byddai angen brecwast mwy sylweddol nag arfer arni os oedd hi am fynd i'r ddinas – a'i bwriad oedd cadw'r pump arall yn yr oergell i'w bwyta'n oer o fewn diwrnod neu ddau. Gwireddwyd rhan gyntaf ei bwriadau'n berffaith. Cafodd yr wyth eu coginio, gyda'u gwynt yn llenwi'r gegin am gyfnod gan godi archwaeth bwyd arni. Yna, roedd hi wedi eistedd wrth fwrdd y gegin i wledda wrth ei phwysau cyn estyn y plât dinod y rhoddwyd y bum selsigen sbâr arno i oeri.

Ond yn sgil gwylltineb Melissa, aeth y bwyd a adawyd ar y bwrdd yn angof. Daeth y rhuthr i orffen gwisgo a chrynhoi'r gwaith papur y byddai ei angen arni i gymryd ei le. Doedd dim amser hyd yn oed i wneud yn siŵr bod drws y cefn ar glo cyn iddi ei chael ei hun yng nghar ei merch yn gyrru dros y graean o flaen y byngalo ac yn anelu am ganol y ddinas.

Ar ei dychweliad, ar ôl cau drws y car yn glep ar Melissa a chamu dros y trothwy, ei gorchwyl cyntaf oedd cicio'r sgidiau rheini oddi am ei thraed. Yna, aethai i'r ystafell wely ar y dde o ddrws y ffrynt i ddiosg ei siwt, gan wneud hynny mewn tywyllwch. Tuedd Nesta oedd peidio ag agor y llenni yn yr ystafelloedd na chaent eu defnyddio'n aml. Gallai weld yr hangyr fan lle y gadawodd hi ar y gwely a rhoddodd y dilledyn deuddarn yn ôl yn y wardrob yn ddestlus cyn dychwelyd i'r cyntedd i ymbalfalu am y sgidiau diawl a giciwyd ymaith ganddi. Roedd un fan hyn a'r llall fan acw.

Aeth i'r llofft sbâr leiaf, rhag ofn bod negeseuon iddi ar ei chyfrifiadur, ond doedd dim. Rhyddhad. O'r diwedd, câi anghofio am ei diwrnod ac ailorseddu trefn. Llithrodd yr hen ffrog a wisgai o gwmpas y tŷ dros ei phen, a dechreuai'r byd ymddangos fel pe bai o fewn ei gafael unwaith eto.

Yn ôl yn y cyntedd, cymerodd hanner tro tuag at ei hystafell wely ei hun, cyn meddwl mai rheitiach peth fyddai iddi roi'r tegell i ferwi'n gyntaf cyn mynd i chwilio am ei sliperi. Roedd ei thraed ar ganol dathlu eu penrhyddid newydd. Pam eu caethiwo eto mor sydyn? Câi'r sliperi aros ennyd cyn eu mwytho.

A dyna pryd y daeth y plât i'w oed.

Bu syllu astud arno. Bu cerdded troednoeth o gwmpas bwrdd y gegin, gan bendroni dros y darganfyddiad. Aeth Nesta draw yn bwyllog at y bin sbwriel bach wrth ddrws y cefn, rhag ofn fod Melissa wedi cymryd un o'i phenderfyniadau unbenaethol a lluchio'r selsig. Ond na, nid dyna'r eglurhad. Agorodd ddrws yr oergell wedyn, rhag ofn bod ei merch wedi cael pwl annisgwyl o gymwynasgarwch a'u rhoi nhw i gadw trosti. Ond na, nid dyna'r ateb chwaith.

Yna, cofiodd iddi fynd allan i'r cefn cyn i Melissa gyrraedd. Am y tro cyntaf, brathwyd hi gan fraw o fath. Aeth draw at y drws yn araf a chododd ei llaw at y ddolen. Agorodd yn syth. Drapia. Drws heb ei gloi.

Tynnodd ef ynghau a rhoi ei bys yn siarp ar y clo. Trodd yr allwedd yn y twll.

Aeth at waelod y grisiau serth a arweiniai o'r gegin i ran o'r llofft uwchben. Horwth o ofod oedd y lle gwag a redai ar hyd y rhan honno o'r byngalo, er nad ar hyd yr atig gyfan. Byddai ei hwyrion yn chwarae comandos yno weithiau ond, ar wahân i hynny, welai'r lle fawr ddim gweithgaredd. A doedd heddiw'n ddim gwahanol i'r drefn. Ar ôl dringo hanner ffordd i fyny'r grisiau, gallai Nesta weld nad oedd yno olion neb na dim.

Yn ôl wrth y bwrdd, eisteddodd a rhythu am ennyd ar y plât gwag. Bellach, roedd paned wrth ei phenelin a'r braw sydyn a'i meddiannodd wrth feddwl iddi fod allan drwy'r dydd gyda drws y cefn heb ei gloi, wedi cilio. Estynnodd ei llaw yn araf i gyfeiriad y dystiolaeth, a dechreuodd droelli blaen bys canol ei llaw dde ar ymyl y plât. Roedd ei thraed yn dechrau oeri erbyn hyn ac yn dyheu am feddalwch ei sliperi.

Ymhen amser, deuai'r ddau i chwerthin dros y digwyddiad hwn. Byddai ef yn ei sicrhau'n ddwys mai'r achlysur hwn oedd y tro cyntaf un iddo fynd i mewn i'w chartref, a'r unig dro erioed iddo wneud hynny'n ddiwahoddiad. Byddai hithau'n tynnu ei goes trwy ddweud wrtho cymaint roedd hi wedi edrych ymlaen at gladdu'i dannedd yn y pum sosej oer.

Gallai weld yn syth yr ymdrech a wnaed i guddio'r botel laeth. Potel wydr oedd hi. Dyna'r drwg yn y caws. Prynu ei llaeth o'r siop wnâi Nesta, mewn carton a wnaed o ddefnydd newydd, biobydradwy. (Credai rhai fod dyfeisio'r defnydd chwyldroadol hwn yn fwy o wyrth na'r llaeth ei hun.) Chafodd yr un botel wydr ei gadael ar ei rhiniog ers blynyddoedd maith ac, o'r herwydd, chafodd yr un ei gadael yn ei bin ychwaith – tan hon.

Roedd y pecyn papur a orweddai agosaf at dop y bin wedi'i agor hefyd. O edrych yn fanwl, gallai Nesta weld bod ambell hen sgrapyn o gig a fu'n glynu wrth esgyrn y cyw iâr a goginiwyd echdoe wedi cael ei sgrafangu o'i le. Roedd yn amlwg i rywun, neu rywbeth, aflonyddu ar olion y ffowlyn.

Disgynnodd caead y bin yn glep o law Nesta. Bu bron iddi godi braw arni ei hun. Ond nid un i fyw yn ofn ei chysgod oedd hi. Roedd hi wedi byw yng nghysgod Coed Cadno'n rhy hir i'w thwyllo'i hun nad oedd Natur byth ymhell. Erwau cudd a chyfnewidiol oedd Coed Cadno – mynydd o anrhaith gwyllt y tu cefn i'w chartref a ffin orllewinol y ddinas. Ffynnai'r lle ar y ddelwedd boblogaidd o fod yn fythol ddrwg. Deuai synau oddi yno weithiau, fel bol rhyw anghenfil mawr yn corddi gan ddiffyg traul. Nid pawb a'u clywai, ac nid oedd neb yn bod a allai egluro eu tarddiad gydag unrhyw argyhoeddiad. Ond am iddi fyw'n agosach at y deyrnas wyllt hon na'r rhan fwyaf o'i chymdogion, roedd Nesta'n fwy goddefgar ohoni na nemor neb arall yn y stryd.

Ac eto . . . allai hi, hyd yn oed, ddim dianc mwyach rhag yr anesmwythyd y bu'n gwneud ei gorau glas i'w wadu. Roedd rhywbeth yno. A gwaeth na rhywbeth, rhywun. Cysgod? Lleidr? Rhyw druan ar ei gythlwng? Eisoes, roedd ei dychymyg yn drên a'i dirnadaeth ohono wedi treiglo trwy rengoedd gweilch a drychiolaethau. Llwyddodd i wenu iddi'i hun wrth ddringo'r ddwy ris yn ôl dan fondo'r feranda. Roedd rhai syniadau chwareus eisoes yn cyniwair yn ei meddwl, er na allai eto roi mynegiant iddynt.

Dywedai rheswm wrthi mai rhywbeth dynol oedd yn prowla o gwmpas ei heiddo, ond roedd hi'n gyndyn o gyfaddef hynny. Y cyfan a wyddai oedd bod rhyw 'rywbeth' annelwig yn trebasu a thwrio. Weithiau, byddai'n teimlo'n ddig wrthi'i hun am beidio â synhwyro'r presenoldeb ynghynt – ond presenoldeb beth yn union, wyddai hi ddim. Ysbryd, efallai? Ond doedd drychiolaethau byth ar lwgu. Llwynog? Posibilrwydd arall. Ond ni fu'r un llwynog erioed mor ystyrlon â rhoi potel laeth wag mewn bin.

Er mor synhwyrol yr ymddangosai ei hymresymu, roedd hi'n gyndyn iawn i roi ffurf dynol arno yn ei phen. Rheitiach ganddi gredu mai rhyw greadur dirywogaeth oedd yno. Anifail clwyfedig o ryw fath. Rhyw anghenfil caredicach na'r cyffredin.

Wrth eistedd yn ei pharlwr y noson honno'n pendroni dros y dystiolaeth hyd yn hyn, dechreuodd feddwl y byddai'n syniad da gadael bwyd i'r creadur. Dyna'r ffordd i ddenu ffyddlondeb swci. Roedd hi wedi clywed am bobl yn gadael sborion allan i fwydo cathod strae eu cymdogaethau, ac adar y to. Yn ôl a ddeallai, âi rhai mor bell â phrynu byrddau pren arbennig er mwyn gallu bwydo'r creaduriaid pluog mewn steil. Ond arwydd o wacter dybryd yn eu bywydau oedd hynny, ym marn Nesta. Ac eto, yn sydyn, dyna lle'r oedd hi'n breuddwydio am fwydlenni posibl. Dim byd rhy ffansi, tybiodd. Os nad oedd y truan wedi cael pryd maethlon go iawn ers tro byd, fe allai rhywbeth rhy *rich* fod yn ddigon amdano, ymresymodd. Cwympodd i gysgu yn y gadair gan ddal i goleddu'r darlun o ryw greadur ysglyfaethus yn gwledda ar y ddarpariaeth syml y bwriadai hi ar ei gyfer.

Deffrôdd tua dwyawr yn ddiweddarach, gyda'r teledu'n dal ynghyn a'i ffantasi pwdin reis yn dal i fudferwi yn ei phen.

Golwythen fawr gafodd ei rhoi dan y gril ganddi trannoeth, tua phedwar o'r gloch y prynhawn. O fwriad, roedd hi wedi aros tan hynny cyn mentro ar ei harbrawf. Tybiai fod angen y tywyllwch arni i'w ddenu, ac roedd hi'n nosi'n gynnar yr adeg honno o'r flwyddyn.

Gadawodd i'r darn cig oeri cyn ei roi ar blât gyda thafell o fara menyn a darn o deisen siop. Lapiodd haenen o cling ffilm yn dynn dros y cyfan cyn mentro i'r ardd i adael yr arlwy ar ben y bin.

Roedd hi wedi diystyru'r syniad o roi dogn o'i bwyd ei hun allan ar ei gyfer. Heb wybod pwy neu beth oedd yno, tybiai na wnâi hynny byth mo'r tro. Go brin fod gan y creadur gyllell a fforc. Ni allai fod yn siŵr fod ganddo ddannedd, hyd yn oed.

Gyda'r abwyd yn ei le, prysurodd Nesta'n ôl dan do gan ofalu cloi'r drws ar ei hôl. Aeth ati'n ddiymdroi i baratoi paned. Roedd cwis y byddai'n hoff o'i wylio ar fin dechrau, a chyn pen dim dyna lle'r oedd hi, yn ei pharlwr, gyda'i thraed i fyny a'i phaned te yn ei llaw, wedi ymgolli yng nghlyfrwch arwynebol y cystadleuwyr a'r cyflwynydd llawn arabedd.

Petai wedi aros yn y gegin, byddai wedi gweld yr haid yn hofran. Daethant yn un cnud o fytheiaid – o gloddiau a pherthi cymdogion, o Goed Cadno, wrth gwrs, ac o'r nen ei hun. Rhai duon, brithion, mawr a mân. Holl adar y fro. Ar drywydd trysor. Tair eitem fach o fwyd heb neb i'w gwarchod, yn unig a diymgeledd ar blât. Torrwyd trwy amddiffynfa dila'r haen blastig yn ddigon sydyn. Un pig. Un hyrddiad. Un awgrym o gynhaliaeth.

O fewn amrantiad adain, aeth yn ysgarmes rhwng dau neu dri aderyn. Manteisiodd eraill ar y cyfle i roi eu pig i mewn. Trwy grawcian a chweryla, daeth y cig i'r fei. Y bara. A'r deisen. A chyn pen fawr o dro, disgynnodd y plât oddi ar gaead cromennog y bin. Glaniodd ar laswellt. Ni thorrodd. Ffyrnigodd y frwydr. Enciliodd y buddugwyr cynnar gyda'u pigau'n llawn. Arhosodd eraill i ymladd dros y briwsion. Gwasgarwyd yr ysbail dros ran helaeth o'r ardd, wrth i ddarnau o fwyd syrthio'n ôl i'r llawr o afael ambell un barus a fentrodd adael ar ganol y wledd.

Yna, gydag amser, cyrhaeddodd newydd-ddyfodiaid. Doedd fawr ddim ar ôl ar eu cyfer, ond doedd hynny ddim yn ddigon i'w hatal rhag pigo. Pan ddaeth Nesta'n ôl i'r gegin hanner awr yn ddiweddarch, ar ddiwedd ei rhaglen deledu, rhai o'r ail don hon a ddaliwyd ganddi. Dyna lle'r oedden nhw'n ei lordio hi'n ddisgwylgar ar ei lawnt – yn rhannol mewn siom, ond yn rhannol yn y gobaith y deuai mwy o fwyd o rywle. Curodd y ffenestr arnynt a chwyrlïodd llwyth o adenydd yn gytûn.

Roedd Nesta wedi deall ei chamgymeriad i'r dim. Datglôdd y drws cefn ac aeth allan i achub ei phlât. Cododd ef yn ofalus gan regi a hwrjo gweddill yr adar powld yn ôl i'w nythod gwag. Diflannodd un neu ddau ohonynt, mae'n wir, ond doedd dim symud ar eraill.

Plygodd eilwaith pan welodd yr asgwrn. Roedd wedi ei ddinoethi'n lân, ac aeth ias o gryndod i lawr ei chefn.

Byddai'n rhaid iddi feddwl eto. Gwyddai bod ei chynllun yn iawn mewn egwyddor. Yn y gweithredu y bu'r gwendid. Rhaid oedd iddi roi ei meddwl ar waith drachefn.

Ar ôl cymryd peth amser i ystyried y mater, daeth Nesta i'r casgliad mai bod yn fusneslyd oedd hi, nid bod yn ddyngarol. Chwilfrydedd oedd ei phrif gymhelliad, ar ddiwedd y dydd, nid caredigrwydd. Chwarae gêm oedd hi. Cymryd pastwrn i brocio pa fwystfil bynnag oedd yn y sach. Byddai talu sylw i'r ffordd yr ymatebai o gymorth iddi ddeall sut un ydoedd. Dyna'r gobaith.

Ni wnaeth ymdrech arall i geisio bwydo'r creadur y diwrnod hwnnw. Câi aros ar ei gythlwng am o leiaf un noson arall tra byddai hithau'n dyfeisio ffordd o gadw'r adar draw. Roedd angen bod yn gyfrwys i gael y gorau ar adar, ac ni allai fod gant y cant sicr nad deryn o fath oedd yr ymwelydd ei hun. Bu'n ddigon chwim wrth sleifio dros y wal y diwrnod hwnnw. A chlafychodd ei hwyneb wrth gofio.

Er mwyn rhoi rhywbeth llai stresol iddi bendroni trosto wrth glwydo, troes ei meddyliau at y doctor swrth a'r weithwraig gymdeithasol groenddu roedd hi newydd dreulio orig yn eu cwmni; y wraig oedd yn rhy brysur yn dilyn ei gyrfa ei hun a'r plant oedd ar gyffuriau. Doedd gan Melissa fawr o ddiléit mewn operâu sebon, ac o'r herwydd châi Nesta byth rannu ei diddordeb yn y cyfryw bobl gyda'i merch. Yn ei chwsg y noson honno, gwibiodd y triongl tragwyddol yn ôl a blaen rhwng yr adenydd ysglyfaethus, gan wneud eu gorau glas i osgoi cael eu llarpio'n ddarnau. Cloffodd hithau'n aflonydd rhwng damcaniaethu am yr annirnad yn ei gardd a goblygiadau moesol trin godineb fel darn o ddifyrrwch.

Erbyn y bore, roedd achubiaeth wedi cyrraedd ar ffurf set o lestri. O'r tryblith, cafwyd hyd i ateb. Cynheuodd y golau wrth ochr y gwely, yn ôl ei defod foreol. Llusgodd ei hun at yr erchwyn a llithro'i choesau tua'r llawr. Ar ôl eiliad neu ddwy o bori dros y carped yn ymbalfalu am ei sliperi, ymsythodd. Roedd Nesta Bowen ar ei thraed am ddiwrnod arall.

Codai o'r gwely ar yr un ochr bob bore – ochr y ffenestr, nid ochr y wardrob. Cam neu ddau, a gallai dynnu'r llenni'n ôl ar gyfer y dydd. Yn wahanol i'r arfer, y bore hwnnw fe oedodd ennyd i sbecian draw at ben arall y feranda, ond roedd y bin jest fymryn yn rhy bell iddi allu ei weld. Symudodd ei hwyneb o'r ffenestr drachefn, heb sylweddoli mai cwta bum munud oedd wedi mynd heibio ers i ddrws yr hen gwt glo – a oedd fodfeddi'n unig oddi wrthi, ar ochr arall y gwydr – gael ei gau'n ofalus. Nid aderyn lled-chwedlonol oedd yno o gwbl, ond dyn.

Roedd gan Nesta ddwy seidbord. Safai'r naill ym mhen pella'r gegin, o dan y grisiau agored a arweiniai i'r llofft, a'r llall yn y parlwr ffrynt. At honno yr aeth Nesta i estyn ei braich yn ddwfn, er mwyn tynnu plât o'i chrombil. Teimlai llyfnder y tseini'n anghyfarwydd ar ei bysedd, ac wrth iddi ei dynnu i olau dydd gallai weld fod y plât, fel y dodrefnyn y trigai ynddo, yn edrych yn hynod o henffasiwn. Nid oedd i'r naill na'r llall ohonynt y nodwedd achubol o feddu ar unrhyw harddwch neilltuol.

Rhyw hanner yn ei chwrcwd oedd Nesta wrth blygu i chwilota.

Ymsythodd fymryn a sbio ar y gwrthrych, cyn ei roi i sefyll yn ofalus ar ben y seidbord.

Aeth i lawr drachefn i dwrio am y *pièce de résistance*. Yr hyn a wnaeth iddi amau fod yr ateb i'w phroblem yn gorwedd gyda'r hen anrheg priodas hon oedd maint y dysglau cawl. Yn gymysg â doctoriaid a da pluog y nos, daethai iddi'r atgof eu bod nhw'n anghyffredin o lydan ac yn lled ddwfn. Set o lestri cinio oedd hi. Doedd dim cwpanau na soseri'n perthyn i'r set. Platiau o ddau faint gwahanol, dysglau pwdin go sidêt, a phowlenni cawl gwefus lydan oedd hyd a lled yr anrheg.

Chaen nhw byth mo'u defnyddio ganddi bellach. Prin ei bod hi'n cofio eu defnyddio erioed. Ochneidiodd ei rhyddhad pan synhwyrodd bod ei llaw wedi cyrraedd y pentwr cywir. Cydiodd yn y ddysgl dop a thynnu hon eto i olau dydd, yn wyn gyda mymryn o lesni oedran wedi dechrau gloywi trwyddo.

'*Eureka!*' mentrodd Nesta. Gwyddai mor annoeth oedd i berson a drigai ar ei phen ei hun ddechrau siarad yn uchel â hi ei hun, ond byddai'n herio'r ddoethineb honno'n aml. A gallai weld yn syth ei bod hi'n mynd i lwyddo yn ei thasg y tro hwn. Hyd yn oed cyn troi'r ddysgl wyneb i waered ar ben y plât, roedd yn amlwg ei bod yn gadael digon o le i'r bwyd.

Caeodd ddrws y seidbord yn ofalus cyn cydio yn y plât a'r ddysgl a'u cario i'r gegin. Roedd gwasanaeth arlwyo Nesta Bowen ar fin dechrau o ddifri.

Coginiwyd golwythen arall yn ddiweddarach y prynhawn hwnnw. Cafodd Nesta ei themtio i ferwi taten neu ddwy a'u troi'n stwnsh, ond sylweddolodd yn syth mai peth diflas ar y naw oedd tatw stwnsh oer. Setlodd ar dafell arall o fara menyn, a thomato wedi'i haneru. O'i gosod yn ofalus, wyneb i waered, gorweddai'r ddysgl gawl yn esmwyth dros y cyfan ac ymhyfrydodd Nesta yn ei gorchest. Arhosodd tan yn hwyrach yn y noson cyn mynd â'r pryd allan at y bin y tro hwn. Roedd ei hoff gwis prynhawn wedi hen orffen pan fentrodd gerdded dros y feranda. Rhoddodd y plât yn ddefodol ar ben caead y bin, ac aeth draw at dalcen y garej i nôl bricsen o'r pentwr bychan a adawyd yno oes pys yn ôl. Gosododd hi ar ben y ddysgl. Go brin y deuai'r un aderyn yno nawr.

Enciliodd. O'i chegin, cymerodd gip olaf dros yr olygfa dawel. Dychwelodd at ddihangfa'r teledu am awr neu ddwy arall, cyn rhoi ei hun i orwedd drachefn ar gyfer noson arall o aros.

Gorfoledd oedd yn ei disgwyl drannoeth. Eisteddai'r plât tseina'n ddestlus, lân ar ben caead y bin, gyda'r ddysgl ar ei ben, y ffordd iawn i fyny, a'r fricsen wedi'i gosod yn ofalus yn honno. Roedd Nesta wedi dotio. Gadawodd y fricsen ar ben caead y bin a chofleidiodd y llestri i'w bron yn fuddugoliaethus am foment.

Trodd ei phen gan graffu. Bron na allai deimlo pâr o lygaid yn rhythu arni o rywle. Rhith o beth yn pesgi ar rin y bore, dychmygodd. Gallai glywed y llais yn ei phen yn dweud wrthi mai rheitiach fyddai iddi fynd yn ôl i'r gegin, wir. Dim ond sliperi am ei thraed a gŵn gwisgo wedi'i lapio'n dynn amdani oedd i'w gwarchod rhag yr elfennau.

Ufuddhaodd. Ond dim ond dechrau oedd hyn. Miniogwyd ei phendantrwydd. Doedd dim byd fel llwyddiant i fagu hyder. Mae'n wir nad oedd am adael bwyd iddo bob nos – doedd hi ddim am fagu dibyniaeth – ond rhaid oedd bod yn ddeheuig i beidio â syrffedu beth bynnag oedd yno gyda'r un hen fwyd bob tro. Rhaid iddi amrywio'r arlwy. Deuddydd yn ddiweddarach rhoddodd dafell dew o ham ar y plât, gyda rholen fara, dogn sylweddol o golslo a mins pei. Oedd, roedd y Nadolig wedi cyrraedd y siopau'n barod.

Dathlwyd buddugoliaeth arall pan gafodd y plataid hwnnw

hefyd ei glirio, gyda'r llestri'n cael eu dychwelyd yn yr un cyflwr glanwedd. Serch hynny, roedd Nesta'n benderfynol o gadw at ei bwriad gwreiddiol. Am dair wythnos, rhywbeth tebyg fu'r arlwy, ond dim ond yn achlysurol. Ni ddarparwyd bwyd beunos. Doedd hi ddim am i'r creadur ddechrau cymryd dim yn ganiataol.

Cafodd y ffaith i'r plât gael ei glirio'n gyson a di-feth ddwy effaith bendant ar Nesta. Enynnodd falchder aruthrol ynddi parthed safon ei choginio, ac o'i ddechreuadau tawel tyfodd ei hunanhyder nes ymylu ar fod yn beryglus o eofn.

Afresymol braidd oedd y balchder a fagodd yn ei choginio. Gan ei bod wedi'i chyfyngu i fwydydd a fyddai'n addas i'w gadael allan yn oerfel y nos, prydau digon syml oedd ar y fwydlen. Byddai'n gryn gamp i neb wneud gormod o smonach ohonynt. At hynny, roedd amgylchiadau'n awgrymu'n gryf mai dim ond person yr oedd hi'n bur argyfyngus arno allai fod yn ddibynnol ar gardod o'r fath am gynhaliaeth. Doedd y ffaith bod y bwyd yn dderbyniol ganddo'n fawr o glod i'r gogyddes, mewn gwirionedd.

Ond llyncodd Nesta lawn cymaint â'r dyn yn y dyddiau hynny.

Eisteddodd wrth fwrdd y gegin un min nos a tharo'r gair 'Mwynhewch' ar ddalen a dynnodd o hen becyn o Basildon Bond y daeth o hyd iddo yn y biwro. Newidiodd ei meddwl yn syth ac ar ddalen arall ysgrifennodd, 'Ydych chi'n mwynhau?' Tybiodd y byddai cwestiwn yn fwy tebygol o ennyn ymateb. Yn wir, roedd yn mynnu ymateb yn ei thyb hi. Câi weld pa fath o fanars oedd gan ei dyn dirgel.

Plygodd y darn papur yn ei hanner a'i adael o dan y fricsen oedd, yn ei thro, yn gwarchod brechdan cig moch, darn o gaws a hanner afal.

Mawr oedd ei siom fore trannoeth o gael bod y bwyd wedi

mynd fel arfer, ond y papur wedi'i blygu ddwywaith a'i adael o dan y fricsen. Gorweddai'r ymylon yn llaith fel lili lipa yn y pwll dŵr a oedd wedi cronni yn y ddysgl. Cododd Nesta'r llestr ac arllwys y dŵr glaw ohono. Yna cododd gaead y bin a thaflu'r ddalen soeglyd iddo.

Mympwy ar un olwg a'i harweiniodd at y cam gwag hwn. Mympwy a faged ar hunan-dwyll. Cododd y syniad o geisio torri'r garw gyda'r dyn o'r ymdeimlad hwnnw o 'ddallt ein gilydd' a geir weithiau rhwng pobl nad ydynt yn deall ei gilydd o gwbl. Nesta ei hun oedd ar fai am hynny. Nid oedd y rhyngddibyniaeth wirioneddol a oedd i ddatblygu rhyngddynt wedi dechrau dod i fod go iawn. Ddim eto.

Wedi camgymryd cyfleustra am ymrwymiad symbiotig oedd hi. Dyna'r gwirionedd. Doedd dim rheidrwydd ar y dyn i gymryd ei bwyd. Bu'n byw ar bethau eraill cyn dechrau'r drefn elusengar hon, a rhaid bod y ffynonellau hynny o ymborth yn dal ar gael iddo, gan nad oedd bwyd yn cael ei adael allan bob nos.

Yn yr un modd, doedd 'run rheidrwydd arni hithau i ddarparu'r swperau oer. Hi ddewisodd wneud hynny. I ladd amser. I oresgyn unigedd. I weld pa mor bell y gallai fynd. (Byddai'r un meddylfryd yn ei hysgogi i ddechrau datrys croeseiriau weithiau. Ond pur anfynych y llwyddai i'w cwblhau.)

Hi ei hun oedd ar fai, siŵr iawn. Yn disgwyl ateb. Y ffŵl â hi! Nid ei ddiffyg manars ef oedd wedi ei gadael i lawr ond ei naïfrwydd hi ei hun. Wyddai hi ddim a oedd yr un a fwydai hyd yn oed yn deall ei hiaith. Wyddai hi ddim a fedrai ddarllen neu ysgrifennu mewn unrhyw iaith. Wyddai hi ddim a feddai feiro. Doedd hi'n sicr ddim wedi meddwl gadael un ar ei gyfer. Sut yn y byd mawr fu hi mor dwp â disgwyl ateb ganddo? Dwrdiodd ei hun yn hyglyw, heb synhwyro'r crechwen a gyfeirid tuag ati dros y lawnt yn y munudau hynny. Roedd 'na gymaint o ffactorau nad oedd hi wedi eu hystyried eto. Dyddiau cynnar oedd hi arnynt, er nad oedd hi i wybod hynny.

Mater hawdd i hen wreigan, mi dybiech, fyddai aros yn llonydd, gan nad yw'r henoed at ei gilydd yn enwog am hel eu traed yn rhyw gyflym iawn. Ond roedd Nesta wedi barnu y byddai eistedd yn gwbl lonydd am oriau meithion yn dasg mor anodd fel mai gwell fyddai iddi ymarfer ymlaen llaw. Roedd hi'n ddisgyblaeth ac roedd Nesta wedi dangos eisoes, ar gyfnodau tyngedfennol yn ei bywyd, bod ganddi'r gallu i fod yn fileinig o ddisgybledig pan oedd angen.

Y drafferth oedd i gynifer o'i chyneddfau ei gadael i lawr yn ddiweddar. Roedd angen ailarfogi. Os nad oedd negeseuon wedi gweithio, rhaid oedd defnyddio tacteg arall i geisio gwneud cyswllt. Os nad oedd geiriau'n gweithio, rhaid oedd iddi gael gweld. Strategaeth y gallai hi ei rheoli'n haws oedd hon, tybiodd. Cyswllt unffordd. Un lle nad oedd angen ymateb. Un na fynnai ddim o du'r gwrthrych. Dim ond dilyn ei drefn arferol oedd gofyn i hwnnw ei wneud. Fe wnâi ei llygaid hi'r gweddill. Cymerodd ddiwrnod neu ddau i'w darbwyllo'i hun o ddoethineb hynny, ac wrth i'r Nadolig nesáu doedd dim a ddymunai'n fwy na chael cip ar y creadur a fu'n rhodianna mor ffri ar hyd ei thiriogaeth. Ond roedd hi eisoes wedi trefnu aros gyda'i theulu am dridiau dros y Gwyliau, gwaetha'r modd. Gwyddai cyn gadael ei chartref na fyddai bwrw'r Nadolig gyda Melissa yn help o fath yn y byd. Pa obaith cael cyfle i ymarfer llonyddwch ynghanol yr holl rialtwch? Ar y llaw arall, hawdd iawn yw twyllo'ch hun eich bod yn berson o gryn ruddin pan fydd pawb o'ch cwmpas yn llawn sieri a segurdod.

Ceisiodd ddychmygu sut brofiad fyddai eistedd yn llonydd fel y bedd wrth fwrdd ei chegin, gyda'i llygaid wedi'u serio i gyfeiriad y bin wrth dalcen y feranda. Ond doedd hynny ddim yn hawdd. Nid heb reswm y galwai Melissa ei hystafell fyw yn lolfa. Un meri-go-rownd o gêmau a pharseli oedd y Nadolig yno. Treiffls a siocledi. Teledu rownd y rîl. A disgwyl i Nain chwarae'i rhan. Mae'n wir y câi hi lonydd pan âi'r bechgyn i'w hystafelloedd eu hunain i chwarae ar eu cyfrifiaduron, ond doedd Melissa ei hun fawr gwell, gan fynnu ei 'chadw'n ddiddig' drwy'r amser.

Llyncodd Nesta fwy o fwyd nag oedd yn llesol iddi, chwysodd ei ffordd trwy nosweithiau o gwsg cynllwyngar, gwnaeth ei gorau i ymddwyn yn gariadus tuag at ei hwyrion, a thrwyddi draw roedd hi'n falch cael dod adref i'w libart ei hun.

Fe allai'r antur fod ar ben heb yn wybod iddi. Ystyriai hynny'n bosibilrwydd gwirioneddol. Anaml iawn dros y mis a aethai heibio y cafodd macnabs ei amddifadu o fwyd am dair noson yn olynol. Beth petai wedi cymryd y goes a mynd i drio'i lwc mewn porfeydd brasach? Siawns nad oedd e wedi sylwi nad oedd hi yno? Efallai iddo lechu yn rhywle a bod yn llygad-dyst i Melissa'n llwytho'r bagiau i'w char gyda'i brys arferol. Doedd dim disgwyl iddo wybod am ba hyd y byddai hi i ffwrdd. Fe allai'n hawdd fod dan y dybiaeth ei bod hi wedi mynd ar gerdded am gyfnod hir. Neu efallai mai'r cliw cyntaf a gafodd o'i habsenoldeb oedd gweld colli'r gynhaliaeth hwyrol. Pwy a ŵyr? A fyddai wedi sylwi nad oedd golau i'w weld yn yr un ffenestr ers tridiau? Ble, tybed, oedd e'n meddwl oedd hi? Efallai ei fod yn dod o le mor estron fel na wyddai ddim oll am Ddolig.

Wrth eistedd yn ei pharlwr gan deimlo fel arwres yr oedd awr ei hantur ddiweddaraf ar fin cyrraedd, fe wyddai Nesta'n burion y gallai ei gwroldeb brofi'n gwbl ofer. Cysurodd ei hun o feddwl na fu fawr o waith paratoi ar yr arlwy a oedd ganddi ar ei gyfer heno. Twrci oer, stwffin, seleri a chaws Stilton. Daethant oll yn ôl gyda hi o fflat Melissa yn gynharach yn y dydd. Bu'n rhaid iddi frwydro i gael y ddysgl gawl i orwedd yn ddestlus dros y cyfan, a rhoes fwy o ffydd nag arfer yng ngrym y fricsen.

Wrth i fysedd y cloc ddynesu at un ar ddeg o'r gloch, diffoddodd Nesta'r teledu. Prin ei bod wedi talu fawr o sylw iddo drwy'r min nos. Tuag wyth o'r gloch, mae'n wir i un o'i hoff blismyn gael ei ladd, ond roedd ganddi bethau amgenach yn pwyso ar ei meddwl heno a swta fu ei galar.

Bellach, roedd wedi llwyr anghofio amdano.

Pan aeth i'r gegin drachefn, gofalodd beidio â chynnau'r golau. Yn gynharach, wrth roi'r danteithion tymhorol ynghyd ar y plât a gwneud fflasg o de yn barod ar gyfer y gwyliad, roedd hi wedi cofio peidio tynnu'r bleind i lawr. O'r herwydd, camodd i gegin lle nad oedd dim ond y lleuad yn llewyrch. Roedd hi'n bygwth barrug ac, o'r herwydd, barnodd Nesta y byddai'r lleuad honno'n darparu digon o oleuni ar gyfer ei bwriad. Gwisgodd ei chot fawr cyn codi'r plât gyda'r ddysgl drosto oddi ar y bwrdd a chamu at ddrws y cefn. Cerddodd yn araf at y ddwy ris gan gadw'i llygaid yn syth ar y bin wrth anelu amdano. Hon oedd noson oera'r gaeaf, fe dybiai. Fe rewai'r bwyd cyn pen dim oni ddeuai'n fuan. Cyflymai ei chalon wrth feddwl nad oedd ganddi lawer o amser i aros nawr.

Pan ddamsangodd ei throed oddi ar y llwybr concrid, bu bron iddi lithro ar wydr y borfa, ond daliodd ei thir. Aeth y ddysgl rhyw fodfedd ar sgiw rhwng ei dwylo. Ond mater bach fu ei hunioni wrth iddi osod y bwyd yn ei briod le. Gresynai wedyn nad aeth i dwrio yn y drôr ynghynt am fenig. Sgathrwyd ei bysedd gan yr oerni yn ogystal â chan erwinder y fricsen.

Rhwng popeth, roedd yn dda ganddi orffen ei gorchwyl a chyrraedd yn ôl i'r gegin yn ddiogel. Clôdd y drws. Diosgodd y got. Rhoes hi'n ôl ar y bachyn yn y cyntedd. Yna dilynodd ei threfn nosweithiol arferol. Newidiodd i'w choban a gwisgodd ei gŵn gwisgo. Aeth i'r tŷ bach a rhoi'i bys ar switsh y golau yn ôl ei harfer. Doedd dim rheswm dros beidio. Os oedd e'n ei gwylio o'r tu allan, byddai'n gwybod mai hyn oedd ei threfn arferol wrth glwydo. Glanhaodd ei dannedd yn drwyadl. Ymfalchïai bod ei dannedd ei hun ganddi o hyd a gwnaeth sioe ohonynt yn y drych er mwyn ei difyrru ei hun.

Yna daeth yn amser ymadael â'r drefn arferol. Anadlodd yn ddwfn wrth ddrws y tŷ bach. Diffoddodd y golau. Fel arfer, byddai'n troi i'r chwith ac yn camu tua drws ei hystafell wely. Ond nid noson arferol oedd hon. Heno, roedd hi'n troi i'r dde. Gallai weld y fflasg barod ar y bwrdd, a'r gadair a osodwyd eisoes yn yr union fan i gael yr olygfa orau o'r bin, waeth o ba gyfeiriad y deuai.

Yn sydyn, daeth yn ymwybodol o'r distawrwydd. Ac fe'i siomwyd. Nid distawrwydd disgwylgar, llawn cyffro, oedd hwn wedi'r cwbl. Nid distawrwydd sanctaidd disgwyl Dolig, chwaith. Fe gafwyd hynny rai nosweithiau'n ôl. Roedd y Meseia wedi dod ac wedi mynd. Bellach, y distawrwydd sy'n nodweddu'r cyfnod rhwng y Nadolig a'r Calan oedd piau hi. Y llond bol hwnnw o ddistawrwydd sy'n ddiflas a thrwm. Doedd Nesta ddim wedi disgwyl hynny. Doedd hi ddim wedi rhagweld mai naws oerllyd, ddi-ddim dyddiau'r hirlwm fyddai'n ei hwynebu.

Dechreuodd amau a allai hi ddal tan y bore. Er iddi geisio cysgu am sbel yn y prynhawn, yn syth ar ôl cyrraedd adref, ni chafodd lawer o lwyddiant. Nawr, doedd fiw iddi symud o'i sedd, oni bai bod hynny'n gwbl anorfod. Trychineb o'r mwyaf fyddai aros ar ei thraed fel hyn hyd berfeddion a chodi i fynd i'r tŷ bach neu i gael gwared ar gramp ar yr union eiliad y byddai ef yn gwneud ei ymddangosiad. Roedd hi am gael golwg iawn arno. Dyna pam ei bod wedi paratoi mor drwyadl.

Yr eironi oedd, ni fu'r 'heno' hon, y buddsoddwyd cymaint o ddyheadau ynddi, yn hir o gwbl. Byr fu'r aros, ac ni chafodd y mân bryderon yn ei phen amser i droi'n syrffed. Roedd hi wedi arfaethu oriau hir o ddisgwyl, fel lludded esgor. Ond digwyddodd y cyfan heb artaith oedi. Nid yn ddi-boen, chwaith. Mae i sydynrwydd ei bangfeydd ei hun. Fel ebychiad miniog i'r synhwyrau.

Cwta hanner awr aethai heibio ers iddi eistedd yn ei chadair. A phrin y gwyddai hi fod y 'digwydd' wedi digwydd nes fod y cyfan drosodd. Ac eto, doedd hynny ddim yn wir, chwaith. Sut gallai hynny fod? Onid oedd hi'n eistedd yno'n llonydd? Yr holl ymarfer wedi talu'i ffordd. Pob gewyn wedi'i rewi. Ei choluddion yn dawel. Ei llygaid led y pen ar agor. Ac eto, serch hyn oll, ni chafodd unrhyw rybudd o'i ddyfodiad. Nid dynesu drwy'r düwch a wnaeth, ond ymddangos. Yn sydyn. Yr oedd.

Ac yna'r un mor sydyn . . . Bu.

Nid oedd eto'n ganol nos. A dyna lle'r oedd e. Allan acw. Yn fod o gig a gwaed. Yn ddyn, doedd dim amheuaeth nawr. Y dilledyn Arctig, trwchus, a wisgai dros ran uchaf ei gorff yn rhoi sylwedd i ddrychiolaeth. Fe'i gwelai. O nunlle, dyna lle roedd e. Creadur ar lun arth ac anifail amgen – un main a heini – yn cuddio o'i mewn. O'i ysgwyddau, fel boncyff onnen osgeiddig, tyfai gwddw hir a reolai symudiadau ei ben gyda llyfnder a phendantrwydd, gan gyfeirio'i olygon i bob cyfeiriad.

Ar yr eiliad dyngedfennol honno, llwyddodd hunanhyder Nesta i gwrdd â'r gofyn yn fwy nag anrhydeddus. Dyna pam i'r hyn a ddigwyddodd nesaf godi cymaint o fraw arni. Gwyddai nad dim a wnaeth hi ei hun o'i le a'i bradychodd. Yn hytrach, rhyw gynneddf anhydrin ynddo ef a barodd iddo sylweddoli ei bod hi yno. Rhyw reddf hunanwarchodol a fireiniwyd i lefel frawychus o uchel. Rhyw ddisgyblaeth a oedd yn ail natur iddo, fel petai arno ei hangen er mwyn dal i fyw.

Gwibiodd ei lygaid i gyfeiriad y gegin. Fe wyddai fod rhyw ffurf ar fywyd dynol yn ymyl.

Trodd ar ei sawdl. Oedodd ennyd drachefn. Ond yna, diflannodd yn gyfan gwbl. Gwyddai Nesta i sicrwydd ei fod newydd ymadael â'r fan, er mai trwy reddf y gwyddai hynny'n anad dim. Nid oedd y dyn fel petai wedi 'mynd' i unman. Dim ond diflannu. Yn union fel y daethai.

Oedd e wedi mynd i guddio dros dro rywle yng nghysgod y garej? Neu a oedd e wedi llwyddo i'w heglu hi dros y wal heb iddi ei weld?

Llwyddodd hithau i godi. Gafaelodd yn y bwrdd a phlygu ymlaen trosto i gael golwg ehangach ar hyd a lled yr ardd. Doedd dim byd ond düwch yno, hyd y gallai weld. Gostegodd curiad ei chalon. Sydynrwydd yr ymgnawdoliad oedd wedi ei cythruddo, fe'i sicrhaodd ei hun. Nid dim arall. Nid ofn. Ac eto, roedd y dyn mor ifanc . . .

Cymerodd gamau breision i gyfeiriad y ffenestr. Mor llonydd oedd y nos ar ôl y fath gyffro. Rhedodd ddŵr o'r tap a gwnaeth gwpan o'i dwylo brau er mwyn llowcio peth ohono; roedd ei llwnc wedi sychu'n grimp. Cymerodd funud neu ddwy i'r poer ddychwelyd. Dechreuodd resymegu'r hyn oedd newydd ddigwydd; dannod y ffaith i'w hantur ddod i ben mor ddisymwth; diawlio'i hun am beidio â synhwyro ynghynt mai peth ifanc ydoedd. Doedd hi ddim wedi disgwyl cyw mor ystwyth. Yng ngwirionedeb ei rhamantu yn ystod yr wythnosau a aethai heibio, bu'n dychmygu rhyw Fethiwsala o greadur. Rhyw druan clwyfedig nad oedd ffurflen ar ei gyfer gan yr awdurdodau. Un o'r enwog rai a syrthiai drwy rwyd y gyfundrefn yn rheolaidd, os oeddech i gredu popeth a ddywedid ar y teledu. Rhyw drempyn nad oedd am gydymffurfio. Ffoadur a gollwyd ers achau yn y rhuthr am foderniaeth. Heb yn wybod iddi bron, am greadur felly y bu Nesta'n hel meddyliau, fel y bu hi mwyaf gwirion.

Ond roedd dyddiau'r dychmygu ar ben.

Gadawodd y bleind heb ei dynnu i lawr a'r fflasg yn y fan lle safai ar y bwrdd ac aeth i'w gwely.

Yno, yr hyn a'i haflonyddai fwyaf wrth fyw ac ail-fyw'r ennyd oedd ôl yr hogi a fu ar ei lygaid. Dau lygad fel dau gleddyf gloyw, oer oedd ganddo; eu hawch yn bwyta trwyddi'n ddidrugaredd. Yn yr eiliad swta honno pan ddangosodd ei fetel, roedd wedi treiddio trwy fyw ei llygaid a'i chalon wedi suddo i waelodion yr ofn a brofid gan bob prae. Disgleirdeb y llafnau hynny oedd wedi llamu drwy'r llathenni rhyngddynt, i synhwyro'i phresenoldeb a sawru'r ffaith ei bod hi yno.

Oedd y ffaith ei bod hi'n bod yn gyfystyr â pherygl iddo bellach? Go brin. Byddai wedi gweld digon arni cyn hyn, trwy ffenestr y gegin neu allan yn yr ardd yn rhoi dillad ar y lein, i wybod mai dim ond hen wreigan ddigon tila'r olwg oedd ei gogydd. Rhaid mai ei hyfdra'n aros ar ei thraed mor gynllwyngar oedd wedi ysgogi'r panig ynddo. A hithau wedi gwneud hynny jest i gael cip arno.

Fore trannoeth, yn groes i'r arfer, nid oedd na phlât na dysgl ar gyfyl y bin. Canfu'r garreg ar y borfa, rhwng y bin a'r garej. Yn yr eiliad pan oedodd wrth droi, dyna oedd e wedi'i wneud, mae'n rhaid, yr hyn oedd bwysicaf iddo – bachu'i swper.

Ai ofn a'i cadwodd rhag dychwelyd y llestri? Ynteu ei chosbi oedd y nod? Oedd e am ddysgu gwers i'r hen sguthan fusneslyd? Gwyddai iddi greu ansicrwydd a tharfu ar y cydbwysedd a fu'n ddealledig rhyngddynt ers wythnosau. Am weddill y diwrnod hwnnw, bu'n ymfalchïo yn y ffaith iddi fod mor bryfoclyd. Ond wrth iddi nosi a throi'n stormus gyda'r hwyr, daeth iddi'r syniad y gallasai fod wedi ei hel ymaith am byth. Ac, yn sydyn, teimlai Nesta'n unig.

Pennod 1

'Mi fyddech chi'n llawer mwy clyd yn y garej.' Dyna'r geiriau cyntaf ddywedodd hi wrtho.

'Ma' dy garej di'n ferw o lygod mawr, fenyw,' oedd ei eiriau cyntaf yntau iddi hithau.

Aethai deuddydd heibio ers argyfwng yr wylnos. Dau ddiwrnod cyfan o ailstrwythuro strategaeth a llyo clwyfau. Cafodd balchder a disgwyliadau eu cleisio o'r ddwy ochr ac, mewn byd delfrydol, ni fyddai'r un ohonynt wedi dymuno cael y sgwrs hon heno. Roedd hi'n lletchwith arnynt ill dau, gan nad oedd y naill na'r llall yn barod am hyn.

Serch hynny, gan Nesta'r oedd yr oruchafiaeth. Ar wahân i'r oruchafiaeth naturiol o wybod mai ei chartref a'i thir hi oedd hwn, a'i bod i bob pwrpas yn mynd i'r afael â thresbasydd, ganddi hi hefyd yr oedd y fflachlamp. Ac roedd hi'n sefyll ar ei dwydroed. Ar ei hyd ar lawr oedd ef. Ei gorff wedi'i lapio'n dynn fel mymi rhag y nos, a'r cwsg y tarfwyd arno'n dal yn deilchion yn ei ben.

Dwyster y cwsg hwnnw fu ei fan gwan yn y diwedd – fel yn y dechrau. Wrthi'n cau ffenestr uchel yn y stafell ymolchi oedd Nesta pan glywodd y chwyrnu. Ei phledren wedi ei deffro, a hithau wedi sylweddoli yr eiliad y camodd hi trwy ddrws ei stafell wely iddi anghofio cau'r ffenestr honno. Chwythai awel oer tuag ati wrth iddi wthio drws y tŷ bach yn llydan agored. Gyda golau'r cyntedd yn ddigon iddi allu gweld, eisteddodd i wneud ei busnes cyn dim. Yna, camodd ar silff isel oedd yn cuddio'r pibellau rhwng y bath a'r toiled er mwyn gallu ymestyn at ddolen y ffenestr gul. A dyna pryd y clywodd y dystiolaeth. Dyna pryd y gwyddai nad oedd hi wedi'i golli.

Aeth trwodd i'r gegin, gan geisio craffu drwy'r ffenestr, ei phen yn goleddfu i'r dde. Doedd dim i'w glywed nawr. Na dim i'w weld. Dechreuodd amau. Ond roedd sŵn y chwyrnu wedi'i serio yn ei chof, ac ymwrolodd. Tynnodd y fflachlamp o'r cwpwrdd o dan y sinc ac allan â hi i'w ganfod yno, ei ben wrth ddrws yr hen gwt glo yn ôl ei arfer, a'r sach gysgu a thrwch o ddilladach eraill drosto.

Ni phetrusodd Nesta rhag anelu cic ysgafn at ei fferau. Unwaith. Ddwywaith. Cyneuodd y fflachlamp ac anelu goleuni at ei wyneb. Ifanc, ifanc! Ac eto'n hen drybeilig. Prin y gallai weld yn iawn. Gwisgai het wlân am ei ben ac ymddangosai croen ei fochau'n ddim ond llwydni marwaidd iddi yn adlewyrchiad y ffrwd llachar. Byddai'n rhaid iddi aros rhai eiliadau eto cyn cael cip ar yr olion ofn a lechai yn gymysg â gwytnwch dur ei lygaid. Yn anad dim, yr hyn a welai Nesta'n rhythu'n ôl arni oedd blinder di-ben-draw amddifad.

Pesychodd hithau. Oerfel y noson a lletchwithdod y sefyllfa'n dechrau cymryd gafael.

'Fe rannes inne wâl 'da llygod mawr ac oerni yn 'y nydd,' dywedodd. 'O'r ddau, 'y newis inne fydde rhannu 'ngwely gydag awel fain.'

Difarai Nesta'n syth. Mi fyddai'r dyn wedi dod i'r casgliad mai rhyw hen ffliwsi gegog oedd hi. Rhegodd ei hun. Pam oedd hi wedi agor ei cheg? Pam oedd hi wedi rhuthro allan i chwilio amdano mor dwp o ddifeddwl yn y lle cyntaf? Roedd hi newydd ddod â'r gêm i ben. Difetha'r hwyl i gyd. Pam nad aeth hi'n ôl o dan y cwrlid yn ddiddos, heb dynnu dim o hyn i'w phen?

'Paid â gwneud dim byd byrbwyll, ledi.' Cododd y llais o'r llawr i'w chlustiau. 'Wnei di mo 'mrifo i, na wnei?'

Ailystyriodd Nesta mai ganddi hi yr oedd yr oruchafiaeth. Be haru hi'n amau ei hun? Roedd hwn dan draed, heb wneud ymdrech eto i godi oddi ar lawr pren y feranda. Ar wahân i godi un fraich yn amddiffynnol at ei dalcen, prin ei fod wedi symud gewyn.

'Na wna', siŵr,' atebodd hithau'n sigledig. Dechreuodd y fflachlamp ysgwyd yn ei llaw. Gwelodd y llygaid yn edrych 'nôl ati. 'Ond allwch chi ddim cysgu fan hyn.'

''Sda fi ddim unman arall i fynd, ledi,' cyhoeddodd.

'Wrth gwrs fod 'da chi,' atebodd hithau'n ddiamynedd. 'Dim ond winjars proffesiynol sy'n siarad fel'na. 'Ry'n ni i gyd yn gwneud dewisiade yn y byd 'ma. Fe ddewisoch chi glwydo fan hyn. Ond dyw hynny ddim yn gyfystyr â dweud nad oes 'da chi'n llythrennol unman arall y gallech chi fynd iddo. Y chi ddewisodd y llecyn hwn.'

'Iysu! Ti'n gysáct iawn dy eiriau, ledi.' Siaradai fel un a barchai ei siarad plaen, yn hytrach nag fel un a fynnai ei wawdio. Neu, o leiaf, dyna'r dehongliad y dewisodd Nesta ei gredu. Roedd hi'n dechrau simsanu eto.

'Tra bod ni'n deall ein gilydd, felly.'

'Fydden i ddim yn torri i mewn i dy eiddo di, p'run bynnag,' aeth y dyn yn ei flaen, gan swnio fel petai wedi ei frifo gan yr awgrym y gallai wneud y fath beth. 'Chymeres i ddim byd erio'd na chafodd 'i gynnig yn rhad ac am ddim.'

'Peidiwch â siarad shwt ddwli, wir,' meddai Nesta'n ôl wrtho. 'Fe fuoch chi yn y garej, yn un peth. Rhaid 'ych bod chi, neu fyddech chi ddim yn gwbod bod llygod mowr 'co.'

'Gwaith ymchwil oedd 'ny, ledi,' atebodd y dyn yn glyfar. 'Ddwges i ddim byd.'

'Be sy 'na i'w gymryd?' Chwarddodd Nesta'n ddilornus. 'Nythaid o lygod ffyrnig? Cymwynas fydde cymryd y rheini oddi ar 'y nwylo i. Pwy 'ych chi, ddyn? Y Pibydd Pêr?'

'Ti ddim ishe byw mewn ffau fyrmin, mwy na finne.'

'Fe wyddon nhw'u lle.'

'Dwi ddim mor siŵr o hynny,' anghytunodd yntau'n chwim. 'Nid rhai fel'na yw llygod. Nid lle fel 'na yw'r byd.'

'Na, erbyn meddwl, mae'n siŵr eich bod chi yn llygad 'ych lle ynglŷn â hynny,' ildiodd Nesta'n anghysurus.

Dechreuodd y dyn ymysgwyd er mwyn codi o'i safle israddol. Camodd hithau'n ôl, gan dynnu'r golau oddi arno'n gyfan gwbl am ennyd.

'Rho ychydig eiliade imi ac mi a' i o dy ffordd di,' meddai. 'Dwi ddim yn bwriadu creu trafferth i ti. Wir. Munud neu ddwy ac mi fydda i wedi mynd, dwi'n addo.'

'Sdim rhaid ichi fynd.' Lliniarodd Nesta rywfaint ar bendantrwydd ei llais.

'Dyna fydde ore o dan yr amgylchiade,' mwmialodd yntau'n ôl.

'Yr amgylchiadau' oedd y ffaith iddi hi ymateb i'w chwyrnu a dod allan ym mherfeddion nos i'w ddeffro, yn hytrach na throi clust fyddar a mynd yn ôl i gysgu. Beirniadaeth arni hi ei hun oedd hynny. Oedd e wedi synhwyro ei bod hi braidd yn flin iddi wneud hynny ac am wneud iddi deimlo'n euog?

''Ych chi ddim yn hapus yma?' holodd.

'Fi wedi rhoi'r gore i "hapusrwydd" fel nod ers amser maith, Missus,' oedd ei ateb. '"Bodloni anghenion" piau hi nawr. A'r anghenion hynny yw bwyd yn y bola a chadw mas o'r ffordd. Ti'n deall?'

'Wel! Mae fan hyn yn cwrdd â'r nod hwnnw, ydy e ddim? Popeth sydd 'i angen arnoch chi yma. Alla i ddim gadael ichi fynd.'

'Cornel fach dwt s'da fi fan hyn. Mae'n dawel a chysgodol ac wedi gwneud y tro'n iawn hyd yn hyn, mae'n wir,' cytunodd y dyn.

'Mae'n "bodloni'ch anghenion" chi, felly.'

'Ydy, i gwato a chysgu . . . Ond fel dwedest ti dy hun, mae 'na lefydd erill,' ebe'r dyn. 'Ac mae 'na fwy i fywyd na 'ny. Fe fydda i'n iawn, wir iti. Paid ti â gofidio amdana i. Dwi 'mond yn flin 'mod i wedi dy wneud di'n grac a chodi shwt ofn arnat ti.'

'Chodoch chi ddim ofn arna i, ddyn,' mynnodd Nesta. 'Os y'ch chi wedi rhoi'r gore i "hapusrwydd", dw inne wedi hen roi'r gore i "ofn" . . . Theimles i ddim "ofn" ers blynyddoedd maith.'

Gydag un symudiad sydyn â'i braich dde, hyrddiodd Nesta ffrwd y fflachlamp yn ôl i gyfeiriad y dyn, fel petai'n chwistrellu goleuni trosto. Baglodd yntau fymryn yng ngrym y llif. Wrth i'r siarad rhyngddynt fynd rhagddo, roedd wedi bod yn araf godi ar ei draed a'i ymddihatru'i hun o amddiffynfeydd y nos. Diosgodd y dilledyn o ddefnydd insiwleiddio a wisgai dros ran isaf ei gorff. Roedd ganddo bâr o jîns oddi tano, a chadwodd y siwmper drwchus a wisgai amdano hefyd. Yna trodd at ddrws yr hen gwt glo i nôl ei sgidiau.

Anelai Nesta rym ei fflachlamp ato o hyd, yn ddidrugaredd. Gallai weld bod ôl trefn ar y modd yr oedd yn hel ei bethau. Nid wedi ei ddal ar fympwy, un noson oer o Ragfyr, oedd hi o gwbl. Roedd hi wedi tarfu ar drefn y dyn yn ogystal ag ar ei gwsg.

Er iddo gael ei ddallu, deallai Nesta'n glir nad oedd yn bwriadu ymddwyn fel dyn wedi'i ddal. Prysurodd i glymu'i sgidiau mawr cydnerth am ei draed, dros y sanau gwlân trwchus a wisgai'n barod, heb ildio dim ar ei hyder tawel.

'Rhy oer i ddal pen rheswm mas fan hyn,' cyhoeddodd Nesta. 'Fe ro i'r tegell i ferwi.'

'Dwyt ti ddim am 'y ngweld i yn y gegin 'co, gobeithio?' atebodd yntau, gydag adlais o fygythiad yn ei lais.

'Mi fydd yn well 'da fi'ch gweld chi fan'ny nag allan fan hyn yn rhewi'n gorn ar noson mor drybeilig o oer,' oedd ei hateb awdurdodol.

Ar hynny, troes Nesta'n ôl at gysur ei chegin. Diffoddodd y fflachlamp a'i gosod wyneb i waered wrth ochr y sinc, cyn tynnu'r bleind i lawr a chynnau'r golau trydan. Aeth at y tegell a gwasgu'r swits. (Roedd ganddi hithau ei threfn – a chyn clwydo bob nos fe fyddai wastad yn gofalu bod y teclyn yn llawn dŵr, i arbed oedi yn y bore.) Tynnodd ddau fỳg oddi ar eu bachyn. Pan drodd, safai'r dieithryn yn y drws agored. Roedd hwnnw wedi barnu mai haerllugrwydd di-dact ar ei ran fyddai rhoi'r sach gysgu a'i geriach eraill 'nôl yn eu cuddfan arferol yng ngŵydd yr hen wraig. Dyna pam eu bod nhw wedi'u rhowlio'n ddestlus o dan ei gesail.

'Peth peryglus iawn i hen wraig ei wneud – gadael dyn dierth i mewn i'w chegin yr adeg yma o'r nos.'

'Tasech chi'n bwriadu rhyw ddrwg, mi fyddech wedi ei hen gyflawni bellach, mae'n siŵr 'da fi,' atebodd Nesta fel petai hi'n gwbl ddi-hid ohono. 'Mae'r gwynt rhewllyd 'na sy'n dod i mewn wrth 'ych cwt yn fwy o fygythiad i fi o lawer na chi eich hun. Nid peth i sefyll ynddo fel delw yw drws. Caewch e, da chi.'

Cymerodd yntau gam neu ddau arwyddocaol i mewn i'r gegin. (Pethau i ufuddhau iddynt oedd gorchmynion, mae'n rhaid, sylwodd Nesta.) Tynnodd ei het wlân i ddangos pen o wallt du, du a hwnnw wedi ei dorri braidd yn amrwd, drwch blewyn at y benglog.

Edrychodd hithau arno o'i gorun i'w sawdl. Gallai weld nad

oedd dim byd swil yn ei gylch. Bonheddig, os rhywbeth. Ond heb fod yn fostfawr. Nid rhyw 'Fi Fawr' o ddyn mohono. Ifanc, yn ddi-os. Ac eto, nid hawdd dirnad pa mor ifanc, mewn gwirionedd – ei wyneb yn dal i gario hagrwch gwelw oerni'r nos. Er yr eiddilwch ymddangosiadol, ymdeimlai Nesta â'r ysbryd hyfyw yn ei grombil. Synhwyrai ei fod yn llyfn fel llafn ac yn siarp fel rasel. Ac wrth iddi hi ei hun feirioli, gwyddai na chymerai fawr o ymdrech iddo yntau ddadebru, chwaith.

Gyda'r drws wedi'i gau, diflannodd yr awel fain a disgynnodd eu llonyddwch cyntaf trostynt.

'Ydy e'n wir nad oes arnat ti ofn dim byd?'

'Fawr ddim,' atebodd Nesta. 'Er, mae'n wir dweud 'mod i wedi bod ofn 'y nghysgod slawer dydd.'

'Beth ddigwyddodd?'

'Fe ddysges i shwt i'w drechu.'

'Trechu dy gysgod?'

'Nage, siŵr! Trechu ofn.'

'Ofn beth? Yr holl ddihirod 'na ma nhw'n methu 'u dal? Yr holl ffoaduriaid sy'n rhedeg yn wyllt ar hyd y lle?'

'O! Mae pawb yn dysgu ofni rheini. Mae'n rhan o'r drefn. Mi fydda i'n meddwl yn aml mai dyna pam y crewyd gwladwriaethau,' meddai Nesta. 'Er mwyn rhoi trefn ar bryderon pobl.'

'Mae ofne'n naturiol.'

'Cael y gore ar 'ych pryderon yw'r gamp. Nid pawb sy'n gallu.'

'Naaaaa . . .' meddai'r dyn yn dawel, gan ymestyn y llafariad fel petai'n tynnu gwm cnoi o'i geg.

'Pan gyrhaeddwch chi fy oedran i, fe ddowch i sylweddoli mai'r unig ffoaduriaid i'w hofni yw'r holl atgofion rheini sydd eisoes wedi dianc rhwng eich bysedd. A'r unig filwyr all godi ofn arnoch chi wedyn yw'r gwirionedd.'

'Ti'n meddwl bod milwyr yn gyfystyr â'r gwirionedd?'

'Mae milwyr wastad yn adlewyrchu gwirionedd gwladwriaeth,' atebodd Nesta. Ni lwyddodd i ddatgan hynny gydag argyhoeddiad, ond ni allai neb a'i clywodd amau nad oedd hi'n siarad o brofiad.

'Dwi ddim yn meddwl y galla i,' atebodd y dyn yn dawel ddwys pan awgrymodd Nesta y câi gysgu gweddill y noson yn un o'r llofftydd sbâr.

'Twt! Rholiwch y gwely rhodio 'na sy 'da chi ar ben y fatras ac mi fyddwch yn iawn tan y bore. Be arall wnewch chi a hithe'n bedwar o'r gloch y bore?'

'Ie. Wel! Fi'n gwbod,' sibrydodd wedyn, fel petai mwy o wirionedd na hynny'n mynd i'w brifo.

'Fe fyddwch am fod allan hyd berfeddion nos fory, siŵr 'da fi, a hithe'n Nos Galan.'

'Go brin,' atebodd yntau. 'Osgoi rhyw rialtwch fel 'na fydda i'n 'i neud bob tro.'

'Nodi troad y flwyddyn?' awgrymodd Nesta. 'Cydnabod treigl amser? Achlysuron sdim modd i neb 'u hosgoi, gwaetha'r modd. Chlywes i erioed sôn am neb gafodd gynnig *opt out clause* i amser ... mwya'r piti.'

'Os ti'n dweud!' dilornodd yn ddiarddeliad.

'Os na wnawn ni gyfri'r blynyddoedd, fe wnân nhw ein cyfri ni.' Daliodd Nesta ei thir yn wyneb ei siniciaeth. 'Ac erbyn amser hyn nos fory, fe fydd blwyddyn arall wedi mynd heibio.'

'Yn ôl cyfrif Iesu Grist, ife?' heriodd y dyn hi'n dawel, gan godi'i wyneb o gynhesrwydd y mỳg coffi rhwng ei ddwylo. Wrth holi, treiddiodd ei lygaid i'w chyfeiriad a chamodd Nesta'n ôl o'r cwestiwn a'r edrychiad fel ei gilydd.

Roedd hi wedi bod ar fin eistedd ar y gadair gyferbyn ag ef, ond penderfynodd aros ar ei thraed wedi'r cwbl. Osgôdd ei drem a chanolbwyntiodd ar ei het a'i fenig ar y bwrdd.

'Ie, mae'n debyg,' atebodd yn llywaeth ymhen hir a hwyr. Tindrôdd. Ymdeimlodd â'r naws. Roedd hi'n hwyr. 'Nawr 'te, dewch 'da fi i weld y bedrwm bach. Fe gewch ddod 'nôl i orffen y coffi wedyn.'

'Na, wir, mussus! Wna i ddim dechre dim byd fel'na. Fiw imi.' Roedd ei lais fymryn yn fwy caredig y tro hwn, am ei fod am adael iddi wybod ei fod yn deall beth oedd caredigrwydd. Gwyddai sut i dderbyn hwnnw'n raslon, ar brydiau, ond gwingai rhag dim a ymylai ar fod yn famol.

'Chi'n benstiff wrth reddf, siŵr o fod.'

'Mae'n rhaid,' cytunodd yntau, gan gymryd cysur o synhwyro bod ei safiad yn talu'i ffordd.

'Dych chi ddim hanner call yn gwrthod cynnig da fel'na.'

'Peryg dy fod yn llygad dy le,' cytunodd y dyn eilwaith.

'Ffonio'r heddlu fydde'r rhan fwyaf o bobl wedi'i neud, nid cynnig matras a phaned a llety dros nos . . .'

Styrbiodd y dyn wrth glywed y fath ensyniad, a saethodd ei lygaid yn fileinig at Nesta gan ei thrywanu yn yr un modd ag y'i trywanodd ddwy noson ynghynt. Yr unig wahaniaeth oedd nad oedd gwydr yr un ffenestr rhyngddynt y tro hwn. A lle bu lleuad, yr hyn gaed heno oedd noethni golau trydan. Yn gwbl ymarferol. Ond yn oer a diangerdd.

Er na symudodd yr un gewyn arall, ar wahân i droi ei ben, gwyddai Nesta o'r gorau fod y geiriau hynny wedi'i gythruddo a theimlodd radar ei wyliadwriaeth ar waith. '. . . Nid y bydden i, wrth gwrs, yn breuddwydio gwneud dim byd o'r fath,' ychwanegodd, mor hamddenol ag y gallai.

'Ddweda i be,' cynigiodd yntau wedyn, i fod yn fwriadol yn fwy cymodlon. 'Os wyt ti'n addo peidio ffonio'r heddlu, dw inne'n addo aros yma dan do tan y bore . . . jest i dy arbed di rhag teimlo'n euog am darfu ar 'y nghwsg i. Bargen dda? Fe ro' i'r sach gysgu 'ma ar lawr fan hyn yn y gegin. Mae 'na ddigon o le. Shwt mae hynny'n siwtio?'

Yn hytrach nag ateb, mynd trwy'r drws i'r cyntedd wnaeth Nesta heb yngan gair. Pan ddaeth yn ei hôl, roedd y dyn ar ei draed a golwg ansicr arno, fel petai wedi drwgdybio beth oedd ar droed. Roedd hithau'n llwythog; ei breichiau'n magu gobennydd gwely a dau glustog anferth.

Gollyngodd ei llwyth ar y bwrdd. 'Hwdwch! Os y'ch chi'n benderfynol o droi rhyw gornelyn o'r stafell 'ma'n wâl dros nos, fel cwt ci, mi fydd angen y rhain arnoch chi.'

Safodd y dyn yno'n ddiddiolch am sbel, ei lygaid yn symud yn araf rhwng ei gymwynaswraig a'r mynydd cysur a ollyngwyd mor ddiseremoni o dan ei drwyn. Cymerodd ambell sip o'r coffi am yn ail â sbecian.

'Ei di i dy wely nawr?' gofynnodd o'r diwedd. 'Rhaid dy fod ti wedi blino'n lân . . .'

'Y stafell drws nesa yw'r tŷ bach,' ebe Nesta, gan bwyntio i'w chyfeiriad. 'Wela i chi yn y bore, felly.'

'Falle,' atebodd yntau'n awgrymog.

'Os nad oes 'na ddim byd arall . . .' dechreuodd Nesta ar frawddeg a wnâi iddi swnio fel gwraig tŷ lodjin yn cymryd arni roi tendans i westai. Sylweddolodd hynny'n syth a thewi cyn ei gorffen. Trodd yn ôl am ei gwely, gan gau drws y gegin arno heb ddymuno 'Nos da' na dim.

Pan gododd fore trannoeth, nid oedd yn syndod ganddi ganfod y gegin yn wag. Gorweddai'r gobennydd a'r clustogau'n un pentwr ar y bwrdd, a ger y sinc safai mỳg wedi'i olchi a'i adael wyneb i waered i ddiferu'n sych.

*

Yn ddwy ar bymtheg oed, byddai'n gorwedd yn ei wely'r nos yn gofidio ei fod wedi dal siffilys. Roedd wedi byw gormod. Lladd gormod. Treisio gormod. Roedd ffrind gorau ei blentyndod eisoes wedi colli coes.

Un llawn jôcs budron oedd yr MO. Byddai hwnnw'n gorfod tawelu ei feddwl a'i sicrhau bod pob dim yn iawn . . . bob yn eilddydd, bron. Uffarn o gês!

Doedd dim heddwch i'w gael. Doedd dim heddwch i fod. Ddim i filwr.

*

Melissa fynnodd lusgo'i mam i ganol y ddinas gyda'r nos trannoeth. Doedd gorymdaith filwrol fawreddog fawr at ddant Nesta fel adloniant Nos Galan. Ond rhaid oedd derbyn y drefn. Pa ddewis arall oedd 'na? Fe allasai fod wedi esgus nad oedd hi'n hanner parod pan alwodd Melissa. Y tebygolrwydd oedd y byddai honno wedi bod yn rhy ddiamynedd i aros amdani, a mynd. Neu fe allai fod wedi dweud celwydd golau a chogio ei bod yn ddi-hwyl. Ond croes graen i Nesta fyddai rhyw gleme felly. Felly, derbyniodd y cynnig yn ddirwgnach; gwisgodd rhag yr oerwynt a chafodd ei hun ynghanol torf enfawr, gyda phawb o'i chwmpas yn martsio yn eu hunfan yn anffurfiol i gadw'n gynnes.

Dechreuodd y gwynegon yn ei choes ei thrwblu'n syth. Fferrai wrth sefyllian yn yr oerfel affwysol. Doedd dim amdani ond dioddef mewn diflastod, gyda'i hwyrion yn rhedeg o'i chwmpas wedi'u weindio fel dwy watsh a Melissa, bob yn awr ac yn y man, yn rhyw hanner tynnu sylw pawb at y gwahanol ryfeddodau dinistriol a oedd i'w gweld yn gyrru heibio yn y pellter.

'Be ddigwyddodd i hwyl Nos Galan y gorffennol?' gofynnodd Nesta'n bryfoclyd. 'Y Fari Lwyd ac yn y blaen? Tân gwyllt? Mi fyddwn i a dy dad yn arfer mynd â ti i lawr i'r parc ar noson ola'r flwyddyn. Wyt ti'n cofio?'

'Maen nhw'n dal i wneud pethe felly ym mharc yr amgueddfa, yn ôl be dwi'n ddallt,' atebodd ei merch yn wybodus. 'Ond gyda phawb yn byw gymaint yn hirach nawr, rhaid dyfeisio gwefrau newydd i gadw pawb yn ddiddig drwy'r amser. Mae'n gryn her i'r awdurdodau, wyddoch chi.'

'Go brin fod dim byd gwreiddiol mewn gwylio milwyr yn martsio heibio,' meddai Nesta'n slei.

'Tewch wir, Mam.'

O gofio bod clustiau mawr gan foch bach, ychwanegodd Nesta'n fecanyddol, 'A chware teg iddyn nhw am drio, wrth gwrs.'

Cyn iddi gael cyfle i orffen y frawddeg yn iawn, roedd dawnswyr lifrog wedi dod i'r golwg o rywle a'u campau wedi dwyn ochneidiau'r dorf. Tawodd Nesta a dychwelodd ei meddyliau at yr unig beth i fynd â'i bryd go iawn y Calan hwnnw. Y dyn.

Er ei brotestiadau nad oedd erioed wedi cymryd dim na chafodd ei gynnig iddo, gwyddai Nesta iddo gael cawod cyn hel ei bac y bore hwnnw. Gorwedd rhwng hanner cwsg ac effro oedd hi pan ddaeth yn ymwybodol o'i bresenoldeb yn y tŷ bach. Ni roddodd hi fawr o bwys ar y digwyddiad, heb sylweddoli taw dyna'r tro cyntaf ers dros flwyddyn iddo fod yng nghartref neb a charthu'i gorff rhwng pedair wal a gynlluniwyd yn unswydd ar gyfer y pwrpas.

Yna'n annisgwyl, daethai sŵn y dŵr i'w chlyw. Cafodd ei deffro'n iawn pan ddechreuodd y system wresogi ddarparu dŵr ar ei gyfer. Cadwodd ei llygaid ynghau er mwyn i'w chlustiau ganolbwyntio'n iawn, gan ddotio wrth feddwl bod gan ei chartref brofiad newydd i'w gynnig iddi – neu, o leiaf, un na chawsai ers blynyddoedd lawer. Yn naturiol, yr unig droeon y câi'r gawod ei defnyddio oedd pan fyddai hi ei hun o dan y llif. Profiad dieithr iddi oedd swatio o dan gwrlid yn gwrando ar y gwahanol synau a gadwai'r system ddŵr. Prin yr amrywiodd y dyn ddim ar rym nac amledd y llifeiriant. Nid cawod fwythlon, hamddenol a gymerodd. Ni fu oddi tani'n hir. Cael ei hun yn lân fu nod y dyn, nid ymblesera.

Gorweddodd Nesta mor llonydd â phosibl wedyn, ond ni allai ddirnad rhagor o'i symudiadau. Pan fentrodd godi o'r diwedd, yr unig dystiolaeth a ganfu o fodolaeth ei hymwelydd, ar wahân i'r clustogau a'r mŷg glân yn y gegin, oedd y tywel a ddefnyddiodd i'w sychu ei hun – yr un a gymerodd yn ddiwahoddiad o'r cwpwrdd crasu yn y tŷ bach ac a adawodd, wedi'i blygu'n ofalus, ar ochr y basn ymolchi.

Roedd ei deryn wedi diflannu drachefn, ond cymerodd gysur o feddwl ei fod bellach yn lân, o leiaf.

'Do'n i ddim yma neithiwr,' meddai Nesta'n swta. 'Gawsoch chi ddrws clo?'

'Na. Doedd neithiwr ddim yn noson mor aeafol. Ac ro'n i'n amau na fyddet ti'n dod sha thre i groesawu'r flwyddyn newydd ar dy ben dy hun bach. Ddim pam mae cadw cownt o oedran Iesu Grist mor bwysig iti.'

Wyddai Nesta ddim beth i'w ddweud yn ateb i hynny. Roedd hi'n wir iddi fwrw Nos Galan yn fflat Melissa, ond rhyw ddilyn yn anochel o'r orymdaith wnaeth hynny. Nid yno'r oedd hi wedi dymuno bod o gwbl, ac ni fu hi erioed yn fwy balch o gael dychwelyd i'w chartref ei hun ag y bu y bore hwnnw. Ei hunig aflonyddwch oedd canfod bod amserlenni'r teledu'n dal yn ddrysfa. Dim un o'i hoff raglenni yn eu llefydd arferol. Wyddai hi ddim ym mhle'r oedd hi. Wrthi'n gwylio rhyw gwis cyfarwydd oedd hi hyd at rhyw bum munud yn ôl, ond doedd hi'n fawr o ffan. Pan glywodd y sŵn yn dod o gyfeiriad y gegin, llamodd i'w thraed yn syth, yn wên o glust i glust.

Fyddai neb byth yn curo wrth ddrws cefn y byngalo. Nid cymdogaeth felly oedd hi. A ph'run bynnag, roedd gan Nesta gloch soniarus yn sownd ar ddrws y ffrynt – un a wnaed yn arbennig ar gyfer deiliaid tai oedd braidd yn drwm eu clyw.

'Fe ddaeth y fenyw smart 'na sy'n gwisgo gormod o golur i dy gasglu di, yn do fe?' aeth y dyn yn ei flaen. 'Wastad ar frys, on'd yw hi?'

'Dych chi ddim yn colli fawr.'

'Wedi colli digon yn 'y nydd. 'Set ti'n synnu, ledi.'

Swniai pob ymateb yn od o slic a sinigaidd. Synhwyrai Nesta fod ganddo gyflenwad dihysbydd o fwledi a gynhyrchwyd ymlaen llaw er mwyn bod yn barod i ymateb i ba daflegrau bynnag a deflid ato.

Yn ei rhyddhad, roedd hi wedi rhuthro i'r gegin gan wybod i sicrwydd taw fe oedd yno. Ac yn wir, dyna lle'r oedd e â'i drwyn yn erbyn y ffenestr fawr uwchben y sinc, ei ddwylo o bobtu'i ben, fel petai hynny o help iddo edrych i grombil y fagddu. Ar wahân i fod yn welw, roedd ei wyneb yn gwbl ddifynegiant, a phan gynheuodd Nesta'r golau, cerddodd yn syth at ddrws y cefn gan gymryd yn ganiataol y byddai hi'n agor iddo.

Y peth cyntaf a wnaeth ar ôl dod i mewn oedd ystumio arni i dynnu'r bleind i lawr. Ufuddhaodd hithau'n ddigwestiwn. Nawr, roedd ei ddatganiad diweddaraf wedi tynnu'r gwynt o'i hwyliau braidd. Pa golled oedd ganddo mewn golwg, tybed? Oedd e'n sôn am deulu? Hunan-barch? Pres? Ei iawn bwyll? Ei enw da? Roedd modd colli cynifer o bethau.

'Na hidiwch! Mae'n flwyddyn newydd bellach.' Swniai'r geiriau'n ddifater wrth ddod o enau Nesta, a gwyddai na fyddent yn ddigon o blastar i guddio briwiau'r dyn.

'Mi fydd yn Nos Ystwyll toc,' meddai yntau gan wenu. 'Gwell iti gofio tynnu'r holl addurniadau Dolig 'na i lawr mewn da bryd, neu lwc ddrwg gei di.'

'Dwi heb drafferthu 'da lwc na thrimins ers blynyddoedd,' atebodd hithau'n sarrug.

'Na, fe sylwes i,' ebe drachefn yn dawel. 'Bod yn eironig o'n i.'

'Coeglyd yn nes ati, ddwedwn i.'

'Coeglyd? Eironig? Beth yw'r gwahaniaeth? Ma' 'da ti well crap ar eiriau a'u hystyron na fi, mae'n rhaid,' ildiodd y dyn. 'Y rhai haniaethol, ta beth.'

'Haniaethol?' ailadroddodd hithau trwy ryw niwl synthetig.

'Ym mhen pella'r garej, wrth wal drws nesa, mae 'da ti lwyn celyn reit dlws. Aeron yn pefrio trosto ers wythnose, er nad wyt ti wedi sylwi arno hyd yn oed, siŵr o fod. Fydde hi fawr o drafferth dod â sbrigyn neu ddou i mewn i'r tŷ, ti'n gwbod? Dolig nesa, falle!'

'Faint elwach fyddwn i o gael sbrigyn o ddim sy'n cymell ffrwythlondeb yn y tŷ? Yn fy oedran i? Calliwch wir, ddyn!'

'Meddwl 'set ti'n fodlon imi roi 'mhen i lawr fan hyn unwaith 'to heno,' meddai'r dyn, gan gyfeirio at y llawr y tu ôl iddi. Roedd eisoes yn cario'r sach gysgu o dan ei gesail. Nid oedd wedi tynnu ato i ddiosg na maneg na het – rhag ymddangos fel petai'n cymryd dim yn ganiataol.

Gogwyddo'i phen yn unig wnaeth Nesta. Roedd hi'n fodlon iddo aros. Wrth gwrs ei bod hi. Doedd dim dwywaith am hynny.

Ond teimlai braidd yn ddig wrtho. Abwyd bwriadol oedd ei arabedd pryfoclyd, a hithau wedi syrthio i'r fagl o gael ei chymell i siarad rwtsh.

Greddf gyntaf Nesta pan gamodd y dyn dros y trothwy oedd cynnig diod boeth iddo. Te. Coffi. Y fins pei olaf. Ond daeth rhyw ysfa wyrdroëdig drosti i ymwrthod â'r reddf honno. Roedd elfen o gosb yn ei phenderfyniad, ond doedd hi'n dal ddim am fagu dibyniaeth, chwaith. Wedi'r cwbl, nid rhyw forwyn fach oedd hi, ar gael i ateb holl ofynion rhyw drempyn ar ffo. Ni chrybwyllodd fwyd na diod o unrhyw fath drwy gydol eu sgwrs.

O'i ran yntau, roedd balchder yn faich arno a chymerodd gryn gyfaddawd ar ei ran i guro'r ffenestr yn y lle cyntaf. Roedd y ddaear eisoes yn sgleinio yng ngolau'r lleuad ac yn galed fel haearn. Byddai wedi gwerthfawrogi rhywbeth bach i'w gynhesu, ond doedd e ddim yn bwriadu gofyn dros ei grogi. Ni ddaeth cais. Ni ddaeth cynnig. Ni chafwyd paned.

'Rhaid ichi gysgu lan llofft heno,' meddai Nesta wrtho wedyn gan amneidio i gyfeiriad y grisiau. 'O dan y to. Dyw hi ddim yn stafell go iawn, peidiwch â phoeni. Do's dim peryg yn y byd y cewch chi'ch llygru gan foethusrwydd! Gwae ni na ddigwydd hynny! Ond o leia fyddwch chi ddim dan draed wedyn yn y bore.'

'Do'n i ddim dan draed y bore o'r blaen . . .'

'Na. Ond fe glywes i bopeth. Dyn tawel y'ch chi, mae'n wir, ond anghenfil swnllyd yw boilar.' Cymerodd Nesta gryn falchder yn y frawddeg honno ac ni allai lai na gwenu wrth ei dweud. Doedd hithau chwaith ddim heb ei hamiwnisiwn. 'Rŵan, tynnwch yr hen sgidie trwm 'na – dwi ddim am i'r barrug 'na ddadmer ar hyd llawr y gegin – ac yna ewch i'r parlwr i nôl y ddau glustog mawr. Wela i ddim pam fod raid i mi straffaglio i'w cario nhw drosoch chi.'

Ufuddhaodd y dyn. Cododd y naill droed ar ôl y llall i'w

gorffwys ar ochr un o'r cadeiriau pren. Gallai Nesta weld nad gorchwyl hawdd oedd datod y careiau a diosg y sgidiau cadarn. Bu distawrwydd rhyngddynt am funud neu ddwy, yna dododd yntau'r pâr yn dwt wrth y seidbord, o dan y grisiau.

Yn ei sanau trwchus y camodd i gyfeiriad y parlwr ffrynt. Wyddai Nesta ddim a oedd e wedi rhoi ei drwyn trwy ddrysau'r ystafelloedd eraill ai peidio ddau fore'n ôl, ond penderfynodd mai gadael iddo ffeindio'i ffordd oedd orau.

'Dyna chi. Mi fyddwch yn iawn lan fan'na,' meddai pan ddychwelodd â'i gôl yn llawn. 'Fe gawn ni air yn y bore.'

Aeth y dyn i fyny'r grisiau pren yn nhraed ei sanau.

'Mae'n gynnes lan fan'na,' dywedodd wrth gamu i lawr drachefn. 'Cynhesach na'r gegin 'ma.'

'Dwi'n falch 'ych bod chi'n licio'ch lle,' atebodd Nesta.

'Ti'n garedig iawn...' Wrth siarad, estynnodd am y sach gysgu a adawyd ganddo ar waelod y grisiau ac roedd ar fin dweud mwy pan dorrodd sŵn o ddrws y ffrynt ar ei draws.

'Iw-hw, Mam! Ni sydd 'ma. Hylô! Ble dach chi?'

Erbyn i'r llais dewi, roedd wedi teithio o ddrws y ffrynt i'r parlwr, ac yn adlewyrchu ei siom o ddarganfod nad oedd Nesta yno. Petai perchennog y llais wedi cyrraedd hanner munud ynghynt, byddai wedi dod o hyd i ddieithryn yno, yn nhraed ei sanau, yn twrio y tu ôl i'r soffa.

Saethodd llygaid y dyn i gyfeiriad Nesta a hynny'n gyhuddgar, fel petai'n hanner amau fod rhyw drap wedi'i osod ar ei gyfer. Heglodd ei ffordd yn ôl i fyny'r grisiau, mor dawel osgeiddig ag awel ysgafn, a'r sach gysgu'n dynn yn ei afael. Pan oedd o fewn cam i gyrraedd y llofft, a chip o'i draed yn dal yn y golwg i'r sawl a ddigwyddai edrych i'r cyfeiriad iawn, trodd rownd yn chwim. Cododd fys at ei wefusau, yn arwydd tragwyddol arni i gadw'i cheg ar gau. Roedd ei edrychiad yn un o ymbil wedi'i danlinellu gan fygythiad. Ac yna, roedd wedi diflannu i ddüwch y gofod gwag uwchben, fel pader yn y gwyll.

'O, dyma chi!' ailgychwynnodd Melissa. 'Ro'n i'n gweld bod yr hen raglen wirion 'na newydd orffen ar y teledu. Synnu atach chi'n gwylio'r fath sothach, wir, Mam. Newydd godi i wneud paned dach chi, ie?'

Roedd hi a'r ddau fab a ddilynai'n llywaeth wrth eu chwt yn rhy brysur yn baldorddi am yr anffawd a oedd newydd ddod i'w rhan i sylwi bod Nesta'n cydio'n dawel mewn pâr o sgidiau Doc Marten ac yn eu cario mor ddidaro â phosibl at un o'r cypyrddau o dan y sinc.

'Chredwch chi byth, ond mae 'na lifogydd mawr yn ein lle ni. Rhaid fod 'na rywbeth wedi torri yn y fflat wag 'na uwchben. Dŵr yn diferu'n rhaeadrau. Pan aeth yr hogia am eu gwlâu, roedd pobman yn wlyb sopan. Mi fydd yn rhaid inni aros yma heno.'

'Saff ichi ddod i lawr o'r diwedd.' Roedd hi'n ganol bore trannoeth cyn y gallodd Nesta sefyll wrth waelod y grisiau agored a llefaru'r geiriau. Gwnaeth hynny gyda rhyw oslef chwareus yn ei llais. Newydd adael, gan fynd â'u gofidiau i'w canlyn, oedd Melissa a'i phlant. Bu Nesta'n sefyll wrth ddrws y ffrynt yn ffarwelio a'u siarsio i'w ffonio'n nes ymlaen. 'Y munud y cewch chi ryw sens o'r cwmni 'na, cofiwch!'

Roedd hi wedi bod yn benderfynol o greu'r argraff nad oedd ganddi ddim byd gwell i'w wneud ar yr ail o Ionawr na chwarae rhan y fam a'r fam-gu ofidus. Dim ond pan oedd y tri'n ddiogel yn y cerbyd ac yn gyrru trwy'r glwyd y caeodd y drws a dod yn ôl i'r gegin.

Nid oedd wedi cysgu rhyw lawer, gan dybio y byddai'r dyn ar bigau'r drain hefyd, eisiau gadael y llofft a orfodwyd arno'n guddfan am bron i ddeuddeg awr. Ond cymryd ei amser wnaeth y dyn. Er na fu fiw iddo gadw siw na miw am gyhyd, doedd dim brys arno i dorri'r tawelwch, mae'n ymddangos. Yr unig arwydd o fywyd glywodd Nesta am funud neu fwy oedd siffrwd pethau'n cael eu casglu ynghyd. Pa bethau allai'r rheini fod, wyddai hi ddim. Yn ymddangosiadol, o leiaf, doedd ganddo fawr ddim.

Yna, o'r diwedd, fe ymddangosodd ar y grisiau, yn droednoeth a gosgeiddig ei gerddediad. Cariai ei sanau ond, er y sŵn, doedd dim golwg o'r sach gysgu na'r clustogau mawr cwtshlyd.

'Clôs shêf, Missus.'

'Oedd,' cytunodd Nesta, wedi'i siomi gan ei ddiffyg brwdfrydedd. Pam nad oedd hi'n gallu rhagdybio'i ymatebion yn well? Roedd hi'n giamstar ar hynny gyda phobl, fel arfer.

Aeth ar ei union at gadair i wisgo'i sanau. Allai hithau wneud dim ond edrych arno. Roedd yn wahanol yr olwg heddiw. Heb y trwch dillad a'i gorchuddiai fel arfer. Heb y miniogrwydd yn ei lygaid na'i lais.

'Fe glywsoch chi'r helynt, debyg?' mentrodd Nesta. 'Y fflat dan ddŵr. Yr holl alwadau ffôn 'na wnaeth Melissa ben bore. Ro'n i'n flin trosti, wir. Pawb yn dal yn rhy llawn o bwdin Dolig i falio dim. Fe driodd hi hala negeseuon ar y cyfrifiadur, ond dyw'r hen un 'na sy 'da fi yn werth dim, medde hi. Wn i ddim faint o alwade fuodd raid iddi neud. I lefydd lle doedd neb yn ateb. A phan oedd rhywun yno, dim ond gwadu mai eu problem nhw oedd hi wnaeth pawb.'

'Os nad yw 'u gwelye nhw'u hunen dan ddŵr, diofal tost yw pobol, ti'n gweld.'

'Mae 'na ryw helynt byth a beunydd 'da'r dyn 'na sy'n byw ar y llawr uwchben. Dyw Melissa ddim hyd yn oed wedi'i weld erioed. Dim ond rhyw led gip arno un tro, amser maith yn ôl. Ond mae'n gorfod godde byw 'da'r llanast mae e'n ei greu, serch 'ny.'

'Mae'r byd 'ma'n llawn llanast sy'n cael ei greu gan ddynion anweledig.'

Mor foel oedd ei oslef fel na wyddai Nesta a oedd ergyd y geiriau hynny'n fwriadol ai peidio.

'Fe gymrwch baned?' Daeth ei chynnig yn ddilyffethair y tro hon, fel petai'r rhwystredigaethau a'i llethodd neithiwr wedi eu hen anghofio yn y dryswch a ddaethai i'w rhan ers hynny.

Gallai weld ei fod yn hen law ar ddianc. Onid oedd y ddwy hosan wedi eu gwisgo ac yntau'n ôl ar ei ddwydroed ymhen chwinciad? Edrychai o'i gwmpas nawr, gydag arddeliad newydd. Chwilio am ei sgidiau oedd e, ond byddai gorfod gofyn amdanynt wedi bod yn wrthun ganddo.

'Dwi ddim am greu trafferth iti,' atebodd yn ystyrlon, gan wybod o'r synau a glywodd yn dod o'r gegin bod Nesta eisoes wedi brecwasta.

'Twt lol!' adweithiodd Nesta. 'Te neu goffi fydde ore 'da chi?'

'Coffi.'

A chyda hynny, heb ofyn na chynnig gair o eglurhad, aeth i'r tŷ bach. Trodd hithau at y peiriant coffi, ond cyn bwrw iddi i baratoi dim, penderfynodd fanteisio ar y cyfle i estyn y sgidiau o'r cwpwrdd dan y sinc. Gosododd nhw'n dwt o flaen y gadair lle y bu'n gwisgo'i sanau, fel y byddent yno'n ei ddisgwyl pan ddychwelai. Byddent wedi ymddangos o rywle, yn hudol o ddieglurhad.

Aeth at yr oergell a thynnu cigoedd oer, caws, llaeth a ffrwythau o'i chrombil. O gwpwrdd tynnodd fenyn, mêl, grawnfwyd a bara.

'Gwledd!' meddai pan ddychwelodd. Roedd y bwyd wedi dal ei sylw cyn y sgidiau.

'Pan y'ch chi'n byw ar 'ych pen 'ych hun, mae 'na bleser arbennig i'w gael wrth roi bwyd o flaen rhywun arall. Dwi wedi colli'r arfer.'

'Byw ar dy ben dy hunan yn hir?'

'Ers i'r ferch hedfan dros y nyth.'

'Mae'r ddwy ohonoch chi'n fenywod sy'n lico byw ar 'ych penne'ch hunain,' meddai fel ffaith.

'Wn i ddim am hynny,' ebe Nesta'n ôl. Doedd hi ddim yn siŵr a oedd ôl gwatwar ar ei ddweud ai peidio. Doedd hi ddim hyd yn oed yn gallu dweud i sicrwydd ai dweud ynteu holi oedd e.

'Siawns na chlywsoch chi sŵn yr hogie.'

'A, ie! Sŵn yr hogie!' adleisiodd yntau'n ddiemosiwn.

'Dyna fel y bydd Melissa wastad yn cyfeirio atyn nhw. "Yr hogie". Wn i ddim pam.'

'Am mai hogie 'yn nhw, falle?' cynigiodd yntau'n chwareus.

'Ac mae ganddi ŵr hefyd,' aeth Nesta yn ei blaen, gan anwybyddu ei gyfraniad. 'Ond hyfryd o anaml y bydd hwnnw byth i'w weld.'

'Dwyt ti ddim yn rhy hoff o ddynion?' gofynnodd iddi, cyn ychwanegu, fel petai am ateb y cwestiwn trosti, 'ac eto, smo'u hofn nhw arnat ti.'

Roedd Nesta ar ei gwyliadwriaeth. Gwnaeth sioe o roi gweddill y llestri ar y bwrdd. Arllwysodd goffi i'r ddau ohonynt, gan ei annog, trwy ystum, i dynnu ato.

'Na, ddwedwn i mo hynny,' atebodd yn dawel, ar ôl ailystyried ei hamddiffynfeydd am ennyd. 'Y drafferth yw 'mod i wedi gweld gormod o'r dinistr sy'n dilyn pan fydd pobl yn byw'n rhy glòs.'

Rhythodd yn ôl arno wrth siarad, gan ei herio i beidio â rhoi'r un arlliw o greulondeb neu ddirmyg ar flaen ei dafod y tro nesaf y siaradai. Ni fu'n rhaid iddi aros yn hir cyn cael gweld a weithiodd yr edrychiad.

'Alla i ddim dadlau â 'ny,' dywedodd yn dawel, cyn plygu i wisgo'r Doc Martens. Yna safodd wrth y bwrdd i dorri darn o gaws a thaenu menyn ar fara. Cododd y frechdan at ei geg.

'Os nad ydw i'n codi rhent arnoch chi am gysgu, wna i ddim codi dime am eistedd chwaith,' ebe Nesta

'Dim eistedd, ledi. Chymera i ddim cysur. Dim ond yr hanfodion mwya syml. Wna i byth wneud fy hun yn gartrefol yma. Gwna'n berffaith siŵr dy fod ti'n deall hynny.'

'O! Tewch wir! Dyna ddigon o'r dwli 'ma am "ledi" a "missus". Chlywes i erioed y fath rigmarôl ffuantus.' Trodd arno. 'Nesta yw'n enw i ac fe gewch chi 'ngalw i'n Nesta os mynnwch chi. Ond bendith y tad, rhowch lonydd i'r miri mursennaidd 'na.'

'Miri mursennaidd?' adleisiodd y dyn. 'Mmmmm. Dwi'n licio'r ymadrodd yna.'

'Cymerwch eich tocyn bwyd ac ewch, da chi,' gwylltiodd Nesta, wedi camddehongli edmygedd am watwar. 'Os taw 'ma i neud hwyl am 'y mhen i y'ch chi, s'da ni ddim mwy i'w ddweud wrth ein gilydd.'

'Paid â gweld chwith . . .' ceisiodd y dyn egluro.

'Digon hawdd gen i fydde inni fynd yn ôl at yr hen drefn,' mynnodd Nesta. 'Fe gewch gysgu mas fan'co, dan y feranda, o'm rhan i. Ewch yn ôl i gymryd y bwyd rwy'n 'i adael ar ben y bin a chachu yn y coed. Os taw dyna fel y'ch chi'n moyn i bethe fod, fel'na fydd hi.'

Cnôdd y dyn ar lond ceg o fwyd ac ochneidiodd wedyn, fel petai rhyw siom affwysol yn gymysg â'r poer yn ei lwnc.

'Dwi wedi dy ypseto di 'to. Sori.'

'Sori, Nesta!' cythrodd yn herfeiddiol arno, gan luchio'i ymddiheuriad pitw'n ôl i'w wyneb. Doedd hi ddim am ei golli, ond roedd ganddi ei balchder.

'Sori, Nesta,' ailadroddodd yntau'n syth gyda brys a chysactrwydd a ymylai ar y milwrol.

'Iawn. Wel, dyna hynny wedi'i setlo!' haerodd Nesta braidd yn ddiargyhoeddiad. 'Nawr, eisteddwch, wir.'

'Wrth y bwrdd ti'n feddwl? Na, wir. Dwi'n ei feddwl e. Alla i ddim eistedd wrth y bwrdd bwyd. Nid i fyta, ta beth. Dyw hynny wir ddim yn bosib.'

Roedd bwyta, ond nid wrth fwrdd, fel cysgu, ond nid mewn gwely, mae'n rhaid, ymresymodd Nesta. Roedd rhyw ddogn o resymeg yn perthyn i'w hathroniaeth. Gwenodd yn smala arno cyn cymryd llymaid o'i choffi a throi ei golygon tua'r ffenestr i guddio'r ffaith ei bod hi'n dylyfu gên.

'Mae plant heddi'n disgwyl popeth ar sgrin,' barnodd Nesta.

Ar awgrym y dyn, roedd hi wedi dechrau olrhain hanes y byngalo, ond gan na chofiai fawr ei hun troes byrdwn y sgwrs yn ôl at ei hwyrion.

'Pan oedden nhw'n ddim o bethe, mi fydde'r stâr 'na'n beryg bywyd iddyn nhw. Y ddau'n ceisio dringo o ris i ris yn dragwyddol. Ond anaml fyddan nhw'n anelu at y llofft erbyn hyn. Does dim byd lan 'co iddyn nhw, medden nhw. Dwi'n ame o's 'da nhw ddigon o ddychymyg i werthfawrogi cymaint o fendith yw cael gofod gwag.'

'Dim ond esgus byw yw whare plant, ti'n gwbod,' cynigiodd y dyn.

Wyddai Nesta ddim beth a olygai wrth hynny a sbiodd arno'n hurt am foment.

'Ond mae'n bwysig defnyddio dychymyg,' mynnodd. 'Dawn esgus.' Bron nad oedd hi'n hepian wrth siarad – a hynny, o bosibl, roes ddogn anghyfarwydd o hiraeth yn ei llais.

'Dyw plant heddi ddim yn gwbod beth yw ystyr esgus dim,' ategodd y dyn. 'Maen nhw'n rhy gyfarwydd â realaeth o'u cwmpas bob awr o'r dydd.'

'Na,' protestiodd Nesta. 'Rhy gyfarwydd ag afrealaeth maen nhw. Dyna'r drwg.'

Daeth hynny â'r sgwrs i ben drachefn. Plygodd y dyn ei ben fel petai'n derbyn cael ei drechu. Doedd 'run o'r ddau wedi cysgu fawr y noson cynt. Dyna'r drafferth, ym marn Nesta. Troes ei llygaid oddi wrtho.

'Nid pawb sy'n deall beth yw e i orfod cadw ar ddi-hun am fod 'i einioes yn dibynnu ar hynny', meddai hi wedyn. 'Nid whare plant yw hynny, ife?'

'Do'dd neithiwr ddim yn noson hawdd', cytunodd y dyn yn bwyllog. 'Ond rwy wedi cael gwaeth.'

'Fe ddylech fod yn ddiolchgar fod 'da chi'r hunanddisgyblaeth i allu gwneud hynny.'

'Greddf sy'n gyfrifol, siŵr o fod!'

'Neu ry'ch chi'n un sydd wedi'ch hyfforddi'n dda?' cynigiodd Nesta'n wybodus – er, wrth gwrs, na wyddai ddim. 'Beth bynnag yw e, fe alla i weld fod 'i angen e arnoch chi'n gyson. Un o amode hanfodol eich ffordd chi o fyw, 'sen i'n dweud.'

'Falle', ildiodd y dyn heb fradychu dim.

'Tasech chi wedi cwmpo i gysgu neithiwr', aeth Nesta yn ei blaen, 'mae'n ddigon posib y byddech chi wedi chwyrnu. A tasech chi wedi chwyrnu, fe allech chi fod wedi cael eich dal.'

Wnaeth e ddim aros yn hir ar ôl hynny. Roedd brecwast ar ben a gwnaeth yr hyn a ddeuai fel ailnatur iddo: diflannu. A'r tro hwn, gadawodd ei lestri budron ar ei ôl. (Rhaid mai ei chosb am fod mor haerllug oedd hynny.) Dringodd Nesta'r grisiau'n araf, gan syllu i'r gofod gwag ar ôl cyrraedd y ris a'i galluogai i weld yn iawn. Ie, sgubor fawr y gallai dychymyg ei lenwi cyn pen dim oedd gofod gwag, meddyliodd. Castell. Cell. Ogof i fôr-ladron guddio'u trysor.

Ar y llaw arall, i ddyn fel fe, deallai Nesta i'r dim sut y gallai fod yn ystafell wely foethus ac yn feddrod yr un pryd. Fyddai dim gobaith ganddo pe câi byth ei gornelu yno. Doedd yno ddim hyd yn oed ffenestr y gallai neidio trwyddi a chymryd ei siawns.

Bron o'r golwg, rownd y gornel, daeth o hyd i'r clustogau na allai roi ei hun i gysgu arnynt, wedi'u gosod y naill ar ben y llall, fel twr twt. Doedd dim golwg o'r sach gysgu, fodd bynnag. Lle bynnag y llechai cynt, roedd wedi ei dychwelyd yno.

Wyddai hi ddim a oedd e'n bwriadu dod yn ôl ai peidio.

Pennod 2

Daethpwyd o hyd i ddau gorff yn y fflat uwchben un Melissa. Dwy fenyw: y naill â'i chorff wedi'i ledaenu hwnt ac yma ar hyd un o'r llofftydd, a'r llall yn y bath.

'Dyw'r byd 'ma ddim ffit, wir.'

Roedd Melissa ar y ffôn ac ar gefn ei cheffyl. Allai Nesta wneud dim ond gwrando a phorthi'n achlysurol. Roedd ei syndod yn ddidwyll ddigon, wrth gwrs. Doedd digwyddiadau ysgeler y ddinas ddim fel arfer yn amlygu eu hunain mor agos fel y gallech eu cyffwrdd. Ond roedd yn amlwg bod ei merch a'i hwyrion wedi bod yn byw ychydig droedfeddi'n unig oddi wrth gyrff pydredig.

''Sneb yn siwr iawn eto faint o amser fuon nhw yno,' eglurodd Melissa. 'Mae'n dibynnu beth ddaw i'r fei yn y *post mortem*.'

Yr unig beth y gallai ei ddweud wrth yr heddlu â sicrwydd oedd nad oedd hi wedi sylwi ar unrhyw arogleuon drwg ac i'r dŵr ddechrau diferu drwy'r nenfydau rhyw bedair awr ar hugain ynghynt.

'Chlywsoch chi ddim byd, naddo, pan oeddech chi yma dros Dolig?' gofynnodd i'w mam, heb aros am ateb go iawn. Byddai'n cymryd diwrnod neu ddau i sychu'r matresi'n iawn ac roedden nhw ar eu ffordd yn ôl ati.

Go drapia! meddyliodd Nesta. Byddai ei hymwelydd ar drugaredd Coed Cadno a'r mannau diffaith eraill a âi â'i fryd am sawl diwrnod eto. Torrodd Nesta'r sgwrs yn fyr gyda'r esgus ei bod hi am fynd i wneud y gwelyau'n barod ar eu cyfer.

Roedd merch groenddu o'r enw Alysha wedi mopio dros fecanig croenwyn o'r enw Vince ers tro byd, er bod hwnnw eisoes yn briod â ffliwsi benchwiban o'r enw Bonnie. Yr hyn na ŵyr y ddau sydd newydd ddechrau ar affêr, ond ffaith sy'n hysbys i'r gwylwyr, yw bod Alysha a Vince yn hanner brawd a chwaer mewn gwirionedd. Felly, dyma fynd i'r afael â llosgach, hiliaeth a godineb, oll yn un. *Triple whammy* yn wir, a chryn bluen yng nghap pa sgriptiwr bynnag ddigwyddodd daro ar y wythïen hon o stori. Fe gadwai'r gyfres i fynd am fis arall, o leiaf, cyn y byddai angen dod o hyd i ryw argyfwng arall i gadw diddordeb y gwylwyr selog.

Hoffai Nesta ddadansoddi'r cyfan, ac ymgolli'n llwyr ynddo. Roedd rhan ohoni'n ddigon hirben i ddeall siniciaeth rhonc yr holl sefyllfa, a rhan arall ohoni'n barod i lyncu'r cyfan a'i dderbyn fel efengyl. Teledu oedd teledu. Ffin denau oedd rhwng dibyniaeth arno a dirmyg tuag ato. Trwy gael y gwylwyr i brofi'r cyfuniad cywir rhwng y ddau hyn yr oedd mesur ei lwyddiant. Dyna fyddai'n sicrhau bod sothach yn hwyl, ac roedd yn un o amodau sylfaenol teledu sâl.

Yn dilyn hynny, cafodd ei difyrru gan stori arswyd a gymerai arni ei bod yn rhaglen ddogfen ddifrifol. Cafodd rhyw ferch o Dresden ei geni gyda'i horganau mewnol i gyd o chwith, a dilynwyd ei champau wrth iddi ddygymod â byw. Yn ôl y sôn – ac yn ôl y lluniau Pelydr-X a lenwai'r sgrin bob dwy funud – roedd ei stumog, ei chroth a'i phledren i fyny yn ei brest, a'i chalon i lawr ar bwys ei hapendics yn rhywle. Fe gymerai hydoedd iddi basio dŵr am bod ganddo gymaint o ffordd i deithio o'r bledren. Wedyn, ar ôl yr hir ymaros – ac oherwydd grym disgyrchiant, eglurwyd – fe dueddai i ddod allan yn rhaeadrau pwerus. Ar y llaw arall, oherwydd bod ei chylla reit o dan ei gwddf, doedd fiw iddi fwyta llawer ar y tro, neu fe fyddai ei cheg yn llawn gwynt . . . a gwaeth.

Erbyn iddyn nhw ddechrau trafod y problemau roedd y ferch yn debygol o'u cael wrth genhedlu plant, roedd Nesta'n teimlo'n reit benysgafn a daeth sŵn car Melissa'n gyrru at ddrws y ffrynt fel cryn ryddhad iddi. Diffoddodd y set a chodi braidd yn simsan o'i chadair.

Erbyn iddi gyrraedd y drws a chynnau'r golau ar flaen yr adeilad, roedd y bachgen ieuengaf eisoes wrthi'n tynnu un o gesys mawr Melissa o gist y car.

'Hylô, cariad! 'Na fachgen da wyt ti yn helpu dy fam,' galwodd Nesta arno.

Roedden nhw'n edrych fel ffoaduriaid. Tri gwelw, di-ddweud, yn dianc o wlad y llofruddiaethau. Safodd Nesta i'r naill ochr i adael iddynt lusgo'u ffordd i'w chartref – y nhw a'u casgliad bach o drugareddau. Mor rhyfedd y byddai dyn yn edrych petai ganddo berfedd yn ei benglog a chlustiau i lawr wrth ei draed, meddyliodd.

'Chwalu'r garej 'na'n llwyr fydde orau. Mae e o'r un farn â fi'n llwyr,' meddai Melissa.

'Pwy, felly?' holodd Nesta.

'Y dyn 'na sy'n torri'r lawnt ichi. Hwnnw sy'n byw gyferbyn.'

Newydd ddod i mewn i'r gegin o'r parlwr oedd Nesta. Dod ar alwad Melissa. Gallai ei chlywed oddi yno, ond nid oedd wedi deall pob dim. Dyna'r drwg gyda'i chael i aros; roedd hi'n siŵr o fusnesa. A rhyw fusnesa heb fod â gwir ddiddordeb mewn dim fyddai Melissa fel arfer. Roedd ganddi farn ar bopeth, ond fawr o ddyfalbarhad i gael y maen i'r wal ynglŷn â dim.

'Pwy ddiawl ofynnodd iddo fe am 'i farn?'

'Y fi, fel mae'n digwydd,' atebodd Melissa'n bigog. 'Digwydd llygadu'r hen beth hyll o'n i, pan welodd e fi a dod draw i siarad.'

'Mae e newydd ddechrau busnes dymchwel hen garejys nawr, ydy e? Dyw cadw gerddi pobl yn gymen ddim yn ddigon iddo fe?'

Anwybyddodd Melissa'r sylw hwnnw, gan ddweud mai dod i nôl yr allwedd wnaeth hi mewn gwirionedd. 'I weld ffasiwn lanast sy 'na go iawn. Dwi heb roi 'y nhrwyn drwy'r drws ers blynyddoedd.'

Trodd Nesta ar ei sawdl am y cyntedd. Yn un peth, yno y cedwid yr allwedd. Ac yn ail, doedd hi ddim ar fin rhoi rhwydd hynt i Melissa. Cydiodd yn ei chot a'i gwisgo'n frysiog wrth ddilyn ei merch trwy ddrws y cefn.

'Hawdd iawn sôn am ddymchwel y lle,' protestiodd. 'Ond beth ddaw o'r MG wedyn?'

'Mi ddylech fod wedi gwerthu'r car 'na flynyddoedd yn ôl, Mam.'

'Dwi wedi meddwl gwneud sawl gwaith, ond roedd gan dy dad feddwl y byd ohono, cofia,' eglurodd Nesta, gan ddewis ei geiriau'n ofalus. 'Fedrwn i ddim meddwl am gael gwared arno.'

Wedi iddynt ddilyn y llwybr rownd y talcen a chyrraedd drysau dwbl y garej, dyna lle'r oedd y cymydog cymwynasgar yn ceisio craffu drwy un o'r ddwy ffenestr fechan.

'Mi fydd raid i chi fynd i mewn ar 'ych pen 'ych hun, mae arna i ofn,' meddai Nesta wrtho'n blwmp ac yn blaen.

Datglôdd y drws chwith, ac yna camodd hi a Melissa i'r ochr gan adael i'r dyn ddangos ei wrhydri. Heb drafferthu tynnu'r bolltau'n ôl ar y drws arall er mwyn tynnu'r ddau yn ôl yn iawn i adael golau dydd i mewn, camodd y dyn yn betrusgar tuag at y car. Bron nad oedd y ddwy fenyw'n gallu gweld ei ofn wrth iddo daflu cip drwy ffenestri'r cerbyd. Dihangodd peth o sawr y llygod i gyfeiriad y ddwy. Os oedd chwilfrydedd yn cymell y ddwy i ddilyn y dyn, roedd eu ffroenau'n dweud wrthynt am aros lle'r oedden nhw.

'Bobol bach! Y drewdod!' ebychodd y dyn. Gallai weld bod blynyddoedd o loddesta wedi llarpio'r lledr oddi ar y seddau, a bod ôl y dannedd a fu'n cnewian i'w weld ar y pren collen Ffrengig a fu unwaith yn harddu'r dashfwrdd.

Daeth yn ymwybodol o fil o lygaid yn cil-rythu arno, a chan obeithio nad oedd yn ymddangos yn rhy llwfr, camodd yn ôl yn go gyflym at olau dydd ac ymddiddan y ddwy wraig.

'Wel! Tydw i ddim yn arbenigwr o bell ffordd, ond mae'n amheus gen i ydy hwnna'n werth fawr o ddim i neb erbyn hyn,' dywedodd. 'Ella fod modd achub rhai o'r rhannau, ac y bydden nhw o ryw fudd i'r rheini sy'n gwirioni ar chwilota ym mherfeddion hen geir, ond nid fi all ateb hynny mewn gwirionedd. Mi fydd raid ichi fynd i weld pa wefannau sy 'na.'

'Ac o ran cyflwr yr adeilad,' meddai Melissa, 'tydy pethe ddim yn edrych yn rhy dda?'

'O, mi barith aeaf neu ddau eto, synnwn i fawr,' oedd yr ateb a roddodd, yn llai brwdfrydig nag y dymunai Melissa ei glywed. 'Chi ŵyr eich pethau, Mrs Bowen,' ychwanegodd wrth gloi'r padloc drachefn a thosglwyddo'r allwedd i Nesta.

'Ie, fi ŵyr 'y mhethe,' adleisiodd hithau. A'r un oedd ei byrdwn yn ddiweddarach pan oedd y dyn wedi hen ddychwelyd i'w diriogaeth ei hun, a'r ddwy wraig yn sefyll ar y feranda.

'Llygod. Corynnod. Trychfilod. Mae'n gas meddwl be ddaw nesa i drefedigaethu'r lle 'ma,' mynegodd Melissa ei barn yn ddiflewyn-ar-dafod. 'Does wybod be sy'n byw'n hael ar eich lletygarwch chi yn fama . . . yn rhedeg yn wyllt o gwmpas y lle . . . yn halogi pob dim.'

'Hy! Yr unig beth sy'n halogi'r lle 'ma ydy dy fwg di,' meddai Nesta'n bigog.

Allan ar y feranda am fod Melissa am ffàg oedden nhw a chwarddodd honno'n reit gras gan rythu tua'r coed, heb allu gweld dim ond pren. 'Dwi'n siŵr y medre'r rhan fwyaf o'r tacle sy'n rhedeg yn wyllt o gwmpas y lle 'ma ein lladd ni i gyd, dim ond iddyn nhw gael hanner cyfle,' meddai, rywle rhwng coegni a ffaith.

Cytunodd Nesta fod digon o bethau haerllug i'w cael yn y cyffiniau – ac o dan ei gwynt, atgoffodd ei hun ei bod yn hen bryd iddi fuddsoddi mewn cyflenwad o wenwyn.

Enciliodd y dyn i Goed Cadno am rai dyddiau. Yn ôl i'w hen gynefin. Roedd ganddo wâl yno a llwybrau cudd yr oedd wedi dod yn hen gyfarwydd â nhw. Treuliai ei ddyddiau'n gosod trapiau, yn hel y bwyd a dyfai yno'n rhad ac am ddim ar ei gyfer, ac yn cymryd golwg drwyadl ar ardd yr hen fenyw bob yn awr ac yn y man, i weld a oedd olion i ddangos bod Melissa'n dal yno.

Bu'r deunaw mis a mwy y bu'n galw Coed Cadno'n gartref yn addysg dda iddo o ran arferion Nesta. Gwnaeth nodiadau manwl yn ei ben ynglŷn â'r drefn a gadwai. Daeth i sylweddoli ei bod hi'n mynd i'w gwely oddeutu hanner nos fel arfer, ac yn codi drachefn tuag wyth y bore. (Amrywiai hyn ar fympwy weithiau, a daeth y dyn i'r casgliad mai rhaglen mwy at ei dant nag arfer ar y teledu oedd i gyfrif am y nosweithiau pan arhosai ar ei thraed yn hwyrach.) Os oedd golch i'w gwneud, gallech fentro y byddai Nesta wedi ei gwneud a'i rhoi ar y lein cyn deg y bore. A bob nos Iau, rhaid oedd llusgo'r bin sbwriel allan i ben y lôn ar gyfer ei wacáu y bore trannoeth.

Gwyddai'r dyn nad oedd heb ffrindiau. Gwragedd a alwai arni gan fwyaf. Rhai'n gyrru eu ceir hunain, ac eraill mewn tacsis. Yr unig blant a alwai heibio oedd yr wyrion, ac roedd Melissa'n nodedig o blith ei hymwelwyr achlysurol am ei bod hi'n iau na neb o'r lleill.

Do, bu'r dyn yn astudio arferion Nesta am fisoedd cyn mentro troi ei feranda'n ystafell wely.

Nawr, am gyfnod eto, bu'n rhaid iddo fodloni ar wylio symudiadau'r hen fenyw o bell. Ni châi ddŵr glân o'r tap; rhaid oedd dibynnu ar yr unig ffynnon groyw y llwyddodd i ddod o hyd iddi. Byddai yfed diferyn o'r nentydd a redai i lawr o'r mynydd yn beryg bywyd iddo am fod sgerbydau pob math o greaduriaid a laddwyd gan eu llygredd yn gorwedd hwnt ac yma ar lawr y coed: moch daear a cheirw a llawer iawn mwy. Ni châi ychwaith foethusrwydd dŵr poeth a chawod i ymolchi; rhaid oedd ymdopi gorau y gallai mewn rhyndod oer. Drwyddi draw, roedd hi'n llwm arno.

Aeth yn ôl i hen arferion y coed fel petai'n frodor o dras. Gochelodd rhag bradychu'i fodolaeth i'r un o'r gwarchodwyr a safai ger y mynedfeydd swyddogol rownd y rîl. Wedi iddi nosi, difyrrai ei hun trwy guddio'n llechwraidd yn y mannau mwyaf manteisiol ar gyfer sbecian ar y parau a ddeuai i'r coed liw nos i garu.

Ar y dechrau, bu'r cyfan yn gyntefig ac anturus iddo. Ond nawr, doedd yn ddim ond nychdod.

Wrth iddo edrych o hirbell ar y ddwy fenyw'n siarad, synhwyrai fod Nesta'n taflu ambell drem go dreiddgar i gyfeiriad y coed, yn hanner ymwybodol o'i bresenoldeb. Ond edrychai'n llai urddasol nag arfer iddo heddiw. Roedd hi'n hanner llusgo'i thraed wrth gerdded, yn annifyr yr olwg fel petai'n well ganddi fod yn niogelwch diddos ei thŷ nag allan yno wedi'i dal yng ngerwinder y geiriau croes. Gwyddai fod y fam a'r ferch yn siarad, a gallai ddirnad nad oedd unrhyw dynerwch rhyngddynt.

Ar Melissa roedd y bai am hynny. Safai honno ar y feranda, y sigarét rhwng ei bysedd fel eicon o soffistigeiddrwydd oes a fu. Llenwyd ef â phangiadau rhyw atgasedd rhyfedd tuag ati.

Roedd e wastad wedi gallu gwynto o bell yr hyn oedd yn debygol o brofi'n beryglus iddo.

'Fe ges i ofn heno, rhaid cyfadde,' cyfaddefodd Nesta. 'Er nad yw e'r un ofn ag y byddwn i'n arfer 'i brofi. Wn i ddim pam. Wedi cael y gore arno'n rhy drwyadl yn y gorffennol, siŵr o fod.'

Cymerodd lymaid go dda o'i choffi ar ôl gorffen siarad, gan syllu'n syth o'i blaen. Yn y gegin oedden nhw, gyda'r bleind i lawr. Eisteddai yntau'n ddisymud bron ar bedwaredd gris y staer.

Pymtheg awr yn unig oedd wedi mynd heibio ers ymadawiad Melissa a'i chriw. Roedd hi wedi mynd gan adael Nesta'n gofidio'n dawel a welai hi'r dyn byth eto. Ei phryder oedd y byddai hwnnw wedi dod i'r casgliad bod yr ymweliadau mynych a disymwth yn ormod o risg iddo.

Ac eto, dyma lle'r oedd e drachefn. Yn ei chegin. Ar ei hangen. Yn ddiogel.

Gwyliodd y dyn ymadawiad y tri ymwelydd â'i lygaid ei hun. Ond, wrth gwrs, roedd Nesta'n iawn – doedd dim modd iddo wybod pryd y deuent eto, neu a oedd rhywun arall ar fin galw. Deallai fod angen iddo barhau i'w wneud ei hun yn un â'r bywyd gwyllt. Mor chwim â gwiwer ac mor bigog â draenog, fe ddychlamai'n ôl a blaen rhwng cyfnos a gwawr; yn hel ei fwyd a hel ei bac; yn cymryd mantais ar ba gymwynasau bynnag a gynigid iddo. Ni allai Nesta fod yn fwy na rhan o batrwm ei fywyd.

'Fyddwch chi'n meddwl am natur ofn weithiau?' gofynnodd Nesta iddo.

''I deimlo fe fydda i, nid meddwl amdano,' atebodd y dyn. Newydd gael prawf dramatig o hynny oedd y ddau. Dyna pam eu bod nhw yno'n siarad.

'Mae'r ddau ohonan ni'n gallu ei gofio'n iawn,' meddai Nesta.

'Mae'n edrych yn debyg na chawn ni gyfle i'w anghofio,' ategodd yntau.

Unwaith y dywedodd synhwyrau Nesta wrthi eu bod nhw'n saff, roedd hi wedi rhoi ei bys ar fotwm y gwres canolog, gan obeithio y byddai hi'n seiat rhyngddynt am beth amser. Erbyn hyn, gellid clywed grwndi tawel y boilar yn gwneud ei waith yn y cefndir ac roedd y gegin wedi dechrau cynhesu.

'Wna i byth ofyn am eglurhad, wyddoch chi,' oedd geiriau cyntaf Nesta wrtho, rhyw ugain munud ynghynt, pan ddechreuodd y ddau ymdawelu ar ôl eu cynnwrf.

Yn lle ymdrechu i ymateb neu gyfleu rhyw arwydd cyffredin o letchwithdod, yr hyn a wnaeth y dyn oedd diosg y siwmper fawr drwchus y byddai wastad yn byw ac yn bod ynddi. Siwmper wlân ddu oedd hi. A du oedd lliw y crys-T a wisgai oddi tani hefyd.

Pan agorodd hi'r drws iddo, i'w achub o'i argyfwng diweddaraf, roedd wedi'i orchuddio â'i haenau arferol. Ar wahân, hynny yw, i'w draed. Yn wahanol i'r arfer, nid am ei ddwy droed roedd y sgidiau trymion a wisgai, ond yn dynn yn ei law chwith. Rhoddwyd rheini bellach o'r golwg yn y llofft ac, yn raddol, diosgwyd yr het a'r menig hefyd. Erbyn hyn, edrychai'r dyn fel petai wedi dadebru, yn gwbl hunanfeddiannol unwaith eto.

'Fi'n dy drysto di, reit,' mentrodd ddweud wrthi o'r diwedd. 'Dyna i gyd sy ishe i ti wybod. Dyna i gyd mae'n ddoeth i ti wybod.'

'Fu arna i erioed ofn dynion,' aeth Nesta yn ei blaen fel petai'n cyffesu rhyw gamwedd gyda balchder mawr. Roedd wedi dod o hyd i lais mymryn yn fwy ffurfiol na'i lleferydd bob dydd. Un a apeliai at yr actores ynddi. Un a weddai i'r awr. 'Rhai fel chi, rwy'n 'i feddwl.'

Llowciodd y dyn yn helaeth o'i ddiod, heb borthi dim arni.

'Rwy'n cofio unwaith, pan o'n i ar drên, imi gael 'y nal gan griw o lanciau . . .'

'Nid llanc ydw i,' torrodd ar ei thraws. 'Dynion, ddywedest ti. Dynion. 'Rhai fel fi.' Ond nawr, ti'n sôn am lanciau . . .'

'Dim ond ffordd o siarad,' atebodd hithau, gan swnio'n ddiamynedd unwaith eto. 'Dwi am ichi deimlo y gallwch chi ymddiried yno' i . . . tasech chi ishe. Dyna i gyd. Pam dach chi'n mynnu bod mor bedantig?'

'Mae ffordd o siarad yn gallu bod yn beryglus,' mynnodd yntau. 'Ffordd o siarad, wir!'

'Ydych chi am glywed y stori neu beidio?'

''Sdim ots 'da fi, a dweud y gwir. Ond ti'n lico siarad . . . Felly, dw inne'n fodlon gwrando.'

'Fydda i ddim yn cael llawer o gyfle i siarad, dyna'r drafferth.'

'Fe allet ti siarad â ti dy hunan. Mae hynny'n dal i gael ei ganiatáu.' Edrychodd i fyw ei llygaid am y tro cyntaf. 'A dyn a ŵyr, mae'r ferch 'na s'da ti 'nôl a 'mlân yn ddigon amal.'

'Mae hynny'n wir,' cytunodd Nesta gan godi'i hysgwyddau. 'Ond dyw hi'n gwrando fawr ddim arna i. Syniad Melissa o geisio bod yn garedig yw prynu anrhegion drwy'r amser. Mi fydde'n well 'da fi petai hi'n fwy parod i wrando weithie, ond nid felly y cafodd hi'i gneud, mae'n ymddangos.'

'Petheuach yw pethe rhai pobl.'

'Melissa'n un ohonyn nhw, heb amheuaeth,' mynnodd Nesta. 'Ydych chi wedi sylwi bod y lle 'ma'n llawn trugaredde ges i ganddi rywbryd neu'i gilydd? Y clustoge mawr moethus 'na sy 'da chi fan'na lan llofft – y rhai y byddwch chi'n cysgu arnyn nhw mor aml y dyddiau hyn. Anrheg gan Melissa oedd rheina. A'r teclyn gwneud coffi 'na fan'co . . .'

'Ar drugareddau Melissa yr ydym oll yn byw,' gwatwarodd y dyn gan godi'i fŷg fel petai'n cynnig llwncdestun i'w noddwraig anfwriadol.

'Mi fydde gwrando arna i ambell dro yn fwy o drugaredd i'm tyb i,' mynnodd Nesta.

'Yn y cyfamser, 'nôl â ni at y trên . . .'

'O, twt! 'Sda chi ddim diddordeb mewn clywed am hynny go iawn.'

'Wrth gwrs bod e. Trên yn teithio o ble i ble oedd e?'

'O Lundain. Hwyr y nos. Chofia i ddim pam ro'n i wedi bod yn Llundain yn y lle cyntaf. Cyn imi briodi. Ro'n i'n gweithio. Cyfarfod, falle. Pa ots. Ro'n i'n teithio.'

'Oedden nhw'n feddw?'

'Wrthi'n yfed ar y pryd oedden nhw,' atebodd. 'Roedd diod yn chware rhan hanfodol yn y profiad, does dim dwywaith. Dwyawr hynod annifyr, rhaid cyfaddef. Doedden nhw ddim yn codi reiat fel y cyfryw, ond doedd 'na ddim byd tangnefeddus mewn bod yn eu cwmni nhw chwaith.'

'Dansherus, fel maen nhw'n gweud!'

'Na, ddwedwn i mo hynny. Ddim yn hollol. Neu fyddwn i ddim wedi mynd i eistedd yn eu plith nhw, fyddwn i? Roedd y trên dan 'i sang, chi'n gweld,' eglurodd Nesta. Roedd yr atgof yn dal yn hynod fyw iddi. 'A phan weles i sedd wag, ro'n i'n benderfynol o'i chyrraedd imi gael eistedd. Pam ddylwn i sefyll yr holl ffordd adre a minne wedi talu am 'y nhocyn fel pawb arall?

'Roedd 'na bedwar ohonyn nhw o gwmpas un bwrdd, a thri wrth y bwrdd gyferbyn, gydag un ohonyn nhw'n gorweddian ar draws un ochr yn cymryd lle dau. Fe gododd pan welodd 'mod i'n benderfynol o gymryd sedd, gan 'y ngorfodi i eistedd ar yr ochr fewnol, nesa at y ffenest . . . wedi 'nghornelu ganddo fe a'r ddau oedd yn eistedd gyferbyn. Gallwn weld y lleill oedd yn sefyll yn yr eil yn troi'u golygon i gyfeiriade eraill, gan feddwl 'mod i'n hulpan wirion yn gwthio fy hun i'w canol nhw jest er mwyn cael sedd.'

'Falle mai dy edmygu di oedden nhw,' cynigiodd yntau. 'Mae pobl yn gallu ymddangos yn reit wylaidd yng ngwydd y rhai maen nhw'n 'u hedmygu. Fe edrychon nhw bant am fod dy ddewrder di'n fwy nag y gallen nhw ddiodde edrych arno.'

'Wnes i erioed ei gweld hi fel'na, rhaid cyfadde,' cyffesodd hithau'n ystyriol.

'Menyw benderfynol iawn, mae'n amlwg. Nesta Bowen.'

'Ofn y giwed oedd wedi gwneud i'r lleill gadw draw, siŵr gen i. Doedd dim un ohonyn nhw wedi gwneud ymdrech i eistedd yn y sedd wag. Ond dwi ddim yn meddwl mai gwroldeb yrrodd fi i'r gornel 'na. Styfnigrwydd, falle. A thraed ro'n i wedi bod yn sefyll arnyn nhw'n rhy hir.'

'Y teithwyr eraill yn llwfr a tithe'n rhy ddewr i fod yn ddoeth.'

'Esgus nad oedden nhw yno wnes i i ddechrau,' aeth Nesta yn ei blaen, gan ei anwybyddu. 'Astudio'r nos. Rhythu i'r düwch.'

'Noson ddu bitsh, oedd hi?' corddodd y dyn. 'Rhywbeth tebyg i heno?'

'Ha! Dim byd tebyg i heno,' ildiodd Nesta'n chwareus. 'Nid y math yna o gyffro oedd yn troi'n stumog i bryd hynny.'

'Dim hofrenyddion? Dim llifoleuadau? Dim cyrch?' holodd y dyn yn ogleisiol. 'Ti'n mynd â ni'n ôl i oes yr arth a'r blaidd go iawn nawr.'

'Noson sych. Dwi'n cofio gymaint â hynny'n iawn . . .' ailddechreuodd Nesta.

'Ti'n cofio pob manylyn, mae'n amlwg,' torrodd yntau ar ei thraws.

'Dwi'n cofio imi feddwl, petai 'na wynt cry'n hyrddio glaw trwm yn erbyn y gwydr,' ebe Nesta, 'y byddai wedi gwneud i'r ffenest ymddangos yn fwy diddorol o lawer. Ond y cyfan ges i i ddianc iddo oedd adlewyrchiad o'r gole yn y compartment a'r düwch diddiwedd y tu hwnt.'

'Dim ond sŵn y trên a rhegi amrwd criw o "hogie" i lenwi dy glyw? Ife fel'na oedd hi?' Roedd rhywbeth hudolus ynghylch ei lais wrth iddo siarad. Yn fwyn a chadarn, a hwythau'n cydrannu math o gysur yn oriau mân y bore. 'Sŵn clecian canie'n cael 'u taro'n erbyn 'i gilydd bob dwy funud. Dyna beth mae iobs fel'na'n 'i gamgymryd am gyfeillgarwch. Wyddon nhw ddim beth yw ystyr gwir frawdoliaeth. Y perthyn sy'n berthyn hyd waed.'

'Perthyn trwy waed, chi'n feddwl?'

'Na. Hyd waed,' atebodd yn dawel.

'Dwi'n meddwl bod y naill yn "frawdoliaeth" a'r llall yn "frawdgarwch", wyddoch chi?' pendronodd Nesta, wedi'i thynnu oddi ar drywydd ei stori am ennyd. 'Ond ar y foment, alla i yn 'y myw gofio p'run yw p'run.'

'Nawr pwy sy'n mynnu bod yn bedantig?'

'Wel, ie! Chi'n iawn, siŵr o fod,' ebe Nesta. 'A wyddoch chi be? Dwi'n meddwl eich bod chi yn llygad 'ych lle . . . ynglŷn â tharo cania'n erbyn ei gilydd. Yn union fel petai dim o unrhyw werth yn eu clymu nhw ynghyd. Chi'n 'nabod y teip, mae'n amlwg.'

'Ddim o reidrwydd,' atebodd y dyn yn wenieithus. 'Ond ti'n adrodd y stori mor dda. Hawdd iawn dychmygu'r manylion. Jîns budron. Hen grysau oedd wedi gweld dyddiau gwell. Siabi ar y naw. Ac eto, nid fel dillad gweithwyr o gwbl. Fentra i nad oedd gronyn o wynt gwaith ar yr un ohonyn nhw.'

Ochneidiodd Nesta mewn rhyw fath o edmygedd. Os nad edmygedd, cytundeb. Roedd y gŵr yr adroddai'r stori wrtho nawr yn y gegin heb ei eni pan ddigwyddodd yr hyn a ddygai i gof. Sylweddolai hithau hynny. Roedd hi am ei wobrwyo â darn o gacen foethus a brynwyd yn ystod arhosiad Melissa. Rhywbeth ffansi, llawn ffrwythau a hufen ffug. Y math o greadigaeth na fyddai hi ei hun wedi breuddwydio ei phrynu. Ond doedd ganddi mo'r amynedd i godi ac estyn y tun teisennau o'r cwpwrdd, a'r gyllell o'r drôr, a'r holl rigmarôl a oedd ynghlwm â chynnig darn o gacen i neb ym mherfeddion nos. Felly, arhosodd ar ei heistedd ac aeth yn ei blaen yn ddiymdroi.

'Hen glegar swnllyd am ddim byd o bwys oedd yr unig sgwrs glywes i cydol y daith. Dim sôn am yrfaoedd o fath yn y byd. Na chariadon gwirioneddol, o'r hyn gofia i.'

'Arian dôl a gwrthrychau rhyw, ife?' ychwanegodd y dyn. 'Yn hytrach na job o waith a wedjen go iawn?'

'Fedren nhw ddim trafod cwrs y byd, hyd yn oed, na chwyno am goste byw, na dim byd tebyg. Dim tân yn y bol. Dim o'r siarad tanbaid dwi'n ei gofio gan ddynion ifanc pan o'n i fy hun 'u hoedran nhw,' meddai'n siomedig. 'Dyna ro'n i wedi'i ddisgwyl, dwi'n meddwl. Rhyw ddyheadau, neu freuddwydion . . . yn gymysg ag ambell ensyniad rhywiol, o bosib. Neu sôn am bêl-droed. Fydde dim ots o gwbl 'da fi. Digon derbyniol. Y pethe normal hynny y mae llancie fod neud cyn eu bod nhw'n ddynion.'

'Wnes i erioed y pethe 'na,' ebe'r dyn yn bryfoclyd. Lledodd gwên garedig o chwareus ar draws ei wyneb wrth iddo siarad, a theimlai Nesta'n annifyr wrth ei gweld. Anghyfarwydd â'r wên honno oedd hi, debyg, tybiodd. Ac aeth ymlaen â'i stori.

'Wel! Yn ôl fel y gwela i, mi fydde rhywbeth ar hyd y trywydd hwnnw wedi bod yn naturiol o leia,' meddai'n swta. 'Yn dderbyniol, hyd yn oed, fel ddwedes i. Ond cadw'n wyneb tua'r nos wnes i, a ches i fawr o'r hyn ro'n i wedi'i ddisgwyl. At ei gilydd, fe lwyddon nhw i gadw cryn dwrw a dweud dim yr un pryd. Ebychu a chwerthin a dweud dim . . . Ac yna, fe drodd arweinydd y giwed ddi-ddim ata i. Wel! Dwi bron yn siŵr mai hwnnw oedd yr arweinydd. Fe fedrwch chi wastad adnabod yr arweinydd. "Ydach chi'n mwynhau'ch hunan draw fan'na, Mrs Esgus-nad-wy-yma?" Dyna ofynnodd e. Roedd e'n eistedd wrth y bwrdd gyferbyn, nesa at yr eil. "Hei! Ti! Missus! Paid esgus na fedri di 'nghlywed i," medde fe eto'n uchel. "Ofynnish i iti wyt ti'n gysurus draw fan'na." Fe gododd e gywilydd arna i, wrth gwrs – am 'mod i wedi dewis 'i anwybyddu fe. Yn y diwedd, mi fuo raid imi roi heibio'r ddihangfa yn y ffenest a throi i'w wynebu.'

'Y ffenast druan! Mi gafodd 'i gadael yn amddifad.'

'Y fi ddewisodd droi tuag ato,' ebe Nesta. 'Yn ara deg. Y fi benderfynodd edrych i fyw 'i lygaid e. Yr hyn weles i oedd y wên amrwd 'ma'n edrych arna i. Ac fe gododd 'i gan cwrw yn ei ddwrn fel petai e'n cynnig llwncdestun imi mewn siampaen. "Dim ond tshecio dy fod ti'n iawn, Missus," ddwedodd e. Fedra i ddim honni ei fod e hyd yn oed yn annifyr. Jest gwirion. Er, mae'n rhaid dweud ei fod e'n edrych fel tipyn o fwli, fel petai e wedi bod yn taflu'i bwysau o gwmpas o'r diwrnod y gwthiodd e 'i ffordd o'r groth. Ganddo fe roedd y llais mwyaf croch ohonyn nhw i gyd, chi'n gweld. A fe oedd yr unig un i rechu'n hyglyw trwy gydol y daith.'

'O, diar! 'Na beth oedd set di-swyn.'

'Dwi erioed wedi rhoi fawr o bwys ar swyn. Ychydig iawn o ran chwaraeodd swyn yn 'y mywyd i erioed,' barnodd Nesta. 'Doedd mo'i angen e arna i ar y siwrne arbennig honno, flynyddoedd maith yn ôl. Ac felly y bu hi ar hyd y daith.'

'Ond rhaid bod arnat ti fymryn o ofn,' awgrymodd y dyn, wedi'i gyffroi gan yr hanesyn. 'Fe fuest ti'n gaeth i'r sedd 'na am faint . . ? Awr neu ddwy?'

'Wel, do! Fe ges i ambell bang o bryder . . . anesmwythyd ambell dro . . . 'y ngwrychyn i'n cael 'i godi'n gyson . . . ac eto, gwybod drwy'r cyfan nad oedd fiw imi ddweud 'run gair, rhag ofn i bethe droi'n hyll. Mynd heibio wnaeth yr emosiynau hynny, mae'n wir, pob un yn ei dro. Eu gweld nhw yn y pellter wnes i. Trên brys, chi'n gweld. Bryd hynny, roedd 'na gymaint o orsafoedd i wibio trwyddyn nhw heb aros.'

'Fel Ealing Broadway a Didcot a Didsbury,' meddai yntau.

'A!' achubodd Nesta ar ei chyfle. 'Mi fuoch chithau ar y daith honno hefyd ryw dro. Chi'n gyfarwydd â'r ffordd.'

'Mae'r enwe'n gallu newid, missus,' dywedodd yn dawel, 'ond mae pawb yn gyfarwydd â'r ffordd.'

Wyddai Nesta ddim i sicrwydd pa un o dri pheth a'i deffrôdd awr a mwy ynghynt – y curo ffyrnig ar ddrws y cefn; yr hofrenyddion yn chwyrlïo ergyd carreg i ffwrdd, neu dreiddiad y llifoleuadau. Er bod ganddi lenni trwchus dros ei ffenestr Ffrengig, ni allai fod yn sicr gant y cant na sleifiodd yr un llygedyn trwyddynt a gweithio'i ffordd o dan ei hamrannau.

O'r tri, credai mai'r curo ar ddrws y cefn oedd wedi gwneud y tric. Gallai gofio deffro mewn ystafell a oedd yn dal yn dywyll fel y fagddu. Dim ond yn raddol y dadebrodd ei chlustiau diffygiol ddigon i fod yn ymwybodol o sŵn yr hofrenyddion oddi allan, droedfeddi'n unig uwchlaw'r coed. Yn rhuthr ei sylweddoliad, cafodd ei hun yn gwthio'i phen rhwng y llenni i sbecian ar yr olygfa. Amdano fe yr edrychodd gyntaf. I lawr acw, ar y llawr oddi allan. Roedd un hofrennydd yn enbyd o agos eisoes, yn arnofio draw uwchben y coed, gyda phelydr ei lifolau'n simsanu'n feddw i bob cyfeiriad. Bob rhyw ddeg eiliad byddai'r golau'n tresbasu fwyfwy i gyfeiriad y byngalo, gan dreiddio fymryn ymhellach bob tro. Drwy lwc, doedd dim golwg o'r dyn. 'Run sôn amdano. Rhyddhad o fath.

Byddai'r awdurdodau'n cynnal cyrchoedd tebyg ar Goed Cadno o bryd i'w gilydd. Liw nos y digwyddai hynny'n ddieithriad, am ei bod hi'n haws dal pobl yn ddiarwybod bryd hynny, debyg. Anodd iawn oedd gyrru cerbydau i ganol y diriogaeth honno. Doedd yno'r un fodfedd o darmac, dim ond llwybrau geirwon oedd yn lladdfa ar y cerbydau cryfaf ac ar esgyrn y meidrolion o'u mewn. Nadreddai ambell lôn debyg o'r mynedfeydd sywyddogol, ond nid âi'r un ohonynt ymhell i grombil y ddrysfa.

Chwilio am rywun a ddihangodd oedd yr awdurdodau, mae'n rhaid. Dyna'r gred gyffredinol pan ddigwyddai'r cyrchoedd hyn. Neu roedden nhw ar drywydd rhyw ddrygioni a ddigwyddai o dan gochl y dail. Nid bod yno'r un ddeilen ir yr adeg honno o'r flwyddyn i guddio drygioni neb. Cododd Nesta ei golygon o'i gardd i gyfeiriad y copa. Y cyfan a welai oedd myrdd o ganghennau'n ymestyn fel pentwr o esgyrn moel, yn wyn yng ngrym y llif. Coed, fel cyrff Belsen, yn crefu am gael eu cnawd yn ôl.

Ac yna, cofrestrodd y curo argyfyngus yn ei phen. Tynnodd ei hwyneb o'r bwlch rhwng y llenni, gan ofalu eu dwyn ynghyd drachefn yn dynn. Roedd hi wedi bod yn iawn i feddwl amdano allan yno ar riniog y ffenestr Ffrengig. Bum munud ynghynt, dyna lle y bu, yn cysgu'n drwm yn yr union fan a glustnodwyd ganddo ar gyfer ei gwsg y noson honno. Roedd wedi bwriadu aros yno'n ddi-dor tan y bore. Gallai ddiolch i'r drefn bod ei glyw yn fwy miniog na chlyw Nesta, achos nid oedd amheuaeth ganddo ef nad sŵn yr hofrenyddion a'i deffrôdd.

Ar amrantiad, roedd wedi gweld y llygad cawraidd yn dod i'r golwg rhyw chwe chan troedfedd i ffwrdd (gydag un arall eto i'w gweld yn dilyn wrth ei gwt). Bu'n rhaid llamu o'r sach gysgu mewn un symudiad, ond gan aros ar ei gwrcwd. Wrth weld llif y goleuadau'n troi i'w gyfeiriad, saethodd fel bollt o gysgod yr hen gwt glo i ben arall y feranda; y pâr sgidiau y llwyddodd i'w bachu mewn un llaw, a'r sach gysgu'n llusgo'r llawr o'i ôl o'r llall.

Curodd yn ddidrugaredd ar y drws.

Ar ôl colli eiliadau gwerthfawr, gallai Nesta o'r diwedd uniaethu'n llwyr â'r argyfwng. Brwydrodd i dynnu'i gŵn gwisgo dros ei choban wrth groesi'r cyntedd at y gegin. Erbyn hyn, roedd y sŵn uwchben yn fyddarol iddi hithau hefyd, a'r goleuadau wedi dechrau dinoethi'r nos o ddifri ar draws ei gardd, yn ferw gwyn. Ei wyneb oedd y peth cyntaf a welodd, yn bictiwr o arswyd, i lawr wrth waelod y ffenestr yn nrws y cefn.

Gwyddai nad oedd fiw iddi gynnau golau'r gegin a hithau wedi mynd i'w gwely heb dynnu'r bleind i lawr. Go drapiau hi! Am ryw reswm doedd yr awdurdodau ddim yn hoffi meddwl bod yr holl dwrw a gadwent yn tarfu ar neb. Petaen nhw'n sylwi ar olau'n ymddangos yn sydyn yn un o'r tai ar hyd y stryd a gefnai ar Goed Cadno, fe fydden nhw'n siŵr o ddanfon rhywun yno ar frys i ymddiheuro.

Chwifiodd fraich i ddynodi iddo ei bod hi bron â chyrraedd. Treiddiai'r llifoleuadau'n nes fesul eiliad. Datglôdd y drws a syrthiodd yntau drwyddo fel madfall, gan lusgo'i eiddo prin i'w ganlyn.

Caeodd hithau'r drws, heb ei gloi am y foment. Ei blaenoriaeth oedd tynnu'r bleind, rhag ofn i neb weld yr un symudiad. Aeth at y sinc a chodi llaw i gyfeiriad y ffenestr. Estynnodd am y cortyn. Daeth y bleind i lawr. Anadlodd ei rhyddhad.

Ugain eiliad yn ddiweddarach, roedd holl rym didrugaredd llifoleuadau dau hofrenydd wedi'i gyfeirio at ardd Nesta a'i holl diriogaeth. Ochneidiodd eilwaith. Nid oedd am gynnau'r golau trydan am funud neu ddwy eto . . . rhag ofn. Cymerodd ennyd i gael ei gwynt yn ôl a chynefino â'r cysgodion newydd. Pan drodd, roedd y dyn wedi codi i'w lawn faint ac yn sefyll fel ysbryd gyda'i gefn at y wal, rhwng y drws cefn a'r grisiau.

'Diolch,' sibrydodd. Hwnnw oedd y tro cyntaf erioed iddi ei glywed yn yngan y gair.

Pennod 3

Fe allech gerdded hyd a lled y fynwent ddinesig lle gorweddai gweddillion gŵr Nesta heb ddod o hyd i'r un englyn yn unman. Camp fyddai craffu ar air eneiniedig o unrhyw fath. Ond os oedd y fangre'n ddienaid, nid oedd yn ddiaddurn.

Ymysg y cerrig beddau du, di-ddim, safai angylion lu – rhai o garreg neu o goncrid neu ba ddefnydd bynnag arall a ddefnyddid i'w creu. Roedd eu hadenydd ar led a'u pennau'n wyn gan gachu adar na châi byth ei olchi ymaith. Cadwent eu trwynau i lawr bron yn ddieithriad, nid o wyleidd-dra, ond i'w harbed rhag y drewdod. Tynnai ambell un yn groes i'r duedd honno, am fod ganddynt utgyrn yn eu genau i atseinio'u miwsig mud i fyd na fynnai wrando.

Pan gamodd Nesta Bowen drwy'r clwydi mawr agored, ymdebygai i angel ei hun. Un fyw, wrth gwrs. Un wen, yn sicr. Gwisgai got a âi i lawr ymhell o dan ei phengliniau, gyda choler diddiwedd yn rhan ohoni, a hwnnw'n ymestyn ddwywaith o gwmpas ei gwddf cyn gorffen ei siwrne'n symud lan a lawr ar ei chefn, yn unol â rhythm ei cherdded.

Gyda'i dwylo wedi'u cadw'n fwriadol ym mhocedi'r got, byddai unrhyw un a'i gwelai'n gallu tystio iddi edrych fel ymgnawdoliad o fenyw fodlon. Un ddidaro o hyderus. Rhyfygus, hyd yn oed. Doedd ganddi'r un het na handbag. Dim ond steil.

Nid oedd hi'n argyhoeddedig fod yno neb yn ei gwylio wrth iddi gerdded y llwybr a arweiniai at fedd ei gŵr. Nid oedd yn berffaith siŵr pa un oedd bedd ei gŵr, hyd yn oed. Gallai gofio'n fras i ble y dilynodd hi'r arch flynyddoedd maith yn ôl, ond ar ôl cyrraedd rhyw fan neilltuol, gwyddai y byddai'n rhaid iddi stopio am funud neu ddwy i edrych o'i chwmpas.

Yna, ymhell cyn iddi gyrraedd y fan honno, fe'i gwelodd.

Camodd o'r tu cefn i angel, draw ymhell i ffwrdd. Nid oedd yn hawdd ei adnabod. Ac eto, doedd neb arall ar gyfyl y lle, a rhaid bod hynny wedi gwneud yr adnabod yn haws. Arafodd ei cherddediad am foment a nodiodd ei phen i'w gyfeiriad i'w gydnabod. Gwnaeth yntau'r un peth yn ôl. Ni thynnodd y naill na'r llall ohonynt law o boced.

Siaced ddenim las oedd amdano. Nid oedd Nesta erioed wedi ei weld mewn dim byd ond ei lifrai tywyll, trwchus at gadw'n gynnes. Mae'n wir fod yr het wlân arferol ar ei ben, ond wrth iddo igam-ogamu tuag ati rhwng y beddau, gallai weld mai pâr o dreinyrs oedd am ei draed heddiw. Cadwai wardrob yn rhywle, mae'n rhaid. Difyr!

'Fe ddaethoch,' meddai hi wrtho pan oedd yn ddigon agos ati i glywed heb iddi hi orfod codi'i llais. Roedd yr amheuaeth y bu hi'n ei goleddu ynghlwm yn y dweud. Deallodd yntau hynny, ond ni chyfeiriodd at y ffaith mewn gair nac osgo.

Neithiwr ddiwethaf oedd hi pan fu'n tynnu'i choes trwy ddweud nad oedd e'n credu fod ganddi ŵr erioed ac mai mam ddibriod oedd hi, wedi creu gŵr dychmygol er mwyn parchusrwydd.

Pan fethodd hynny ei chorddi, roedd wedi cynnig y ddamcaniaeth iddi ladd ei gŵr a'i gladdu yn rhywle yn yr ardd. 'Y patsh 'na y tu ôl i'r garej fydde'n nyfaliad cynta i. Lle mae'r lein ddillad. Rhwng y lawnt a'r llwyni. Mae 'na gŵn yn tyrchu am esgyrn fan'na trwy'r amser.'

Gallai Nesta gymryd cael ei herian a'i phryfocio ganddo'n iawn. Ond, neithiwr, roedd hi wedi bod yn anghyffredin o araf yn ymateb yn effeithiol am gyfnod.

'Neu mae e o dan y coed fale, wrth gwrs,' aethai'r dyn yn ei flaen.

'O leia mi fydde hynny'n esbonio pam mae'u fale nhw mor sur,' oedd ei hateb chwim i hynny. O'r diwedd, roedd hi wedi llwyddo i ddod o hyd i'w llais. Ac yn sgil hynny yr heriodd hi ef i ddod i'r fynwent heddiw ar awr briodol, fel y gallai ddangos y bedd iddo.

A dyma nhw, ill dau wedi cyrraedd yn annibynnol o'i gilydd.

'Wel, dwi'n mentro i'r ddinas weithie, ti'n gwbod,' meddai'r dyn. 'I blith pobl.'

'I blith pobl farw,' mynnodd hithau.

'Dim ond am dy fod ti wedi mynnu fy arwain i ar gyfeiliorn. *So*, ble mae e 'te?'

'Ychydig ymhellach draw fan'co ar y dde, os cofia i'n iawn,' atebodd Nesta gan ddal i gerdded. Erbyn hyn, roedd yntau ar y llwybr ac yn cydgerdded â hi.

'Ti ddim yn siŵr?'

'Heb fod yma ers blynydde mawr.'

'A dim blode?'

'Dim blode. Dim pwynt.'

'A beth am Melissa? Fydd hi byth yn dod?'

'Byth. Ganddi lai o barch at gof ei thad na fi, hyd yn oed,' atebodd Nesta'n swta. 'Dwy ansentimental ar y naw 'yn ni. Rhywbeth etifeddol, mae'n rhaid. Mae'n dilyn ei mam.'

'Dyw hi ddim yn dilyn ei mam o ran gwybod shwt i wisgo,' meddai'r dyn.

'Twt! Dim ond 'y ngweld i o gwmpas y tŷ fyddwch chi – a hynny pan dwi yn 'y nghoban fel arfer,' wfftiodd Nesta. 'Mewn sioc o 'ngweld i allan gefn dydd gole 'ych chi, 'na i gyd. Rhyfeddu gweld y gall yr hen ledi ddal i wneud tipyn o sioe ohoni pan fydd galw.'

Erbyn hyn, roedd hi wedi camu oddi ar y llwybr llydan ac yn gwneud ei ffordd at glwstwr o feddau a orweddai ar wastad eu cefnau.

'Sa i'n credu,' atebodd yntau, wrth gamu'n ofalus ar ei hôl. 'Weles i eriod neb yn gwisgo mor *glamorous* i ddod at lan bedd o'r blaen.'

'Ond wedyn, dwi'n amau a ydych chi'n gyfarwydd â mynwentydd,' meddai Nesta. 'Heb fod mewn llawer ohonyn nhw yn eich bywyd byr, 'ddyliwn i.'

'Dwi wedi gweld mwy na ti'n feddwl.'

'O angau, o bosibl,' daliodd Nesta'i thir. 'Ond mae'n amheus gen i ydych chi wedi claddu llawer. Mae'r ifanc yn aml yn drysu rhwng drewdod marwolaeth a phersawr angladd.'

Ar hynny, roedd Nesta wedi sefyll yn stond. Gan dynnu'i llaw chwith o'i phoced o'r diwedd, pwyntiodd at y bedd, cystal â dweud, 'Dyma fe', er na ddywedodd air.

Camodd y dyn o'i chwmpas, a phan oedd wynebau'r ddau fodfedd neu ddwy yn unig oddi wrth ei gilydd, gwenodd arni a wincio'n slei. Yna safodd yn stond wrth waelod y slaben farmor. Darllenodd yr hyn a ysgythrwyd arni. Yr enw. Y dyddiadau. 'Hedd Perffaith Hedd.'

'Ei ddewis e oedd popeth,' eglurodd Nesta. 'Y cyfan wnes i oedd dilyn cyfarwyddiadau'r ewyllys. *Easy-peasy*.'

'Pwy sy'n cadw'r lle mor gymen, 'te, os nad wyt ti na Melissa byth yn dod ar gyfyl y lle?'

Doedd Nesta ei hun ddim wedi meddwl am hynny erioed, a

bu distawrwydd rhwng y ddau am rai eiliadau wrth iddynt edrych dros y safle anferth. Erwau o dir mewn distawrwydd, a wal gaerog o'i gwmpas, gydag ambell sbrigyn o chwyn dilychwin yn britho byw rhwng ei brics.

Trawyd y ddau gan ddwy ffaith: doedd yr un enaid byw arall i'w weld yn unman, ac ar wahân i'r tyfiant tila ar y wal derfyn roedd y lle'n rhyfeddol o ddestlus. Y glaswellt wedi'i dorri. (Un arall o gytundebau'r dyn a drigai ar draws y stryd, efallai?) Y meinciau pren i eistedd arnynt, a geid hwnt ac yma ar hyd y llwybrau, yn gyfan a di-raffiti. Pob bedd yn rhydd o chwyn ac esgeulustod.

'Hawdd dweud pa fath o wladwriaeth sydd mewn gwlad yn ôl cyflwr y mynwentydd yno,' barnodd Nesta ar ôl pendroni ennyd. 'O edrych ar y lle 'ma, 'sen i'n dweud ein bod ni'n byw mewn gwlad sy'n gofalu bod hyd yn oed y meirw'n dawel a diogel yn eu lle.'

Doedd ganddo'r un ymateb cellweirus i hynny ac am ennyd edrychodd y ddau i fyw llygaid ei gilydd, wedi eu sobri i dawelwch.

'Ocê, dwi'n derbyn bod 'da ti ŵr wedi bod slawer dydd, mewn oes a fu.' Torrodd y dyn y garw rhyngddynt. 'Ond mae'n dal yn beth dodji ar y naw nad oes cymaint â llun ohono yn unman 'da ti.'

Gwenodd Nesta'n ôl, gan wybod eu bod nhw'n herian unwaith eto. Tynnu coes. Whare plant. Beth bynnag fynnai neb ei alw, roedd yn ddifyr ac yn llawer llai peryglus na siarad plaen.

'Os taw lluniau garech chi, fe gewch chi luniau,' ebe hi'n ôl wrtho. 'Mae gen i rai mewn hen focs *chocolates* ar waelod y wardrob yn rhywle. Chwinciad fydda i'n dod o hyd iddyn nhw gynted ag y cyrhaedda i adre. Fe adawa i nhw ichi ar fwrdd y gegin heno.'

Prin oedd yr amser a dreuliodd y ddau gyda'i gilydd yn ystod yr wythnosau a aethai heibio. Ers noson y cyrch, tua deufis yn ôl, pan fu bron iddo gael ei ddal, roedd trefniant newydd wedi'i sefydlu rhyngddynt. Ni fyddai ef byth eto'n cysgu ar y feranda, lle'r oedd mor agored i fympwyon grymoedd natur a dyn. Câi drws y cefn ei adael heb ei gloi bob nos, er mwyn gadael i Nesta fynd i'w gwely oddeutu hanner nos, yn ôl ei harfer, a rhoi rhwydd hynt iddo yntau ddod yn ôl i lofft y byngalo pryd y mynnai.

Os oedd Nesta am ei rybuddio i beidio â dod ar gyfyl y tŷ am ryw reswm, y ddealltwriaeth oedd y byddai hi'n gofalu gadael bleind ffenestr y gegin heb ei dynnu i lawr yr holl ffordd. Byddai hefyd yn gadael bwyd ar ei gyfer bob nos, gyda'r ofn a fu'n llywodraethu ei hymwneud ag ef ar y dechrau – yr ofn y deuai'r creadur yn ddibynnol arni – fel petai wedi mynd yn angof. Doedd dim ots am bethau felly mwyach. Roedd ganddi rywbeth difyrrach na'r teledu ar ei haelwyd, a rhywun a oedd yn llai o siom iddi na'i theulu ei hun – am nad oedd hi wedi disgwyl llawer ganddo o'r cychwyn, mae'n debyg.

Tynnodd ei ffôn symudol o'i phoced dde, ac wrth iddi droi i wasgu rhif cwmni tacsi ac egluro i'r llais ar y pen arall ymhle yn union yr oedd hi, ac y byddai'n sefyll ger clwydi mawr y fynwent ddinesig ymhen rhyw bum munud, roedd y dyn wedi diflannu.

Ar ei phen ei hun y cerddodd Nesta i aros am y cerbyd. Cododd ddau fys ar ambell angel wrth fynd heibio, ond doedd neb i wybod hynny am iddi gadw'i dwylo'n dynn, o'r golwg drachefn, ym mhocedi dyfnion y got wen.

Y funud y cyrhaeddodd adref, cafodd y got ei hongian unwaith eto yng nghwpwrdd dillad y llofft fach. Diosgwyd y sgidiau. Tynnwyd y rhan fwyaf o'r colur oddi ar ei hwyneb.

Roedd hi wedi bod yn y siop drin gwallt y bore hwnnw, ac wrth iddi groesi'r cyntedd at y gegin i roi'r tegell i ferwi, oedodd ennyd i'w hedmygu ei hun yn y drych. Gwelodd fod golau coch yn fflachio ar ei ffôn a gwasgodd fotwm y negeseuon. Llais Melissa. Cynnwrf mawr.

'Ddyfalwch chi byth be maen nhw wedi'i ddarganfod am y ddwy fenyw 'na, Mam! Putain a'i mam. Meddyliwch!'

Roedd y ffaith i'r gair 'Mam' ddod ddwywaith mor agos i'w gilydd yn merwino clustiau Nesta. Bu bron iddi â stopio'r tâp. Ond gadawodd i'r neges fynd yn ei blaen nes i'r peiriant roi taw arni. Cafodd glywed pob math o fanylion ysglyfaethgar, yn ôl arfer Melissa. Ymdrybaeddai honno ym mhob briw ac archoll.

Daeth tro ar fyd yn hanes yr ymchwiliadau, mae'n rhaid, ystyriodd Nesta, gan gofio mai mewnfudwraig anghyfreithlon a gwraig mân swyddog mewn llesgenhadaeth rhyw wlad ddibwys oedd y ddwy, yn ôl yr adroddiadau blaenorol. Mor hawdd oedd rhoi stori ar led a chael pawb i'w llyncu.

Ni roes fawr o goel ar hygrededd dim erioed. Rhaid mai hen sinig oedd hi o'r crud. Ymfalchïai yn y ffaith. Gwatwarai'r uniongred a dirmygai'r rhai hawdd eu darbwyllo. Ond y gwir oedd iddi hithau gredu mewn angylion unwaith, er cymaint y carai wadu hynny bellach.

Wrth iddi lenwi'r tegell i baratoi paned, sylwodd fod y lawnt wedi cael ei thorri tra oedd hi allan. Edrychai'n anesmwyth a briwedig, fel petai'r profiad wedi bod yn artaith iddi ar ôl misoedd moel y gaeaf.

*

Gwersylloedd. Mewn gwersylloedd yr oedd e wedi dysgu popeth a wyddai. Gwersylloedd gwyliau. Gwersylloedd Cosbi.

Gwersylloedd Hyfforddi. Gwersylloedd Carchar. Gwersylloedd Ffoaduriaid.

Fe ddylai eu rhestru nhw'n glir yn ei feddwl, yn nhrefn yr wyddor. Cafodd ei ddysgu i wneud rhestrau yn ei gwsg. Rhoi trefn. Cadw trefn. Cymryd yr awenau. Cadw pen. Bod yn ben. Ble byddai e wedi bod dros y deunaw mis diwethaf heb y gallu i ddidoli, blaenoriaethu a chadw trefn? Fe wyddai'r dril.

Fe'i dysgwyd sut i ladd, ond nid sut i farw.

Fe'i dysgwyd sut i oroesi, ond nid sut i fyw.

Rhaid nad oedd gwersylloedd ar gael ar gyfer popeth, wedi'r cwbl. Roedd pen draw i'w defnyddioldeb. Dim ond greddf wnâi'r tro ar gyfer rhai pethau. Neu ysgol brofiad. Yn honno y caech chi'r gwersi heb y gyfeillach. Hunan-ddysgu. Hunan-ddisgyblaeth. Dysgu dow-dow amdani. Weithiau'n sydyn ac egr. Weithiau drwy osmosis. A weithiau, rhyw wawrio'n araf wnâi'r gwirionedd. Pawb drosto'i hun oedd hi, doedd dim amheuaeth am hynny. Waeth beth oedd yr amgylchiadau. Pawb drosto'i hun a phawb dros Dduw.

Arwyddair pob gwersyll oedd, 'Yma, mae pawb yn yr un twll'. Roedd wedi hen ddysgu y gallai pobl fod yn driw heb fod yn ffyddlon ac yn ffyddlon, heb fod yn deyrngar.

Dysgodd nad oedd ffydd yn talu'i ffordd. Dysgodd fod ffydd yn gwbl angenrheidiol. Dysgodd fod pob twll yn gollwng. Doedd dim yn dal dŵr.

*

Yn ddelfrydol, fe fyddai Nesta wedi hoffi cael wyrion a oedd yn dwlu ar godi pebyll yn yr ardd – y math o bebyll a godid gan ddringwyr ar lethrau mynyddoedd neu nomadiaid yn y diffeithwch. Neu'n well na'r cyfan, wigwam ar y paith. Gallai'n hawdd ddychmygu pabell o'r fath ar anialdir ei lawnt. Yr hogie'n dawnsio'u dawns ryfel o gwmpas y tân. A chuddio rhag y sheriff. *Cymer di'r bwa a'r saeth. Fe gadwa inne'r gwn.*

Ond nid fforwyr ac ymladdwyr gafodd hi o gwbl, ond dau gadach. Mae'n wir fod yr hynaf ohonynt yn dibyn o fabolgampwr yn ei ysgol, lle'r oedd gwneud eich gorau a llwyddo yn bopeth, ond pan ddeuai'n fater o ymarfer yr ymennydd, dau sbwng oeddynt, yn amsugno popeth oddi ar sgrin.

'Meddwl am yr hogie ydw i,' meddai hi i lawr y ffôn, wrth egluro i Melissa pam oedd ei bod hi wedi penderfynu prynu cyfrifiadur mwy soffistigedig na'r un a feddai eisoes. 'Mi fydd yn rhywbeth i ddifyrru'r ddau pan alwan nhw.'

Chwerthiniad angharedig gafodd hi'n ymateb gan Melissa, ond doedd Nesta ddim yn poeni botwm corn am hynny. Nid bodloni'r hogie oedd flaenaf yn ei meddwl wrth ystyried diweddaru'i chyfarpar, p'run bynnag. Ei hymwelydd hwyrol oedd wedi plannu'r syniad yn ei phen, er na wyddai hi ddim pam fod cael mynediad mwy soffistigedig i'r rhyngrwyd yn mynd i fod yn gaffaeliad iddo. Ni ofynnodd. Ac am y tro, ni phoenodd.

Hoffai ei blesio; dyna'r broblem. Rhoddai bleser iddi. Yn ogystal â'i haelioni rheolaidd yn darparu bwyd a lloches, roedd hi wedi dechrau dod i'r arfer o adael anrhegion iddo hefyd. Ambell un. Yn awr ac yn y man. Rhyw lun ar anghenion oeddynt, gan fwyaf. Rasel newydd iddo eillio'n lanach un tro. Hylif sebonllyd i'w ddefnyddio yn y gawod dro arall.

Cyn cael y cyfrifiadur newydd, y rhoddion mwyaf sylweddol oedd pâr o sgidiau lledr, smart, a sanau i gyd-fynd â nhw. 'Yn lle'r hen bethe trwm 'na. Yn lle'ch bod chi'n tynnu sylw atoch 'ych hunan ar y stryd, nawr fod y tywydd yn cynhesu,' eglurodd.

Roedd hi wedi hen ddeall mai cas beth ganddo oedd gofyn am ddim. Dysgodd ddarllen yr arwyddion a gweld y gofyn rhwng y geiriau. Daethai'n hen law ar hyn cyn pen fawr o dro a dechreuodd y 'presante bach', fel y galwai hi nhw, ymddangos yn ddirybudd ar fwrdd y gegin, wedi eu gadael yn ddinodyn iddo yn ymyl y bwyd.

Felly'r oedd hi rhwng y ddau. Cyfathrebu heb ddweud rhyw lawer.

'I be wnei di beth felly?' oedd ymateb dilornus Nesta pan gafodd glywed am fwriad Melissa i fynd â'i theulu am wyliau. Yn ôl y sôn, roedd y pedwar ohonynt i fynd. Bant am bythefnos. I wlad bellennig, boeth. Llwyddodd i dynnu swm o arian o goffrau'r awdurdodau, mae'n debyg, yn iawndal am y difrod a'r anghyfleustra a achoswyd gan y llofruddiaethau yn y fflat uwchben. Er i Nesta ddweud y gallai fentro bod pob llofruddiaeth yn achosi anghyfleustra i rywun – petai ond yr un a leddir – ni allai lai na chydnabod bod derbyn cydnabyddiaeth o hynny, trwy gael ei digolledu am yr anffawd, yn gryn bluen yng nghap ei merch.

'Ond dwyt ti ddim wedi hedfan ers blynyddoedd,' meddai'n syn.

Roedd hynny'n wir. Nid oedd Melissa wedi mynd ymhell o gyrion y ddinas ers peth amser. Gwrthodai fynd i ymweld â'r ffrindiau oedd ganddi yn y gorllewin . . . rhag ofn. Fe fentrai weithiau i bentrefi'r fro gyfagos, mae'n wir, ond byddai'n nerfus a gochelgar hyd yn oed bryd hynny.

'Rheswm da dros achub mantais a mynd, felly,' oedd yr ateb. 'Mae meysydd awyr gyda'r llefydd mwyaf diogel dan haul erbyn hyn. Chlywsoch chi ddim?'

Gwyddai Nesta'n iawn am y datblygiadau diweddaraf. Daliodd afael ar dawelwch, heb fentro lleisio barn.

'Pigiad bach ar eich bawd. Prawf gwaed. A dyna ni. Cyn saffed ag unman yn y byd 'ma,' eglurodd y llais wrthi.

'Felly dwi'n deall,' cytunodd Nesta, gan swnio mor niwtral â phosibl. Rhaid mai pethau diofal iawn oedd genynnau i wneud eu hunain mor hawdd i'w hadnabod â hynny, meddyliodd. Yn enwedig un yr honnid ei fod yn dangos bod gennych dueddiadau terfysgol.

'All e ddim bod yn fawr o beth, all e? I fradychu'ch bwriade chi mor rhwydd â hynny?' ebe hi wrth y dyn y noson ganlynol, wrth geisio egluro'i safbwynt.

Eistedd ar ei ris arferol oedd hwnnw, yn bwyta brechdan ham. Er yn hanner herian, roedd yn gwrando ar bob gair ac yn mwynhau ei swper.

'Fydde dim rhaid i ti bryderu,' meddai'n dalog. 'Pan ei di ar wyliau, ddaw 'na'r un gennyn gwrth-gymdeithas i dy atal di rhag cael hedfan.'

'Hy! Fi'n cael mynd ar wyliau? Dim peryg.'

'Dyw hi ddim wedi gofyn iti fynd gyda nhw, 'te? Rhan o'r teulu estynedig?'

Roedd y ffaith iddo ofyn hynny iddi'n ddigon i'w darbwyllo mai ceisio codi'i gwrychyn oedd e. A bodlonodd ar daflu edrychiad i'w gyfeiriad yn ateb.

Ar wahân i fflat Melissa, nid oedd Nesta wedi cysgu yn unman ond ei byngalo ei hun ers blynyddoedd lawer bellach. Doedd y gair 'gwyliau' ddim yn gorwedd yn esmwyth yn ei geirfa. Efallai nad oedd erioed wedi gorwedd yn esmwyth yno. Oherwydd gwaith ac anian ei gŵr, bu rhyw arlliw o ddyletswydd ynglŷn â gwyliau'r blynyddoedd y bu hi'n magu Melissa. Llefydd i ymweld â nhw drwy'r amser. Pobl i'w cyfarfod hefyd, weithiau. Rhyw ddiflaniadau pitw. Gwestai digon crand. Ond y cyfan braidd yn ddiarffordd, rywsut. Y gwelyau'n rhy galed a dŵr y pyllau nofio'n rhy oer.

Gwyddai iddi gael amser breintiedig yn y dyddiau hynny. Roedd hi hyd yn oed wedi sylweddoli hynny ar y pryd. Sylweddoli heb werthfawrogi.

'Fûm inne'n fawr o un am wylie . . .' Lifodd llais cadarn, mwyn o gyfeiriad y grisiau i'w thynnu'n ôl o'i theithiau. Llithrodd y ffrogiau haf o'i gafael wrth i'r llais drochi trosti. Disgynnodd yr hetiau gwellt i'r llawr. Roedd y dyddiau pan oedd hi'n 'rhywun' wedi hen fynd heibio. Bellach, yr unig ddiangfeydd a feddai oedd difyrrwch sgrin, gardd wedi'i hamgylchynu gan wal uchel, a dirgelwch dyn a oedd rywle hanner ffordd rhwng mab a chi anwes yn ei golwg.

'Yn ein hoes ni, mae'r gwenyn i gyd wedi meddwi ar 'u mêl 'u hunen,' ebe Nesta.

Un noson, a'r gwanwyn ar ddechrau cyrraedd o ddifrif, dechreuodd y dyn herian Nesta trwy ofyn iddi pam ei bod wedi bodloni ar ardd mor ddi-lun ar hyd y blynyddoedd, a dyna'r ateb a gafodd.

Nid oedd wedi ei daro fel ateb boddhaol iawn a cheisiodd dwrio am un gwell.

'Anaml iawn y bydda i byth yn gweld gwenynen neu iâr fach yr haf neu sioncyn y gwair o gwmpas y lle,' ymhelaethodd Nesta. 'Does dim byd yma i gynnig cynhaliaeth i neb. Dwi'n sylweddoli 'ny'n iawn. Dim ond creaduriaid sy'n wironeddol wedi colli'u ffordd yn y byd 'ma fydde byth yn dod o hyd i 'ngardd i.'

Nid oedd ganddo ddim byd mwy i'w ddweud na'i holi ar ôl hynny, a disgynnodd y parlys arferol drostynt.

Digwyddiad anghyffredin iawn oedd bod dau ddyn yng nghartref Nesta ar yr un pryd. Aethai sawl blwyddyn heibio ers i hynny ddigwydd ddiwethaf. Ac ar hufen iâ'r oedd y bai.

O ble y cododd hiraeth y dyn amdano y noson cynt, ni allai Nesta gofio. Âi eu sgyrsiau hwyr y nos â nhw i bob math o gyfeiriadau. Doedd hi byth yn gallu cofio'r holl drywyddau trannoeth.

'Dewch fory erbyn pedwar o'r gloch ac fe ga i beth yn barod ichi,' roedd hi wedi'i ddweud wrtho. Ni feddyliodd am fynd i'r rhewgell i nôl peth iddo'r munud hwnnw. Fyddai hynny ddim yn ddefod. Ac yn wahanol i fwydydd eraill a ddarparai, doedd dim modd gadael hufen iâ ar y bwrdd am ddwyawr neu dair, neu fe fyddai wedi toddi. Hefyd, roedd hi wedi deall yn ddigon da nad oedd dweud wrtho am helpu'i hun yn opsiwn chwaith. Nid oedd eto wedi cyrraedd y cyflwr meddwl pan fyddai'n fodlon gwneud hynny.

'Fydda i byth yn meddwl amdano fe nawr, wir iti!' ceisiodd ei darbwyllo. Ond doedd dim gwadu'r dyhead gloyw yn ei lygaid. 'Ti wedi dihuno blas o'r gorffennol yno' i,' cyfaddefodd.

Roedd hi'n tynnu at bum munud i bedwar brynhawn trannoeth pan gododd Nesta o'i chadair. Gyda *cliffhanger* a welsai'n dod o bell, roedd pennod ddyddiol rhyw gyfres estron iddi newydd ddod i ben. Ni fyddai'n gwylio eto yfory. Doedd hi ddim at ei dant.

Rhoes ei bryd ar weld y dyn. Braf bob amser oedd cael ei weld yng ngolau dydd. Nid oedd byth yn edrych mor affwysol o welw bryd hynny ag y gwnâi liw nos. Rhaid fod rhywbeth cyfrin yn perthyn i'r guddwisg yn ei gyfansoddiad a'i cadwai'n ddiogel ddydd a nos – trwy ei wneud yn un â'r awr.

Pan gamodd at ddrws y gegin, dychrynwyd hi braidd o weld ei fod yno o'i blaen. Hithau heb glywed yr un smic. Nid bod dim byd anghyffredin yn hynny. Gwyddai'n dda fod ganddo'r gallu i fynd trwy ddrysau a dringo trwy ffenestri a chamu i'r llofft fel ysbryd mewn llopannau.

Cyn iddi gael cyfle i guddio'i syndod yn iawn, roedd y dyn wedi sylwi. Ac yn yr un gwynt, sylwodd hithau ei fod e eisoes wedi diosg ei sanau a'i sgidiau am ryw reswm. Eisteddai'n droednoeth ar y grisiau mewn trowsus o ddefnydd *camouflage* a chrys-T gwyrdd. Gwenodd y ddau yn wan heb gyfnewid gair.

Ac yna, fe ganodd y gloch.

Doedd hyn ychwaith ddim yn newydd iddynt. Rhegodd y ddau eu gwahanol regfeydd o dan eu gwynt, heb ymhelaethu.

Dododd Nesta'r powlenni roedd hi newydd eu codi yn ôl ar y bwrdd yn seithug. Gwyliodd yntau bob symudiad o'i heiddo, heb arlliw o argyfwng. Yr unig un a chanddi allwedd i allu cerdded i mewn yn ddirybudd oedd Melissa. Roedd y ffaith honno'n un o'r llu o bethau a'i gwnâi'n beryglus. Ond gwyddai'r dyn fod Melissa newydd fynd ar ei gwyliau. Gallai un o gylch cydnabod cyfyng Nesta fod wedi galw, mae'n wir, ond doedd hynny ddim yn debygol, gan mai trwy drefnu ymlaen llaw i alw ar ei gilydd y bydden nhw fel arfer yn cymdeithasu. Doedd hi ddim yn rheol euraidd, mae'n wir. Ond eto, tybiodd ei bod hi'n bur annhebyg mai un ohonyn nhw oedd wrth y drws.

Roedd e'n iawn i beidio â phoeni. Dim ond dyn o'r siop gyfrifiaduron oedd yno, ac aeth Nesta i ddelio ag ef. Ond ymhen dwy funud, daeth yn ôl.

'Fydde ots 'da chi ddod i helpu?'

Roedd y dyn yn gandryll, ond pa ddewis oedd ganddo? Ysgyrnygodd arni a chael ei hun yn bodloni ar ei waethaf.

Ni thorrodd air â'r dyn arall yn y llofft bellaf. Mwmialodd gyfarchiad i'w gyfeiriad, gan ofalu na fyddai byw eu llygaid byth yn cwrdd.

Cydiodd mewn un pen i'r bwrdd, a oedd i'w gludo ymaith yn fan y dyn, a gwingodd o letchwithdod pan sylweddolodd y byddai'n rhaid iddo gamu allan trwy ddrws y ffrynt. Er mor galed oedd gwadnau ei draed, gallai deimlo graean y dreif yn glynu wrthynt. (Y prynhawn hwnnw oedd yr unig dro iddo fynd allan ac yn ôl i mewn drachefn trwy ddrws y ffrynt.)

Gallai dyn y siop roi'r bwrdd oedd i ddal y cyfrifiadur newydd at ei gilydd ar ei ben ei hun, mae'n debyg, a dihangodd yntau'n ôl i'r gegin cyn gynted ag y medrai.

'Diolch,' meddai Nesta wrtho. Roedd hi'n dynn wrth ei sodlau, er nad oedd e wedi sylweddoli hynny tan iddi siarad. Troes i'w hwynebu mewn braw.

'Cyfrifiadur newydd?' holodd yn heriol.

'Chi ddim yn falch?' Bron nad adawodd hi'r gath o'r cwd trwy ychwanegu, 'Ar 'ych cyfer chi rwy wedi'i brynu fe.'

'Wel, ydw,' ebe'r dyn yn anfoddog. 'Do'n i ddim yn breuddwydio y byddet ti'n mynd mor wyllt â 'ny, 'na i gyd.'

'Dyw Melissa ddim yn argyhoeddedig y bydda i'n llwyddo i feistroli'r peth o gwbl . . .'

'O, wela i! Mae hi â'i bys yn hyn, ydy hi? Dyna lle fuest ti wythnos diwetha, ife? Y prynhawn 'na buodd y ddwy ohonoch chi bant am orie yn y ddinas?'

'Mae ganddi ei chysylltiadau,' mynnodd Nesta. 'Fe ges i fargen dda am fod Melissa, trwy'i gwaith, yn rhoi lot o waith i siop y boi 'ma. Mae'n gwsmer da.'

'Ydy hi wir? Wel! Mae hynny'n gysur i fi.'

'Tynnwch 'ych hun at 'ych gilydd, ddyn,' meddai Nesta'n awdurdodol. ''Sda chi ddim lle o gwbl i fod yn genfigennus o Melissa. Trywydd ffôl iawn i fynd ar ei ôl fydde hwnnw . . . i ddyn fel chi. Pan fydd popeth wedi'i osod ar 'i draed, mae'r dyn 'na'n mynd i ddangos i fi beth sydd angen 'i neud i gael y peth i weithio.'

'Fydd dim angen hynny arnat ti,' mynnodd y dyn. Am ennyd, roedd lleisiau'r ddau'n gras ac anghyfarwydd. 'Fe alla i ddangos iti shwt mae'r peth yn gweithio. Dwêd wrtho fe y gall e fynd ar ôl cysylltu popeth.'

'Mae gwifrau ganddo i'w gosod a phopeth, yn ôl fel rwy'n gasglu . . .'

'Ie, ar ôl iddo wneud y gwaith cysylltu i gyd, ddywedes i,' ebe'r dyn yn ddiamynedd. 'Wedyn, fe geith fynd. Dy'n ni ddim yn moyn pobl ddierth o gwmpas y lle 'ma am orie, odyn ni?'

'Ro'n i'n meddwl 'sech chi wrth eich bodd 'mod i wedi cael un o'r tacle diweddara o'r diwedd.'

'O, mi ydw i, Nesta,' meddai mewn modd mwy cymodlon. 'O ddifri calon. Y presant gore eto. Dim ond meddwl amdanat ti ydw i.'

'Nage wir,' meddai Nesta'n ôl wrtho'n gyhuddgar. 'Meddwl amdanoch 'ych hun ydach chi, fel bob amser.'

'Ti ddim yn meddwl 'na, Nesta. Ddim go iawn. Wyt ti'n moyn i fi fynd? O ddifri?'

'Na.' Gwyddai Nesta iddi ateb yn rhy fyrbwyll o lawer er ei lles ei hun. Gallai gydnabod hynny iddi ei hun yr eiliad y daeth y gair unsill o'i cheg. Tynnodd anadl ddofn ac ailgydio yn y powlenni, fel petai gobaith adfer normalrwydd trwyddynt. 'Beth am yr hufen iâ 'te? Tra bo ni'n aros?'

Enciliodd yntau i'w ris a'i ben yn ei blu. Nid oedd am ddangos cymaint roedd pigiadau ei draed yn crefu am faldod, a chlymodd fysedd ei ddwylo ynghyd i'w hatal rhag mynd i fwytho. Yna estynnodd ei freichiau am ei bengliniau, fel petai'n fachgen drwg a wyddai iddo ddod o fewn dim i golli rheolaeth arno'i hun. Peth peryglus iawn iddo ef ei hun a phawb o'i gwmpas fyddai i hynny ddigwydd, meddyliodd. Rhywbeth i'w osgoi ar bob cyfrif.

'Ie,' atebodd yn dawel. 'Mae hufen iâ yn syniad da dros ben.'

Chafodd Nesta mo'r bore roedd hi wedi ei ddisgwyl trannoeth. Bu'r nos yn greulon o ran tywydd, yn ôl y cyfryngau. Dymchwelwyd coed a dychwelodd afonydd – a ddargyfeiriwyd mewn rhyw oes a fu – i'w hen lwybrau.

Yn ôl pob sôn, roedd y ddinas yn ddiogel. Fe ddylai deimlo'n fodlon. Ond rhaid bod cynnwrf y diwrnod cynt wedi bod yn ormod iddi. Cwsg anesmwyth a gafodd, er nad sŵn yr elfennau a'i cyffrôdd o gwbl – ni chlywodd ddim o'r storm.

Gorweddai cysgodion gaeafol yn drwm dros yr olygfa gyfarwydd o'i chegin. Dyheai am baned boeth i roi dechrau da i'r dydd, ond roedd rhyw felan yn gafael fel parlys ynddi heddiw. Y cyfan y gallai hi ei oddef oedd sefyll wrth y sinc, gyda hanes helyntion pobl eraill yn llifo drosti a'i llygaid wedi'i serio ar y pellter. Gwiwer oedd wedi mynd â'i bryd. Gwiwer, o bopeth. Gwiwer lwyd yn prancio ar hyd top y wal. O'r chwith i'r dde i ddechrau. Ac yna'n ôl drachefn. Fel petai hi wedi drysu. Pam na fedrai honno ddianc i'r coed heddiw yn ôl ei harfer, tybed?

Yna, canodd y ffôn a thynnwyd Nesta i'r cyntedd i'w ateb.

Y prynhawn blaenorol, y dyn oedd wedi cael ei ffordd ei hun wedi'r cwbl. Heliwyd dyn y siop yn ôl i'w fan cyn gynted â phosibl, gan roi rhwydd hynt iddo ef chwarae'r brenin – ei fol yn llawn o hufen iâ a Nesta'n eistedd o flaen y cyfrifiadur newydd yn dysgu am yr holl ryfeddodau a oedd bellach ar gael ar flaenau'i bysedd. Roedd yr hanfodion yn rhan o'i bywyd ers blynyddoedd, wrth gwrs, ond daeth yn amlwg wrth iddo ei thywys drwy gampau'r peiriant bod triciau newydd yn cael eu dyfeisio drwy'r amser i gadw meddyliau pawb yn effro. Synnwyd y dyn yntau ar brydiau gan gymaint oedd wedi newid, hyd yn oed o fewn y deunaw mis a mwy a aethai heibio ers y tro diwethaf iddo gael cysylltiad â systemau cyfathrebu electronig.

Rhan o'r hwyl fu danfon y math diweddaraf o neges electronig at un o'i ffrindiau. A honno oedd yno nawr, yn ffonio i fynegi'i rhyfeddod. Roedd hi wedi dotio ac yn ffwdan i gyd. Dim ond gwrando fu raid i Nesta am sbel. Gallai barablu'n ddibwrpas cystal â neb, ond nid nawr, sgrechiai yn ei phen. Clywai ei hun yn boddi dan lifeiriant y lafa a ddeuai o'r llosgfynydd ar ben arall y lein.

Yn sydyn, a hithau heb glywed yr un droed ar y staer, camodd y dyn ifanc o'r gegin ac anelu'n syth at yr ystafell ymolchi, gan brin gydnabod Nesta o gwbl.

O fewn munud neu ddwy, gallai glywed dŵr y gawod yn llifo, a dechreuodd Nesta bryderu ei fod i'w glywed i lawr y ffôn. Gwnaeth esgus tila i dorri'r sgwrs yn fer, gan addo ffonio'n ôl yn ddiymdroi.

Bu'n rhaid iddi gadw at ei gair, gan encilio i'r parlwr a defnyddio'i ffôn bach symudol. Pendiliodd y ffrwd ddigyfeiriad rhwng ebychiadau o arswyd parthed y tywydd o gyfeiriad y ffrind a phaldoruo ffug-frwdfrydig Nesta dros ei thegan newydd. Teimlai ei hun yn suddo'n fwyfwy i ryw gors o gyffredinedd, a gresynai nad oedd ganddi ffrindiau mwy diddorol.

Aeth deugain munud a mwy heibio cyn i'r arabedd ofer ddod i ben. Gwyddai fod y dyn ifanc wedi mynd ers meitin. Roedd wedi ei glywed yn gadael yr ystafell ymolchi, a gwyddai y byddai wedi hen hel ei bac erbyn hyn. I ble yr âi bob dydd ar ôl cymryd mantais o'i lletygarwch, wyddai hi ddim.

Wedi ffarwelio â'r ffrind o'r diwedd, croesodd Nesta'r cyntedd i ystafell y cyfrifiadur. Roedd yn dal yno, o leiaf. Ac eisoes wedi ei droi 'mlaen. Rhaid ei fod *e* wedi bod wrtho'n barod.

Dechreuodd amau doethineb ei phryniant, a dychwelodd i'r gegin i gael y baned roedd hi wedi ei herfyn awr ynghynt.

Gwnaeth dafell o dost hefyd. A cheisiodd gymryd cysur yng nghampau'r wiwer ddryslyd oedd fel petai'n marw'n araf ar y lawnt lwyd.

Gwnaeth Melissa'r camgymeriad o fynd ar wyliau i wlad lle'r oedd crefydd yn bwysig. Cafodd dorheulo'n fronnoeth – ond yng nghyffiniau'r pwll nofio, oedd y tu ôl i wal wiail, yn unig. Ni chafodd grwydro fel y mynnai. Ni chafodd fwyta'r hyn a fynnai. Bu'r cyfan yn brofiad estron ac anghyfarwydd iddi. Ymdeimlodd â dieithrwch. Treuliodd fwy o oriau yng nghwmni ei gŵr yn ystod y pythefnos hwnnw nag a wnaethai ers blynyddoedd. Bu'r cyfan yn od, er nad yn gwbl annymunol. Ni châi'r plant gablu. Bu'n rhaid eu gwarchod. Roedd grymoedd gwahanol yn gofalu. Daeth adre'n argyhoeddedig nad oedd cyfundrefn a lwyddai i reoli rhegfeydd ei dinasyddion yn un y gallai gweddill y byd fforddio ei hanwybyddu.

    Ar ei dychweliad, roedd hi'n gandryll pan ddeallodd fod y cyfrifiadur eisoes wedi cyrraedd a chael ei osod ar waith yn ei habsenoldeb. Digiodd wrth sylweddoli cystal crap oedd gan ei mam arno'n barod. A chollodd ei limpin yn llwyr pan glywodd i'r MG gael ei werthu i gasglwr hen geir y daeth Nesta o hyd iddo ar y we. Y cerbyd wedi mynd. A'r siec eisoes wedi'i thalu i gyfrif banc ei mam.

Gwelodd Nesta rimyn main y golau o dan y drws y munud y camodd o'i hystafell wely. Drws ystafell y cyfrifiadur. Eiliadau ynghynt, roedd ei thraed yn hofran rhwng erchwyn ei gwely a'r llawr, yn erfyn am gael glanio'n ddiogel yn ei sliperi.

    Wedi gwneud ei ffordd yn ddiogel i'r cyntedd, camodd yn ddi-ofn at y drws pan welodd y golau.

    Wrth iddi ei agor, symudodd bysedd y dyn yn chwim i leihau

maint y ddelwedd ar y sgrin fel na allai hi ei gweld. Hanner trodd ei ben i'w chyfeiriad.

Y golau ar y bwrdd oedd yr unig olau yno. Roedd y llenni trwchus wedi'u cau'n dynn. Ddywedodd hi'r un gair am ennyd, ond cyfarfu llygaid y ddau. Y fe yn ei siwmper ddu a hithau ei choban las.

'Maen nhw'n gallu monitro pobman ewch chi ar hwnna, wyddoch chi,' oedd ei hunig eiriau. 'Cymerwch ofal.'

'Fe wna i,' atebodd y dyn. 'Dwi ddim yn dwp.'

'Na, wrth gwrs nad ydych chi,' cytunodd hithau. 'Wel! Tan y bore 'te!'

Amneidiodd yntau'i ben fel ymateb ac anelodd Nesta'n ôl i gyfeiriad y tŷ bach, lle'r oedd hi wedi bwriadu mynd yn y lle cyntaf. Roedd hi'n bedwar o'r gloch y bore, a phur anaml y câi hi ei deffro gan alwadau o'r fath.

Bum munud yn ddiweddarach, roedd hi'n ôl dan ddiddosrwydd y *duvet* yn gofidio amdano. Gwyddai ei fod e'n unig. Derbyniai mai digon naturiol oedd disgwyl iddo chwilio am gyngrheiriaid. Doedd wybod ym mha wefannau y gorweddai'r ateb i ddirgelwch y dyn. Roedd rhwydweithiau rhyngwladol yn bodoli ar gyfer cwrdd â gofynion y bobl ryfeddaf. Câi swcwr yn rhywle, siawns. Lloches, hyd yn oed. Un fwy parhaol na'r ddarpariaeth 'gofod dan y bondo a bwyd yn y bol' roedd yn fodlon ei derbyn ganddi hi. Nid oedd yn amhosibl y deuai o hyd i ffordd o ddiflannu'n llwyr, diolch i'r we. Dychwelyd i'r düwch mawr y daeth ohono. Neu gael ei gario ymaith i wynfyd newydd. Ymhell o'r wlad. Ymhell oddi wrthi hi.

Gwyddai Nesta sut i'w dallt hi. Dim ond yn araf y llithrodd o'i gofid yn ôl i gwsg. Cadwodd ei llygaid ynghau rhag lleitho'r gobenyddion.

Nid pawb a fu farw oedd wedi haeddu byw. Ond doedd dim gobaith ganddo byth wybod sawl un o blith y rhai a laddwyd oedd wedi haeddu marw mewn gwirionedd. Doedd ystadegau ar gyfer ystyriaethau o'r fath byth yn cael eu cyhoeddi.

Rhaid oedd cymryd cysur yn y llefydd rhyfedda, fel anghofrwydd ac anwybodaeth. Dim ond trwy orfodi'r rheini arno'i hun y gallai gadw yn ei iawn bwyll.

*

'Sgen ti asid? Sgen ti sbîd?' Arthiodd y plismon ei gwestiynau. Cyfarthodd ci yn rhywle. Daliodd Nesta'i thir.

'Y teledu ydy'r unig gyffro fydda i'n ei gael y dyddiau yma, wir,' atebodd. Camp nid bychan iddi oedd rhoi stamp argyhoeddiad ar y frawddeg honno. Ond meddai ar ddogn gref o awdurdod. A gallai weld fod mwy o'r drysedig na'r mileinig yn yr olwg wyllt ar wyneb y llabwst a safai o'i blaen.

'Ond ti'n gwybod am be dwi'n sôn?'

'Siŵr iawn,' sicrhaodd ef. Ceisiodd ddal cip arni ei hun yn y drych i wneud yn sicrhau bod ei gwallt yn deidi. Os oedd hi ar fin cael ei martsio ymaith i gerbyd yr heddlu yng ngŵydd y stryd, doedd fiw iddi adael i'w safonau ddirywio.

Tua hanner awr wedi saith oedd hi ac yn dechrau nosi. Tri char yn gwibio ar ras at flaen ei chartref. Gweiddi mawr a churo enbyd ar y drws. Drama a fychanai'r opera sebon a ddigwyddai fod ymlaen ganddi ar y pryd. Rhyw biso dryw o beth oedd honno. Pawb o'r bobl brydferth a drigai o'i mewn yn meddwi, cnychu ac erthylu'n ddiddiwedd mewn byd parhaus o heulwen arwynebol.

Tueddai Nesta i wylio'r newyddion yr adeg honno o'r dydd, ond ar ôl deg munud ohono roedd hi wedi dod i'r casgliad mai un o'r dyddiau hynny pan nad oedd ganddyn nhw ddim o bwys i'w ddweud wrthi oedd hwn. O'r herwydd, roedd hi wedi penderfynu troi at gyflenwr arall. Ymhen amser y daeth i weld eironi'r ffaith iddi feddwl ar y pryd mai diwrnod braidd yn ddiddim oedd y diwrnod hwnnw am fod. Roedd yn amlwg bod hyd yn oed y doetha'n gallu cyfeiliorni ambell dro.

Crynai'n dawel bach o dan ei chadernid ymddangosiadol. Dau ddyn a menyw solet. Ffyrnigrwydd. Cyfarth. Cwestiynau affwysol o dwp. Sut yn y byd oedd disgwyl i hen wreigan ymdopi?

Trwy wrthod cael ei hambygio ganddynt, dyna sut!

Ar ôl braw eu twrw cyntaf, dechreuodd Nesta synhwyro'n ara' deg bod rhyw ddryswch wedi torri ar draws eu cynlluniau. Simsanodd eu cynddaredd cychwynnol. Wyddai hi ddim pam. Cyffredinedd ei chartref wedi tynnu'r gwynt o'u hwyliau, efallai? Doedd yno ddim byd i'w cŵn ei ffroeni. Siom ar bob llaw. Ond roedd hwnnw hefyd wedi'i gyplysu â'r gred fod yn rhaid i'r sioe fynd yn ei blaen.

Roedd gan y prif fwnci declyn a siaradai yn ei glust, a daliodd Nesta ef yn sibrwd i mewn i'r meic bach wrth ei ên. O'r hyn a gasglai, byddai'n rhaid iddi fynd ymaith gyda nhw, er gwaethaf popeth.

Trwy lwc, roedd hi wedi ei gwisgo mewn dillad nad oedd ots ganddi gael ei gweld ynddynt – sgert reit ffasiynol i lawr heibio'i phengliniau a thop polca-dot trawiadol. Cododd y siaced a weddai â'r sgert oddi ar fachyn ger y drws ffrynt ac allan â hi. Yn ffrwcslyd braidd, ond nid heb urddas. Yn rhydd o gyffion, ond yn euog yr olwg rhwng y ddau ddyn mawr.

Dim ond pan gyrhaeddodd sedd gefn y car y sylweddolodd hi mai sliperi oedd ganddi am ei thraed. Wrth i'w meddwl wibio trwy unrhyw dystiolaeth a allai fod yn y byngalo i fradychu bodolaeth y dyn, cymerodd gysur o feddwl nad oedd ganddi ddim i bryderu yn ei gylch. Ei throedwisg yn unig oedd wedi ei gadael i lawr.

Na, doedd hi ddim am baned. Na, doedd hi eisiau ffàg. Bu'n rhaid i'r blismones droi ar ei sawdl a mynd allan drwy'r drws roedd hi newydd ddod trwyddo, y cwpan a'r soser mewn un llaw a'r pecyn sigaréts yn y llall.

Gadawyd hynny Nesta ar ei phen ei hun drachefn, yn eistedd yn hunan-feddiannol wrth y bwrdd. Edrychodd i gyfeiriad y cloc uwchben y drws. Roedd hi bron yn ganol nos, a theimlai'n flinedig ar y naw, ond ni fynnai ddangos hynny am ddim yn y byd.

Ar ôl braw yr ymyrraeth gyntaf, pan dorrwyd ar heddwch ei noson, roedd hi wedi rhoi ei sgiliau hunan-amddiffyn ar waith. Wrth iddi eistedd yng nghefn y car a'i dygodd yno, roedd hi wedi llwyddo i ymdawelu'n fewnol. Canolbwyntiodd ar y strydoedd cyfarwydd y gyrrwyd hi trwyddynt. Nid yn y ddinas hon y'i ganed, mae'n wir, ond roedd hi wedi treulio rhan helaethaf ei bywyd yma, a chymerodd gysur o bopeth cyfarwydd a welsai.

Roedd llawer wedi newid. Doedd dim gwadu hynny. Adeiladau nobl, a fu'n rhywbeth i ryfeddu atynt yn eu dydd, wedi'u dymchwel ers blynyddoedd. Eraill wedi'u codi yn eu lle. Yn achos rhai, roedd hen adeilad yn dal ar ei draed, ond y defnydd a wnaed ohono wedi newid yn llwyr – fwy nag unwaith, yn achos ambell un. Tai wedi troi'n fflatiau. Swyddfeydd mewn tyrau tal wedi'u troi'n fflatiau yn yr awyr. Addoldai'n troi'n siopau. Sinemâu'n troi'n dai bwyta.

Wel! Doedd dim byd syfrdanol o wreiddiol ynghylch y trawsnewidiadau hyn. Yr un hen stori fu hi mewn dinasoedd ar hyd y canrifoedd. Fe wyddai Nesta hynny, ond wrth i'r golygfeydd wibio heibio dihangodd i'r atgofion.

Nid fod hanes byth yn fawr o ddihangfa, mewn gwirionedd. Nid os oeddech chi'n llwyr ymwybodol o'i oblygiadau. Ond hei, rhaid oedd peidio â mwydro gormod! Dal i edrych drwy'r ffenestri. Cofio'r bensaernïaeth. Anghofio'r boen.

Hyd yn oed yno, yn y car, roedd naws rhyw grechwen wedi cyniwair, yn nhyb Nesta. 'Camgymeriad mawr' wedi digwydd, medden nhw. Er nad oedd neb, efallai, wedi dweud y geiriau hynny ar y pryd.

Taflwyd ambell gwestiwn ati gan yr arthiwr mawr, a ymddangosai dipyn yn fwy dof wrth eistedd yno wrth ei hymyl. Pwy oedd ei gŵr? Ers pryd oedd hi'n byw yn ei byngalo? Faint o arian parod oedd hi'n ei gadw yno? Oedd pobl yn galw arni'n aml? Yn raddol, trodd y pwl o chwerthin a oedd wedi dilyn pob ateb ar y dechrau yn ddistawrwydd lletchwith.

Erbyn iddi gael ei 'phrosesu', chwedl hwythau, wrth y ddesg ar y ffordd i mewn i'r adeilad, roedd yr amheuon a fu'n gori yn y car ar y daith yno wedi dodwy ŵy go fawr. Ac un reit ddrygsawr hefyd.

Holwyd hi'n gorn.

Tynnwyd ei llun.

Cymerwyd sampl o'i gwaed ac olion ei bysedd.

Atafaelwyd ei horiawr. (Byddent wedi cymryd careiau ei hesgidiau hefyd, ond chwarddodd pawb pan welsant y sliperi a chafodd gadw'r rheini am ei thraed.)

Rhoddwyd hi i eistedd yn yr ystafell fechan y cafodd ei hun ynddi. Cadwodd ei phen. Daliodd ef yn uchel, yn barod ar gyfer y mynych droeon pan fyddai rhywun neu gilydd yn taro'i ben drwy'r drws. Esgus yr ymweliadau hyn oedd 'cadw llygad' arni a 'gwneud yn siŵr ei bod hi'n iawn', ond amheuai Nesta ei bod hi wedi tyfu'n dipyn bach o seléb i'r trueiniaid, a'u bod nhw'n taro i mewn jest i gael cip arni. Hyhi, wedi'r cwbl, oedd y 'camgymeriad mawr'.

'Camgymeriad mawr', cadarnhaodd yr uwch swyddog. Er ei sioe o edifeirwch a ffug-embaras at y sefyllfa, synhwyrai Nesta fod ymddiheuriadau, at ei gilydd, yn groes graen iddo.

'Galwch fi'n Gavin,' meddai wrthi rai munudau ynghynt.

'Galwch fi'n Mrs Bowen,' oedd ei hymateb hithau.

Roedd Gavin yn hŷn na'r lleill a gwisgai siwt reit rhywiol yr olwg. Gwerthfawrogai Nesta hynny, er na châi ei thwyllo gan y dyn na'r dilledyn deuddarn.

'Dim ond cell sy 'da ni i'w chynnig ichi, gwaetha'r modd,' aeth ymlaen â'i bererasiwn, 'ond fe wnawn ni bopeth allwn ni i wneud yn siŵr y byddwch chi mor gysurus â phosibl tan y bore.'

'Mae'n siŵr do' i drwyddi,' ildiodd Nesta'n fawreddog.

'Rydw inne'n ffyddiog y gwnewch chi,' ebe fe'n ôl wrthi. 'Chi yw gweddw'ch gŵr, wedi'r cwbl,' ychwanegodd yn awgrymog.

Synhwyrai Nesta fod hynny gyfystyr â dweud wrthi bod disgwyl iddi ddeall bod y 'camgymeriadau' hyn yn gallu digwydd, yn fawr a mân.

'Mae'n anffodus iawn nad yw'ch merch yn gallu dod i'ch nôl tan y bore,' meddai wedyn. 'Rwy'n gresynu hynny'n fawr.'

'Ond ewch â fi adre ac fe fydda i'n iawn. Rwy wedi cynnig arwyddo pa bynnag bapurau sydd raid. Neu fe gymera i dacsi. Talu fy hun a phopeth. Wir ichi,' plediodd Nesta. 'Mi fydde'n llawer gwell gen i fod yn 'y ngwely bach 'yn hunan.'

'Deall hynny i'r dim,' pwysleisiodd y dyn. 'Ond chawn ni ddim, chi'n gweld? Dyw'r rheolau ddim yn caniatáu. Menyw o'ch oedran chi; rhaid eich rhyddhau chi i ofal perthynas neu rywun tebyg all gymryd cyfrifoldeb. Dyna'r drefn.'

Roedd y drefn yn wâr. Yn un a roddai bwys ar les ei dinasyddion. Allai Nesta ddim dadlau â hynny, er cymaint y carai wneud ar y ciw-ti.

'Wel, os na all Melissa ddod o hyd i rywun i warchod y plant, dyna ni,' ebe hi o'r diwedd, fel petai'n derbyn y sefyllfa'n raslon. 'Mae hi'n hwyr y nos, on'd yw hi?'

'Fe gynigion ni adael swyddog yno tra byddai hi'n dod yma i'ch casglu a mynd â chi adre, ond doedd hi ddim yn fodlon eu hymddiried nhw i'n gofal hyd yn oed am awr neu ddwy, mae'n ymddangos. Ac fe wrthododd hi ddihuno'r ddau grwt a dod â nhw gyda hi. Ddim am darfu arnyn nhw, medde hi.'

'O, mae hi'n fam dda.' Gwnaeth Nesta sioe o fod yn gefn i'w merch. 'Gor-ofalus, os rhywbeth. Lles y ddau hogyn 'na sy'n cael blaenoriaeth ganddi bob amser, ac mae hi yn llygad ei lle.'

'Wedi dysgu be ydy bod yn fam dda gan ei mam ei hun, ddywedwn i,' meddai'r dyn gyda chynhesrwydd annisgwyl. 'Mi ddyle fod cywilydd arni'n gadael gwraig fonheddig fel chi mewn lle fel hwn dros nos. Mi ddeuda i wrthych chi'n blwmp ac yn blaen, petai 'merch i yn 'y ngadael i yma drwy'r nos yn lle dod i fy nôl i, fyddwn i ddim mor rhadlon am y peth.'

'Rhaid ichi beidio â bod yn rhy llawdrwm arni,' meddai Nesta, fel petai hi ar fin dechrau fflyrtio â'r dyn. 'Pwy fagai blant, yntê? Nawr, lle mae'r stafell 'ma sy gynnoch chi ar 'y nghyfer i? "Cell" y galwoch chi hi, dwi'n credu.'

Cell alwodd y dyn hi. A chell oedd hi. Twba metal mwll yr olwg oedd y tŷ bach. Cafodd dywel ganddynt a chafodd y drws mo'i gloi. Ar wahân i hynny, cell oedd hi.

Hysbyswyd hi nad oedd modd diffodd y golau. Byddai'n rhaid iddi wneud y gorau o'r sefyllfa.

Crafog oedd y blanced a chaled y fatras. Nid y math o galedu sydd i fod yn dda ichi, ond y math sy'n anghysurus.

Er mawr syndod iddi, fe gysgodd; ei siaced yn gorwedd ar gadair oedd yn sownd i'r llawr, a'i sliperi am ei thraed drwy'r nos.

'Twt! Dych chi fawr gwaeth, ydych chi, Mam?'

Naw o'r gloch fore trannoeth y cyrhaeddodd Melissa. Roedd Nesta'n eistedd wrth fwrdd bach sgwâr ar ei phen ei hun yn y cantîn ar y pryd. Brecwast . . . o ryw fath. A choffi ych-a-fi. Pawb yn sbio i'w chyfeiriad ar y slei, fel petai hanes cyrch smala'r noson cynt wedi mynd ar led fel tân gwyllt drwy'r adeilad. Ond neb yn dweud fawr ddim. Dim ond marwor agwedd heriol neithiwr oedd yn dal i losgi ynddi heddiw. Blinder oedd yn bennaf cyfrifol.

Er iddi gysgu, ychydig iawn o adferiad a gafodd. Roedd hi'n dal yn y dillad a wisgodd ddoe i gwrdd â hen ffrind dros ginio. Crefai ei cheg am frws dannedd. Doedd dim byd yn hollol fel y dylai fod, a bu cerdded o'i chell yn y gwaelodion i olau dydd y cantîn yn straen arni.

Wrthi'n gorfodi llwyaid arall o rawnfwyd i lawr ei chorn gwddf oedd hi pan welodd Melissa'n dilyn wrth gwt rhyw heddwas ifanc. Ers iddynt ddod allan o'r car ddeuddeg awr ynghynt, nid oedd wedi gweld cip o'r un mawr haerllug a fu'n gweiddi'i gwestiynau hurt ati neithiwr. Rhaid ei fod wedi mynd i guddio mewn gwarth. Neu wrthi'n hambygio rhywun newydd, a 'chamgymeriad mawr' neithiwr eisoes wedi ei hen anghofio.

'Soniwn ni'r un gair am y peth wrth neb,' mynnodd Melissa'n siriol wrth rhyw bwysigyn arall a ddaeth o rywle i'w hebrwng o'r adeilad. 'Wnawn ni, Mam?'

'Na, wrth gwrs ddim,' cytunodd honno, heb allu dweud celwydd lawn mor wengar â'i merch.

'Mae'r pethe 'ma'n digwydd . . . a dyna ni.'

Tra bod Melissa'n gwneud ei gorau i ddarbwyllo pawb o'i didwylledd, roedd Nesta'n gorfod llofnodi llu o bapurau i wneud yr holl ddigwyddiad yn un swyddogol anghofiedig. Cafodd ei heiddo'n ôl.

'Chwilio am ryw ffatri gyffuriau oedden nhw,' meddai Melissa'n chwyrn, pan gyrhaeddodd y ddwy ddiogelwch ei char.

'Felly ro'n i'n casglu,' meddai ei mam.

'Y cyfeiriad anghywir! Allwch chi gredu'r fath beth? Rhyw fwlsyn twp wedi darllen y cyfeiriad yn anghywir.'

Fe fyddai'r stori'n dew o gwmpas y lle yn ddigon buan, fe wyddai Nesta o'r gorau. Ond gwyddai hefyd na châi dim ei ddweud ar goedd na'i gydnabod byth. Roedd disgwyl iddi chwerthin ac anghofio am y peth.

'Fe ddylech chi feddwl am symud, Mam,' aeth Melissa yn ei blaen. 'Lle chi'n byw. Dyna sydd wedi achosi'r bennod fach hon, a dim byd arall. Dwi'n deud wrthach chi! Stryd ola'r ddinas. Mor anghysbell. Reit ar y cyrion. Mae hi wedi mynd yn hen stryd beryglus ar y naw. Does wybod be sy'n mynd ymlaen o'ch cwmpas chi!'

Er cymaint y crefai Nesta am lonyddwch i fynd yn ôl i ailfeddiannu ei chartref, gwyddai nad oedd gobaith caneri ganddi gael ei gollwng o flaen y drws ac i Melissa yrru ymaith. Doedd ond gobeithio nad oedd gormod o lanast yn ei haros. Ac nad arhosai ei merch yn rhy hir.

Fel y digwyddodd, bu'n rhaid iddi ddibynnu ar ei merch am fynediad i'r byngalo. Cawsai ei chipio o'i chynefin mor sydyn neithiwr fel nad oedd hyd yn oed wedi cael cyfle i estyn yr allwedd oddi ar y bachyn. Dilynodd Melissa drwy'r drws, a rhoddwyd taw disymwth ar sgwrs y ddwy gan sgrechiadau cwbl diangen rhyw jolpen benfelen a oedd newydd adnabod llun o'r Taj Mahal yn gywir ac ennill chwarter miliwn o bunnau am wneud hynny.

Ochneidiodd Nesta rhyw ryddhad wrth sefyll yn y cyntedd. Doedd y lle heb ei falurio. Ond sylwodd fod pob drws a arweiniai o'r cyntedd wedi'i adael ar agor, ar wahân i ddrws y ffrynt ei hun.

Aeth i'r llofft fach: drysau'r wardrob a phob drôr ar agor. Yr ystafell wely bellaf, lle cedwid y cyfrifiadur: doedd dim i awgrymu bod neb wedi cyffwrdd â'r cyfarpar, ond cadair ar ei hochr.

Ni thrafferthodd Nesta fynd i'w chodi. Camodd yn ôl i'r cyntedd.

'Rhaid bod y teledu 'na wedi bod ymlaen drwy'r nos,' meddai Melissa'n ddig wrth ddod o'r ystafell ffrynt. Roedd Nesta'n ddiolchgar ei bod hi wedi mynd i'w ddiffodd yn syth, ond ni allai lunio frawddeg o fath yn y byd i ymateb.

Rhoes ei phen rownd drws ei hystafell wely ei hun yn lle hynny. Pob drws a drôr ar agor eto. Ond rhyddhad, serch hynny.

Ble'r oedd *e*, tybed? Wedi dod i'r fei rywbryd tua chanol nos, yn ôl ei arfer bellach, a chael y lle'n wag a thywyll, gyda holl ffenestri cefn y byngalo heb lenni ar eu traws. Beth oedd wedi mynd trwy'i feddwl? I ble'r aeth e?

'Dach chi'n iawn, Mam? Mae golwg bell arnoch chi.'

'Dwi'n ddiolchgar iti am dy gonsýrn,' atebodd Nesta'n dawel, gan fesur ei geiriau'n ofalus, 'ond mi fydda i'n falch o gael tipyn o lonydd nawr. Wedi blino ydw i, dyna i gyd.'

'Wel, debyg iawn,' meddai Melissa gan ruthro o'i blaen ac i mewn i'r gegin. 'Ga i roi'r tegell i ferwi ichi gael paned?'

'Wst ti be? Dwi ddim yn meddwl y cymera i un. Llawn cystal gen i fydde cymryd awr neu ddwy ar y gwely'n gynta.'

Prin y talodd Melissa sylw i'w hateb – roedd hi eisoes hanner ffordd i fyny'r grisiau'n busnesa.

'O, Mam, ylwch!'

Cyflymodd curiad calon Nesta wrth ei dilyn yn ofidus, heb wybod beth oedd yn ei haros.

'Dyma lle dach chi wedi bod yn cuddio'r clustogau 'ma brynish i ichi,' cwynodd. 'Dwi wedi bod yn trio dyfalu ers tro byd be ddaeth ohonyn nhw. Oes gynnoch chi syniad faint dalais i amdanyn nhw?'

Erbyn i Melissa orffen ei dwrdio, roedd Nesta wedi llwyddo i'w dilyn i ben y grisiau ac roedd allan o wynt braidd.

'Cymryd lot o le maen nhw . . .' dechreuodd, mewn rhyw esgus gwan o eglurhad am eu symud. Roedd y pentwr bach cymen a adawai'r dyn ifanc yn y gornel wrth gefn top y grisiau wedi'i chwalu neithiwr. Cŵn wedi cydio ynddynt yn eu safnau a'u lluchio i ganol y llawr. Dim ond y golau a ddeuai o'r gegin oddi tanynt oedd i oleuo'r lle, ac er i lygaid craff Nesta dwrio i bob cornel, doedd dim golwg o'r sach gysgu.

Curai ei chalon yn gyflymach. Oedden nhw wedi mynd â honno ymaith? I gynnal profion arni, efallai? I gael esgus dros ddod yn ôl drachefn i'w holi hi?

'Twt!' Aeth Melissa draw at y ddau wrthrych anferth i'w codi yn ei chôl. 'Maen nhw'n ffitio'n daclus y tu ôl i'ch soffa chi. Haws i'r hogie'u tynnu nhw allan o fanno pan fyddan nhw isho lolian o flaen y teli, na gorfod dod lan fan hyn i'w nôl nhw bob tro.'

Gwthiodd heibio'i mam gan gario'r ddau sgwaryn mawr meddal o'i blaen. Roedd hi hanner ffordd i lawr y grisiau cyn i Nesta feddwl am ei dilyn. Ei dilyn oedd raid, mae'n debyg, darbwyllodd ei hun. Cyntaf i gyd y câi hi wared arni, gorau i gyd. Roedd arni angen y llonyddwch i lefain a chysgu a chasglu popeth ynghyd yn ei phen.

Munud neu ddwy gymerodd hi i Melissa sefydlu'r drefn y dymunai ei chael ar bethau ym mharlwr ei mam. Pan ddaeth yn ôl i'r gegin i ffarwelio, roedd Nesta â'i chefn tuag ati. Dywedodd air neu ddau, ond prin droi i'w hwynebu wnaeth Nesta. Roedd hi'n rhy brysur yn rhythu i gyfeiriad yr ardd. Doedd dim gwiwer yno y bore hwnnw. Dim gwenynen na phry genwair na'r un glöyn byw. Yr unig beth byw a welai, ar wahân i'r coed a'r borfa, oedd mymryn o chwyn. Fel yn y fynwent, brithai'r rheiny i'r wyneb hwnt ac yma ar gefnlen bridd-goch brics y wal. Wedi llwyddo i dynnu mymryn o gynhaliaeth o fan annisgwyl, roedd hi'n amlwg bod y pethe bach yn benderfynol o ddal gafael ar fywyd hyd y gallent.

Pennod 4

'Cwsg galar, ni chwsg gofid,' yn ôl yr hen air, ond wyddai e ddim a oedd hynny'n wir ai peidio. Doedd e erioed wedi galaru. Dim ond gresynu.

Pam y gwewyr, felly? Doedd e ddim yn siŵr.

Fe ddylai fod yn siŵr. Fe ddylai fod yn siŵr o bopeth. Ond er gwaethaf pob ymdrech i'w hatal, mynnu torri'n ddirybudd ar draws ei bendantrwydd wnâi amheuon o bob math. O'r foment y gallai weld fod cyrch yn cael ei gynnal ar fyngalo'r hen fenyw, roedd teimladau amheus fel euogrwydd a galar a gofid wedi dechrau pigo'i gydwybod.

Gwyddai fod ganddo gydwybod. Doedd sylweddoli hynny ddim yn newydd iddo. Dyna, yn anad dim, pam ei fod yn y sefyllfa'r oedd ynddi nawr. Ond y rhyfeddod iddo oedd ei fod wedi'i ddarbwyllo ei hun cyhyd y gallai fyw heb gael ei boeni byth gan yr holl anghyfleusterau eraill a ddeuai yn sgil hynny.

Pe deuai rhyw ddrwg i'w rhan hi, gwyddai y byddai, rywsut, yn rhannol cyfrifol. Allai e ddim dioddef meddwl am hynny. Roedd fel bod braidd yn feddw a chael eich sobri'n ddisymwth. Eich ymwybyddiaeth o realiti'n aildaro fel ton. Popeth yn newydd eto a chithau'n llawn euogrwydd.

Newydd fod yn rhedeg oedd e pan welodd ar ddamwain yr hyn oedd ar droed. Byddai'n rhedeg milltiroedd yn gyson, wedi hen ddysgu osgoi'r parthau lle'r oedd gangiau'n hel eu traed a lle'r oedd cathod gwyllt Coed Cadno'n bla. Cadwai at ei drefn ymarfer yn ddeddfol. Oni chadwai'n heini o gorff a chwim o feddwl, doedd dim gobaith iddo gadw ar y blaen. Ar ben hynny, roedd yn ffordd dda o ladd amser. Ffordd dda a ffordd rad.

Roedd wedi arafu o loncian i gerdded, ac o fewn tri chanllath i gyrraedd ei loches, pan ddaeth at fan ar y llwybr serth lle câi gip ar gefnau'r tai. Dyna pryd y gwelodd y person mewn lifrai a'r ci. Safodd yn stond am eiliad ac yna rhuthrodd i lawr y llethr i safle arall gyfarwydd iddo, er mwyn gallu gweld yn well.

Doedd yr un enaid byw i'w weld yng ngerddi neb o'r cymdogion. Rhaid mai byngalo Nesta'n unig oedd wedi'i dargedu. Beth petaen nhw ar ei drywydd? Beth petai rhywbeth neu rywun wedi'i fradychu? Trywydd cyntaf ei ofid oedd meddwl am achub ei groen ei hun, mae'n wir. Ond trwch blewyn yn unig oedd rhwng y meddwl hwnnw a'r brath a ddilynodd. Nesta.

Y dystiolaeth a adawodd ar ei ôl a lamodd trwy ddwylo ei ddeallusrwydd i ddechrau. Darn wrth ddarn. Fesul un ac un. Cysidrodd. Cadwai'r eilliwr roddodd hi iddo ar silff yn yr ystafell ymolchi. Pam fyddai 'na eilliwr i ddyn yn ystafell ymolchi hen wraig a drigai ar ei phen ei hun? Gorweddai'r sach gysgu yn y llofft. Un wedi'i dwyn oedd hi. Doedd 'na'r un nod na rhif adnabod arni i'w chysylltu â chatrawd neu wersyll penodol. Serch hynny, roedd y cwestiwn yn siŵr o godi: sach gysgu pwy oedd hi?

Dyna'r unig ddau fan gwan y gallai ef eu dirnad. Aethai trwy bob ystafell. Na, ni fedrai feddwl am ddim byd arall y gallai fod gofyn i Nesta roi cyfri amdanynt.

Aeth i un o'i guddfannau arferol – yr un lle'r oedd wedi dechrau canolbwyntio'i sylw ar ardd Nesta yn y dechrau'n deg. O'r lle hwn y cafodd ei ddenu ati yn y lle cyntaf. Er bod y guddfan

109

hon fymryn ar ongl, daliai i gynnig golygfa dda o hynodrwydd swrth ei thiriogaeth. Roedd ffens dal a pherthi talach yn rhedeg ar un ochr, yn ffin rhyngddi a gardd drws nesaf. Yna, roedd y lawnt. Gallai'r dyn fod wedi eistedd yno am oriau a dyddiau bwygilydd heb i ddim byd ddigwydd arni byth. Dyna a'i denodd ati, mewn rhyw ffordd smala, wyrdroëdig. Bu'n eistedd yno, ddyddiau a fu, yn gwylio diffyg cyffro cefn y byngalo. Yr hen wraig yn dod trwy ddrws y cefn unwaith yn y pedwar amser oedd yr unig arwydd amlwg o fywyd. O'r cychwyn cyntaf, roedd e wedi barnu bod rhywbeth ynysig yn ei chylch. Ynysig heb fod yn unig. Yn anad dim, roedd hi'n hen yn ei olwg. Byddai dillad ar y lein ganddi weithiau. Roedd hynny'n cyfrif fel digwyddiad o gryn bwys yn yr ardd honno. Safai'r lein ym mhen arall yr ardd, draw wrth gefn y garej, lle'r oedd pentwr bychan o hen frics a ddiystyrwyd, a rhagor o lwyni. A dyna hi, fwy neu lai.

Ar wahân i'r feranda, wrth gwrs. Gyda'i dyfnder a'i chysgod amlwg rhag yr elfennau, roedd honno wedi ymddangos yn ddeniadol iawn iddo fisoedd yn ôl, wrth i'r hydref ddangos ei ddannedd.

Yn awr, roedd 'na brysurdeb yno hyd yn oed. Dau ddyn. Ynteu un dyn ac un fenyw? Ni allai fod yn siŵr. Dau gi. Neu ddwy ast? Ni allai fod yn siŵr. Siarad. Gallai fod yn siŵr o hynny. Siarad dwys, ymysg ei gilydd; y dieithriaid hyn ar dir Nesta. Siaradent â rhywrai eraill ymhell i ffwrdd hefyd. Roedd yn gyfarwydd â'r osgo. Cryn drafod, credai'r dyn. Ac eto, nid sgwrsio gwag oedd hyn. Synhwyrai fod negeseuon bach byr a bachog yn cael eu cyfnewid.

Doedd dim golwg o'r hen wraig. Ble ddiawl oedd hi? Wedi ei chymryd ymaith? Eisoes yn gelain ar lawr ei chegin?

Saethodd ei lygaid i gyfeiriad y ffenestr ond, hyd y gallai weld, doedd dim cyffro o fath yn y byd yno. Ni allai weld yn iawn, rhwng y pellter a chysgod to'r feranda dros y fan.

Heb wybod beth ddiawl oedd wedi digwydd, neu ar fin digwydd, neu ar droed y funud honno, roedd yn amhosibl gwybod beth i'w gredu. Ond câi ei hun yn gobeithio â'i holl galon nad oedd dim byd drwg wedi digwydd iddi hi. Ac yna, y funud nesaf, teimlai'n chwithig iawn wrth feddwl felly. Gwewyr dwbl. Hen gnaf creulon oedd cydwybod.

Fu ganddo neb i siarad ag ef ers misoedd lawer. Neb i gadw'i sgiliau cyfathrebu'n fyw, waeth pa mor wachul oedden nhw yn y lle cyntaf. Neb ond Nesta, wrth gwrs. A nawr, doedd hithau ddim ar gael. Teimlai'r golled, heb ei deall. Gofidiai er ei waethaf.

Y noson honno, gresynodd fymryn. Gofidiodd lawer. Ni chysgodd fawr.

Doedd dim yn tycio iddo, dyna'r drafferth. Er mochel mor ddiddos ag y medrai yn ei hen loches, ni ddeuai cwsg tros ei grogi. Y ddaear yn rhy ddi-ildio oddi tano a'i ben yn gogr-droi.

Disgynnodd cawod neu ddwy yn ystod y nos, yn ddwndwr diflas ar y plethwaith o ganghennau a'i cadwai o olwg dyn ac anifail. Er cystal ei waith llaw, diferai ambell ddiferyn drwy'r gorchudd cuddliw a'i gorchuddiai, gan bitram-patran ar y cynfas polythîn a orweddai rhyngddo a'r deiliach.

Ac yna, gallai glywed symudiadau'r nos gerllaw – mor agos at ei glustiau fel y swnient fel petai'r creaduriaid yn cerdded dros ei fedd. Wyddai e byth pa anifail a gadwai pa sŵn wrth fynd heibio. Ar ôl blynyddoedd o brofiad, fe ddylsai allu dirnad beth oedd beth bellach. Ond rhaid nad oedd ei glyw yn ddigon main, a methiant fu pob ymdrech ar ei ran i wahaniaethu rhwng dryw a draenog, neu faedd a chi. Petai rhywbeth dynol yno, doedd ond gobeithio y byddai ei reddf yn ddigon cryf i'w rybuddio am unrhyw berygl.

Yn ei sach gysgu y treuliodd y noson. Oriau ar ôl y cyrch, fe fentrodd i mewn i'r byngalo i achub honno, ond ni fentrodd aros i'w helpu ei hun i fwyd. Agorodd dun o ffa pob ar ôl dianc yn ôl i'w gynefin a chynhesodd y cynnwys ar y *primer* fach a gadwai yno, wedi'i chladdu gyda'i drysorau eraill mewn twll pwrpasol ger y 'den'.

'Den' oedd ei air ef am ei loches; ar ôl iddo dreulio misoedd yn cysgu yn y fangre hon dros ran helaetha'r flwyddyn flaenorol, cyn iddo fentro at feranda Nesta, fe ddylai'r lle fod wedi teimlo'n gyfarwydd iddo. Ond hiraethai am y llofft. Collai'r cynhesrwydd a'r cysur cymharol. Ble'r oedd yr hen ledi heno? Oedd hi'n cysgu? Oedd hi'n saff? Bu'n troi a throsi i geisio ysgwyd y baich cwestiynau oddi ar ei ysgwyddau. Ond doedd dim yn tycio.

Hen heno anniddig oedd hi am fod, a dyna ddiwedd arni. A chyda hynny cymerodd gysur o gofio iddo weld gwaeth lawer tro.

*

Chafodd e erioed ei fagu. Dim ond ei ddofi.

Chafodd e erioed ei garu. Dim ond ei ddiodde.

Yn achos Jinx, purion ganddo gredu na fyddai modd iddo wneud esgusodion tebyg... hyd y gwyddai, p'run bynnag. Ar ryw ystyr, nid oedd wedi gwybod fawr amdano. Ac eto, fe wyddai'r manylion lleiaf. Felly'r oedd hi ymysg milwyr. Doedd fiw i lanciau oedd â'u bryd ar dyfu'n ddynion gyda'i gilydd ddatgelu gormod am eu plentyndod. Cyfrinach i'w chadw'n dawel a'i chladdu'n ddwfn o'ch mewn oedd dyddiau mebyd.

Pa febyd? Pa gyfrinachau?

*

Am dair munud i chwech y bore, cododd ei arddwrn at ei wyneb a dwy funud i chwech oedd hi yn ôl ei oriawr. Gwelai wyneb Nesta, lawn cyn gliried ag y gwelai wyneb yr oriawr. Doedd e ddim am gredu bod unrhyw niwed wedi dod i'w rhan.

Amhosibl meddwl am droi a throsi. Roedd ei wâl gyfyng yn ei ddal fel gefail. Gallai deimlo'r cur yn ei ysgwydd, a'r graith ar ei ystlys dde yn gwingo.

Rhaid ei fod wedi llwyddo i gysgu rywfaint, ond gofid ac anesmwythyd fu ei unig freuddwydion. Pwysent ar ei feddwl o hyd, gan gynyddu'r clostroffobia.

Clustfeiniodd. Ni fyddai byth yn mentro i olau dydd o'r den heb gymryd ennyd neu ddwy i synhwyro a oedd hi'n ddiogel iddo wneud hynny ai peidio. Mentrodd wthio braich yn erbyn yr haenau a'i gorchuddiai – y tarpolin polythîn a'r gudd-len ganghennog. Roedd hi'n gwawrio'n gynnar yr adeg hon o'r flwyddyn, a llifodd y golau ffres i'w lygaid a'i ffroenau, fel mwsog llaith.

Llithrodd y gudd-len yn ôl yn ara bach, o'r ffordd, rhag styrbio gormod ar neb na dim a allai fod yn ymyl. (Ni sylwodd ar ddraenog a ddioddefai o anhunedd yn rholio'i hun yn belen ddrain.) Yna llithrodd o afael y sach gysgu, heb daflu'r polythîn yn ôl. Safodd, ei dreinyrs eisoes am ei draed, a dylyfu gên. Ysgydwodd ei gymalau i'w ddeffro'i hun yn iawn. Gallai deimlo oerni'r nos yn araf afael yn y dydd, ond nid oedd argoel bod fawr ddim arall ar gerdded yng Nghoed Cadno.

Aeth draw at goeden gyfarwydd i biso, a phan ddaeth yn ôl at ei eiddo dywedodd wrtho'i hun ei bod hi'n bryd iddo benderfynu beth i'w wneud nesaf. Fe allai amser fod yn brin. Doedd e ddim i wybod.

Cymerodd swig o'i fflasg ddŵr. Diosgodd y siwmperi y bu'n cysgu ynddynt, a'r crys-T nesaf at ei groen. Doedd dim amser ganddo i ymolchi. Dyna un penderfyniad a gymerwyd ganddo. Ei flaenoriaeth oedd mynd 'nôl at gartre'r hen wraig i weld beth oedd y sefyllfa ddiweddaraf. Dyna benderfyniad arall. Am y gweddill, doedd wybod eto.

Tynnodd grys-T glân a siwmper ysgafn o'r ysgrepan ddiddos a gadwai'n guddiedig yn y twll diogel. Caeodd ben y sach drachefn ar ôl gwisgo, a phlygu'r sach gysgu a'r polythîn cyn lleied ag y medrai, cyn gwthio'r gudd-len yn ôl dros y cyfan.

Am ryw reswm, ataliodd ei hun rhag rhuthro'n ôl i'r encil lle câi'r olygfa orau ar gefn y byngalo. Edrychai o'i gwmpas yn barhaus. Gwnâi hynny'n reddfol, wrth reswm, gan ymdeimlo â'r angen i fod yn fwy ymwybodol nag arfer heddiw. Cerddodd yn gyson, ofalus. Cododd ei law at ei wregys yn aml, i gymryd rhyw gysur gwag o'r gyllell a gariai yno, ynghudd.

Ac yna, daeth at olwg cefnau'r tai. Siffrwd adar yn y canghennau uwchben oedd yr unig sŵn i'w glywed. Roedd y ffaith ei bod hi mor fore wedi newid naws yr olygfa. Yn lle jest edrych yn ddiflas o ddigynnwrf, fel y gwnâi bob amser, roedd gardd yr hen fenyw wedi cymryd arni rhyw wawl a ymylai ar fod yn dangnefeddus. Efallai mai sinistr oedd y gair mwyaf priodol. Roedd hi'n anodd bod yn rhy gysáct yng nglas y dydd.

Symudodd ei olygon dros bob modfedd. Y llwyni. Y lawnt. Cefn y garej. Y feranda. Ac yna'r ffenestri. Y llenni trwm yn dal ynghau dros ffenestr Ffrengig yr ystafell wely ar y chwith. Y bleind yn dal heb ei ostwng dros ffenestr y gegin. Dim smic o olau oddi mewn. Dim i awgrymu bod neb wedi aflonyddu ar y bin na dim byd arall y tu allan. Popeth fel yr ymddangosai iddo neithiwr, pan fentrodd dros y wal a chael ei ryfeddu bod drws y cefn yn dal ar agor. Er i ryw sŵn ei synnu yr eiliad y camodd dros y trothwy, roedd wedi sylweddoli'n syth mai'r teledu oedd yn dal ymlaen. Ochneidiau ffug dau yn actio angerdd ar un o'r sianeli porn oedd y synau anghyfarwydd a glywsai yn y cefndir. (Câi'r rheini rwydd hynt i ddarlledu yn ystod yr oriau mân.)

A oedd un swyddog unig wedi cael ei adael yno i wyntyllu pob twll a chornel, a newydd gymryd egwyl i gael wanc ar y job? Go brin. Cyn camu ar y feranda a mentro at ddrws y cefn, roedd eisoes wedi cymryd cip ar y ffrynt a doedd 'na'r un cerbyn na golau i'w weld. Mentrodd gredu bod pawb wedi hen fynd. Gan gamu'n ofalus, cerddodd i'r cyntedd. Pob drws ar agor a'r teledu, yn ôl y disgwyl, yn taflu'r unig lewyrch o oleuni a darfai ar y tywyllwch.

Dihangodd i'r llofft a bachu'r sach gysgu cyn diflannu'n ôl i'r nos.

Bellach, roedd hi'n olau dydd. Yn ôl yr oriawr ar ei arddwrn, roedd hi'n ugain munud union i saith. Fe âi dwyawr a hanner cant a dwy o funudau arall heibio cyn i Melissa droi trwyn ei char i mewn i ddreif cartref ei mam.

Honno fynnodd ddod i nôl ei mam i swper. Doedd hi ddim yn fodlon iddi gymryd tacsi, hyd yn oed. Ei chydwybod yn pigo, mae'n rhaid, barnodd Nesta.

Roedd y ffaith ei bod hi'n sôn am goginio rhywbeth ei hun yn ddigon o dystiolaeth dros feddwl hynny. Byw ar fwydydd parod a bwyta allan fyddai Melissa fel arfer. Pethau prin iawn oedd gwahoddiadau i fynd draw ati am bryd o fwyd.

'Dach chi wedi gweld y papur min nos, Mam?' Dechreuodd Melissa y munud yr eisteddodd ei mam yn y car. Pam holi'r fath gwestiwn, doedd Nesta ddim yn siŵr. Fe wyddai'n iawn nad oedd ei mam yn cymryd papur min nos.

Achos y cynnwrf oedd hanes cyrch llwyddiannus yr heddlu'r noson cynt. Y mwlsyn haerllug fu'n arthio ar Nesta yng nghyntedd ei chartref ei hun, a'i dîm bach arbenigol o archswyddogion, wedi dal un o gyflenwyr crac cocên mwya'r ddinas, yn ôl y sôn. Yr un rhif oedd ar ei dŷ ef â byngalo Nesta, mae'n wir, ond nid oedd y tebygrwydd lleiaf rhwng enwau'r ddwy stryd. (Doedd gallu darllen yn gywir yn amlwg ddim yn 'arbenigedd' ganddynt.)

'Sut yn y byd fedren nhw 'nghamgymryd i am hwn, dywed?' holodd Nesta. 'Sut digwyddodd peth felly? Dyw'r bobl 'ma ddim ffit . . .'

'"Amryfusedd" oedd eu gair mawr nhw y bore 'ma,' aeth Melissa yn ei blaen.

Nawr, fe sylweddolai Nesta o'r diwedd pam bod y criw a oresgynnodd ei chartref neithiwr wedi diflannu mor sydyn. Ar ôl darganfod eu 'camgymeriad mawr', roedd y thŷgs bostfawr yn awyddus i brofi cystal arwyr oedden nhw go iawn, a hynny cyn gynted â phosibl. Dympio'r hen wreigan yn yr orsaf heddlu a bant â nhw i'w cyrchfan gywir. Dyna sut oedd ei dallt hi, felly.

Dim ond rhyw esgus darllen y stori wnaeth Nesta, p'run bynnag. Roedd gormod o gynddaredd yn corddi ynddi. A fedrai hi ddim darllen go iawn mewn car oedd yn gwibio trwy draffig min nos y ddinas. Gallai ddibynnu ar Melissa i saethu byrdwn y cyfan ati. A deallai'n syth nad oedd sôn amdani hi, a'i rhan yn yr helfa, ar gyfyl yr adroddiad.

'Cael eich rhyddhau i 'ngofal i wnaethoch chi, chi'n gwbod,' eglurodd Melissa. 'Dyna pam dwi'n teimlo rhyw ddyletswydd tuag atoch chi.'

'Chwarae teg iti, wir,' meddai Nesta, gyda gwên ei gwatwar yn gwbl hyglyw yn ei llais.

'Mi fuo'n rhaid imi arwyddo ffurflen a phopeth . . .'

'Be mae hynny'n 'i feddwl?'

'Oherwydd 'ych oedran, doedden nhw ddim am adael ichi fynd yn rhydd ar 'ych pen 'ych hun. Mynnu y dylech chi gael archwiliad meddygol llawn. Do'n i ddim yn meddwl y byddech chi am un o'r rheini yn y lle 'na. Ond bu ond y dim iddyn nhw alw doctor i'ch gweld chi . . .'

'Doctor?' Nid dryswch a liwiai'r cwestiwn, ond dirmyg.

'Wel, cyfro'u hunain oedden nhw, yntê?' eglurodd Melissa, fel petai angen eglurhad ar ei mam. 'Beth petaech chi'n cael harten heno, lai na deuddeg awr ar ôl bod yn y gell 'na drwy'r nos? Roedd yn rhaid i mi lofnodi datganiad yn dweud eich bod chi mewn cyflwr da pan gawsoch chi eich rhyddhau ac na fydden ni fel teulu'n cymryd unrhyw gamau yn erbyn yr awdurdodau petai rhywbeth yn digwydd ichi wedyn.'

Troes Nesta ei golygon tua'r ffenestr wrth ei hochr drachefn. Yr holl adeiladau hynny y pendronodd hi drostynt neithiwr. Edrychai popeth yn ddieithr a gelyniaethus iddi nawr. Nid yn gyfarwydd a chysurlon fel y gwnaethant bedair awr ar hugain ynghynt.

Penfras gyda phigoglys a thatws wedi'u ffrio mewn garlleg, gawson nhw i swper. Mwynhaodd Nesta. Byddai pysgod wastad yn ei hatgoffa o'r môr ac yn dwyn atgofion iddi o'i phlentyndod. Ond nid oedd wedi bod ar lan y môr go iawn ers blynyddoedd.

Bu'n rhaid iddi wrando ar ei hŵyr hynaf yn ymarfer y trwmped wedyn. Chwiw gymharol newydd oedd y trwmped ganddo, a byddai wedi bod yn well gan Nesta petai wedi cymryd at ryw offeryn mwy soniarus. Ond dyna fe! Os nad oedd modd rheoli'r hyn a âi â bryd eich plant, pa obaith cael fawr o ddylanwad ar sut rai fyddai eich wyrion?

Dilynwyd yr egwyl honno gan brofiad amheuthun arall: lluniau o'r gwyliau. Llwythwyd disg i'r teledu, a dyna lle'r oedd y teulu llon yn llenwi chwarter y lolfa. Y pedwar ohonynt ger llyn yn rhywle. Ger afon. Ger pwll nofio'r *compound*. Llawer o luniau lle'r oedd dŵr yn ymyl. Dŵr a diodydd. Diodydd a bwyd. Tai bwyta rif y gwlith. Wedyn, cafwyd casgliad o luniau ohonynt ar fws. Gwibdaith diwrnod cyfan i weld rhyfeddodau diwylliant arall a'r cyfan ar ben, diolch i'r drefn, mewn chwinciad.

Yn gefnlen i'r cyfan, rhaid oedd i Nesta ddioddef sylwadau awdurdodol Melissa yn ei thywys drwy'r gwahanol brofiadau a gawsant. Cofio ambell dro trwstan – a'r ddau fachgen yn porthi o bryd i'w gilydd. Cofio'r sen o gael rheolau llym wedi eu gosod ar eu hymddygiad. Cofio'r cyfyngu ar hawliau'r unigolyn y buont yn dyst iddo. Y tlodi a welsant. Y condemnio hallt. A'r clodfori achlysurol wrth fynd heibio. Am danbeidrwydd yr haul gan mwyaf. A haelioni'r hwyl ymysg gwesteion eraill y gwesty.

Gallai Nesta ddychmygu fel y bydden nhw wedi eistedd yno, yn y bar neu o gwmpas y pwll, yn lladd ar y brodorion ac yn moli holl rinweddau eu mamwlad eu hunain.

Ond yr arswyd mwyaf iddi oedd sylweddoli cymaint o'r truth y gallai hi uniaethu ag ef. Ai merch ei mam oedd Melissa wedi'r cyfan? Wrth iddi fynd yn hŷn, roedd yr amheuaeth yn cryfhau. A'r dystiolaeth yn dechrau ymgasglu.

Wrth fynd drwy'r lluniau ar y sgrin, bytheiriai Melissa'n groch yn erbyn grym crefydd ac asiai hynny i'r dim â siniciaeth dywyll ei mam.

Pa werth oedd i unrhyw grefydd a oedd yn sicrhau lle i'r ffyddloniaid yn nhragwyddoldeb, ond yn eu hamddifadu o ddynoliaeth yn y byd hwn?

Yn wahanol i'r rhan fwyaf o'i ffrindiau, nid oedd Nesta erioed wedi cymryd fawr o ddiléit mewn mynd i ymweld ag eglwysi, mosgiau a synagogau egsotig mewn mannau dieithr. Ni fu fawr o swyn iddi mewn marmor na mosáic. Y naill yn rhy oeraidd ganddi, a'r llall yn rhy ffyslyd o beth hanner.

Fel gyda blodau, gallai ddeall pam fod crefydd yn atyniadol

i bobl. Y lliw. Y sawr. Y tusw yn y tail. Roedd pawb yn gwerthfawrogi tipyn o harddwch yn eu bywydau, ond ar ddiwedd y dydd roedd harddwch wastad yn caethiwo.

Deallai pam fod y syniad o graig yr oedd modd ichi angori'ch cwch wrthi pan fyddai'n dywydd mawr yn un deniadol iawn. Ond golygai'r cyfan lawer o waith, rywsut. A gormod o reolau. Os oeddech chi'n glynu'n gaeth wrth y rheolau, roeddech chi'n siŵr o golli'ch dynoliaeth. Os nad oeddech chi'n cadw'n go glòs atynt, roeddech chi'n rhagrithio. *Catch* 22 go iawn. Doedd dim modd ennill. Dros y blynyddoedd, gwell gan Nesta oedd peidio ag ymrwymo i'r cysyniad, gan obeithio bod cydnabod ei fodolaeth yn ddigon.

Drwy ei hoes, roedd hi wedi'i bendithio â pheth wmbredd o ynni a dychymyg, ond nid oedd erioed wedi gwastraffu'r naill na'r llall ohonynt ar arddio nac ar grefydda.

Wrth iddi gael ei gyrru adref, gyda Melissa wrth y llyw a'r ddau grwt yn y cefn, roedd Nesta'n amau ei bod hi'n dechrau rhamantu. Yn dechrau chwilio am ddiangfeydd yn ôl yn ei gorffennol. Ond go brin fod hynny'n wir! Byddai'n rhaid iddi ochel rhag y fagl. Ai hiraethu am beryglon ieuenctid oedd hi? Y syrthio ffôl mewn cariad ffolach? Y cellwair a'r cynllwynio?

Efallai mai am fod yn hen gnawes oedd hi drachefn, megis yn y dyddiau a fu.

Neu efallai mai jest am gysgu oedd hi? Aethai'n hwyr ac roedd nos wedi hen ddisgyn. Yna, yn sydyn, torrwyd ar ddistawrwydd pawb pan gyhoeddodd yr hynaf o'r hogie i'w dad gael ei arestio rai dyddiau ynghynt a'i gadw yn y ddalfa am rai oriau ar amheuaeth o gyflawni'r llofruddiaethau yn y fflat uwchben.

'O, paid â'u malu nhw, wir,' torrodd ei fam ar ei draws. 'Peidiwch â gwrando arno, Mam. Cael ei holi wnaeth e, siŵr.

Dyna i gyd. Mae wedi cael ei holi o'r blaen. Dwi wedi cael 'yn holi. Mae pawb yn yr adeilad wedi cael eu holi.'

Yr unig sylw a wnaeth Nesta oedd nodi nad oedd hi wedi clywed neb yn sôn am y llofruddiaethau ers rhai wythnosau. Gobeithiai'n ddidwyll mai 'camgymeriad' arall ar ran yr awdurdodau oedd unrhyw amheuon a goleddent parthed ei mab-yng-nghyfraith. Doedd hi ddim am feddwl bod gan ei hwyrion lofruddion yn rhan o'u hachau o'r ddwy ochr.

Am ryw reswm gwyrdroëdig, doedd hi ddim am ei weld e heno wedi'r cyfan, er iddi dreulio rhannau helaeth o'r pedair awr ar hugain a oedd newydd fynd heibio'n gofidio amdano.

Daeth Melissa i mewn i'r tŷ gyda hi, ond dim ond cyn belled â'r cyntedd.

Cododd Nesta law at y tri a chau'r drws cyn i'w merch hyd yn oed gyrraedd 'nôl i sedd ei char. Diffoddodd y golau drachefn ar frys ac ymgynefinodd ei llygaid yn ddidrafferth.

Camodd ar draws y gegin i wneud yn siŵr bod drws y cefn yn dal ar glo. Ni thynnodd y bleind i lawr fodfedd. Aeth am ei gwely mewn tywyllwch.

O berfeddion Coed Cadno, doedd 'run arwydd fod dim wedi newid yn y byngalo. Dim smic o olau wedi'i gynnau yn yr un ystafell. Y bleind yn dal heb ei dynnu i lawr dros ffenestr y gegin. Gorfodwyd e'n ôl i'w wâl wyllt ac aeth yntau, fel Nesta, i glwydo heb gymorth trydan. Mewn tywyllwch amgen.

Wrth i'r newyddion am y cyrch cyffuriau ledaenu fel tân gwyllt trwy gylch cydnabod Nesta, mawr fu'r ymholiadau, y gofid, y cydymdeimlo a'r tynnu coes.

Derbyniodd ddwy neges ar e-bost, gan ddwy a oedd yn bur

anabl yn eu gwahanol ffyrdd – y naill yn fyddar bost a'r llall yn gaeth i gadair olwyn.

Ffonio wnaeth y rhan fwyaf o'r lleill. Gafodd hi fraw? Neu niwed? Faint oedd hi'n godi am gan gram o gocên? Oedd hi'n cynnig gostyngiadau i ffrindiau?

Dau yn unig a alwodd heibio go iawn, mewn cig a gwaed. Ar y rhiniog. Yn ddirybudd. Gŵr a gwraig na chadwai gysylltiad â nhw ond yn achlysurol. Flynyddoedd mawr yn ôl, arferai Morus gydweithio â'i gŵr, a thalu rhyw wrogaeth od i'r ffaith honno oedd pennaf sail eu cyfeillgarwch. Cofiai Nesta ei gŵr yn dweud mai fel Morus y Gwynt y byddai pawb yn cyfeirio ato y tu ôl i'w gefn yn y dyddiau hynny, ar gownt ei hunanbwysigrwydd stumogus. Doedd ganddo ddim dylanwad bellach, wrth gwrs, ond cyndyn i gilio fydd gwynt, ac roedd e wedi galw i adael iddi wybod y byddai'n 'gweld beth alle fe wneud'.

Ceisiodd Nesta ei ddarbwyllo nad oedd angen iddo fynd i chwilio am iawndal na dim byd felly ar ei rhan.

'Yn wahanol i Melissa, dwi ddim yn chwilio am wyliau rhad yn unman,' meddai gan wneud jôc o'r peth. Ond cofiodd wedyn nad oedd hwn yn enwog am ei hiwmor. 'Yn y drefn sydd ohoni, dwi'n credu mai peidio tynnu gormod o sylw atoch eich hun sydd orau,' ychwanegodd.

Ni chytunai'r dyn o gwbl.

'Wel, dyw awdurdod erioed wedi bod yn hoff o gael draenen yn ei ystlys,' meddai, 'ond dyw hynny ddim yn golygu nad yw'n iawn tynnu sylw at ffaeleddau'r system.'

Mor wahanol oedd ei athroniaeth pan oedd ef ei hun yn un o'r rhai a ddaliai'r awenau, meddyliodd Nesta. Ond yn lle dweud hynny, aeth ati i dorri darn arall o'r darten fafon gwyllt i Alys Fflur, ei wraig.

'*Treat* yn wir,' meddai honno, gan dderbyn y bowlen yn

ddiolchgar. 'Mae'n amlwg eich bod chi'n go fras eich byd yn barod, Nesta. Sdim angen unrhyw iawndal arnoch chi. Tarten mafon gwyllt ffres – ac mor gynnar â hyn yn y tymor! Sa i'n cofio pryd ges i un ddiwethaf.'

Sylweddolodd Nesta ei chamgymeriad yn syth, ond roedd hi'n rhy hwyr i geisio cuddio'r dystiolaeth nawr.

'O, chi'n iawn,' dechreuodd siarad ei ffordd yn ôl o'r dibyn. 'On'd 'yn nhw'n codi crocbris y dyddiau hyn? Mafon. Mwyar. Llusi duon bach. Pan ewch chi i'r farchnad, maen nhw y tu hwnt i bob rheswm. Ond ar ôl yr hyn es i trwyddo, ro'n i'n meddwl 'mod i'n haeddu rhywbeth bach sbesial i godi'r galon.'

Chwarddodd Alys Fflur ei chymeradwyaeth.

'Call iawn,' meddai. 'Ac i feddwl, pan on i'n ifanc, roedd hi'n saff ichi fynd i gwydro'r wlad a'u hel nhw'n rhad ac am ddim.' Yna llyncodd llwyaid arall o'r bastai'r oedd Nesta wedi ei phobi'n ffres y bore hwnnw.

'Roedd hi'n anorfod y bydden nhw'n gorfod torri crib y cyflenwyr.' Cymerodd Morus drosodd wrth weld bod ceg ei wraig yn rhy lawn i barhau â'r sgwrs. 'Wedi'r cwbl, dyletswydd cynta'r awdurdode yw bwydo'r bobol.'

Ddeugain mlynedd ynghynt, ailgylchu safbwyntiau swyddogol yr awdurdodau oedd syniad hwn o sgwrs. Erbyn hyn, roedd yn fwy parod i fynegi barn bersonol a gadael tipyn o wynt o'r swigen. Ond gallai ddal i siarad ag awdurdod, mae'n amlwg. A siarad am awdurdod hefyd. Y drafferth oedd, roedd awdurdod ei hun yn un o'r pethau hynny nad oedd ganddo mwyach – fel ei wallt, ei ddannedd a'i chwarren brostad.

Hen ddyn oedd e yn ei hanfod. Hen ddyn yn gresynu wrth weld sut roedd y byd yn cael ei redeg ers iddo ef a'i gyngrheiriaid fod wrth y llyw. Hen ŵr nad oedd wedi llwyddo i fynd drwy'r byd 'ma heb ddiodde ambell ergyd egr ar y ffordd.

Cymerodd Nesta drugaredd arno yn y diwedd. Cynigiodd baned arall iddo ac erfyn arno, er ei les ei hun yn gymaint ag er ei lles hi, i beidio â mynd ar drywydd dim. Goddef er mwyn goroesi oedd arwyddair newydd eu cenhedlaeth hwy, dywedodd wrtho.

Bustachodd yntau ei ffordd trwy sawl araith fach arall, a phan oedd ar ganol ei ail baned cafodd bwl cas o beswch fel petai ei lwnc yn llawn fflem. Ond erbyn iddo ef ac Alys Fflur adael, roedd wedi gorfod cytuno â Nesta. Gadael llonydd i bethau oedd orau.

Ceid sawl math o dystiolaeth. Yn ddiriaethol a llafar a fforensig. Deallai Nesta hynny'n iawn. Ond tan y prynhawn hwnnw, nid oedd wedi ystyried oblygiadau'r dystiolaeth fwytadwy.

Tynnodd y pecyn tew o fafon o'r rhewgist ar ôl i'r ddau adael. Er bod pob mafonen unigol yn galed fel haearn, a bod modd eu rholio fel marblis rhwng bys a bawd, dalient i edrych yn felys a deniadol trwy'r bag plastig tryloyw.

Rhoddodd y pecyn yn ôl a chau'r gist. Roedd angen iddi feddwl. Mor esgeulus y bu hi'n gynharach, yn cynnig darnau o'r darten mor dalog. Doedd ond angen i rywun ofyn y cwestiynau anghywir am bob math o bethau ac fe fyddai'n iw-pi-yp arni.

Bu'n lwcus dair noson ynghynt na chafodd y 'cyrch' ei gynnal go iawn. Y munud y rhuthron nhw drwy'r drws bron, roedd y swyddogion hynny – yn eu swae a'u stŵr – wedi sylweddoli eu bod nhw wedi cymryd cam gwag. Gwir, fe agorwyd ambell ddrôr a chwpwrdd, a chafodd trwynau'r cŵn rwydd hynt i ddilyn eu trywyddau. Ond doedd dim yn drylwyr ynghylch yr holl beth. Nid aethpwyd â'r cyfrifiadur newydd i ffwrdd i'w archwilio. Ofynnodd neb pam fod offer eillio yn yr ystafell ymolchi, neu beth oedd arwyddocâd y sach gysgu yn y llofft.

Trwy lwc, byddai Nesta wedi gallu ateb pob un o'r ymholiadau hynny. Ond er mor glyfar oedd hi, newydd wawrio arni oedd y ffaith nad oedd ganddi ateb parod ar gyfer popeth.

Dododd y dyn dri bag plastig llawn danteithion ar y bwrdd o'i blaen. Ai'r rhain oedd ei anrhegion cyntaf iddi? Ie, mae'n rhaid. I ddweud 'Croeso'n ôl' efallai? O bosibl. Ond er ceisio cofio a dehongli, ni allai Nesta fod yn berffaith sicr o ddim. Llanwyd hi gan falchder – balchder nad oedd, serch hynny, yn barod i'w rannu gyda'i dieithryn cyfarwydd.

Ar ôl ei chyndynrwydd i'w weld ar noson gyntaf ei dychweliad, erbyn yr ail noson hon roedd hi wedi gofalu cynnau golau'r feranda yn gynnar a thynnu'r bleind i lawr i'r eithaf dros ffenestr y gegin. Hyd yn oed cyn gwneud dim o'r pethau hyn, yn ystod oriau'r dydd bu'n hongian dillad ar y lein. Doedd dim fel rhesaid o ddillad glân i adael i ddyn wybod eich bod chi gartref.

O'r eiliad y gwelodd yntau'r arwyddion hyn o fywyd, llonnodd drwyddo ac aeth ar sgowt i gyfeiriad y byngalo yn gynt nag arfer.

Dilynodd y ddau eu greddfau naturiol gan guddio'u rhyddhad. Ni allai'r naill na'r llall ohonynt ddod o hyd i'r geiriau i ddweud eu bod nhw'n falch o weld ei gilydd eto.

'Chi'n dal ambythdi'r lle, 'te,' oedd yr agosaf at gonsýrn y llwyddodd hi i'w yngan.

'Godest ti dipyn o ofan arna i. Yr heddlu'n dod i dy nôl di fel'na,' oedd ei gyfraniad yntau, mor ddidaro â phosibl.

Ffrwythau oedd cynnwys y bagiau plastig. Blaenffrwyth perthi Coed Cadno. Ac, yn naturiol, fe droes y sgwrs at y bwydydd oedd ar gael yno'n rhad ac am ddim. Nid ffrwythau oedd yr unig gnydau, mae'n ymddangos. Roedd madarch gwyllt, morgrug, draenogod a danadl poethion hefyd ar y fwydlen, yn ôl y sôn.

'Rhaid ichi wybod beth yw beth, wrth gwrs,' dywedodd e'n wybodus, 'a gwybod ble i fynd.'

'Dwi erioed wedi bod yng Nghoed Cadno,' cyfaddefodd Nesta wrtho.

'Na, wel, does neb parchus yn mynd yno, oes e?' oedd ei ateb ef i hynny. 'Ddim ers blynyddoedd, o'r hyn gasgles i. Gormod o hanes i'r lle, mae'n rhaid. Dyna pam fod yr holl fwyd maethlon 'na yno ar 'y nghyfer i a 'nhebyg.'

'Mae dihirod y byd 'ma'n aml yn bwyta'n well na'r byddigions,' barnodd Nesta.

Cymerodd gryn amser i'r sgwrs droi at ddigwyddiadau'r dyddiau diwethaf. Fel petai arnyn nhw ofn y gwirionedd. Ofn mentro'n rhy agos ato. Ac ofn yr oblygiadau. Ond, yn araf, dechreuodd Nesta adrodd wrtho fanylion y ddrama y bu hi'n rhan ohoni echnos. Mor atgas oedd arweinydd y ffiasgo. Mor ddiflas ei noson o anesmwythyd yn y gell. Ei blinder neithiwr, wedyn. Ac ar ben hynny, y tabledi cysgu y mynnodd Melissa ei bod hi'n eu llyncu, gan wneud iddi anghofio datgloi'r drws a thynnu'r bleind i arwyddo iddo ei bod hi'n ddiogel iddo adael ei hun i mewn. (Celwydd cyfleus oedd hynny, wrth gwrs, ond roedd Nesta wedi gallu dweud celwydd gydag argyhoeddiad drwy gydol ei hoes – bendith nad oedd hi'n bwriadu gollwng gafael arni wrth heneiddio.)

Gwrandawodd yntau arni'n astud heb ddangos fawr o gyffro. Ond, serch hynny, torrodd ar draws ei stori mewn man perthnasol i fynd i'r llofft ffrynt i weld drosto'i hun bod y cyfrifiadur yn iawn.

'Rwyt ti'n gweld nawr pa mor ffôl o't ti'n trial 'yn annog i i adael y sgidie mawr a 'nillad yma,' dywedodd wrthi wrth ddychwelyd.

'Dwi'n gweld mor ffôl ydw i, yn disgwyl ichi aros,' atebodd Nesta. 'Ffoi wnewch chi. Dwi'n deall hynny i'r dim. 'Y ngadael i

125

a'r bwyd sy'n cael ei adael ichi bob nos a phopeth . . .' Tawodd yn sydyn.

Edrychai yntau braidd yn embaras am eiliad. Lletchwithdod yr annisgwyl yn gweud iddo droi'i olygon oddi wrthi. Anelodd at y fan lle dywedai ei reddf wrtho am fynd, sef y grisiau. Eisteddodd yno heb dorri ar ei fudandod.

'Peidiwch â phoeni. Dwi ddim yn gweld chwith,' aeth Nesta yn ei blaen. 'Hawdd gweld bod ysbryd dianc yn eich gwaed chi. A synnwn i ddim na fyddai'n gwneud mwy o ddrwg nag o les i'ch achos tasech chi'n cael eich dal yn 'y nghwmni i.'

'Fi sy ddim am dynnu mwy o loes i dy ben di,' meddai'n dawel wrthi. 'Ond mae loes yn digwydd.'

'Mae pob math o bethe "yn digwydd",' atebodd hithau. 'Ry'n ni'n byw mewn oes lle gawn ni wybod am yr hyn sydd "yn digwydd" drwy'r amser. Ac eto, does gan y rhan fwyaf o bobl ddim affliw o syniad be sy'n digwydd.'

'Wnei di neud rhywbeth i fi?' holodd. Nid oedd braidd byth yn gofyn am ddim. Ond roedd cyfuniad o fympwy a gweld golau coch yn fflachio yn ei ben – i ddweud wrtho bod y sgwrs ar fin mynd i le peryglus – wedi creu eithriad o achlysur.

'Be?'

'Tarten,' atebodd. 'Dwi ddim wedi byta tarten wedi'i gwneud gyda ffrwythe ffres ers blynydde.'

'Hufen iâ. Tarten gartre. Mae'n dda gwbod bod 'na rywbeth o'r gorffennol yn dal i allu tynnu dŵr o'ch dannedd chi,' ebe Nesta'n ogleisiol. 'Chlywes i monoch chi'n hiraethu am ddim o'r blaen.'

'Wn i ddim am hiraethu. Jest meddwl y bydde'n braf iawn blasu tarten gartre eto o'n i,' ddywedodd y dyn yn ateb i hynny, yn ei lais di-hid.

'A dweud y gwir, dwi heb ddefnyddio mafon i wneud tarten ers blynyddoedd mawr. Erioed, falle.' Taniwyd dychymyg Nesta gan y posibilrwydd. 'Nos fory. Tarten fafon. Fan hyn. Ganol nos. Beth amdani?'

'*Champion,* missus!'

'Ac mae 'na fwy na digon am sawl un arall yma,' barnodd Nesta wrth swmpo'r bagiau plastig yn ei llaw. 'Fe rewa i'r gweddill a gawn ni weld sut hwyl ga i arni fory.'

'Swnio'n deg i fi.'

'Ond os ydw i am wneud rhywbeth i chi, wnewch chi rywbeth i mi?' meddai Nesta wrtho yntau, ei goslef yn fwy o orchymyn nag o gwestiwn.

'Be?'

'Wnewch chi beintio'r feranda imi?'

Roedd y busnes 'ma o ofyn am bethau yn diriogaeth newydd i'r ddau. Roedd syndod y dyn yn amlwg ar ei wep. Edrychodd arni mewn anghrediniaeth. Edrychodd hithau'n ôl fel petai'r cwestiwn wedi bod yn bôs.

'Bydde hynny'n codi sawl problem, fenyw dda.'

'Enwch un i mi,' saethodd Nesta'n ôl yn syth, er i lais y dyn geisio cyfleu'r syniad mai ei 'sawl problem' fyddai'r gair olaf ar y mater.

'Wel, fedra i ddim peintio i ddechre . . .'

'Twt! Pwy fedar nad yw erioed wedi gwneud? Does fawr o bren yno, mewn gwirionedd,' aeth Nesta yn ei blaen mewn modd a awgrymai iddi feddwl am y syniad ers peth amser. 'Ond mae'n dipyn o ffidl, dwi'n cyfadde. A siawns nad ydach chi wedi sylwi cymaint o angen cot o baent sydd ar y lle.'

'Ew! Mae angen *undercoat* a rhyw gleme felly . . .'

'W! Wnawn ni ddim trafferthu â rhyw rigmarôl felly,' torrodd Nesta ar ei draws, gan swnio bellach fel pe na bai'n barod i dderbyn 'na' fel ateb. 'Un got ddeche a ddywedwn ni ddim mwy. Beth amdani? Fe ofala i am brynu'r stwff gore. A'r hawsa.'

'Ond alla i ddim cael 'y ngweld mas y cefn 'na, Nesta.'

'All neb weld yr ardd na chefn y byngalo,' meddai hi'n gadarn. 'Dach chi'n gwbod hynny'n barod. Dyna pam ddewisoch chi'r feranda 'na'n ystafell wely yn y lle cynta. Wêl neb chi.'

'Ddim fel arfer, falle,' dadleuodd yn ôl yn dawel, 'ond fe alle rhywun alw heibio, neu ddod rownd i'r cefn . . .'

'A beth os dôn nhw?' ymresymodd hithau drachefn. 'Dwi'n cyflogi rhywun i beintio'r feranda. Haleliwia! Fydd gan neb ddiddordeb yn y peintiwr.'

'Fe alle rhywun wbod pwy ydw i . . .'

'Dydw *i* ddim yn gwybod pwy ydach chi. Pam ddyle neb arall?' oedd ei hateb parod. 'Jest rhyw ddyn *odd jobs* dwi'n 'i dalu i wneud diwrnod neu ddau o beintio fyddwch chi. Thalith neb iot o sylw.'

'Mae'n dal yn risg,' mynnodd y dyn.

'Dim gronyn mwy o risg na dwyn i gadw'n fyw,' atebodd Nesta. 'Dwi ddim yn ddigon gwirion i feddwl bod yr ychydig dach chi'n ei fyta yma bob nos a bore'n ddigon i'ch cynnal chi. Ac er cystal y *cuisine* sydd ar gael yn rhad ac am ddim yng Nghoed Cadno, dwi'n amau ydy fan'co chwaith yn diwallu'r holl anghenion.'

'Dwi ddim ond yn dwyn be sy raid . . .'

'Wel, ar ôl hyn, fydd dim angen dwyn o gwbl, fydd e? Ddim am sbel. A dyna, mewn gwirionedd, 'y mhrif gymhelliad i,' meddai Nesta, fel petai hi'n dod at y pwynt o'r diwedd. 'Wna i ddim dweud 'mod i wedi gofidio rhyw lawer am y perygl dach chi'n rhoi eich hun ynddo, ond dwi'n ymwybodol ohono. Fe fydda i'n talu'n anrhydeddus am y gwaith ac fe allwch chithe gerdded o gwmpas y strydoedd a mynd i mewn i siopau ac yn y blaen heb bryderu am gael eich dal . . .'

'Does 'na ddim peryg y ca i'n nal . . .'

'Oes, mae 'na,' mynnodd Nesta. 'Da'n ni'n dau'n gwybod hynny. Ac yn lle'r risg sy ynghlwm wrth ddwyn ambell botel o laeth neu dorth, fe allech wedyn dalu amdanyn nhw. Neu hyd yn oed brynu ambell ddilledyn newydd, yn lle'ch bod chi'n tynnu sylw atoch 'ych hun trwy edrych mor ddi-raen pan fyddwch chi'n mentro i blith pobl . . .'

'Dwi ddim angen pregeth . . .'

'A chewch chi'r un 'da fi,' aeth Nesta yn ei blaen yn bendant. 'Dwi'n siarad strategaeth, nid moesoldeb. Bwyd. Dillad. Dyna fi wedi nodi dau angen. Wedyn, beth am y bobl 'ma y byddwch chi'n cysylltu â nhw'n ddirgel ar y we? Y rhai dach chi'n gobeithio sy'n mynd i'ch cael chi mas o'r twll ry'ch chi ynddo? Os oes ganddyn nhw ffordd o achub 'ych croen chi yn y tymor hir, fe gostith arian, siawns. Mwy na'r pris fydda i'n 'i dalu am beintio'r feranda, mi waranta . . . ond mi fydde hyd yn oed yr hyn dwi'n fodlon 'i dalu yn help i'r achos, fydde fe ddim?'

Dilynwyd hynny gan dawelwch disgwylgar. Roedd hi'n disgwyl ei ymateb. Doedd e'n disgwyl dim.

'Wel! Ofer fydde i mi drial dy argyhoeddi nad wyt ti'n gwbod fel mae hi arna i,' meddai'r dyn. 'Mae'n amlwg dy fod ti'n deall i'r blewyn.'

'O! Dwi ddim yn gwybod popeth . . . ddim o bell ffordd,' cyfaddefodd Nesta gydag dogn dda o ffug wyleidd-dra yn ei llais. 'Ond teg dweud 'mod i'n deall yn burion.'

'Pryd ga i ddechre peintio 'te?'

'O, twt!' atebodd Nesta'n ysgafn. 'Mae'r tywydd 'ma'n cynhesu'n araf o'r diwedd. Beth am roi wythnos neu ddwy arall iddi? Ac wedyn fe gawn ni weld. Mae 'da ni'r darten 'ma i edrych ymlaen ati cyn hynny.'

Wrth i'r ddau droi am eu gwelyau beth amser wedyn, amlygent un gwahaniaeth mawr rhyngddynt – o ran oedran ac anian. Aeth y dyn i gysgu gan bwyso a mesur sut roedd y byd wedi'i drin e y diwrnod hwnnw. Roedd Nesta, ar y llaw arall, yn pwyso a mesur pa mor llwyddiannus roedd hi wedi bod wrth drin y byd.

I'r un casgliad y daeth y ddau, fwy neu lai: teg.

'Blode? I mi?'

'Y peth lleia fedr yr adran acw wneud,' meddai Gavin.

Wrth edrych yn ôl ar y digwyddiad hwn, fyddai Nesta byth yn gallu cofio gwahodd y dyn i mewn i'w chartref, ond eto, dyna lle'r oedd e mwya sydyn. Yn y cyntedd. Yn wên o glust i glust. A'r blodau wedi'u trosglwyddo i'w breichiau.

'Gadewch imi ddiffodd hwn,' rhuthrodd Nesta ar y blaen iddo wrth ei arwain i'r parlwr. Anelodd yn syth at y teclyn a reolai'r teledu, cyn gwasgu'r botymau priodol. 'Rhyw hen sothach ganol pnawn. Ond mae'n gwmni.'

'O, dach chi yn llygad eich lle, Mrs Bowen. Mi fydd Mam yn cael oriau o bleser o'r ffasiwn sothach hefyd,' ymatebodd yntau'n hynaws. 'Ac mae e'n sothach tipyn llai peryglus na'r hyn gewch chi mewn llyfrau, tydi?'

'Wel, ydy, o bosib,' meddai Nesta'n ddryslyd. Roedd e wedi codi cysyniad nad oedd hi wedi'i ystyried o'r blaen. 'Dwi erioed wedi bod fawr o ddarllenwr, rhaid cyfaddef.'

'Call iawn,' ebe Gavin. 'Llawer ohono'n ddifyr a diniwed, dwi'n amau dim. Ond fe gewch wenwyn pur rhwng cloriau llyfrau hefyd, a hynny'n amlach na pheidio yn 'y ngwaith i. Mwy dinistriol o lawer na'r hen bacedi sigaréts 'na oedd ar gael mor rhwydd erstalwm.'

'Pawb at ei wenwyn ei hun, mae'n debyg,' ychwanegodd Nesta, gan geisio gwneud yn ysgafn o'r drafodaeth. 'Nawr, steddwch ac fe ddo i â phaned i chi toc.'

Pan gyrhaeddodd y gegin, y peth cyntaf wnaeth hi oedd rhoi'r blodau yn y sinc. Gofalodd fod y plỳg yn ei le cyn agor y tap. Fe ddylai hynny ddileu gorfod dod i unrhyw benderfyniad byrbwyll am eu ffawd, meddyliodd.

Bu blodau wedi eu torri ganddi yn y tŷ o'r blaen, mae'n wir. Ond nid yn aml. Roedd y defodau a'u hamgylchynai'n ddieithr iddi. Gwelai rywbeth smala yn y ffordd y llithrodd y tusw yn llipa i'r ochr gan ddisgyn ar y bwrdd diferu.

Yna sylweddolodd bod y blodau yn y ffordd, achos roedd arni angen llenwi'r tegell i wneud te. Hyrddiodd nhw i un ochr yn ddiamynedd. Estynnodd y bisgedi, gan dywallt cynnwys pecyn digon cyffredin yr olwg ar blât. (Doedd dim o'r darten ar ôl erbyn hyn – a hyd yn oed pe byddai, câi ei lluchio i'r bin cyn y byddai'n cynnig dim ohoni i Gavin.)

'Tipyn o le 'da chi fan hyn,' barnodd Gavin pan gamodd hi'n ôl i'r parlwr yn cario llond hambwrdd o stwff.

''Y nghartre i, chi'n feddwl?'

'Tair stafell wely. A thipyn o dir yn y cefn 'na.'

'Gormod o atgofion yma imi feddwl gadael,' atebodd Nesta, yn rhagrith i gyd.

'Tan ddaw'r diwrnod y bydd raid, yntê?'

'Rhyw feddwl o'n i y baswn i'n gadael y diwrnod hwnnw tan y daw,' oedd ateb Nesta i hynny. 'Digon i'r diwrnod ei ddrwg ei hun.'

'Sylw call iawn, mae'n debyg. Gwell na mynd i gwrdd â gofid.'

Hogodd Nesta ei harfau yn ei phen wrth osod y llestri'n barod ar gyfer arllwys y te. Rhyfedd. Roedd hi wedi cymryd at hwn pan gyfarfu ag ef gyntaf, ond gallai weld nawr bod angen iddi fod ar ei gwyliadwriaeth.

'Ond y pwynt s'gen i,' aeth Gavin yn ei flaen, 'ydy fod 'na dipyn o waith cynnal a chadw ar fyngalo mawr fel hwn.'

'Mae'r ystafelloedd yn rhai mawr braf,' cytunodd Nesta'n athronyddol. 'Wrth fy modd yn cael digon o le. Roedd gen i forwyn fyddai'n dod i mewn ddau fore'r wythnos, flynyddoedd yn ôl, ond mae'r holl dacle glanhau sydd ar gael heddiw mor hwylus, on'd 'yn nhw? A doedd ganddi fawr o sgwrs, wyddoch chi. Gwell gen i 'nghwmni'n hun, wir.'

Hyd yn oed yn y geiriau a ddewisodd, roedd Nesta ar ei gwyliadwriaeth. Gwnaeth ymdrech i gynnal ieithwedd ffurfiol i roi statws iddi ei hun a chreu pellter rhyngddynt.

'Wel, alla i ond cytuno â chi bod yma stafelloedd braf,' meddai Gavin gan gymryd ei baned te. 'Hynny yw, os ydyn nhw i gyd mor hyfryd â hon.'

'Sut gwyddech chi fod yma dair ystafell wely, felly?' holodd Nesta wrth estyn bisgïen iddo.

'O'r adroddiad,' atebodd heb betruso.

'O, wrth gwrs! 'Na dwp ydw i. Mae'n rhaid cael adroddiad, yn naturiol, hyd yn oed ar ôl digwyddiad bach anffodus fel y noson o'r blaen.'

'Chi'n rhadlon iawn eich agwedd.'

'Dwi wedi anghofio am y peth yn barod,' ychwanegodd yn rhagrithiol, ond y tro hwn yn fwy agored, fel petai hi'n cael tipyn o hwyl yn ei gwmni.

'A'ch merch?'

'Melissa? O, mae gan honno ddigon ar ei meddwl yn barod. Er ei bod hi'n gofidio cryn dipyn amdana i, cofiwch.'

'Felly'r oeddech chi'n honni y noson o'r blaen,' ebe Gavin yn ddwys. 'Ond fel ddwedais i ar y pryd, fedrwn i ddim credu nad oedd ganddi neb i warchod y plant 'na am awr.'

'Doedd y gŵr ddim o gwmpas ar y pryd, dyna'r drafferth.'

'Aderyn brith arall, o'r hyn dwi wedi gasglu o fy ymholiade.'

'Wel, mae ar hyd yn oed aderyn brith angen nyth gysgodol

weithie,' meddai Nesta. 'Ac mae 'u cael nhw i nythu ger yr aelwyd yn ffordd dda o gadw llygad arnyn nhw, on'd yw hi?'

'Dach chi'n wraig sy'n credu mewn *strategy*, mae'n amlwg. Gwerthfawrogi hynny.'

'O, ddeudwn i mo hynny,' gwadodd hithau gydag ysgafnder newydd. 'Dwi'n hoff iawn o'r mab-yng-nghyfraith, dyna i gyd.'

'Dda gen i glywed.'

'A da gen inne ddallt mor drylwyr dach chithe wedi bod,' difrifolodd Nesta gyda chryn hygrededd.

'Ond doedd dim byd yn drwyadl iawn am 'y nghydweithwyr y noson o'r blaen, oedd e?' gofynnodd Gavin ar gorn hynny, fel rhyw gyflwynydd teledu mwy slic a seimllyd na'r cyffredin. 'Dyna pam rwy wedi galw, fel y gwyddoch chi. I ymddiheuro'n swyddogol a diolch ichi am eich tact. Fe wyddoch chi cystal â minne fod 'na ddigon o bobl allan fan'cw sy'n fwy na pharod i achub mantais ar bob cyfle posib i danseilio'n gwaith da ni.'

'Rhaid ichi beidio â meddwl nad yw cymdeithas yn gwerthfawrogi, wyddoch chi.'

'Oes gynnoch chi gymdogion da, felly?' holodd ymhellach. 'Meddwl amdanoch chi'n byw fan hyn ar eich pen eich hun . . .'

'Siort ore,' atebodd Nesta'n ddireidus drachefn i geisio diarfogi'r holi. 'Fydda i byth yn eu gweld nhw.'

'Wel, mae hynny'n fendith yn aml, mae'n wir,' ategodd Gavin yn gyfeillgar, 'ond wrth gwrs, rhaid inni i gyd gofio bod 'na ddyletswydd statudol arnon ni i gadw llygad ar . . . beth alwn ni e, dwedwch? . . . Ymddygiad sy'n ymddangos braidd yn egsentrig, efallai.'

'Menyw dew iawn sy'n byw'r ochr acw imi,' meddai Nesta, gan roi ei chwpan ar ei soser er mwyn cael bys rhydd i bwyntio. 'Mae'n byw gyda'i merch. Mi fydda i'n gweld y ferch o bryd i'w gilydd ar y lôn, neu'n aros am fws. Un dew yw honno hefyd, ond o leia mae hi'n gallu symud o gwmpas. Dwi'n rhyw amau bod y fam yn gaeth i'w bloneg ei hun, heb sôn am fod yn gaeth i'r tŷ. Mae hynny'n cyfri fel ymddygiad egsentrig, on'd yw e?'

Cododd aeliau'r dyn yn anghrediniol. Gyda'r baned wedi'i hyfed, ei fwriadau wedi'u cyflawni a'r sgwrs ar ben, roedd yn bryd iddo fynd.

'Rwy'n falch ein bod ni'n dallt ein gilydd ar gymaint o bethe,' haerodd wrth adael. Cymerodd eiliad i gael cip arno'i hun yn y drych yn y cyntedd. Tynnodd y cyffs ar lewys ei grys i'r golwg o dan lewys siaced ei siwt. Rhaid oedd edrych mor dapyr â phosibl cyn camu allan at ei gar. Ni allai Nesta lai na gwenu.

'A dyna ichi rywbeth arall i feddwl drosto . . .' Troes ati, pan oedd hithau ar fin ymlacio a meddwl bod y gwaethaf drosodd. 'Y drws 'ma.'

Roedd y drws ffrynt a gafodd ei ffustio mor galed gan ei fêts rai dyddiau ynghynt led y pen ar agor, ac yntau hanner ffordd drwyddo. Y syniad ddaeth i feddwl Nesta'n syth oedd ei fod ar fin cynnig rhyw iawndal iddi am unrhyw niwed a achoswyd.

'Ie?' dywedodd yn ddisgwylgar.

'Fe ddylech chi gael system ddiogelwch yma. Ffordd o fonitro pwy sy'n cael ei adael i mewn,' meddai wrthi. 'A'r un peth yn y cefn. Ddylech chi ddim agor y drws i neb heb wybod yn iawn pwy sy 'na.'

Yn lle ateb, chwarddodd Nesta'n garedig, gan ychwanegu i Melissa roi'r un bregeth iddi lawer tro.

'Wel, am unwaith, efallai bod honno'n rhoi buddiannau'i mam yn gyntaf, yn hytrach na'i chyfleustra'i hun,' ymatebodd yntau'n siarp. 'Fe adawa i chi fynd yn ôl at yr holl gyfresi meddygol 'na ar y teledu. Mwynhewch.'

'Cwis da fydd ore gen i bob tro, wyddoch chi,' meddai Nesta i hynny, fel rhyw air olaf diniwed ar y pwnc.

'A, wel!' Troes Gavin yn ôl i'w chyfeiriad gan wenu'n hudolus, fel petai'n ffarwelio â chariad ar ôl rhyw egnïol. 'Dim ond un cwis mawr yw bywyd. Ar un olwg, yntê? Fyddech chi ddim yn cytuno? Cwestiynau aml-ddewis yn cael eu saethu aton ni'n barhaus. Ambell un yn fwy *tricky* na'i gilydd, mae'n wir. Ond mae'r egwyddor yn aros yr un fath o'r crud i'r bedd. Ac mae'r ffordd da'n ni'n dewis ateb yn penderfynu pa wobr sy'n ein haros . . . yn y byd hwn a'r byd a ddaw.'

Gwelodd wyneb Nesta yn y fan a'r lle. Doedd hi ddim wedi disgwyl ffwndamentaliaeth adweithiol mor hwyr â hyn yn eu sgwrs.

Roedd hi'n delwi wrth y drws agored, yn chwifio llaw ac yn dyheu am gael gwared o'r doethinebu olaf hwnnw o'i phen, wrth i'r car llachar sleifio'n osgeiddig i lawr y dreif ac allan i'r lôn o'i golwg.

Mewn ffiol frown, hyll y rhoddwyd blodau Gavin i fyw gweddill eu hoes fyrhoedlog. Twriodd Nesta amdani ar ôl iddo adael, a dod o hyd iddi yng nghefn wardrob.

Darn o grochenwaith trwm a thrwsgl oedd y ffiol: un annifyr i'w dal a salw i edrych arni. Fedrai Nesta yn ei byw gofio anrheg gan bwy oedd hi. Gwyddai i sicrwydd nad hi ei hun a'i prynodd.

Prin y gallai Nesta oddef ei chario o'r ystafell wely i'r gegin, gan mor anghynnes ei chyffyrddiad. Edrychodd ar ei gwaelod, a gweld bod yno ryw sgythriad anghelfydd. Gair mewn iaith estron, efallai.

Tynnodd y blodau o'u papur piws a'u rhoi'n ddiseremoni yn y dŵr, cyn cario'r gosodiad anghelfydd i ystafell y cyfrifiadur. Câi'r syrffiwr hwyrol y pleser o fwynhau blodau Gavin, penderfynodd Nesta'n bryfoclyd.

Ni allai fod yn gwbl sicr nad ar ei gyfer ef y daethpwyd â nhw yn y lle cyntaf.

Pennod 5

Chafodd Melissa mo'i phlesio.

Er i Nesta ffugio syndod, petai hi'n onest â hi ei hun gallai fod wedi rhag-weld mai ymateb felly a gâi gan honno.

Y lliw? Nage.

Ansawdd y gwaith? Nage.

Y ffaith nad oedd ei mam wedi ymgynghori â hi? Ie, ie, ie.

'Wn 'im be sy wedi codi yn eich pen chi eleni, wir?' grwgnachodd. 'Gwerthu'r car. Peintio'r tŷ.'

'Byngalo yw e,' cywirwyd hi. 'A ph'run bynnag, fel y gweli di, dim ond y feranda gafodd got o baent.'

Safai'r ddwy ar ganol y lawnt, a oedd o fewn deuddydd neu dri o fod angen ei thorri, eu cefnau tuag at Goed Cadno a'u golygon yn pori ar y gwyrddni ffres.

'Ro'n i'n meddwl y byddet ti'n falch,' aeth Nesta yn ei blaen. 'Ti fydd piau'r cyfan rhyw ddiwrnod. Edrych ar ôl dy etifeddiaeth di ydw i. Cofia hynny.'

'Beth petaen nhw'n cymryd y cyfan oddi arnoch chi?' gofynnodd Melissa'n ôl. 'Dyna hi'n Amen ar 'yn etifeddiaeth i wedyn. Wyddoch chi mor llym maen nhw'r dyddie hyn ar rai sy'n cyflogi gweithwyr anghyfreithlon? Alla i ddim credu 'ych bod chi wedi talu rhyw ddieithryn rhonc ddigwyddodd alw wrth y drws yn gofyn am waith.'

'Pydru mae pren os nad edrychi di ar ei ôl.'

Ni allai Melissa ddadlau â hynny. Bu'n rhygnu digon ar ei mam i roi mymryn mwy o dendans i frics a mortar ac, o'r hyn y gallai hi farnu, roedd y gwaith wedi'i wneud yn weddol ddeche. Camodd yn ddi-ddweud i gyfeiriad y ddwy ris a âi â hi'n ôl dan y strwythur pren, gan ddiolch yn dawel bach na fyddai neb ond y teulu'n gweld ffrwyth llafur y boi, pwy bynnag oedd hwnnw.

Sawl tro yn ystod y deuddydd y bu'r gwaith ar y gweill, roedd Nesta wedi gadael tryblith y teledu a dod i oruchwylio'r dyn wrth ei waith.

Bu drws y cefn fel ffin iddi ar y bore cyntaf. Trwy gytundeb rhyngddynt, penderfynwyd y byddai e'n dechrau wrth ddrws y cefn a gweithio tua'n ôl, at ddrws y cwt glo yn y pen arall. Golygai hynny, er hwylustod ymarferol, mai'r cyfran o'r llawr rhwng drws y cefn a'r ddwy ris fyddai wedi sychu gyntaf.

Yn araf, gweddnewidiwyd y styllod o gyffredinedd llwyd-frown i werddon olau. O'i safle 'oruchwyliol' wrth ffenestr y gegin, rhedai Nesta ei llygaid ar hyd pob modfedd o'r llawr. Ni allai honni ei bod yn disgwyl, na hyd yn oed yn haeddu, gweld ôl ceinder ar y gwaith. Ond teimlai fod ganddi hawl i ddisgwyl cysondeb. Pan welai fan lle nad oedd y paent wedi 'cydio'n' ddigonol, doedd hi ddim yn gyndyn o adael i'r dyn wybod – er mawr dreth arno.

Yr wythnos flaenorol, bu Nesta mewn siop briodol yn prynu peiriant papur tywod – 'Rhaid sando'r pren yn iawn cyn dechre,' ys dywedodd. A'r noson honno cafodd y peiriant ei adael iddo, yn ei focs ar fwrdd y gegin, fel un o'i phresantau, i aros ei ddyfodiad yn y nos.

Profodd y peiriant yn ddigon effeithiol, unwaith y llwyddwyd i'w feistroli. Unig ofid y ddau oedd y sŵn a gadwai. Nid oedd neb o'r cymdogion yn debygol o gael eu styrbio ganddo, ond doedd dim gwadu'r ffaith ei fod yn tynnu sylw.

Ar ei gwrcwd y defnyddiodd y dyn y sandar, ond dysgodd mai'r ffordd orau i beintio'r llawr o dan ei draed oedd trwy benglinio ac ymestyn yn ôl a blaen gyda'r brwshys. Er mor heini ydoedd, cafodd fod y gwaith yn llafurus. Roedd galw am rythmau nad oedd ei fraich na'i arddwrn wedi arfer â nhw. Gwingai ei gorff. Clymai ei bengliniau, a châi ei hun yn gorfod aros bob yn awr ac yn y man i sefyll ar ei ddwy droed ac ymsythu'n llawn.

Gan na fedrai gamu i mewn i'r gegin am rai oriau, bu Nesta'n estyn paneidiau o goffi iddo drwy'r ffenestr, a brechdan ar blât pan ddaeth hi'n amser cinio.

Heblaw am sylwadau achlysurol Nesta, chafodd fawr ddim ei ddweud rhyngddynt, yn ôl eu harfer. Roedd hi'n dychmygu sut y byddai'r cyfan yn edrych ar ôl ei orffen. Roedd yntau'n dychmygu dal ei harian yn ei ddwrn.

Cadwodd y glaw draw drwy'r bore cyntaf. Dim ond unwaith, cyn cinio, y sylwodd y ddau ar gymylau gwyn, di-siâp yn bygwth yn yr wybren draw, ond ni fynegwyd gofid yn eu cylch. Erbyn i'r glaw gyrraedd, ganol y prynhawn, doedd fawr o ots.

'Gymerwch chi swper?' gofynnodd Nesta drwy'r ffenestr. Byddai wedi bod yn bosibl iddi gamu allan ar y feranda i siarad ag ef erbyn hynny, gan fod y darn a beintiwyd gyntaf wedi hen sychu, ond roedd siarad ag ef trwy ffenestr y gegin yn dal yn newyddbeth iddi, a hoffai'r ddelwedd gartrefol. 'Dwi'n rhyw feddwl rhoi cyw iâr yn y popty.'

'Ie. Iawn. Ocê,' sibrydodd ei ateb swrth.

Wyddai hi ddim a oedd e'n sylweddoli goblygiadau llawn y tri gair. Y gyllell a'r fforc. A'r angen i eistedd wrth y bwrdd. A oedd y pethau hyn a fu'n fwgan iddo cyhyd wedi mynd yn angof ganddo yn y diwedd? Neu a oedd e ar fin cymryd cam pellach yn ei gyfaddawd â gwareiddiad?

*

Y munud y deallodd o'r synau a ddeuai o ben Jinx fod defnyddioldeb yr hen wreigan wedi dod i ben iddo, fe'i saethodd hi yn ei thalcen. Byddai gwneud hynny cyn i Jinx gyrraedd penllanw ei ffyrnigrwydd wedi bod yn fwy o gymwynas â hi, fe ellid dadlau, ond gwyddai o'r gorau nad fiw iddo amddifadu creadur fel Jinx o'i ryddhad rhywiol.

Hunanoldeb ar ei ran, o bosib, oedd aros nes bod yr halogi drosodd, ond gallai gysuro'i hun â'r ffaith iddo saethu gŵr y fenyw yn ei ben rai munudau cyn i'r drygioni gwaethaf ddechrau. O leiaf roedd hynny wedi bod yn gymwynas a weinyddwyd mewn da bryd. Arbedwyd y truan rhag gorfod bod yn dyst i'r dolurio. Ymadawodd â'r fuchedd hon cyn gorfod gwylio'r hyn a ddigwyddodd ar lawr cegin eu cartref y bore heulog hwnnw. Siawns nad oedd wedi gallu dychmygu sut roedd pethau am fynd – roedd trais a thrythyllwch yn gynghrair cyfarwydd ar bum cyfandir – ond chafodd e fawr o amser i bendroni dros y posibiliadau. Roedd bwled drugarog y dyn wedi gwneud yn siŵr o hynny.

Y drwg oedd, doedd fawr o gysur i'w gymryd o wneud trugaredd â neb. Fe ddylai fod wedi deall hynny'n gynnar. Pam nad oedd e wedi llwyr ddysgu un o wersi amlycaf ei blentyndod ymhell cyn y bore hurt hwnnw? Pam gymerodd hi ddwy ergyd o wn a bonllefain gorfoleddus Jinx cyn iddo sylweddoli? A pham fu Jinx mor ffôl â chredu mai o deyrngarwch iddo ef yr oedd wedi saethu'r ddau?

*

Ar ddiwedd diwrnod cynta'r peintio, aeth y dyn â'r tri gwahanol faint o frwsh a ddarparwyd gan Nesta, a'r tun paent a oedd ar ei hanner, at y fainc yng nghefn y garej, lle bydden nhw'n aros amdano tan y bore.

Rywbryd rhwng hynny a bore trannoeth, neidiodd llygoden fawr fusneslyd i ben gwefus y tun agored. Rhaid ei bod hi wedi meddwi braidd ar ei champ, oherwydd fe gollodd ei chydbwysedd a syrthio i'w thranc yn y paent. Daeth y dyn o hyd i'w chorff yn y bore.

'Edrychwch!' cyhoeddodd o waelod grisiau'r feranda gan ddal y greadures gelain gerfydd ei chynffon. Yn ei lais, roedd holl frwdfrydedd curadur mewn amgueddfa oedd am dynnu sylw at un o greiriau mwyaf smala'r casgliad.

Camodd hithau o'r gegin i gael gwell golwg. 'Beth ar wyneb daear yw e?' gofynnodd.

'Llygoden werdd.'

'Pwy beintiodd hi?' holodd Nesta mewn anghrediniaeth.

'Wedi boddi mae hi, dyna i gyd,' atebodd y dyn.

Unwaith y deallodd Nesta beth oedd wedi digwydd, dwrdiodd y ffaith na chafodd caead y tun ei gau'n dynn dros nos. Doedd hynny ddim yn syndod iddo. Gwyddai fod yr ymarferol yn fwy o flaenoriaeth i Nesta na'r emosiynol. Un anodd i'w rhyfeddu oedd hi. Serch hynny, roedd wedi penderfynu na ddylai gael ei hamddifadu o ddim, waeth pa mor ddoniol drasig. A doedd ei diffyg brwdfrydedd ddim wedi llwyddo i ladd yr ysfa ynddo i'w syfrdanu.

Trodd ei gefn arni, a rhedeg hanner ffordd ar draws y lawnt, fel petai'n llain griced osgeiddig. Troellodd y treng-beth yn yr awyr cyn ei daflu o'i afael.

Dilynodd hithau daith y gwrthrych wrth i'r corff gwyrdd chwyrlïo o'i law, croesi'r wal a diflannu i ddifancoll yr ochr draw.

Roedd yn dda ganddi weld ei waredu. Gallai'r dyn yn awr ailgydio yn y peintio.

Doedd hi erioed wedi'i weld yn rhedeg cam o'r blaen, meddyliodd yn yr un gwynt, gan resynu nad oedd hi'n ifanc eto, fel y dylsai fod.

'Bodlon?'

Er bod y dyn yn llechu wrth y drws cefn agored, roedd yn edrych ar yr un olygfa â Nesta'n union.

'Fydden i ddim wedi'ch talu chi tasen i ddim,' oedd ei hateb swta.

Roedd yr arian wedi'i dalu. Cyflawnwyd y weithred honno ddeuddydd yn ôl, pan orffennwyd y gwaith – y tro cyntaf i arian gyfnewid dwylo rhyngddynt – ond nid oedd dimai wedi ei gwario eto.

'Trueni nad yw pawb yn fodlon 'te.'

Y prynhawn hwnnw y galwodd Melissa ac y cafodd hi a'i mam eu sgwrs ar y lawnt. Bellach, prin fod y lawnt i'w gweld. Ymddangosai'r niwlen lwyd a orweddai trosti fel petai'n rhy ddiog i godi.

Serch hynny, doedd hi ddim yn ddigon i amddifadu'r feranda o'i gogoniant newydd. Yn wahanol i'r llygoden anffodus aeth i'w marwolaeth mewn gwisg werdd, roedd y got o baent a gafodd cefn y byngalo wedi dod â bywyd newydd i'w holl osgo.

'Un ddigon surbwch fuodd Melissa erioed,' cofiodd Nesta, heb rithyn o falais ar y dweud. 'Hyd yn oed yn blentyn. Nid trwy'r amser, wrth gwrs, neu fe fyddai hi wedi bod yn annioddefol.' Ar ôl ennyd o dawelwch, ychwanegodd, 'Fiw ichi gymryd y pethe 'ma'n rhy bersonol, wyddoch chi?'

'Ti'n meddwl 'ny?'

'Chi'n gallu bod yn reit sensitif, mi wn i.'

'Nid dyna'r farn gyffredinol.'

'Dim ond i fi ddyle Melissa fod yn ddraenen yn yr ystlys. Wnaiff hi byth unrhyw ddrwg i chi.'

Dilynwyd hynny gan fwy o dawelwch. Yna, ar ôl munud neu ddwy o rythu pellach ar y pren gwyrdd a'r llwydni oedd yn llyo tuag ato, mentrodd y dyn awgrymu, 'Fe allen i gael gwared arni'n weddol ddidrafferth, petai galw.'

'Dwi'n amau dim,' ymatebodd hithau'n ddiryfeddod.

'Fyddet ti'n hoffi hynny?'

'Na fyddwn, siŵr,' atebodd. Roedd mwy o gadernid yn ei llais y tro hwn, ond nid oedd ynddo unrhyw arlliw fod yr awgrym yn wrthun ganddi chwaith. Byddai'n meddwl am fyd di-Felissa o dro i dro. Ond rhyw chwiw oedd hynny. Doedd y syniad byth yn oedi'n hir yn ei meddwl. 'Fyddwn i byth am weld yr hogie'n colli'u mam a hwythe'n dal mor ifanc,' ychwanegodd Nesta. 'Mae'n amhosib gwbod pa effaith allai sgytwad o'r fath 'i chael arnyn nhw.'

Camodd heibio'r dyn ac aeth allan ar y feranda, ei dwylo'n ddwfn ym mhocedi'r gardigan laes a wisgai. Prin y gallai hi weld y wal, heb sôn am Goed Cadno. Mor hawdd oedd bod yn rhyfygus mewn amwysedd, meddyliodd. Ymgeledd ffug oedd glesni cysgodol y feranda. Cydiodd yn y canllaw, a theimlo'r sglein ar gledr ei llaw. Roedd i'r lle rhyw foeth a glendid na fu iddo ers blynyddoedd, a synhwyrodd am foment ei bod hi ar fwrdd llong – llong ar dir sych yn edrych allan dros fôr llwyd, amwys ei foes.

'Prosiect tymor hir, falle?' cynigiodd llais y dyn y ôl iddi.

'Chawn ni mo'r amser i weithio ar unrhyw "brosiecte tymor hir", gawn ni?' atebodd Nesta'n syth, heb droi i edrych arno. 'Mae'r ddau ohonon ni'n gwbod hynny'n iawn.'

'Oes 'na ddim gobaith o gwbl y gallwch chi byth fynd yn ôl?' gofynnodd Nesta iddo noson y swper wrth y bwrdd.

'Mynd yn ôl?' gofynnodd yn betrusgar, fel petai'r geiriau'n wironeddol ddieithr iddo.

'Ie. Yn ôl i'ch bywyd cynt. Cyn i hyn i gyd ddigwydd.'

'Rhy hwyr i hynny,' atebodd y dyn yn swta wrth godi fforcaid arall o fwyd i'w geg.

'Dim dawnsio mwy?'

'Dim dawnsio mwy?' Torrodd y dyn ar draws ei gnoi er mwyn gofyn y cwestiwn. Roedd llais y fenyw wedi ei daro braidd yn farddonol a phryfoclyd.

'Ffordd o ddweud nad oes modd troi 'nôl.'

'A! Dim dawnsio mwy. Fi'n gweld. A phryd fuest ti'n dawnsio ddiwetha 'te?' holodd.

''Nôl yn oes yr arth a'r blaidd,' chwarddodd Nesta ei hateb yn ysgafn. 'Ro'n i'n casáu'r dawnsfeydd roedd 'y ngŵr yn arfer gorfod mynd iddyn nhw gyda'i waith. Ond dyletswydd oedd y dawnsfeydd hynny, nid pleser.'

'Wel, weithie da'n ni i gyd yn gorfod dawnsio er mwyn gwneud ein dyletswydd, on'd 'yn ni?'

'Fel y dwedes i, mae 'nyddie dawnsio i wedi hen fynd,' meddai Nesta. 'Ond rwy'n cymryd i chi wneud eich dyletswydd mewn dyddiau tipyn mwy diweddar.'

Canolbwyntiodd y dyn ar fwyta, yn lle ateb. Roedd yr arlwy wedi gwynto'n dda wrth ddod o'r ffwrn, edrychai'n lliwgar wrth gyrraedd y bwrdd, a bellach blasai'n fwythlon yn y geg.

Nid fod y ddysgl ei hun wedi cael dod i'r bwrdd i'w hudo, chwaith. Dogn ar blât a roddwyd o'i flaen, gyda gwahoddiad i gymryd 'llwyaid arall' pan oedd ei blât yn wag.

Pan ddaethai at y bwrdd i ddechrau, roedd Nesta wedi dotio at y ffordd y camodd i lawr y grisiau mewn dillad glân ar ôl cael cawod. Eisteddodd ar gadair mor ddistadl â phosibl, i ddileu unrhyw awgrym o ddefod neu ddechrau arferiad. Mewn gwirionedd, nid dyma'r tro cyntaf o bell ffordd iddo eistedd wrth y bwrdd hwn i fwyta. Erbyn hyn, ar anogaeth Nesta, byddai'n aml yn helpu'i hun i bowlen o rawnfwyd brecwast ac yn eistedd yno ar ei ben ei hun bach, naill ai ben bore (a hithau heb eto godi) neu ar ôl gadael ei hun i mewn yn yr oriau mân (pan fyddai hi'n cysgu'n sownd).

Unig arwyddocâd y pryd hwn oedd mai dyma'r tro cyntaf iddynt eistedd wrth y bwrdd ill dau yr un pryd i fwyta rhywbeth amgenach na brechdan neu ddarn o dost. Ond roedd hi'n fwriadol wedi osgoi rhoi'r argraff iddi ladd y llo pasgedig. Yn wir, gwnaeth bwynt o wahaniaethu rhyngddynt, trwy osod ei chyllell a'i fforc ei hun yn ffurfiol, gyda lle i blât yn y canol, tra bod ei rai ef wedi'u gadael rywsut-rywsut ar ganol y bwrdd iddo roi trefn arnynt ei hun.

Sylwai Nesta mai fel Americanwr y bwytâi – popeth wedi'i dorri'n ddarnau hawdd eu trin cyn dechrau, ac yna'n dal y fforc yn ei llaw dde. Doedd dim pall ar y llefydd y treiddiai gwleidyddiaeth iddynt, meddyliodd. Gwenodd iddi'i hun ar hynny, gan wybod nad oedd y dyn wedi sylwi.

'W! Bron imi anghofio!' torrodd ar draws ei myfyrdodau'i hun. 'Garech chi lasied o gwrw?'

'Cwrw?' oedd ei ateb syn. 'Ti ddim yn fenyw cwrw, Nesta Bowen!'

'Wel, dyna lle dach chi'n rong,' atebodd hithau. 'Fe ges i beth yn y farchnad ddoe. Dwi'n gwbod o brofiad bod peintio'n waith sychedig.'

'Ystyriol iawn,' atebodd yn bwyllog. 'Ond welais i'r un botel yn y ffrij y bore 'ma chwaith.'

Aeth Nesta draw i ddangos iddo fel roedd hi wedi cuddio'r caniau o'i olwg yn y blwch plastig ar waelod yr oergell.

'Cyfrwys iawn,' barnodd. 'Ti'n hen law ar dwyllo.'

'Wn i ddim faint o arbenigwr y'ch chi, ond do'n i ddim am brynu'r stwff 'na gewch chi yn yr archfarchnadoedd,' aeth Nesta yn ei blaen. 'Cynnyrch ffatrïoedd yn hytrach na bragdai fydd y mab-yng-nghyfraith wastad yn 'i ddweud. Dyna pam es i i'r farchnad i brynu hwn ichi. Cwrw Almaenig go iawn.'

'Ti'n *connoisseur*, mae'n rhaid.' Darllenodd yr hyn a argraffwyd ar y can cyn arllwys y cynnwys i'r gwydryn a ddarparwyd gan Nesta. Cymerodd ambell sip am yn ail â rhofio'r bwyd i'w geg. Hwn oedd y tro cyntaf iddi ei weld yn yfed alcohol.

Y noson honno, cymerodd Nesta bleser rhyfedd wrth dalu sylw manwl i'w ymddygiad. Y modd yr oedd yn bwrw ati i fwyta gydag awch, er enghraifft, gan godi'r fforc yn ôl ac ymlaen i'w geg ar wib. Ambell dro, dyfalodd ei fod e'n dweud wrtho'i hun am beidio â rhuthro, achos byddai weithiau'n pwyllo'n fwriadol, fel darn o gerddoriaeth yn newid tempo ar ganol symudiad.

Pan oedd wedi'i ddigoni, a'r ddysgl yn wag, awgrymodd Nesta wrtho y gallai fynd â'r hyn oedd yn weddill o'i gwrw gydag ef i'w pharlwr i wylio'r teledu tra byddai hi'n golchi'r llestri. Ac yntau mor osgeiddig o dawel ei symudiadau, doedd Nesta, oedd â'i chefn tuag ato am rai munudau mud, heb sylweddoli ei fod wedi mynd tan iddi droi rownd o'r sinc drachefn.

Ymunodd ag ef, ac am awr neu ddwy dyna lle y bu'r ddau'n eistedd mewn tawelwch perffaith, fwy neu lai, o flaen y bocs. Digwyddiad prin, ond nid unigryw. Fore trannoeth, pan ailgydiwyd yn y peintio, yr unig beth y gallai'r ddau ei gofio o'u cyd-wylio oedd rhyw fenyw fwy di-glem na'r cyffredin yn colli dau gan mil o bunnau am na wyddai un o ba genedl oedd Picasso. Am fod y gair 'Ciwbyddiaeth' wedi ei grybwyll yng ngeiriad y cwestiwn, cynigiodd y dwpsen Ciwba fel ateb. A mawr fu'r dilorni arni ym mharlwr ffrynt y byngalo ac mewn ystafelloedd tebyg ledled y deyrnas, siŵr o fod.

'Chi'n berson llawer mwy moesol na fi, dwi'n meddwl,' cynigiodd Nesta.

'Go brin, missus,' oedd ei ateb llawn amheuaeth. Eisteddai ar lawr y feranda, gyda'i gefn ar bren yr hanner pared. Yn ei law roedd un arall o'r caniau cwrw a brynwyd yn y farchnad.

'Dwi erioed wedi gallu teimlo fawr o euogrwydd ynglŷn â ddim, wyddoch chi,' ychwanegodd Nesta o'r hen gadair wiail yr eisteddai arni – yr un lychlyd roedd e wedi'i hestyn iddi'n gynharach o gefn y garej. Er iddi droi ei phen i'w gyfeiriad wrth ddweud hynny, ychydig iawn o edrych i fyw llygaid ei gilydd a fu rhyngddynt gydol y sgwrs.

Gwnaent ddeuawd anghymarus yr olwg yno, yng ngwres noson o haf. Y fe â'i din ar y pren glân, yn edrych i gyfeiriad y tŷ byw, a hithau â'i golygon tua'r gwyllt. Y ddau ohonynt ym mhurdan eu gwahanol brofiadau.

'Dyw "Euogrwydd" erioed wedi bod yn flaenoriaeth i finne chwaith,' meddai'r dyn. 'Dyw e ddim yn uchel ar y rhestr. Ddim fel "Goroesi". A "Dianc".'

'Mae hanes yn llawn pobl fel ni,' honnodd Nesta.

'Pobl fydd neb byth yn cofio'u henwe, ti'n feddwl?'

Chwarddodd Nesta ar hynny, heb wybod pam yn union.

Er ei bod hi bellach yn nosi, gallai weld fel yr oedd gwres y diwrnod – wedi'i gyplysu â'r glaw diweddar – wedi adfywio'r glesni o'i chwmpas. Ond doedd hynny ddim yn ddigon i ladd yr ymdeimlad a'i meddiannai weithiau ei bod hi wedi'i hamgylchynu gan bydredd rhyw bendefigaeth a oedd ar fin darfod o'r tir. Pobl a edrychai i'r gwacter yn ei gilydd yn hytrach nag i gannwyll llygaid ei gilydd oeddynt. Pobl a drigai'n barhaus am heddiw, gan wybod bod cysgodion ddoe eisoes yn cripian yn amheus dros y grib agosaf mor dawel ac anweledig ag eira yn y nos.

'Beth am dy ŵr di, 'te?' holodd yntau wedyn. 'Fyddi di byth yn gweld eisie hwnnw?'

'Byddaf, wrth gwrs!' atebodd Nesta'n onest. 'Mae pawb yn hiraethu weithiau am bethe doedden nhw ddim mewn gwirionedd yn 'u trysori pan oedden nhw yn 'u blodau . . .' Chwarddodd yn afieithus wedyn, fel petai hi'n torri ar ei thraws ei hun. 'O, diar! Gwrandwch arna i, mewn difri calon! Mi fyddech chi'n meddwl 'mod i wedi byw trwy uffern ar y ddaear. A dyw hynny ddim yn wir o gwbl. Ddim o bell ffordd. Roedd llawer i'w edmygu yn 'i gylch. Ond pan aeth e, ro'n i'n barod i weld ei fadael. Allwch chi ddeall 'ny?'

Ni chododd hynny cymaint â gwên ynddo. Yr unig beth a godwyd oedd ei aeliau, a hynny'n fwy fel ystum o ddiogi nag o syndod.

'Pan af i, mi fyddi di'n meddwl 'run peth yn gwmws amdana inne, siŵr o fod,' pryfociodd yn bigog. 'Gwynt teg ar 'yn ôl i.'

'Mi fydda i'n dal i sbio'n ddyddiol tua'r coed 'na, gan ddychmygu'ch bod chi'n dal yno, yn llercian a chuddio,' ebe Nesta mewn llais a awgrymai ei bod hi eisoes wedi dechrau hiraethu.

'Fe glywes i fod Coed Cadno'n llawn chwedloniaeth,' meddai'r dyn. 'Mae sawl un wedi sôn wrtha i. Pob math o sïon am y lle, medden nhw. Hen ofergoelion.'

'Dw inne wedi clywed hynny hefyd,' cytunodd Nesta, 'ond gas gen i chwedle. Pethe i'w hosgoi ar bob cyfle.'

O'r diwedd, daeth gwên i wyneb y dyn a gwnaeth un o'i ymdrechion prin i hanner troi ei ben i'w chyfeiriad, wrth ofyn er ei waethaf, 'Pam?'

'Dy'n nhw'n gwneud dim byd ond drysu'r gwirionedd. Mi fydd yr ofergoelus wastad yn credu bod chwedloniaeth yn rhoi hanes iddyn nhw. Rhyw dras. Rhyw esgus i ddilysu'r ffaith 'u bod nhw'n bod,' honnodd Nesta, heb wneud ymdrech yn y byd i guddio'i dirmyg tuag at y cyfryw bobl.

'A dyw hynny ddim yn bosib?'

'Na,' atebodd Nesta gyda gwên yn ei llais. 'Byth. All y goedwig 'na draw fan'co fyth ddilysu neb. Dim ond swyn sydd iddi. 'I dirgelion yw 'i hunig gyfaredd.'

'Gest ti flynyddoedd o fyw fan hyn ar dy ben dy hunan i bendroni drosti,' meddai'r dyn. 'O'n i wedi anghofio 'ny.'

'Gawsoch chithe fisoedd i adael eich ôl arni mewn modd na wna i byth.'

'Gadael 'yn ôl arni?'

'Mae pob un yn gadael rhywbeth ar ei ôl yn y manne lle buodd e'n cuddio,' meddai Nesta. 'Rhyw ddarn o'i enaid a glwyfwyd gan yr ofn a'i gyrrodd e i'r manne hynny yn y lle cynta. Rhyw sawr o'r chwys gollodd e yn y gwewyr. Dim ond byw ar gyrion Coed Cadno wnes i – yn ddiogel fan hyn, yn rhydd i ddychmygu a dyfalu a pharchu gorffennol yr hen le. Ond ry'ch chi, ŵr ifanc, wedi gwneud eich cyfraniad pitw bach eich hun at barhau'r chwedloniaeth honno.'

Disgynnodd tawelwch trostynt. Ac aeth yn nos go iawn arnynt.

Uwchben, sylwodd Nesta fod y lleuad i'w gweld, yn wan ar gefndir golau'r nen, fel brych mewn padell ffrio.

Ar ôl y min nos honno pan fu'r ddau'n sgwrsio ar y feranda, dychwelodd y glaw dros y ddinas. Ac enciliodd yntau o'r byngalo. Parhaodd i bererindota'n ddyddiol i nôl ambell ddilledyn neu damaid o fwyd, mae'n wir, ond swta a byr fu'r ymweliadau hynny. Ni chysgodd yno am dair noson yn olynol.

Oedd hi'n anorfod ei fod yn gadael ei ôl ar Goed Cadno? Neu, yn waeth byth, yn cyfrannu at barhad chwedloniaeth y lle? Cwestiynau felly ddechreuodd ei boeni. Geiriau Nesta. Dyna oedd wedi ei gythruddo cymaint nes peri iddo lyncu mul a deisyf bod heb ei chwmni am gyfnod. Dyna oedd wedi ei orfodi'n ôl i ailgysylltu â grym chwedlonol y coed o'i gwmpas.

Clywsai'n gynnar yn ystod ei arhosiad yno bod esgyrn wedi dod i'r fei yn achlysurol ar hyd y blynyddoedd – esgyrn a oedd yn rhy hen i'r wyddoniaeth fforensig ddiweddaraf un, hyd yn oed, allu dirnad eu hoed. Yr eglurhad cyffredinol am hynny oedd i'r tir fod yn safle rhyw gyflafan waedlyd yn ôl yn niwloedd amser, ac i'r goed a dyfodd o'r pridd besgi'n arbennig o braff a chadarn ar y gwaed a gollwyd.

Ar gorn hynny, cofiodd wedyn fel yr oedd criw o hen hipis ysgymun, a rannodd eu tipyn tân gydag ef un noson oer, wedi mynd mor bell â honni bod cymaint o waed wedi'i ollwng yn y frwydr honno nes i'r fangre roi bod i rywogaethau rheibus na allai dyn byth eu trechu.

Hynny oedd i gyfrif am y rhai a ddiflannodd oddi yno hefyd, yn ôl y rheini.

Bleiddiaid oedd gwraidd y drwg i eraill. Ac roedd mwy iddi na hyd yn oed hynny, wrth reswm. Roedd yn ddiddiwedd. Ond o'r holl goelion gwlad, yr un a'i harswydai ef fwyaf hyd yma oedd honiad yr hen wraig y byddai'n siŵr o adael rhywbeth ohono ef ei hun yno.

Dilynodd hen lwybrau i ganol y ddinas y noson gyntaf y cysgodd oddi cartref. Nid i ferchela nac i ddiota, ond i ymdrybaeddu mewn dynoliaeth. Yn sydyn, sylweddolodd fod arno angen môr o newydd-deb i drochi ynddo.

Gwnaeth ei ffordd yn ôl i'w wâl yn oriau mân y bore, gan ddiflas wasgu'i hun o dan y gorchuddion. A chyn pen dim gallai deimlo'r amheuon yn cripian drwyddo fel llysnafedd. Hen gont o gaer oedd hon. Iawn fel cuddfan, ond coc oen o amddiffynfa. Petai neb byth yn dod amdano yno, byddai wedi canu arno. Doedd dim amheuaeth. Ni allai ddal ei dir am eiliad. Cael a chael oedd hi i gadw'r elfennau allan, hyd yn oed. Yn enwedig ar noson fel honno pan synhwyrai fod y glaw ar sgowt i'w gael. Am Awst! Am anobeithiol! A beth petai hi'n iawn? Yr hen fenyw? Beth petai'n anorfod ei fod am ei fradychu ei hun y naill ffordd neu'r llall? Beth os taw twyllo'i hun yr ydoedd? Beth os nad oedd ganddo obaith dianc heb adael rhywbeth ar ei ôl?

Nid dim y gallai neb ei ddefnyddio i'w adnabod, efallai. Ond roedd yna fwy i fywyd na hynny, wedi'r cwbl. Oedd Nesta'n iawn?

Ar ôl hir ymdroi, cysgodd dan garthen bigog ei annifyrrwch, gan ddeffro trannoeth yn dioddef o ryw anhwylder tebyg i salwch môr.

Wrth gerdded yn ôl i'r guddfan ar ôl ymolchi yn y nant, gwelodd griw o blant yn y pellter. Rhaid mai newydd dyrchu o'u pebyll oedden nhw, gan nad oedd wedi sylw arnynt wrth fynd am ei drochfa. Roedd hi'n gynnar a thawel, a dyna pryd y byddai bob amser yn manteisio ar yr unigedd i dynnu amdano'n llwyr a mynd dan wyneb y dŵr.

O'r hyn y gallai ei weld, roedd gan y giwed wersyll bychan o ryw bedair pabell. Eu sŵn a dynnodd ei sylw atynt, a cheisiodd osgoi troi ei ben i'w cyfeiriad rhag tynnu sylw'n ôl ato'i hun.

O blith ifanc yr holl rywogaethau y daethai ar eu traws yng Nghoed Cadno – o dan draed, yn cerdded daear, ac yn hedfan fry uwchben – plant oedd y perygl mwyaf iddo o ddigon. Gallent fod yn gynhenid anwadal a chreulon. A'i reddf bob amser oedd cadw'n glir ohonynt.

Trwy ei oes fer, dim ond plentyn oedd Jinx yntau wedi bod, mewn gwirionedd. Dyna pam y bu'n haws ganddo ddefnyddio'i bidlen fel arf nag fel offeryn. Milwr ydoedd. Un bychan, pitw, bach. Llabwst mawr diddisgyblaeth o gorff, gyda meddwl chwannen i'w reoli. Neidio o'r peth hyn i'r peth acw yn chwilio am ei wefr nesaf fu ei unig reddf. Bloedd i ryfel oedd ei sgrech gyntaf o'r groth. Nadu babi ar faes y gad.

Cw-wi, elynion! Dyma fi!

Roedd y bastard gwirion wedi mynd. Ac eto'n dal i'w erlid. Yn dal ar ei warthaf. Yn nwndwr plant y coed yn y pellter. Ac yng nghrawc y gigfran uwch ei ben.

Cyflymodd calon Nesta fymryn pan welodd gar Melissa yn y dreif. Nid o falchder fod ei merch wedi galw'n annisgwyl pan oedd hi wedi digwydd picio i siop gyfagos. Ond o ofid. Beth petai *e* wedi gadael ei hun i mewn i'r byngalo yn ystod yr union funudau prin hynny? Doedd wybod pryd y galwai bellach. Weithiau, yng nghefn dydd golau, deuai o hyd iddo ar y cyfrifiadur. Byddai'n dod i gasglu dilledyn, helpu'i hun i fwyd neu ddefnyddio'r tŷ bach, cyn diflannu eto heb air o gyfarch na ffarwél.

Daliodd ei phen yn uchel wrth gerdded at ddrws y ffrynt, heb wybod beth oedd yn ei disgwyl.

Yr hyn a ddarganfu ar ochr arall y drws oedd Melissa ar ei phen ei hun. Hi a'i cherydd.

'Wyddwn i ddim fod gynnoch chi gymaint o arian yn llosgi twll yn eich pwrs, wir,' meddai'n gyhuddgar.

'S'da fi ddim, paid â thwyllo dy hun.'

'A do'n i ddim wedi sylweddoli'ch bod chi'n mynd i mewn i'r ddinas mor aml. Dyw hi ddim yn saff, wyddoch chi. Ddim ar eich pen eich hun. Ddim yn eich oedran chi. Sawl gwaith sy raid imi ddweud wrthoch chi?'

'Paid ti ag edliw'n oedran i mi,' cythrodd Nesta'n chwerw. 'Dwi ddim yn gwbl fusgrell eto.'

'Ac ar beth yn y byd dach chi wedi bod yn gwario'ch arian? Dyna hoffwn i wybod! Dwi heb weld yr un dilledyn newydd ar 'ych cefn chi drwy'r ha'. Na dim byd newydd o gwmpas y tŷ 'ma . . .'

''S'da ti' ddim hawl i edrych ar 'y mhapure i,' cynddeiriogodd Nesta, gan gipio'r ddogfen banc o law ei merch. Roedd yr ohebiaeth wedi cyrraedd gyda'r post y bore hwnnw a hithau wedi ei rhoi'n dwt y tu ôl i lestr piwtar yn y cyntedd. Nid wedi digwydd dod ar ei draws oedd Melissa. Roedd y genawes wedi bod yn ffureta am bethau i roi ei thrwyn ynddynt.

'Gen i berffaith hawl, Mam,' lordiodd Melissa'n hunanhyderus. 'Dach chi'n cofio be ddeudon nhw pan gawsoch chi'ch dwyn i'r ddalfa 'na. Fel eich merch a'ch unig epil, mae gen i ddyletswydd gyfreithiol i gymryd cyfrifoldeb. Dyna'r gyfraith . . .'

Gweddnewidiwyd Nesta. Lledodd o ran corff. Tyfodd o ran maint. Troes ei llais yn daran, nes peri iddi lenwi'r gegin â grym hen hanes, yn union fel petai chwedl wedi camu o garreg i'w hadrodd ei hun.

'Camgymeriad mawr fydde iti feddwl y gwnei di byth 'y nhrechu i, 'merch i.' Nid gweiddi oedd hi. Nid arthio. Nid rhethru. Swmp ei llais oedd ei gyfrinach. Ei hyd. Ei led. Ei ddyfnder. 'Fydda i byth yr hyn hoffet ti imi fod. Fe wnaeth dy dad ei orau am flynyddoedd. Dyna fuodd 'i ddiléit priodasol mwya fe, yr holl flynydde y buon ni gyda'n gilydd. A dyna fu'n ddigon amdano yn y diwedd. Bydd yn ofalus nad yr un tranc sy'n dy ddisgwyl dithe. Fe ges i wared arno fe ac, o'i gymharu â hynny, mater pitw fydde ca'l gwared arnat tithe.'

Gwyddai Nesta'n syth ei bod hi wedi mynd yn rhy bell. Yn rhy bell yn rhy sydyn. Cododd bendro arni ei hun.

Codi'i chot law oddi ar gefn un o gadeiriau'r gegin wnaeth Melissa – yr un y byddai *e*'n eistedd arni fel arfer – a gwisgodd hi'n drwsgl wrth gerdded tua drws y ffrynt.

'Fe siaradwn ni ar y ffôn ryw ben, mae'n debyg,' dywedodd yn dawel. 'Pan fydd gwell hwyliau arnoch chi.'

Doedd ar Nesta fawr o awydd newid hwyliau. Newid byd, efallai.

Ar ail noson ei hunanalltudiaeth, dioddefodd y dyn hunllefau. Doedd y ffaith mai beddrod oedd ei orweddfan yn fawr o help. Tyfai madarch yn ei ffroenau llawn. Tynnwyd hen racsen o sach dros ei ben ac roedd Nesta'n cnewian ei ffordd drwyddo nes cyrraedd ei goluddion.

Cafodd ei hun yn deffro o un hunllef, dim ond i syrthio'n ôl i fagl un arall. Ceisiodd sychu'i drwyn, ond roedd defnydd garw'r sach yn y ffordd. Yna gwaed. Hwnnw'n llifo fel cawl madarch o dun, yn drwchus, yn frown. Yna deffro eto a sylweddoli bod gwynt madarch a garlleg gwyllt o'i gwmpas. Rhyw falltod wedi cymryd gafael arno, yn dynn fel gefail.

Fflamiodd ei ffordd i'r bore. Dechreuodd besychu'n gas. Synhwyrai fod ei wawr wedi torri, ei ysgyfaint ar fin ffrwydro a'r crawn a garthai o'i drwyn yn ei atgynhyrchu'i hun ar raddfa ddiwydiannol.

Wrth geisio rhoi trefn arno'i hun, disgynnai diferion glaw arno – roedd y gwlybaniaeth di-ildio'n dal i dreiddio drwy'r garthen ddail fry uwchben. Doedd fiw iddo ddiosg dim er mwyn ymolchi, penderfynodd. Swatio yn y den fyddai gallaf, yn mwytho'r aflwydd yn ei ben. Er clustfeinio, ni chlywai sŵn plant yn y pellter. O leiaf, roedd hynny'n rhyddhad.

Doedd yna'r un sŵn arall o bwys i dorri ar undonedd ei ddioddefaint – dim ond criau aflonydd gwylanod. Rhai ymhell.

A rhai yn agos. Oll yn dianc rhag y stormydd a reibiai dros y môr. Treuliodd ran helaetha'r dydd yn swatio ger y tân bach a gyneuodd, a gallai eu clywed yn iawn. O'u gwylofain, swnient hwythau fel petaen nhw'n dal i fyw hen hunllefau. Mewn haf nad oedd yn haf i neb.

Rhyfedd yr ofnau oedd yn cerdded y tir. Ofn colli. Ofn ennill. Ofn bod yn y gystadleuaeth o gwbl. Ofn bod.

Doedd ar Nesta yr un o'r ofnau hynny. Yr hyn a'i cadwai hi ar ddi-hun ambell dro yn ystod yr haf hwnnw oedd y gofid y gallai'r dyn newydd yn ei bywyd ddiflannu heb iddi byth ddod i wybod beth ddigwyddodd iddo. Fe allai beidio â bod iddi mor ddisymwth ag y daethai i fod. Nid ef fyddai'r cyntaf i ddiflannu yng Nghoed Cadno. Na'r cyntaf i'w gorff gael ei ddarganfod yn arnofio ar wyneb dyfroedd y dociau. Mor anhysbys a di-enw â hynny, gwyddai mai'r peth hawsa'n y byd fyddai iddo fynd y tu hwnt i'w hamgyffred hi a llithro at y lleng anweledig nad oedd cyfrif amdani.

Pan ganodd ei ffôn symudol, ganol yr ail fore hwnnw, pendwmpian yn ei chadair yn y parlwr yr oedd hi. Tynnwyd hi'n ôl i dir y byw a sylwodd yn syth bod ei phaned coffi yn dal ar y bwrdd wrth ei hymyl, yn oer a heb ei chyffwrdd. Nesaf ati roedd ei ffôn bach symudol ac oedodd eiliad cyn ei godi, i gael ei gwynt ati.

'Sori!' hwyliog a'i cyfarchodd. Melissa'n rhyw chwarae bod yn gymodlon, fel petai hynny'n mynd i wneud pob dim yn iawn.

Maddeuodd Nesta i'w merch yn bur ffurfiol, gan ailadrodd ei rhybudd ar iddi beidio â mynd i chwilmentan ymhlith ei phetheuach personol byth eto. Wedyn, yn raslon, derbyniodd ei gwahoddiad i ginio.

Aeth popeth yn rhagrithiol o joli. Dewiswyd un o'r tai bwyta ffasiynol a frithai'r ddinas. Bwrdd ger y ffenestr, yn edrych dros lecyn o barc, gyda'r afon yn y pellter. Doedd natur ddim yn edrych mor fygythiol yno ag y gwnâi o ffenestr cegin Nesta. Roedd y ddwy wedi gwneud mymryn o ymdrech parthed gwisg, ac i fwytawyr eraill y sefydliad sidêt rhaid eu bod nhw'n bictiwr o fam a merch yn cael *tête-à-tête*. Roedd hi'n lawog o hyd, mae'n wir. Ond doedd dim byd anarferol mewn cael diwrnodau o law di-ben-draw yng nghanol mis Awst. Mewn dinas felly roedden nhw'n byw. Perthynas felly oedd rhyngddynt.

Ar ei ffordd i hebrwng ei mam adref, bu'n rhaid i Melissa wasgu brêc y car yn go egr wrth droi un gornel. Roedd tri oedolyn newydd gamu i ganol llif y draffig i'w atal, er mwyn hwyluso llwybr criw o blant gwlyb a gwelw'r olwg oedd yn croesi'r ffordd. Cariai rhai ohonynt wahanol geriach gwersylla, ac yn eu lludded doedd dim arlliw o lawenydd ar wynebau'r un ohonynt.

'Caridýms yn dod yn ôl o'r coed,' barnodd Melissa'n ddiamynedd.

'Mynd yno i fagu cymeriad maen nhw,' eglurodd Nesta.

Wyddai hi ddim ai da hynny ai peidio. Flwyddyn yn ôl, roedd Melissa wedi gwrthod caniatâd i'r hogie fynd i wersyll antur a drefnwyd gan eu hysgol yn y gorllewin pell, ac ar y pryd roedd Nesta wedi bod yn eitha dig. Ond nawr, doedd hi ddim mor siŵr. Pan oedd hi'n ifanc, roedd bechgyn ifanc yn cael eu hel ymaith i lefydd gwaeth o lawer na phebyll yn y coed. Ond doedd fiw sôn am bethau felly nawr.

Yn ôl yn y byngalo ar ei phen ei hun, gyda Melissa ar frys i fynd ymlaen i rywle, aeth Nesta i bob ystafell, rhag ofn fod golwg ohono. Ond doedd dim, ac ochenaid ysgafn oedd ei hunig ymateb. Nid un i wneud sioe o'i siom oedd Nesta Bowen – ddim hyd yn oed pan fyddai ar ei phen ei hun, heb neb i'w gweld na'i barnu.

'Yn ôl ddaethoch chi, 'te?' oedd ei geiriau cyntaf iddo ddeuddeg awr yn ddiweddarach.

Roedd llesgedd, fel hen got drom, yn gorwedd dros ysgwyddau'r dyn. Fel arfer, ni fyddai bod allan mewn nos ddu bitsh yn poeni gronyn arno ond heno, wrth ymlwybro, roedd y trymder o'i gwmpas wedi bod yn orchudd ychwanegol, rywsut. Yn bwysau pellach. I edliw a swnian yn ei ben. Fel bitsh go iawn.

Rhwng ei freuder a'r perygl ei fod ar fin llewygu, cyrhaeddodd gyffiniau'r ardd heb allu cofio'n iawn sut y cyrhaeddodd yno. Gyda'r un gofal manwl ag arfer oedd yr ateb cywir. Ond wyddai e mo hynny i sicrwydd oherwydd bod ei ben yn llawn rhywbeth nad oedd yn gyfarwydd ag ef: dryswch. Hon oedd ei drydedd noson o anesmwythyd. A thrydedd noson y glaw.

O ddeffro eto fyth, yn mygu yn ei chwys a'i gryndod, cafodd y gorchuddion y gorweddai oddi tanynt eu lluchio'n ôl yn ddiseremoni – digon i orfodi gwahadden a dwy gath wyllt i sgathru o'r ffordd mewn braw. Rhegodd wrth ei orfodi'i hun i sefyll a bod yn ddyn drachefn. A dyna pryd y sylweddolodd nad oedd dim amdani ond mynd yn ôl.

'Dwi ddim yn dda,' meddai wrthi.

'Na. Dy'ch chi ddim hanner da. Mi alla i weld hynny,' cytunodd hithau.

Er cased yr aflwydd a ddaethai drosto, barnodd Nesta nad oedd wedi pylu dim ar wrywdod y dyn. Dros yr wythnosau hynny, bron i flwyddyn yn ôl, pan fu hi'n dyfalu beth oedd 'mas 'co', yr unig elfen o natur y creadur a gymerodd hi'n ganiataol oedd ei ryw. Hyd yn oed heb ei weld, fe wyddai'n reddfol rywsut nad oedd gronyn o fenyweidd-dra'n perthyn iddo.

Ond heno, doedd hi ddim wedi llwyr werthfawrogi'r ofn o'i fewn. Wrth lusgo'i ffordd yno, roedd ei ddwylo wedi llithro'n aml at yr arian a'r gyllell a gariai. Doedd e ddim yn gyfarwydd â'r math hwn o berygl, a bron nad oedd y rhyddhad a deimlai wrth droi dolen y drws a chamu i'r gegin wedi bod yn wrthun ganddo. Roedd y lle'n gyfarwydd iddo, oedd – a chroesawai hynny – ond roedd hefyd yn dynodi math penodol o loches y byddai'n gas ganddo orfod ei henwi.

Llithrodd yr ychydig bethau y llwyddodd i'w llusgo i'w ganlyn o'i law ac, o'r diwedd, gallai gyfaddef iddo'i hun pa mor uffernol y teimlai. Anelodd at gadair, gan fethu'r dodrefnyn o fodfedd neu ddwy a tharo yn erbyn y bwrdd yn lle hynny. Byddai wedi hoffi nôl dŵr o'r tap, ond fedrai e wneud dim ond sadio'i hun am foment gan ymbalfalu drachefn am y gadair.

'Do'n i ddim wedi bwriadu dy ddihuno di,' meddai pan ddaeth hi i'r gegin ato.

'Nid cael 'y nihuno wnes i,' eglurodd hithau. 'Methu cysgu ro'n i.'

'Oes raid inni gael y gole 'na 'mlân?'

Roedd Nesta wedi cynnau'r golau wrth gamu drwy'r drws, ond diffoddodd ef yn syth. Gyda'r bleind i lawr a chymylau'n cuddio'r lleuad oddi allan, prin y gallen nhw weld ei gilydd. Lleisiau oeddynt eto. Cryndod. Chwys. A'r geiriau hynny na feiddiai'r naill na'r llall eu defnyddio i fynegi caredigrwydd tuag at ei gilydd.

'Wedi bod yn yfed y'ch chi?'

'Nage,' atebodd yn ddilornus. 'Sâl ydw i. Ffliw neu rywbeth. Alli di ddim dweud y gwahaniaeth, fenyw? Mae 'nghoesau i'n debycach i ddwy frwynen.'

'Rhaid bod y reddf 'na sda chi i gadw'ch croen yn iach cyn gryfed ag erioed.'

'Yr ysgol brofiad 'na y bues i drwyddi sydd i gyfri am hynny,' meddai yntau. 'Dwi'n dal o gwmpas 'y mhethe.' (Wrth swagro'i hunanhyder yn ôl i'w chyfeiriad, doedd e ddim yn gwbl siŵr nad twyllo ei hun yr oedd e. Beth petai e'n wironeddol wael? Beth wedyn?)

'Dwi'n amau dim, ond aspirin neu ddwy fydde ore, rwy'n meddwl.'

Llyncodd bopeth roddodd Nesta iddo'n ddigwestiwn, cyn llwyddo i dynnu'i hun i fyny'r grisiau at ei wâl yn yr atig. Nid oedd yn fwriad ganddo dynnu'r un dilledyn oddi amdano heno. Byddai arno angen pob mymryn o wres a oedd ar gael. Gosododd y sach gysgu, a gariwyd ganddo o dan ei gesail drwy strydoedd cefn y nos, ar ben y gobenyddion fel arfer, cyn ceisio ymgolli'n ôl i'w diddosrwydd. Wrth suddo drachefn i feddalwch, gallai weld a chlywed Nesta'n ymbellhau. Gyda'i lygaid wedi'u cau'n dynn, roedd hi'n ystrydeb o wreigan fechan yn ei ben, yn dychlamu fel gwenci yn y pellter. Un dda oedd hi. Un y gallai ddibynnu arni. Un gref. Un gyfrwys. Un a oedd bron mor wyliadwrus ag yntau. Roedd hi'n berffaith ar gyfer gwarchod mynedfa i ffau. Fel gŵydd.

Cwtshodd ei freichiau amdano'i hun i gadw'n gynnes, a diferodd yr annifyrrwch drosto i'w gario ymaith at ei gwsg.

Trannoeth, o ffenestr Nesta, edrychai'r byd fel petai stormydd y dyddiau blaenorol wedi ei sgwrio'n lân. Gwenai'r haul mor wresog nes gwneud i ddail Coed Cadno befrio fel crisial a gabolwyd, ac ymddangosai'r haf fel petai am aros am sbel. Yn ei wyrddni ffres, gweithredai'r feranda fel ffrâm sbectol ysblennydd i weld y cyfan trwyddi.

Chwythai awel ysgafn hefyd. Digon i oglais y dail. Digon i'w gwneud hi'n ddiwrnod da i sychu dillad.

'Na,' ebe'r dyn.

'Gwrandwch arna i am unwaith,' mynnodd Nesta. 'Rhaid ichi neud fel dwi'n dweud, neu wnewch chi byth wella.' A hithau'n sefyll hanner ffordd i fyny'r grisiau, dim ond pen ac ysgwyddau oedd hi iddo. 'Mi ddo' i â blancedi a chynfasau mewn munud,' aeth yn ei blaen. 'Llyncwch hwn ar 'i dalcen ac yna ewch i'r stafell molchi. Os bu angen cawod ar neb erioed, y chi yw hwnnw.'

'Na, wir,' dechreuodd yntau brotestio eilwaith, gan edrych arni trwy'r ager a godai o'r ddiod lesol roedd hi newydd ei hestyn iddo ar hyd llawr y llofft. 'Llonydd yw'r unig beth wy'i angen, wir.'

'Chi wedi bod yn y dillad 'na ers ichi fynd o 'ma pa noson, yn do fe? A chithe'n chwys drabŵd? Nawr, gwnewch fel rwy'n dweud. Fe osoda i'r gwely mor gysurus â phosib ichi tra byddwch chi'n molchi. Ac fe a' i â'r dillad 'na sydd amdanoch chi i'w golchi – a'r sach gysgu 'ma.'

'Na, newch chi ddim shwt beth . . .'

'Nid awgrymu ydw i, ddyn,' aeth Nesta yn ei blaen fel teyrn nad oedd modd ei gwrthwynebu. 'Nawr, gwnewch fel wy'n 'i ddweud . . . 'na fachgen da.'

Ddeng munud yn ddiweddarach, llusgodd y dyn ei hun yn llipa i lawr y grisiau, gan adael y mŷg gwag ar y bwrdd heb yngan gair. Roedd y tywel a adawyd iddo ar ben y grisiau o gylch ei ganol, a'r gannwyll yn ei lygaid wedi pylu.

Roedd arogl chwys y dyn yn dal yn dreth ar ei ffroenau wrth iddi geisio gosod rhyw lun ar wely ar ei gyfer ar lawr y llofft. Gresynai nad oedd yno ffenestr i'w hagor. Ond doedd yna 'run, a dyna fe!

Wrth iddi ymaflyd codwm â'r cynfasau a'r blancedi, roedd hi'n cloffi rhwng dau feddwl braidd. Gwyddai rhan ohoni nad oedd hi'n fawr o nyrs. Ond roedd rhan arall ohoni'n dechrau syrthio mewn cariad â rhamant y sefyllfa. Oni fu gwynder ei groen yn wefr iddi yn y gegin rai munudau ynghynt? Ac arfwisg ei gyhyrau moel yn gwatwar meinder ymddangosiaol ei gorff?

Yr unig ddyn arall iddi erioed ofalu amdano mewn salwch oedd ei gŵr. A dim ond ar y diwedd yn deg fu hynny, pan wyddai i sicrwydd taw hwnnw oedd y cystudd olaf. Gwahanol iawn i hyn, meddyliodd.

O fewn dwyawr, byddai pob dilledyn a fu'n glynu wrtho ers tridau a mwy yn rhydd o'u gwaddol afiach ac yn chwifio'n braf fel baneri buddugoliaethus ar lein ddillad Nesta Bowen. Nesaf atynt, byddai'r sach gysgu a fu fel ail groen iddo beunos ers dwy flynedd dda, a honno hefyd yn chwythu yn yr awel fwyn.

'Ffyc!' meddai Nesta wrthi'i hun yn uchel wrth droi'r gornel.

Ar ei ffordd yn ôl o'r fferyllfa yr oedd hi, gyda'r danteithion meddygol a brynodd wedi'u cuddio o'r golwg mewn bag siopa diniwed yr olwg.

Lorri ei chymydog oedd wedi'i chythruddo – yr un a gymerodd arno gyfrifoldeb am dorri'r lawnt.

Gwnaeth Nesta ei gorau i gyflymu'i chamre. Gwyddai mai un o'r llanciau a gyflogai'r dyn fyddai wrthi. Dyna oedd y drefn bob tro. Gwthio'i beiriant rownd y talcen a bwrw iddi gyda'r gwaith.

Rhuthrodd am y gegin. Gollyngodd y bag ar y bwrdd. Gallai glywed chwyrnu ysgafn yn dod o'r llofft. Roedd ei chlaf yn cysgu. Da hynny, barnodd.

Ond roedd ganddi sŵn arall i boeni yn ei gylch. Grwndi'r torrwr porfa a lifai tuag ati o gyfeiriad ei lawnt. Dyna lle'r oedd yn symud yn araf yn ôl a blaen, dan reolaeth y llanc di-grys a eisteddai wrth ei gwt. Cododd hwnnw law arni pan sylwodd arni'n syllu arno. Cododd hithau law yn ôl, cyn prysuro i dynnu'r got law ysgafn a wisgodd i fynd i'r siop (rhag ofn!) a mynd i'w hongian ar fachyn yn y cyntedd.

Yn ôl yn y gegin, heb wybod beth i'w feddwl yn iawn, gallai weld hanner y lein ddillad iachus yn ysgwyd yn yr awel. (Roedd yr hanner arall o'r golwg y tu ôl i'r garej.) Ychydig fodfeddi'n unig oedd rhwng polyn y lein a'r fan lle'r eisteddai'r llanc yn dalog ar ei beiriant. Roedd newydd gyrraedd man terfyn y lawnt ac yn llywio'r peiriant er mwyn gallu dechrau'r daith yn ôl i gyfeiriad y ddwy goeden afalau yn y pen arall.

Y drefn oedd ei bod hi'n talu pwy bynnag a ddeuai i wneud y gwaith yn y fan a'r lle. Hyd y gallai gofio, nid oedd wedi gweld y llanc arbennig hwn o'r blaen ac efallai y byddai hynny'n achubiaeth iddi. Ni allai ond gobeithio. Aeth i dwrio am ei phwrs cyn mynd allan ato.

'Mae'r holl law 'ma wedi gwneud 'y ngwaith i'n anoddach,' meddai'r llanc wrth iddo dynnu'r cyrn a amddiffynai ei glustiau oddi ar ei ben. 'Cymryd mwy o amser, sori.'

'Ydy, mae e wedi tyfu'n rhemp,' cytunodd hithau heb ddiddordeb yn y byd. 'Na hidiwch!'

'Dim ond rhyw ddwywaith fydd angen inni'ch gwneud chi eto 'leni, yn ôl y bòs,' meddai'r llanc wedyn.

'Ife, wir?' ymatebodd Nesta, gyda mwy o syndod gwirioneddol yn ei llais. 'Ie, mae'n debyg. Mae'r haf ar fynd. O! A pheidiwch â thrafferthu gyda'r newid,' ychwanegodd wrth ei weld yn gwneud ati i dwrio ym mhoced ei siorts. 'Cadwch chi fe i chi'ch hunan. Am 'ych trafferth.'

'O, diolch yn fawr, Missus.' A chyda hynny, aildaniodd y llanc yr injan a chamodd Nesta oddi wrtho, gan bendroni mor gyfarwydd oedd 'Missus' wedi dod i'w chlyw – ac mor anghyfarwydd y diolch.

Yn ôl yn niogelwch ei chegin, gallai ddal i glywed y chwyrnu uwchben a sŵn yr injan oddi allan. A gallai ddal i weld pâr o sanau llwyd, trwchus a phâr o drôns du, cotwm, brau yn dawnsio'n dawel ar y lein. Yn ogystal â'r rhain, gwyddai fod gan y llanc hefyd olygfa berffaith o'r pâr o jîns glas, crys-T

161

du a sach gysgu o ddefnydd cudd-liw milwrol a oedd yn hongian arni.

Faint o chwilfrydedd a berthynai i lefryn plorog ar gefn peiriant torri gwair, doedd hi ddim yn siŵr.

Bu'n sgramblo wyau, stwnsho tatws a chynhesu cynnwys tuniau o sŵp – pob math o flasau, heblaw madarch – am ddeuddydd arall cyn i'r claf ddod ato'i hun.

Bwydydd ysgafn heb fawr o gnoi ar eu cyfyl oedd yr unig ymborth fedrai'r dyn ei stumogi. Bu'n llyncu'r rheini a'r meddyginiaethau nad oedd, fwy na thebyg, yn ddigon cryf ar ei gyfer, rownd y rîl.

'I lawr y lôn goch â nhw!' Byddai Nesta'n ei gymell fel petai hi'n falch o'r cyfle i chwarae Mam eto, ac yn gwatwar y rôl yr un pryd. Yr unig beth a wyddai i sicrwydd erbyn iddo ddechrau ymddangos fel petai'n dechrau gwella oedd ei bod hi wedi 'laru mynd yn ôl ac ymlaen, lan a lawr y grisiau.

Y tebyg yw i gyfansoddiad cryf y dyn ei wella o'i ran ei hun. Pa firws felltith bynnag a'i lloriodd wedi chwythu'i blwc. A'i wytnwch cynhenid wedi cario'r dydd. Hwrê! Roedd pwl cas wedi pasio a nawr gellid ailorseddu naws yr hen drefn.

'Alla i ddim gorweddian fan hyn yn sipian te a chloncan,' meddai wrth Nesta, oedd wedi dringo at ei gris arferol cyn estyn y baned ar draws y llawr tuag ato. 'Mae 'na bethe mae'n rhaid imi fynd i weld yn eu cylch.'

'Oes 'na?' Gwnaeth Nesta ei gorau i guddio'i siom.

'Dwi'n holliach eto.'

'Alla i weld 'ny. Wel, da hynny.' A throdd ar ei sawdl wrth siarad i fynd i lawr i'r gegin drachefn. Wrth gyrraedd y gwaelod, gwaeddodd yn ôl arno, 'Cyn mynd i unman, ewch at

162

y cyfrifiadur 'na. Mae 'na neges oddi wrth rywun o'r enw Wendel ichi yno ers tridiau. Fedrwn i ddim peidio sylwi.'

Prin y cafodd gyfle i gyrraedd gwaelod y grisiau nad oedd y dyn wedi saethu o'i wely, gwisgo rhywbeth amdano a tharanu'i ffordd heibio iddi i gyfeiriad y llofft bach.

Roedd hi wedi anghofio mor chwim y gallai symud. A daeth hen siom yn ôl i'w llethu.

Pennod 6

Rhwng y naill bennod a'r llall, byddai Nesta wastad yn anghofio i Victor unwaith fod yn fenyw. Ni allai ychwaith yn ei byw gofio pam bod hwnnw bellach yn yr Eidal. Ond roedd y Maffia ar ei ôl, a'i fam ar fin cyrraedd gyda'r ferch benfelen honno, yr un na chofiai hi byth mo'i henw – yr un oedd yn cario'i fabi. Babi Victor, hynny yw. Yr un nad oedd eto wedi'i eni.

Roedd y cyfan mor ddryslyd yn ei meddwl . . .

Byddai wedi bod yn llawer gwell ganddi gysgu. Dyna pam yr aeth hi i orffwys ar y gwely ynghanol y prynhawn – rhywbeth nad oedd hi'n arfer ei wneud yn aml.

Gormod o blot – dyna oedd y drafferth. Gormod o hanes – a'r rhan fwyaf ohono'n hen hanes erbyn hyn. Ac eto'n newydd, newydd. Am fod rhywbeth yn gorfod digwydd ym mhob pennod er mwyn cynnal momentwm.

Gwahanol iawn i fywyd go iawn, tybiodd Nesta. Gallai'r naill ddiwrnod ddilyn y llall, fel roedd pennod yn dilyn pennod, heb 'ddatblygiad' o fath yn y byd. Dim ond cysgodion yn symud heb adael eu hôl ar barwydydd. Neu fodfeddi o'r ddaear dan draed yn erydu ymaith fesul un ac un heb i neb sylwi.

Unwaith eto, daeth rhyw smygrwydd cudd drosti wrth ddadansoddi'r gwahaniaethau rhwng teledu sâl a sail bywyd go iawn. (Tybed a oedd hi'n unigryw yn hynny o beth, neu ofn gweld y trwmgwsg mawr yn dod amdani. A hithau fel arfer mor barod amdano. Heb erioed ei groesawu, mae'n wir. Ond ei dderbyn heb ofid yn y byd.

Ond eleni – a wyddai hi ddim pam – roedd pethau'n wahanol. Roedd hi eisoes yn ymwybodol bod y rhod yn troi. Yr un hen arwyddion arferol. Ond ofnau anghyfarwydd.

Pan gawson nhw'r dyddiau hynny o law trwm bythefnos a mwy yn ôl, roedd y nosau wedi dechrau cau am bobman erbyn wyth. Llenni'r parlwr i'w cau a bleind y gegin i'w dynnu i lawr. Byddai'n bryd rhoi'r boilar trwy ei ysgytwad blynyddol toc.

Gallai ddeall hynny. Y ffactorau nad oedd hi'n eu deall oedd y dryswch. Victor a'i *odyssey* i'r Eidal. Yr afalau diflanedig. Y fe a'r moethusrwydd mawr a ddaeth gydag ef i'w bywyd bach. Moethusrwydd malio. Perthyn. Rhywun i ofidio yn ei gylch.

Gwyddai fod ei fywyd mewn perygl. Ai dyn da yr oedd dynion drwg ar ei ôl oedd e? Ynteu dyn drwg yr oedd dynion gwaeth ar ei ôl? Wyddai hi ddim.

Yn sydyn, roedd hi'n gwbl effro. Oherwydd bod hen atgofion hydrefau'r gorffennol yn pwyso arni'n ddisymwth. Yn grechwen cringoch, grebachlyd o dan ei thraed. Go drapia'r artaith. Doedd e ddim yn fwrn arni fel arfer. A wyddai hi ddim pam ddylai eleni fod yn wahanol. Fe fu'n flwyddyn gyda'r gorau hyd yn hyn. Pa well ffordd o ladd amser ar ddiwedd oes na chwarae mig? Ac yn faterol, gwelodd sawl bendith. Gwerthu'r MG, y feranda'n cael cot newydd o baent, a hwyl y cyfrifiadur newydd. Camau bychain, bid siŵr. Cysgodion ansyfrdanol. Nid dim o bwys i adael ôl, ond pethau ddaeth yn sgil y dyn. Dedwyddwch ymylol oeddynt, wedi'r cwbl. Buddugoliaethau bychain i gythruddo Melissa.

Ac eto, na – doedd hi ddim am golli'r dyn.

Âi â hi i fyd gwahanol. Agorai ddrws dychymyg. Yn anghyson, anwadal ac anturus. Creodd ddirgelion, a rhoes rwydd hynt iddi ddyfalu a chreu atebion posibl o'i phen a'i phastwn ei hun. Dyna'r unig beth o werth allai'r un fenyw byth ei ddisgwyl gan ddyn. Neu ddyn gan fenyw, o ran hynny. Dirgelion oedd y ddau ryw i fod i'w gilydd, yn byw ar fwydo dychymyg y naill a'r llall.

Cododd ar ei heistedd a throi i eistedd ar yr erchwyn, ei thraed yn ymbalfalu am ei sliperi, fel y gwnaethant ganwaith. Yna tybiodd iddi glywed sŵn traed yr ochr draw i'r drws. Cafodd fraw am eiliad fer. Rhaid mai y fe oedd yno, er mor anweledig y byddai iddi yn ystod oriau'r dydd fel arfer. Oedd e'n cadw mwy o gyffro wrth groesi'r cyntedd heddiw nag a wnâi fel arfer? Ni allai fod yn siŵr. Pur anaml y clywai hi smic o'i symudiadau. Rhaid ei fod wedi gadael ei hun i mewn i fynd at y cyfrifiadur am ba reswm bynnag. Roedd brys o ryw fath, efallai. Rhyw argyfwng.

Ddylai hi ddim gadael drws y cefn heb ei gloi fel y gwnâi. Roedd Melissa yn llygad ei lle. Ond pa ddewis oedd ganddi? Os na châi'r dyn fynd a dod fel y mynnai, fe ddiflannai. A wnâi hynny byth mo'r tro.

'Wyt ti'n siŵr mai dyna'r unig dro?'

'Yr unig dro alla i 'i gofio,' atebodd Nesta. 'Ond alla i gofio fawr ddim byd arall am y gwyliau hwnnw. Roedd e'n westy da, wrth gwrs. Roedd hynny'n help.'

'Dim ond yn y llefydd gore fyddet ti a'r gŵr yn aros, rwy'n siŵr. Y llefydd crandiaf.'

'O, nid o angenrheidrwydd y llefydd crandiaf o bell ffordd,' sicrhaodd hi ef yn bendant. 'Mae mwy i ddewis gwesty da na mynd am yr enwau mawr a'r llefydd drutaf.'

'Dyna dw inne wedi'i ffeindio erioed wrth ddewis llety.'

Rhannodd y ddau wên ar hynny, yn slei a dirgel, fel petai'r foment honno o wamalrwydd wedi ei dwyn o rywle.

Eistedd gyferbyn â'i gilydd wrth fwrdd y gegin oedden nhw.

Swper wedi'i fwyta a'r llestri budron wedi'u hel at gyrion y sinc. Dim ond paned o goffi, gwydraid o win a'i ddwy benelin ef oedd rhyngddynt ar y pren moel. Eisteddai hi ger y stof, ac roedd yntau â'i gefn at y grisiau a'r drws cefn.

'Cysylltiade'r gŵr?' cynigiodd yntau wedyn. 'Rhaid fod rheiny'n help.'

'Help garw. Mae hynny'n ddigon gwir. Dim ond ichi wybod ble i edrych, mae'n syndod ymhle y dowch chi o hyd i westai rhyfeddol o foethus a hynny'n aml am brisiau rhesymol iawn. Ewch am yr amlwg a'r hyn gewch chi yw'r amlwg. Dim ond twrio fymryn yn ddyfnach, ac mae modd dod o hyd i rywbeth ychydig bach mwy 'dewisol'.'

'Fel y lle 'ma y cwrddoch chi â'r holl enwogion hynny?'

'O, ddywedes i ddim 'u bod nhw'n enwog,' mynnodd Nesta. 'Gofyn a fues i erioed mewn cwmni ro'n i'n ei edmygu wnaethoch chi. Soniodd neb am enwogrwydd.'

'Pobl oedd wedi gwneud eu marc yn 'u gwahanol feysydd 'te?' cynigiodd y dyn.

'Pobl wnaeth eu marc arna i, yn sicr.'

'Y milwr 'na, er enghraifft.'

'Erbyn meddwl, dwi'n meddwl mai yn yr Awyrlu oedd e, chi'n gwybod,' ebe Nesta'n freuddwydiol. 'Wnes i erioed ei weld yn ei iwnifform. Ond dyn oedd wedi gwneud rhyw wrhydri mawr yn ystod rhyw ryfel yn rhywle, os cofia i'n iawn.'

'Peilot?'

'Siŵr o fod.'

'A fe ddaeth â phawb ynghyd, ddwedoch chi?'

'Dwi'n meddwl mai felly oedd hi,' ebe Nesta. 'Roedden ni i gyd yn aros dan yr un to, wrth gwrs. Yn yr un gwesty. Felly rhaid ein bod ni i gyd wedi gweld ein gilydd o gwmpas cyn cael ein dwyn ynghyd . . .'

'Ond y fe ddaliodd dy sylw di?'

'Wel, dwi'n meddwl mai fi ddaliodd ei sylw fe, go iawn.' Ymfalchïai Nesta wrth ddweud hyn, fel petai'r manylyn yn un peth a gofiai'n dda am yr achlysur.

'Gas e 'i drin fel arwr gan bawb? Oedd 'dag e fwstásh?'

Chwarddodd Nesta at ei ddireidi newydd. Oedd e ar fin gadael? Gadael yn ddirybudd? Gadael heb ddweud gair? Ai dyna pam roedd e'n godro pob atgof a fedrai ohoni, er mwyn cymryd cymaint ohoni ag y gallai gydag ef?

''Falle'i fod e'n ymgnawdoliad o bob ystrydeb sy'n bodoli am ddyn o'r fath,' cynigiodd Nesta fel ateb, mewn llais a ymhonnai fawredd ond a sarnwyd braidd gan dinc o ymddiheuriad, 'ond roedd e'n chwarae'i ran yn gampus.'

'Dyn oedd yn llenwi'i sgitshe'n dda, fel maen nhw'n ddweud?'

'Pwy fydd yn dweud peth felly, dwedwch?' Troes y llais o'r ymddiheurol i'r anghrediniol heb newid rhyw lawer ar yr oslef.

'Menywod, fel arfer. Mae'n ymadrodd dwi wedi'i glywed. Gan fenywod.'

'Ddim gen i,' prysurodd Nesta i'w sicrhau. 'Mae'n swnio'n hen ymadrodd amrwd. Bydd raid imi ei gofio.'

'Ei gofio'n well nag wyt ti'n cofio'r swper 'ma. Yno, y noson honno, yn y gwesty moethus . . .'

'Dethol,' cywirwyd ef yn syth. 'Gwesty dethol, nid moethus. Wel, o'r gore . . . *roedd* e'n lled foethus!'

'O'r gore 'te, y gwesty dethol, lled foethus,' derbyniodd yntau.

'Y gwesty moethus, lled ddethol . . . ar lan y llyn.'

'Y gwesty moethus, lled ddethol, ar lan y llyn!' ailadroddodd yntau'n ddiamynedd. 'Ond beth ddigwyddodd? Beth gas 'i ddweud? Beth gawsoch chi i'w fwyta?'

'Fe yfon ni botel o win nad oedd ei enw'n golygu dim i mi. Dwi'n cofio hynny'n iawn. Fe yfon ni sawl un ohonyn nhw, a dweud y gwir. Ond chofia i mo enw'r gwin, wrth gwrs. Pa wlad? Pa rawnwin? Pa flwyddyn?'

'Nac enw'r dyn, mae'n siŵr?'

'Na, does dim gobaith cofio enw'r dyn.'

'A beth am y gantores opera 'ma wedyn? Nawr, rhaid bod honno'n enwog.'

'Wel, oedd . . . a nac oedd,' atebodd Nesta'n bryfoclyd. 'Soprano oedd hi. Wedi cael gyrfa ddisglair. Ond dwi ddim yn meddwl bod neb oedd o gwmpas y bwrdd y noson honno fawr callach. Neb wedi clywed sôn amdani, a phawb yn rhy boléit i gyfadde hynny. Chofia i ddim pa rannau oedd ei rhai mwyaf enwog, na dim, er iddi eu rhestru nhw i gyd, dwi bron yn siŵr. Roedd hi'n rhestr faith. Ond mae'r cyfan wedi mynd i ebargofiant, mae arna i ofn.'

'Wel, dyna sypreis!'

'Doedd hi heb gynhyrchu llawer o recordiau,' aeth Nesta yn ei blaen. 'Nawr dyna beth od! Fe alla i gofio cymaint â hynny'n glir. Roedd hi am gynhyrchu rhagor o recordiau cyn ei bod hi'n rhy hwyr, medde hi.'

'Cyn 'i bod hi'n rhy hwyr?'

'Cyn i'w llais ddechrau dirywio, siŵr o fod,' dyfalodd Nesta. 'Sut y gwn i beth oedd ystyr hynny? Mae pawb yn disgwyl anfarwoldeb mewn gwahanol ffyrdd. Ond fe alla i ddweud i sicrwydd nad oedd hi'n dew, a chanodd hi ddim cyn i'r cyfan ddod i ben.'

'Chanodd hi ddim cyn i beth ddod i ben? Eglura dy hun, Nesta Bowen,' meddai'r dyn yn chwareus. 'Am be wyt ti'n sôn?'

'Fydd pobl ddim yn dweud nad yw'r cyfan drosodd nes bod y fenyw dew wedi canu? Rwy'n siŵr 'u bod nhw. *It ain't over 'til the fat lady sings.* Chlywsoch chi mo hynny erioed? Mae'n wireb a goleddir yn gyffredin iawn . . . ledled y byd, synnwn i fawr.'

171

'Chlywes i erioed neb yn dweud hynny,' meddai'r dyn gan ysgwyd ei ben. 'Swnio'n uchel-ael iawn i fi.'

'Ond fel dwedes i, doedd hi ddim yn dew o gwbl.'

'Wel, dyna dda! Dwi'n falch iawn o glywed nad oedd hi'n dew.'

'Gwraig osgeiddig iawn.'

'Dwi'n hynod, hynod falch o glywed hynny.'

'Gosgeiddig. Ond bronnog.'

'Mae gosgeiddig a bronnog yn dda,' barnodd y dyn yn gymesur, heb lafoerio dros y ddelwedd na'i gwatwar. 'A hardd?'

'Harddwch oedd hanfod yr holl noson,' meddai Nesta'n hiraethus. 'Roedd pawb a ddaeth ynghyd yn gwmni. Roedd y bwyd a weinwyd yn bryd. Roedd yr Awst hwnnw'n haf.'

Daeth ochenaid fawr i'w chyfeiriad o ochr arall ý bwrdd, fel petai e'n ceisio darlunio'r noson yn ei feddwl, ac yn cael y cyfan yn ormod o bwdin. 'Mae'n amlwg bod y peilot 'ma'n dipyn o arwr i ysbrydoli'r fath atgof,' meddai o'r diwedd. 'Gwrhydri mewn rhyfel. A thipyn o gonsuriwr pan oedd hi'n fater o ddwyn pobl ynghyd.'

'Roedd 'na wyth ohonon ni i gyd. Rwy'n meddwl 'mod i wedi dweud 'ny eisoes, yn do fe?'

'Sonia fwy am y pâr Iddewig . . .'

'O, roedd gan y rheini'r stori ryfedda i'w hadrodd . . .'

'Maen nhw'n dal i swpera arni ar draws Ewrop hyd y dydd heddiw, synnwn i fawr . . .' torrodd y dyn ar ei thraws.

'Go brin eu bod nhw'n dal ar dir y byw bellach.' Talodd Nesta'r pwyth yn ôl trwy dorri ar ei draws yntau. 'Roedden nhw wedi llwyddo i oroesi teyrnasiad y Natsïaid yn yr Almaen rywsut neu'r gilydd. Duw a ŵyr sut. Hen hanesyn anhygoel . . .'

'Ac wrth reswm, dwyt tithe ddim yn 'i gofio fe bellach, wyt ti?'

'Na, ry'ch chi yn llygad 'ych lle,' atebodd Nesta, gan giglo braidd yn ferchetaidd dros ei gwin. 'Dwi ddim yn cofio. Ddim y manylion, ta beth.'

'Rhaid bod y ddau yna wedi rhoi dampar ar bethe. Dim ond stori arswyd oedd 'da nhw i'w chynnig i'r cwmni llawen.'

'Ddim o gwbl,' gwadodd Nesta'n gadarn. 'Llawenydd oedd y cyfraniad mwya wnaethon nhw i'r noson. Llawenydd, llond eu crwyn. Y ddau ohonyn nhw. Jôcs. A chwerthin. Ac roedd e'n ddawnsiwr penigamp. Beth oedd 'i enw fe hefyd? Arhoswch funud, dwi'n siŵr y daw 'i enw fe'n ôl ata i nawr.'

'Gyda fe y buest ti'n dawnsio'r noson honno, ife?'

'Debyg iawn,' pryfociodd hithau'n ôl. 'y dawnsiwr gorau yno. Gyda phwy arall fyddwn i'n dawnsio?'

*

Doedd dim dewis ganddo. Ddim ar ôl i bawb droi'n ei erbyn. Unwaith iddo gael ei hun yn ysgymun, doedd dim amdani ond ffoi.

Yn ddiarwybod iddo, bron, cafodd fod rhyw druan o'r enw Seimon wedi dianc yn ei sgil. Yr un gatrawd. Ond uned wahanol. Rhesymau gwahanol hefyd. Roedd gan bawb ei resymau ei hun dros ei heglu hi, mae'n debyg. Ond doedd e erioed wedi trafferthu gofyn iddo. Chafodd e fawr o gyfle. Ac roedd ganddo lai fyth o ddiddordeb. Digon oedd gorfod diodde'r ffaith i hwnnw lynu ato fel gelain gan ofyn pethau fel, 'Be 'dan ni'n neud nesa?' bob dwy funud, fel petai'n credu fod ganddo fe lawlyfr wedi'i guddio dan ei gesail yn rhestru'r holl gamau i'w cymryd fesul un ac un.

Yn ystod diwrnod neu ddau cyntaf tyngedfennol ei ddiflaniad, ceisiodd ddarbwyllo'i gysgod newydd i fynd ar ei liwt ei hun. Eglurodd iddo (yn gelwyddog, fel mae'n digwydd) ei fod yn argyhoeddedig y byddai mwy o obaith ganddynt petaen nhw'n gwahanu a chymryd eu siawns ar wahân. Dywedodd 'Ffyc off!' wrtho i'w wyneb fwy nag unwaith. Ond doedd dim yn tycio. Dyna lle'r oedd Seimon yn dal i grynu yn ei sgidiau gan ei ddilyn fel llo.

Ar y trydydd bore, mewn treflan estron, elyniaethus, rhoddodd gyfarwyddiadau i'r creadur ar sut i fynd at siop fara y gwyddai amdani ar y sgwâr. Yr anghenion anhepgorol i Seimon wrth fynd o'r lle y cuddient, prynu torth a dod yn ôl, oedd gwneud hynny heb dynnu sylw ato'i hun wrth ymgolli ymysg y brodorion ac ar yr un pryd, osgoi cael ei weld gan y milisia a oedd fel morgrug ar hyd y lle. Ni ddaeth byth i wybod i ba raddau'r oedd Seimon wedi deall pwysigrwydd gwahanol elfennau'r gofynion hynny. Ni welwyd yr un dorth y diwrnod hwnnw. Ac ni welwyd Seimon ychwaith. Byth wedyn.

Erbyn iddi nosi ac i wres annioddefol y dydd droi'n oerni didrugaredd, fel y gwnâi yn y parthau hynny, roedd wedi llwyr sylweddoli na welai mohono byth eto.

Beth ddaeth o'r hen goc oen, doedd wybod. Ond roedd yn argyhoeddedig i deulu Seimon gael clywed o fewn wythnosau i'w mab dewr farw tra oedd yn cyflawni'i ddyletswyddau dros ei wlad. Byddai arch wedi cael ei hedfan i faes awyr milwrol yn rhywle, gyda fflag ac utgorn unig. Yr arch yn wag a'r sioe yn ddigon o ryfeddod. O fewn dyddiau wedyn, byddai angladd barchus wedi'i chynnal iddo, ar bwrs y wlad.

Hyd y gwyddai, Seimon oedd yr unig un hyd yma a fu farw o ganlyniad i'w ymdrechion arwrol i beidio â chael ei ddal.

*

'Weithiau rwy'n wydn, weithiau rwy'n wan –
Weithiau'n dal ati a weithiau'n rhoi lan!'

Chwarddodd Nesta braidd yn feddw. Doedd dim mwy o win ar ôl yn y botel, a thrwy aros yn y gegin i rannu cyfeddach gyda'r dyn, roedd hi'n sylweddoli iddi golli un o'i hoff raglenni teledu yn y parlwr. Nid ei bod yn poeni fawr y naill ffordd na'r llall. Amhosibl ei dal hi ym mhobman, ys dywedai'r hen air.

Gwell o lawer ganddi oedd achub ar y cyfle i ddifyrru'r dyn trwy raffu atgofion. Byddai'n addysg iddo glywed fel roedd pethau wedi arfer bod, 'slawer dydd, pan oedd hi'n ifanc, 'nôl yn oes yr arth a'r blaidd – dau nad oedd eu presenoldeb byth ymhell, er eu diflaniad disymwth.

'Rhigymwr wyt ti, wedi'r cwbl,' meddai gan dynnu'i choes.

'Go brin,' atebodd hithau'n gyflym. 'Dim ond rhyw wamalrwydd wrth iddi nosi.'

'Ti ddim yn troi'n fardd arna i 'te?'

'Gobeithio ddim, wir. Dau fath o ddyn 'dyn ni ddim angen mwy ohonyn nhw yn y byd 'ma – beirdd a milwyr.'

'Soniodd neb am filwyr.'

'Fe wnes i,' mynnodd Nesta gan finiogi'i llais.

'Yna ti sydd ar gyfeiliorn,' ebe fe'n ôl wrthi, yr un mor gadarn. 'Dim ond gofyn tybed beth ddywedi di wrth eraill amdana i ar ôl imi fynd wnes i.'

'Ddyweda i ddim, siŵr iawn. Sawl gwaith sydd raid imi ddweud? Mi fydd fel petaech chi heb fodoli erioed.'

Cododd y dyn ar ei draed yn syth, gan fynd â'i gwpan a'i soser at y sinc i'w golchi.

Er iddi droi ei phen ryw gymaint i'w gyfeiriad, doedd hi ddim am i'w llygaid ei ddilyn yn rhy glòs. Synhwyrai mai mynd er mwyn cuddio'i wyneb wnaeth e. Nid mewn dicter o glywed yr hyn roedd hi newydd ei ddweud. Na chywilydd. Ond siom.

'A'r stori 'na am y noson yn yr Eidal? Y peilot a'r Iddewon a phawb arall?' gofynnodd wrth sychu'i ddwylo. 'Mae'n wir, on'd yw hi?'

'Wrth gwrs,' atebodd Nesta, mewn llais a orbwysleisiai ei geirwirdeb.

'A'r hanes adroddest ti fisoedd 'nôl amdanat ti'n cael dy ddal ar y trên un noson..?'

'Efengyl wir. Pob gair ohoni.'

'Dim ond casgliad o storïe wyt ti, fenyw.'

'Compendiwm o anecdodau, efallai.'

'"Compendiwn o anecdodau", wir! Paid trial 'y nhwyllo i 'da geirie...'

O gael cip sydyn ar y llid y brwydrai'n galed i'w gadw dan reolaeth, synhwyrai Nesta fod gormod o erchyllterau go iawn ymhlith y gwirioneddau a gariai'r dyn o gwmpas yn ei ben o ddydd i ddydd iddo allu byth ymdopi â ffrwyth dychymyg neb arall yn dda iawn.

Gwyliodd ef yn ailfeddiannu grym ei awdurdod, yn cilio i'w gragen ac yn gwneud ei ffordd at y cyfrifiadur er mwyn parhau â pha gynllwyn bynnag oedd ar y gweill ganddo.

Gadawodd hithau ei gwydryn gwag a'i ddilyn i'r cyntedd. Ond nid troi at ystafell y cyfrifiadur wnaeth hi, ond at ei pharlwr.

Ar ôl orig gyda'i gilydd, deallai'r ddau ohonynt ei bod hi'n bryd iddynt fynd eu ffordd eu hunain.

'Gwenwyn lladd llygod mawr?' ailadroddodd y dyn. 'Dyna ofynnoch chi amdano, yntê?'

'Ie,' cadarnhaodd Nesta. 'A'r rhai bach hefyd, wrth gwrs. Fiw inni adael y rheini'n dal yn rhydd.'

'O, mae hynny'n garantîd 'da hwn, sdim ishe ichi fecso,' meddai'r dyn, gan daro cledr ei law ar ben y pecyn cardfwrdd ar y cownter, fel petai'n anwylo plentyn, neu o leiaf gi. 'Mae hwn yn peri i'r llygoden leia chwyddo lan i gyd. Fel balŵn, bron. Fe fyddwch chi'n meddwl ei bod hi ar fin byrstio. Ond fyddan nhw byth yn byrstio, wrth gwrs. Neu fe fydde'r mes rhyfedda 'da chi ar hyd bob man. Jest dod i stop yn araf fyddan nhw cyn marw. Cyn sefyll 'na'n stond fel swigod wedi'u rhewi mewn tragwyddoldeb.'

'Ych a fi!' oedd yr unig ffordd y gallai Nesta ymateb i frwdfrydedd y dyn dros ei gynnyrch.

'Os yw'r cyfan yn ormod ichi, wrth gwrs, fe allwn ni ddanfon ein criw ni rownd i wneud y job drosto chi. Telere rhesymol iawn . . .'

'Na, na,' prysurodd Nesta i roi taw ar y trywydd hwnnw. 'Dim ond y gwenwyn sydd 'i angen arna i. Mae gen i wyrion sy'n mynd i roi help llaw.'

'Popeth yn iawn, madam. Chi ŵyr eich pethe.'

Talodd hithau am ei phecyn o belenni marwol a'i roi o'r golwg ar ben y siwmper ddu a oedd eisoes mewn bag mawr a gariai yn ei llaw. Aeth allan o'r siop ac yn ôl i'r stryd.

Fferyllfa oedd y siop roedd hi newydd ei gadael. Ond nid yr un gyfarwydd iddi ger ei chartref. Ofnai iddi fod yn ôl ac ymlaen yno'n rhy aml yn barod yn ddiweddar. Prynu lle nad oedd neb yn ei hadnabod oedd ddoethaf. Ymgolli yn nhorf y ddinas.

Yn ddelfrydol, byddai wedi archebu'r gwenwyn a'r dilledyn ar-lein a threfnu i'r cyfan gael ei ddelifro i'r tŷ. Ond golygai hynny ragor o faniau dieithr yn cyrraedd ei drws. Ac roedd hynny'n gyfystyr â chreu mwy o sôn amdani ymysg ei chymdogion. (Welai neb beth ddeuai at ei drws cefn. Dau ddrws. Dwy set wahanol o lygaid i sbio tuag atynt.)

Ar ben hynny oll, roedd angen osgoi hen drwyn busneslyd Melissa ar bob cyfrif. Sylweddolodd Nesta nad oedd fiw iddi bellach ddefnyddio'i chardiau credyd i dalu am ddim a allai ei chysylltu â'r dyn. Arian parod oedd piau hi o hyn ymlaen.

Ac yna – whap! – aeth benben ar draws Morus y Gwynt. Roedd fel camu'n dalog i lwmp o gachu ci. Nid bod Morus yn lwmpyn o gachu yn ei golwg. Nac yn gi, ychwaith, o ran hynny. Ond roedd cael ei hun wyneb yn wyneb ag ef ar y foment hon yn ennyn yr un croeso ynddi â phetai wedi camu i lanast o'r fath.

'Wel, Nesta, 'ma sypreis!'

'Morus! Shw' mae?'

'Mas yn hala'r iawndal, ife?'

Gwenodd Nesta ei hateb, cyn sylweddoli nad tynnu coes oedd y dyn ond gofyn cwestiwn go iawn, fel petai'r creadur wir yn credu iddi dderbyn arian mawr o rywle. 'O, diar, nage,' prysurodd i gywiro'i hymateb i'r sefyllfa, gan wneud ymdrech arbennig i atal ei thrwyn rhag crychu mor ffyrnig. 'Prynu hyn a llall i'r teulu. Chi'n gwbod fel mae pethe.'

Petai goleuadau neon wedi fflachio'n biws a phorffor llachar o'i bag, ni allai Nesta fod wedi bod ronyn yn fwy hunanymwybodol o'i bresenoldeb. Roedd enw ac arwyddlun siop ddillad dynion adnabyddus yn eglur arno. Trosglwyddodd hithau'r bag o'r naill law i'r llall ac yn ôl drachefn fel taten boeth wrth fân siarad, ond doedd dim arwydd fod y dyn wedi sylwi ar ei hanesmwythyd o gwbl.

'A dyna i gyd gawsoch chi? Tusw tila o flodau?' meddai'r dyn wrthi'n siomedig ar ôl iddi orffen manylu am yr hyn a ddigwyddodd.

'Wel, do'n i ddim yn disgwyl cymaint â hynny hyd yn oed, wir ichi.' Ceisiodd Nesta wneud yn fach o'r digwyddiad (ar ôl gresynu sôn am ymweliad Gavin yr eiliad yr agorodd ei phen). 'A ph'run bynnag, go brin y byddech chi'n galw'r tusw'n un tila.'

'Ond nid dyna'r pwynt, Nesta,' rhygnodd Morus yn ei flaen.

'Ble mae Alys Fflur 'da chi? Siopa hefyd, siŵr o fod,' cynigiodd Nesta ateb i'w chwestiwn ei hun. Gwell hynny na dal ar yr un trywydd. Roedd gorfod adrodd hanes yr hyn a ddigwyddodd yn dilyn y cyrch yn fwrn arni ar y gorau.

'Na, fydd Alys byth am adael y tŷ ar y dyddiad hwn,' atebodd y dyn yn bwyllog. 'Deng mlynedd ar hugain union i heddiw y collon ni hi, wyddoch chi.'

Tynnwyd y gwynt o hwyliau Nesta ar amrantiad gan ddwyster y dweud. Gallai deimlo gwrid cywilydd yn trochi trosti. Roedd ganddi frith gof rywle yng nghefn ei meddwl . . . Ond o beth yn union, ni allai fod yn siŵr. Plentyn a gollwyd? Merch a fu farw? Rhyw aberth aethai'n anghofiedig i bawb ond y rhieni galarus?

'Mae'n flin 'da fi,' meddai Nesta gyda didwylledd gwirioneddol. Ni allai fod yn siŵr nad oedd ei chywilydd dros y ffaith iddi anghofio manylion y drychineb i'w glywed yn ei llais.

'Ar Alys Fflur mae hi waethaf,' aeth y dyn yn ei flaen, fel petai am gysuro Nesta hefyd. 'O'm rhan fy hun, rwy wastad wedi ceisio cadw'n brysur ar y diwrnod hwn. Dyna'r ffordd ore yn 'y marn i.'

'Dwedwch wrthi 'mod i'n cofio ati. Do'n i ddim wedi styried o gwbl . . .'

'Na, na, Nesta fach! Does dim disgwyl eich bod chi'n cofio ar ôl yr holl flynydde.'

'Fe ro' i alwad cyn diwedd yr wythnos, dywedwch wrthi,' ebe Nesta, gan lwyr fwriadu gwneud hynny hefyd. 'Ond clywch, rhaid imi fynd i chwilio am dacsi. Mae'r hen wynegon 'ma'n dechre dangos 'u ddannedd . . .'

'Ar y ffordd adre dach chi? Dim mwy o siopa?'

'Na, na. Digon am heddiw,' gwenodd Nesta.

'Wel, finne hefyd,' cyhoeddodd Morus. 'Ar y ffordd 'nôl at y car ydw i. Dewch! Fe ro' i lifft adre ichi.'

'Na, sdim angen wir,' ceisiodd Nesta brotestio. 'Mi fydda i'n iawn.'

'Dim problem yn y byd.'

'Ond dwi'n byw ar gyrion gorllewinol y ddinas a chithe yn y dwyrain,' ymresymodd Nesta. 'A wir ichi, ar fy llw, dwi wedi hen arfer . . .'

'Mae ein cenhedlaeth ni wedi gwneud gormod o "hen arfer", os gofynnwch chi i mi,' mynnodd yn chwyrn. I Nesta, swniai fel hen gi gwarchod ffyddlon oedd wedi troi'n dipyn o rebel yn ei henaint. Lle bu unwaith ysgyrnygu bygythiol i gadw trefn ar bawb, cyfarthiadau croch oedd i'w clywed ganddo bellach. Mwy o sŵn. Ond llai o awdurdod. Dim, yn wir.

Fel gŵr bonheddig o'r hen deip, cymerodd y bag oddi arni a bu'n rhaid i Nesta ei ddilyn tuag at y car.

Bu'r siwrnai'n hir wrth i Morus lywio'i gerbyd drud a rhwysgfawr trwy draffig yr hwyr brynhawn. Byddai Nesta wedi hoffi eistedd mewn tacsi yn magu bag trawiadol y siop ffasiynol yn ei harffed, a lladd amser trwy edrych allan ar y byd yn mynd heibio. Ond amddifadwyd hi o'r pleser hwnnw. Doedd dim dihangfa. Cafodd y bag ei roi yn y gist, a threuliodd y gyrrwr ran helaetha'r daith yn adrodd hanes trist marwolaeth ei ferch ddeng mlynedd ar hugain ynghynt – yn union fel petai ei hen reddf broffesiynol wedi dweud wrtho drwy'r amser nad oedd gan Nesta fawr o glem am beth roedd e'n sôn gynnau.

Cymerodd hithau hynny fel cerydd o fath, a gorfododd ei hun i ganolbwyntio ar y manylion fel penyd. Cawsai ei chyhuddo o fod braidd yn ddi-hid o dreialon pobl eraill erioed; gwyddai hynny o'r gorau. Roedd ei gŵr wedi arfer tynnu ei sylw at y ffaith yn rheolaidd. A doedd hi erioed wedi amau nad oedd e'n dweud y gwir.

Ond pam fod pobl yn ymateb iddi felly, doedd hi erioed wedi deall. Nid malais ar ei rhan oedd gwraidd y drwg. Roedd hi bron yn siŵr o hynny. Difaterwch, efallai. Rhywbeth pell yng ngoslef ei llais weithiau. Rhyw ymneilltuaeth (gydag 'y' fach) yn y ffordd y gwelai hi fyd nad oedd ganddi reolaeth drosto. Fu ganddi erioed fawr o amynedd wrth ddadansoddi'r peth.

Terfysgaeth oedd wedi ei lladd. Deg oed oedd hi ar y pryd. Deg oed fyddai hi hyd byth bellach. Dyna un o'r agweddau arswydus ar farwolaeth o'r fath. Câi'r unigolyn ei rewi am byth o fewn ffrâm o wneuthuriad rhywun arall. Ei rewi mewn amser hyd dragwyddoldeb, a'i chwalu'n deilchion mân yr un pryd.

Roedd rhywun arall wedi dewis merthyrdod ar ei rhan. Dros achos na wyddai'r fechan ddim amdano. Mewn lle nad oedd yn golygu dim iddi.

'Maen nhw'n dweud bod oes terfysgaeth wedi dod i ben o'r diwedd,' ebe hi.

'Gwleidyddiaeth rhonc yw honiad o'r fath,' oedd ymateb y dyn i hynny, yn gyflym a chadarn fel petai wedi paratoi yr hyn roedd am ddweud ymlaen llaw. 'Dyw gallu adnabod genynnau gwahanol dueddiadau mewn pobl ddim yr un peth â meistroli'r natur ddynol.'

Ers gallu cynnal profion ar fabanod yn y groth, roedd y rhan fwyaf o rieni'n dewis erthylu pan ganfyddid gennyn o'r fath. Dyna'r ystadegyn a ddyfynnid amlaf gan y llywodraethau rhydd i brofi bod y byd bellach yn lle mwy diogel nag y bu erioed. Ond doedd hynny erioed wedi bod o gysur i Nesta, fel yr oedd i lawer, ac wrth eistedd yno'n gaeth yn y car yn gwrando ar Morus, deallodd pam. Y llais oedd yn cofio. Y cof a lefarai. Yr holl hen erchyllder nad âi byth i ffwrdd go iawn.

Ac yna llithrodd o dosturi i fraw. Beth os taw dianc rhag gorffennol terfysgol oedd y dyn? Er nad oedd hi wedi trafferthu rhoi enw iawn ar yr hyn a ddychmygai, wrth i'r misoedd fynd rhagddynt roedd hi wedi setlo ar y penderfyniad mai milwr ar ffo oedd e. Ond fe allai'r awdurdodau fod ar ei ôl am resymau eraill.

Am greu difrod tebyg i'r un roedd Morus newydd fanylu mor ddeheuig arno, er enghraifft.

Pa mor naïf y gallai menyw fod? Pa mor ffôl?

Doedd Morus ddim am ddod i mewn am baned, diolch i'r drefn. ('Mi fydd Alys Fflur yn dechre meddwl lle ydw i.') Gollyngwyd Nesta ar ymyl y lôn. Bu'n rhaid iddi atgoffa ei chymwynaswr am y bag dan glo yn y gist. ('W, wrth gwrs! Ble ma'n meddwl i, dwedwch?') Daeth allan o'r car i'w estyn iddi, ac yna gwahanodd y ddau dan rym rhyw gwmwl athrist. ('Roedd ganddi'r wên fwya direidus weles i erioed, wyddoch chi? Yn ddannedd ac yn ddawns i gyd. Pan es i i adnabod y corff, doedd dim wyneb ar ôl. Dim ond ffrâm o ên ac ambell gudyn o wallt.') Ni chododd y naill na'r llall ohonynt law wrth ymbellhau oddi wrth ei gilydd. Dim ond parhau i fynd eu ffyrdd eu hunain. Y fe'n aildanio'r injan ac yn diflannu dros darmac. A hithau'n cerdded y canllath blinedig at ei drws.

Aeth i'r gegin. Galwodd gyfarchiad. Os oedd e wedi bod yn ôl am ryw reswm tra bu hi allan, roedd wedi mynd eto.

Eisteddodd wrth y bwrdd i dynnu'i sgidiau. Doedd y rheini fawr fwy cysurus heddiw nag y buon nhw flwyddyn yn ôl. Sibrydodd rhyw fân anfodlonrwydd iddi'i hun. Yna tynnodd y pecyn gwenwyn o'r bag a'i osod yn ddefodol ar y bwrdd.

Ei hamcan oedd rhoi mwy o arian ym mhoced y dyn trwy ei gael i oruchwylio'r gwaith o waredu'r garej o'i sgwatars. Bellach, wyddai hi ddim i bwy y dylai'r gwenwyn gael ei fwydo.

Llenwodd y tegell a phenderfynu mynd i'r tŷ bach ar ei ffordd i newid ei dillad. Safodd o flaen y drych am funud neu ddwy, i'w hatgoffa'i hun sut olwg oedd ar wep hen fenyw ffôl.

Wrth i'r orchwyl honno ddod i ben, llithrodd ei llygaid i lawr tua'r cafn ymolchi y bu'n rhannol bwyso arno. A dyna pryd y gwelodd y blewiach coch. Bu'n edrych arnynt am eiliad neu ddwy cyn i'w hymennydd brosesu'r dystiolaeth. Dafnion euraid ar gefndir gwyn y porslen. Hen smotiau pitw bach yn britho'r basn.

Olion eillio, meddyliodd. Olion eillio rhywun o bryd cochlyd.

Gwallt du fel y frân oedd gan y dyn. A ph'run bynnag, roedd ymrwymiad hwnnw i ddileu pob tystiolaeth bosibl o'i fodolaeth (am ba reswm bynnag) yn ddiarhebol. Doedd dim dwywaith amdani. Roedd yn ddestlus. Yn lanwedd. Ac yn anad dim, yn dywyll.

Rhedodd Nesta ddŵr y tap yn ffyrnig, gan ddefnyddio'i llaw i sgubo'r dafnion ymaith.

Wyddai hi ddim pam iddi fod mor ffôl. A dechreuodd lefain yn afreolus.

'Dach chi wedi 'mradychu i, yn do?'

Brawddeg i dynnu gwynt o'r hwyliau ar unrhyw achlysur oedd honno. Fel brawddeg agoriadol sgwrs, teimlodd y dyn yr angen i gymryd ychydig amser i'w threulio'n iawn.

Gallai weld nad oedd Nesta Bowen yn fenyw hapus. Roedd hi dipyn yn llai hapus heddiw nag y byddai fel arfer. A mymryn yn llai o fenyw yn ei olwg.

Penderfynodd gadw'i bellter, yn ôl wrth y grisiau, fel yn y dyddiau cynnar. Roedd drws y cefn yn agos. Roedd allan o olwg y ffenestr. Roedd hi'n saffach arno yno.

'Peidiwch trafferthu gwadu dim . . .' Er yr araith fawr y bwriadai Nesta ei thraddodi, ni allai fynd ymhellach na hynny am y tro.

'Dere nawr, Nesta . . .' Mentrodd y dyn agor ei geg pan synhwyrodd nad oedd mwy na naws cynddaredd i ddod o'i thu hi am sbel. 'Ti'n 'y nabod i'n well na 'na.'

'Ddoe,' ailddechreuodd Nesta, 'pan o'n i yn y dre . . . A gyda llaw, roedd 'na bresant ichi ar y bwrdd 'ma dros nos. Neb wedi cyffwrdd ynddo erbyn y bore 'ma, fe sylwais . . .'

'Ddes i ddim 'nôl 'ma neithiwr . . .'

'Na, dwi'n gwbod. Ond beth ddigwyddodd tra o'n i allan ddoe?'

O'r diwedd, roedd wedi dirnad at beth y cyfeiriai. Tynnodd anadl ddofn, ond nid oedd ôl yr un cyffro arall ar ei wyneb, ei lais nac osgo'i gorff.

'Fe gymerodd Wendel gawod . . .'

'Cymryd cawod? O, do'n i ddim wedi sylweddoli hynny!' cynhyrfodd Nesta fwyfwy. 'Dim ond gweld ôl eillio rhywun yn y sinc wnes i.'

Sgyrnygodd y dyn o'r diwedd. A chododd ei lygaid tua'r nenfwd. O'r diwedd, roedd rhywbeth wedi ysgogi rhyw ymateb ynddo. A rhegi Wendel a wnaeth, nid rhegi Nesta. Gallai nawr ddeall pam ei bod hi mor ddig.

'Mae e mewn sefyllfa debyg i fi,' eglurodd y dyn yn lletchwith. Roedd teimlo'r angen i roi eglurhad am ddim yn brofiad dieithr iddo. '. . . O fath. Does dim angen iti wybod mwy na hynny . . . er dy les dy hun.'

'Faint o rai eraill sy wedi bod drwy'r lle 'ma pan fydda i mas? Holl garidýms Coed Cadno?'

'Na. Neb. Dwi'n addo.' Edrychai i fyw ei llygaid wrth siarad. Ond roedd y llygaid hynny'n goch a dryslyd o ganlyniad i ddiffyg cwsg. 'Fi sy'n siarad nawr, Nesta. Ry'n ni'n deall 'yn gilydd. Cofio? Ti'n gwbod 'mod i'n dweud y gwir.'

'Na, dwi'n gwbod dim. "Dim" yw faint mae'n saff i hen fenyw fel fi 'i wybod. Cofio? A "Dim" yw faint mae person twp wastad yn cael 'i wybod . . .' Unwaith eto, aeth ei huotledd arfaethedig yn hesb. Roedd cymaint wedi'i baratoi ganddi. A chyn lleied yn cael ei ddweud.

'"Dim" wnes i addo iti. A "dim" sy saffaf iti wybod; ti'n iawn yn hynny o beth . . .'

'Pam na fasech chi wedi gofyn?' torrodd hi ar ei draws.

'Do't ti ddim 'ma. Be allen i'i neud?' plediodd y dyn. 'Roedd y boi'n drewi. Ddim ffit i fod ar gyfyl neb. Prin allen i dorri gair 'dag e ddoe heb lewygu. Argyfwng go iawn . . .'

'O ble ddaeth e?' Torrodd hi ar ei draws drachefn, mewn modd a adawai iddo wybod nad oedd hi'n malio dim am ei falu cachu.

'Ddim o'r Hilton na'r Ritz, galli di fentro.'

'A ddoe ddiwetha gyrhaeddodd e, ife?' holodd Nesta wedyn. Roedd hi'n dechrau magu hyder newydd. 'O'r "cyfeiriad blaenorol" amhenodol 'ma?'

'Na,' atebodd yntau'n syml, fel petai'r coegni heb ei gyffwrdd. 'Mae e o gwmpas ers rhai dyddie. Ond mas yn y coed 'da fi. Nid fan hyn. Dwi'n addo. Ond fe es i â pheth bwyd iddo hefyd, mae'n wir. Jest afal ac ambell dafell o gig. Echdoe, os cofia i'n iawn. Yn bendant, nid bob dydd.'

'O, fel'na mae'i deall hi!' ochneidiodd Nesta'n stoicaidd. Nid drysu oedd hi, felly, ynglŷn â'r bwyd fu'n diflannu. 'A phryd ydw i'n mynd i gwrdd â'r cochyn 'ma?' gofynnodd gan wenu'n wan.

'Dwi wir ddim yn meddwl y bydde hynny'n syniad da,' ebe'r dyn yn onest. 'Hen gwlffyn garw yw e. Nid dy siort di o gwbl.'

'Nid pishyn gosgeiddig a golygus fel chi, chi'n feddwl?'

Torrodd gwên dros wynebau'r ddau, fel petai'r storm wedi mynd heibio.

'Na, dim byd tebyg i fi,' cytunodd.

'A phryd bydd y Wendel 'ma'n hel ei hen bac drewllyd drachefn i fynd yn ôl i ba bynnag westy crand y daeth e ohono?' holodd Nesta.

'Pan fydd Wendel yn gadel, mi fydda inne hefyd yn hel 'y mhac,' oedd ei ateb. Roedd yn ateb nad oedd Nesta wedi'i ddisgwyl. Gwyddai ei bod hi wedi mynd gam yn rhy bell. Trodd yn sydyn. Gwnaeth rhyw esgus i fynd i'w llofft gan adael y dyn ar ei ben ei hun yn y gegin.

Roedd y gwenwyn yn dal yn ei becyn ar ganol y bwrdd, yn union lle y gadawodd hi ef y diwrnod cynt.

Crwydrai'r ci o gwmpas yr ardd fel dafad wlyb yn ceisio lloches. Petai ganddo gwmni i chwarae, allan yno yn y glaw, mae'n ddigon posibl y byddai wedi cael hwyl. Neidio'n uchel i geisio dal pêl. Neu redeg fel ffwlbart o un pen o'r lawnt i'r llall ar drywydd darn o bren.

Ond doedd ganddo neb. Roedd ei feistres yn glyd ym mharlwr Nesta. Ac yntau'n teimlo'n wrthodedig. Yn alltud ar drugaredd y diffeithwch anniddorol a alwai Nesta'n ardd.

O ddiogelwch cymharol sych Coed Cadno, gallai'r dyn ddilyn symudiadau'r ci bugail Almaenig wrth i'r creadur urddasol hel ei draed yn ddiamcan. Aeth fan hyn. A fan acw. Yna ildiodd i'r anorfod, gan ymlwybro'n ddiflas at y feranda, lle'r ysgydwodd ei got yn egnïol cyn gorwedd ar ei fol, ei ên ar ei ddwy bawen flaen a'i lygaid yn bugeilio'r gwlybaniaeth.

Gwyddai'r dyn ers neithiwr fod gan Nesta ymwelydd heddiw. Yr unig un o blith ei ffrindiau a gadwai anifail anwes o unrhyw fath, yn ôl yr hyn roedd hi wedi'i ddweud wrtho neithiwr.

Gwyddai yntau i gadw draw. Byddai'n rhaid iddo aros tan yn hwyrach y dydd cyn mynd i weld sawl llygoden a laddwyd. Ychydig iawn o gyrff a ganfu hyd yn hyn. Rhaid bod llygod fel eliffantod, yn encilio i rywle dirgel i farw, er nad oedd erioed wedi clywed sôn am ffenomen o'r fath.

Roedd y dystiolaeth yn dangos yn ddigon clir bod y gwenwyn yn amlwg at eu dant. Ond byddai wedi hoffi gweld mwy o gyrff i gyfiawnhau ei waith.

Wedi iddo ymlwybro'n ôl at ei wâl, gwelodd fod Wendel eisoes yn eistedd fel teiliwr ar lawr yn ymyl y babell fechan a godasid ganddo. Soniwyd wrtho am y ci, ond roedd hi'n amlwg bod Wendel wedi llwyddo i ddod o hyd i'w ddifyrrwch ei hun am y prynhawn. Glafoeriai wrth adrodd fel y bu'n edrych draw ar y campau a gyflawnid yn yr ardd nesaf at un Nesta. Yno, yn ôl y sôn, roedd hwch fawr dew wedi bod yn ymdrybaeddu mewn mwd am oriau. Rhochiai Wendel ei gymeradwyaeth wrth adrodd yr hanes. Yr hen fochyn brwnt!

'Chest ti erioed dy demtio i gael ci, 'te?' pryfociodd y dyn hi'n ddiweddarach.

'Dyna sut y treulioch chi'r prynhawn, ife?' ymatebodd hithau'n reit biwis, wedi deall tarddiad y tynnu coes yn iawn. 'Gwylio Beau yn mynd trwy'i bethe?'

'Beau? Dyna enw'r ci?' chwarddodd yn anghredinol.

'Ie,' gwenodd Nesta'n ôl, gan rannu ei ddirmyg. 'Beau . . . megis hanner "bow-wow". Addas iawn i hen beth mawr, peryglus fel'na.'

'Clyfar iawn!' canmolodd yntau mewn ffug-edmygedd. 'Fel dy "firi mursennaidd" di a'r holl bethe slic eraill fyddi di'n 'u dweud. Fe ddylwn i 'u rhestru nhw i gyd. Neu wna i byth 'u cofio nhw, wna i? Geiriau Dethol Nesta – creu gwefan, i'w rhoi nhw i gyd ar gof a chadw.'

'Chi'n gneud hwyl am 'y mhen i nawr.'

'Dim ond i'r gradde y mae modd gneud shwt beth mewn ffordd garedig,' atebodd y dyn.

Wedi blino yr oedd hi, barnodd Nesta. Dyna pam ei bod hi braidd yn bigog. Arhosodd perchennog Beau'n rhy hir o lawer. A gwaeth na hynny, gwaith blinedig oedd adrodd yr un hanes drosodd a throsodd. Ond roedd hynny'n orfodaeth, rywsut; ail-ddwyn i gof yr hyn a ddigwyddodd i ferch Morus ac Alys Fflur. Aethai trwy bopeth gyda Melissa neithiwr ar y ffôn. Yna, eisteddodd wrth y cyfrifiadur i ysgrifennu'r cyfan at gydnabod.

Ac wrth gwrs, roedd ymwelydd y prynhawn newydd gael yr hanes ganddi.

Neithiwr hefyd y cafodd y dyn glywed. Adrodd y stori bryd hynny oedd y profiad mwyaf arwyddocaol iddi o ddigon, am ei bod hi'n cadw llygad barcud ar ei ymateb wrth draethu. Rhagymadroddodd yn bur ddiniwed trwy sôn am ei hannifyrrwch y prynhawn blaenorol (tua'r union adeg y caniataodd e i'r Wendel drewllyd 'na ddefnyddio'r gawod). Ac yna, yn fwriadol iawn, dechreuodd adrodd hanes Naomi.

Dyna oedd ei henw. Naomi. Merch ddeg oed i un a gydweithiai gyda'i gŵr. Allan am ddiwrnod ar drip hysgol i amgueddfa. Amgueddfa ddibwys. Un bitw. Un anghofiedig. Un nad oedd neb wedi trafferthu ei hailgodi ar ôl i'r bom ei chau.

Tolc neu ddau oedd yr unig effaith andwyol a gafodd y ffrwydrad ar gawg anferth o arian pur a ddefnyddiwyd i fedyddio epil rhyw deulu bonheddig anghofiedig.

Achoswyd mân ddifrod i greiriau o'r Oes Efydd, dau ddarlun gan arlunwyr llai adnabyddus o'r Eidal, dau o furiau allanol yr adeilad deulawr, a nenfwd yr ystafell a fu'n ganolbwynt i'r gyflafan.

Pan aed ati â chrib fân i ddidoli'r gweddillion ar ddiwedd y dydd, yn gymysg â phopeth arall, daethpwyd o hyd i esgyrn o'r cyfnod Palaeolithig; darnau mân, mân o lestri nodedig (a fu'n rhodd gan deulu cefnog mewn oes a fu – teulu a geisiodd osgoi talu treth marwolaeth trwy waddoli llawer o'i eiddo yn y sefydliad); olion llawysgrifau affwysol o ddiflas nad oedd neb wedi darllen gair ohonynt ers dros hanner can mlynedd, a darnau anadferadwy o saith cerflun alabastr a gynrychiolai'r saith pechod marwol. (Dywedir i'r un i Lythineb fod yn arbennig o drawiadol – 'Grotésg' oedd y gair a ddefnyddiwyd i'w ddisgrifio yn y catalog a baratowyd yn ddiweddarach at bwrpas hawlio yswiriant.)

Diflannodd deuddeg llun olew yn llwyr oddi ar wyneb y ddaear, gan beidio â bod, am byth – dau ohonynt ar fenthyg o oriel yn Sienna.

Wedi eu dinistrio'n llwyr hefyd roedd tri deg chwech o fodau dynol amhrisiadwy o gig a gwaed – deg aelod o staff yr amgueddfa, pymtheg oedolyn a oedd yn yr adeilad yn ymddiwyllio eu hunain ar y pryd, pum plentyn ysgol ar sgeif ac un glanhawr ffenestri a oedd wrthi'n brysur gyda'i gadach siami ar ben ysgol pan ffrwydrodd y bom.

Afraid dweud – ond fe ddywedodd Nesta wrth bawb, p'run bynnag – bod Naomi ymysg y pum plentyn. Yn wahanol i'r rhan fwyaf o blant, doedd hi ddim yn hoff o sglodion; roedd hi'n dipyn o giamstar ar ganu'r piano ac yn chwip ar y cae hoci hefyd. Dyna'r nodweddion a restrwyd gan ei thad wrth ei dwyn i gof ddoe. Petai hi heb gael ei harwain ar gyfeiliorn gan ei ffrind gorau, mae'n bur debyg y byddai wedi dod trwy'r profiad heb ddolur o fath yn y byd. Ond roedd honno ar ganol rhyw stori garlamus a barodd i'r ddwy lusgo'u traed yng nghwt y parti. Yn y cwest, tystiodd yr athrawes iddi alw'r ddwy ferch yn nes ati fwy nag unwaith. Roedd gweddill y plant a oedd dan ofal yr athrawes honno wedi symud ymlaen i'r ystafell nesaf yn ufudd, ac wedi goroesi eu hymweliad â'r amgueddfa fwy neu lai'n ddianaf.

Ymatebodd pob un o'r pedwar a oedd wedi clywed Nesta'n adrodd hanes y drychineb mewn ffordd briodol o dawedog a chegrwth. Hyd yn oed y dyn. Nid oedd yn ddi-hid, nac ychwaith wedi gorymateb. Cododd ei ben gan edrych i'w cyfeiriad ambell dro. Arhosodd ar ei eistedd ar y bedwaredd gris, yn wargam a dwys ei wrandawiad trwy gydol ei datganiad. Cafodd hithau ei chalonogi a dechreuodd ddarbwyllo'i hun y dylai roi'r amheuon newydd o'r neilltu.

Roedd hi'n rhy hwyr. Dyna'r drafferth. Yn rhy hwyr iddi gael traed oer.

Er i fisoedd fynd heibio ers iddi brynu'r cyfrifiadur newydd, roedd y brwdfrydedd newydd a enynnwyd yn Nesta yn dal yn fyw. Ymhlith yr wybodaeth y daeth ar ei thraws ym mwrllwch y mis Medi hwnnw, roedd y canlynol: mewn fflat ym Mharis, daethpwyd o hyd i gyrff dwy fenyw wedi'u lladd – y naill yn nŵr y bath a'r llall rhwng cynfasau gwaedlyd gwely. Yn Helsinki hefyd, yr un peth – un fflat, dwy fenyw, dau gorff. Tranton yn nhalaith New Jersey, wedyn. Doedd dim sôn am na gwely na bath yn yr adroddiad hwnnw, ond gallai Nesta weld mai'r un oedd hanfod y marwolaethau hynny hefyd. A'r rhai ym Mhotston ger Darwin yn Awstralia a Port Elizabeth yn Ne Affrica. Doedd dim i nodi ai mam a merch oedd y ddwy bob tro. Puteiniaid? Pwy a ŵyr? Ond gallai fod yn sicr o un peth, naill ai roedd 'na lofrudd toreithiog a chanddo basport prysur yn rhydd yn y byd, neu roedd 'na ffenomen ryfedd ar droed. Wyddai Nesta ddim beth i'w gredu, ond dywedodd wrthi'i hun y byddai'n rhaid iddi gofio crybwyll y datblygiadau wrth Melissa cyn gynted â phosibl.

Bu Nesta'n defnyddio'r gair 'hen' amdani ei hun ers rhai blynyddoedd. Câi ryw gysur ohono, wrth dynnu coes gyda'i hwyrion ac wrth fod yn onest â hi ei hun. *Rwy'n hen. Rwy'n mynd yn hŷn. Henaint ni ddaw ei hunan, wyddoch chi . . .* Ystrydebau oll. Ond, yn sydyn, daeth iddi'r syniad fod henaint 'arni', fel y bydd annwyd 'ar' berson. Fel yr oedd henaint wedi dod dros ei mam ei hun. A'i mam hithau o'i blaen. I'w meddiannu.

Nid cyfrif y blynyddoedd yn unig oedd ar fai. Nid teimlo'n hen oedd hi, fel y cyfryw. Roedd ei hoed yn ffaith ac fe'i derbyniai. Ond wrth i'r dyddiau fyrhau drachefn, cododd rhyw sylweddoliad newydd o'i meidroldeb yn ei phen. A Wendel gâi'r bai. Yn gwbl afresymol, fe wyddai hynny. Ond beiai Wendel 'run fath.

'O ble'n union mae'r Wendel 'ma wedi dod?' holodd yn ddig. Ar ôl wythnos o wybod am ei fodolaeth heb gael clywed dim mwy amdano, roedd hi wedi dal ei thafod yn ddigon hir.

Gwrthod ateb wnaeth y dyn, yn ôl y disgwyl.

'Shwt gwyddoch chi y gallwch chi 'i drystio fe?' gofynnodd wedyn.

'Dwi ddim,' atebodd. 'Ond pa ddewis s'da fi?'

'Ydy bywyd mor annioddefol fel ag y mae?'

'Wyt ti'n meddwl mai fel hyn wy ishe byw am byth?'

'Pan fyddwn ni wedi clirio tipyn ar y garej 'na, fe allen i roi matras lân ar lawr...'

'Ife dyna sy yng nghefn dy feddwl di?' gofynnodd yn anghrediniol. 'Ti'n credu y bydda i'n fodlon ar gael "pad" bach cyfrinachol mas yn y garej er mwyn gallu byw'n ddedwydd ar dy gardod di byth bythol mwy?'

'Nage,' ceisiodd wadu braidd yn ddiargyhoeddiad. 'Nid dyna oedd 'da fi mewn golwg.'

'Os wyt ti'n meddwl 'ny, ma'r holl raglenni teledu 'na wedi pydru mwy ar dy ymennydd di nag o'n i wedi sylweddoli.'

'Sdim angen bod yn gas.' Brwydrodd Nesta'n ôl yn reit gadarn. 'Cofiwch bopeth dwi wedi'i wneud drosoch chi. Pwy fuo'n gofalu amdanoch chi am ddeuddydd pan oeddech chi'n swp sâl? Prin fis sy 'na ers hynny. Mor hawdd anghofio.'

'Be ti'n ddisgwyl? Gwobr Goffa Florence Nightingale?'

'Y cyfan dwi'n 'i ddisgwyl yw tipyn o barch,' atebodd yn oeraidd. 'A chofiwch nad yw'n debyg y bydde'r Wendel 'ma wedi rhoi'r un tendans ichi ag y cawsoch chi 'da fi.'

'O, does dim yn sicrach na hynny. 'Sen i ddim wedi disgwyl gronyn o ofal 'da hwnnw,' chwarddodd yntau, cyn difrifoli digon i ychwanegu, 'Ond mae 'i angen e arna i, ti'n gweld. Alli di ddeall 'ny, Nesta Bowen? Mae 'dag e gysylltiade dwi 'u hangen yn ddirfawr . . .'

'Cysylltiade?' Pendronodd Nesta yn uchel dros y gair.

'Cysylltiade,' adleisiodd yntau'n awdurdodol, cystal â dweud wrthi bod y ddau ohonynt yn gwybod yn iawn am beth roedd e'n sôn.

'Dyn ar ffo 'ych chi,' meddai hi wedyn, gan gyhuddo a chondemnio yn yr un gwynt. 'Dyn ar ffo sydd bron â marw ishe cael ffordd mas . . .'

'Dyna pam mae angen dyn â chysylltiade arna i. Dyn fel Wendel.'

'Dyn eith â chi bant i le diogel?' mentrodd Nesta.

'Paid â gneud hyn,' sibrydodd yn dawel. 'S'da ti ddim syniad be 'sen nhw'n neud i fi taswn i byth yn cael 'y nal.'

Dim ond megis dechrau sylweddoli oedd Nesta nad henaint oedd yr unig aflwydd i ddod drosti. Toc, fe fyddai unigedd 'arni' hefyd. Yn drwm a thost a therfynol. Gyda gaeaf arall yn ei gôl.

Pennod 7

Pan ddaeth yn amser i bob perllan gwerth ei halen ganu clodydd ei chyflawnder ei hun, y cyfan a gafwyd gan goed afalau Nesta oedd eu cnwd gwenwynllyd arferol. Ar ôl hofran yn rwgnachlyd ar y canghennau am wythnos neu ddwy, disgynasant i'r llawr i fod ar drugaredd pawb a phopeth, fel hen ferched a ŵyr yn eu calonnau na ddaw neb ar eu cyfyl mwyach . . . ddim o'u gwirfodd, ta beth.

Eleni, nid canghennau Coed Cadno fyddai'r unig rai i fatryd. Heb yn wybod iddynt, roedd pawb yn dawnsio'u ffordd tua'r diwedd.

Yn araf ac anorfod, llithrodd yr hydref tyngedfennol hwnnw trwy dwll y clo. Yn ddiarwybod, rywsut. Mor dwyllodrus a diwahoddiad â hynny. Pob argoel a fu o ddyfodiad posibl Ha' Bach Mihangel wedi'i ladd gan y barrug a ddisgleiriai fel cyllyll miniog yn y bore bach.

Sylweddolodd Nesta hynny'r bore y cafodd ei deffro gan sŵn y boilar yn mynd trwy'i bethau; ei phen ar y gobennydd heb ddeffro'n llwyr i'r ffaith mai pen ydoedd. Trodd o'r naill ochr i'r llall wrth geisio ymdopi. Roedd yr hen grair yn gwneud ei orau glas i ddod yn ôl yn fyw unwaith eto.

Meddwl am ei chorff ei hun oedd hi, yn hytrach na'r peiriant. Roedd heddiw'n garreg filltir o fath, er nad oedd hi'n bwriadu dathlu. Roedd hi'n oer, ac yn bwriadu ymdrybaeddu mewn pwll o hunanoldeb.

Gwnaeth ei thraed eu hymdrech ddyddiol i ddod o hyd i'w sliperi. Eu canfod. Cysur. Cynhesrwydd. Cael codi'n dalsyth drachefn. Roedd diwrnod arall wedi dod i'w rhan.

Synhwyrodd na fyddai heddiw cystal â ddoe. Bu hwnnw'n afal mawr melyn o rodd. Un crensiog, glafoeriog a melys. Amheuthun o ddydd. Wrth sbecian trwy'r llenni a gweld y llwydrew llachar yn garthen dros bob dim, roedd yn anodd ganddi gredu'r gwahaniaeth rhwng dau ddiwrnod.

Nid bod ddoe wedi bod yn ddiwrnod arbennig o gynnes, ond fe gadwodd yn sych a bu'r haul yn ceisio llyo cefnau'r cymylau'n barhaus, gan lwyddo i dorri trwodd weithiau. Beth mwy oedd i'w ddisgwyl? Gyda chot gynnes amdani a phâr o sgidiau cysurus am ei thraed – ni wisgodd ei phâr gorau – cafodd ddiwrnod i'r brenin.

Roedd wedi cael trip i lan y môr – rhywle nad oedd wedi bod ar ei gyfyl ers blynyddoedd.

'Wel, mi fydd yn newid, bydd?' oedd geiriau Melissa wrth awgrymu'r wibdaith. Wyddai Nesta ddim beth oedd wedi dod trosti.

'Be ddigwyddodd i dy ofn di?' mentrodd Nesta ofyn, heb swnio'n angharedig.

'Wel, mae'n saffach y dyddiau hyn nag ers tro byd, yn ôl be dwi'n ddallt,' ymatebodd Melissa.

'Wn i ddim pwy fagodd y duedd 'na ynot ti o fyw mewn ofn,' ebe Nesta. 'Chest ti mohoni gan dy dad na fi.'

'Na, ond byddwch yn deg nawr, Mam. Mae'r byd wedi newid yn drybeilig er pan oeddech chi'n ifanc,' mynnodd Melissa. 'Mae 'nghenhedlaeth i wedi gorfod mynd i'r afael â pheryglon na fydde'ch cenhedlaeth chi ddim wedi breuddwydio amdanyn nhw pan oeddech chi'n ifanc.'

'Roeddet ti'n arfer hoffi mynd i'r wlad,' cofiodd Nesta wedyn. 'Wrth dy fodd pan fydden ni'n mynd draw i'r gorllewin pell. Wyt ti'n cofio'r gwylie fydden ni'n arfer eu cael yn ôl yn 'yn hen gynefin i .. ?'

'Wel, dwi ddim yn bwriadu mynd mor bell â hynny,' rhybuddiodd ei merch hi. 'Mae'n dal yn beryg bywyd mynd i grwydro, wyddoch chi. Mae 'na gymunedau cyfan wedi'u colli inni bellach, medden nhw. A dim gobaith y cawn ni nhw byth yn ôl.'

'Thâl hi ddim inni hiraethu gormod,' meddai Nesta, mewn llais a awgrymai ei bod hi ei hun yn hiraethu ar y slei.

'Mannau diarffordd sy waetha,' ategodd Melissa. 'Ond dwi eisoes wedi penderfynu ble i fynd. Jest meddwl y bydde gwynt y môr yn llesol ichi o'n i.'

'Ac mi fydd,' prysurodd Nesta i'w sicrhau, gan fywiocáu. 'Paid ti â phoeni. Mi fydd.'

'Bwced a rhaw amdani, 'te,' gwamalodd Melissa. 'A chofiwch fod yn barod ar amser, inni gael mynd yn reit handi.'

Doedd dim angen iddi bryderu am hynny. Pan gyrhaeddodd Melissa ddoe, roedd ei mam eisoes yn hofran o gwmpas y drws ffrynt agored yn disgwyl amdani. Doedd dim bwced a rhaw yn ei llaw, mae'n wir, ond perthynai'r brwdfrydedd a ddangosai i'r un anian â hynny'n union.

'Be haru nhw, deudwch? Yr adeg yma o'r bore!'

'Ifanc ydyn nhw, yntê?' pendronodd Nesta'n athronyddol wrth ystyried yr olygfa.

'Ond tydy hi ddim yn hanner awr wedi deg eto.'

''Sen i'n bersonol ddim yn mynd ar gyfyl y fath beth am hanner awr wedi pedwar y prynhawn na hanner awr wedi deg y nos,' cytunodd Nesta. 'Ond plant ydyn nhw, siŵr.'

'Wel, 'swn i ddim yn hoffi gweld yr hogie acw ar hwnna ar unrhyw adeg. Tydy o ddim yn edrych yn saff i mi.'

'Dyna ti! Poeni am ddiogelwch eto,' meddai Nesta wrthi'n garedig.

Eisteddai'r ddwy yn yr awyr iach. Prin ei bod hi'n ddiwrnod i dorheulo, ond gyda chot weddol gynnes amdani, a'r ewyllys i wneud y gorau o'u hantur, roedd hi wedi llwyddo i berswadio Melissa i eistedd allan. Efallai fod gan y ffaith fod yn rhaid i honno eistedd yno os oedd am smocio rywbeth i'w wneud â'r penderfyniad, ond doedd wybod. (Yn unol â'r gofynion ar gyfer pawb â ddefnyddiai 'sylweddau anghymeradwy', fel y caent eu galw, roedd Melissa wedi'i chofrestru fel Ysmygwr. Er iddi weithiau ofni i hynny lesteirio'i gyrfa, trwy gadw rhai drysau'n gaeëdig, nid oedd erioed wedi crybwyll yr amheuaeth honno i'w mam, oherwydd fe wyddai y byddai'n fêl ar ei bysedd.)

Gyferbyn â nhw, wrth iddynt eistedd yno'n cael paned o goffi, roedd olwyn fawr y ffair yn dal i droi a dywedodd Nesta ei bod hi'n drueni nad oedd yr hogie gyda nhw. 'Dw i erioed wedi bod ar lan y môr 'da'r ddau,' gresynodd. 'Ymdrochi. Cestyll tywod. Hufen iâ. Mynd ar gefn mulod.'

'Dyw plant heddiw ddim o reidrwydd am wneud y pethe oedd yn difyrru'u neiniau a'u teidiau,' dadleuodd Melissa wedyn, gan ddamsang yn ddifeddwl ar ddelweddau ei mam.

'Na,' meddai Nesta wedyn, gan yngan yr unsill yn araf a bwriadus, fel petai hi'n gwrthod cael ei siomi. 'Beryg mai ti sy'n iawn am hynny hefyd.'

'Nid 'mod i'n anghytuno na fydde hi'n braf tasen nhw yma, cofiwch,' prysurodd Melissa i gydsynio â'r hynawsedd oedd yn gwneud ei orau i deyrnasu rhyngddynt. 'Ond maen nhw yn yr ysgol, dach chi'n gweld. Rhy bwysig i golli diwrnod.'

'Ydyn, wrth gwrs.'

'Ond ar wahân iddyn nhw, sut mae'r wyr mawr 'na sgynnoch chi'r dyddiau hyn?' pryfociodd Melissa, ar ôl tynnu anadl ddofn. 'Dwi wedi bod yn meddwl gofyn ers tro.'

'Wyr mawr?' holodd Nesta'n ddidaro. Doedd y coffi ddim yn goffi da iawn. Roedd hi wedi bod yn sipian yn ysbeidiol heb ei fwynhau rhyw lawer. Roedd yn gynnes o dan yr ewyn, mae'n wir, ond rhaid oedd pysgota amdano ac edliwiai'r ymdrech a olygai hynny.

'Pan es i i nôl monitor newydd i'r ienga ym mis Mehefin, fe ddeudodd y boi yn y siop gyfrifiaduron wrtha i 'mod i'n cadw'n oedran yn dda. Glywsoch chi'r ffasiwn beth yn 'ych byw?'

'Cadw dy oedran?' ailadroddodd Nesta'n ddryslyd. Roedd y llwy yn digwydd bod yn ei llaw ar y pryd, a llyodd hi fel petai'n gôn hufen iâ. Am eiliad, roedd hynny'n adlewyrchiad perffaith o'i difaterwch ynglŷn â thrywydd y sgwrs, ond pharodd hynny ddim yn hir.

'Yn ôl y sôn, pan ddaeth e i osod y cyfrifiadur ar waith ichi 'nôl ym mis Mawrth, fe alwoch chi ar "wyr" i ddod o rywle i helpu. Rhyw foi siabi'r olwg, yn edrych tua phump ar hugain oed o leiaf, medde fe. Doedd e ddim yn siŵr a oedd e'n fab i mi neu'n frawd imi. Ac yntau wedi tybio erioed mai unig blentyn o'n i . . .'

'Wel, unig blentyn wyt ti,' torrodd Nesta ar ei thraws i gadarnhau'r ffaith honno o leiaf.

'Mi wn i hynny, ac roedd dyn y siop yn meddwl 'i fod e'n gwybod, ond wedyn, wrth gwrs, fe ddechreuodd gloffi.'

'Wel! 'I gamgymeriad e oedd hynny,' meddai Nesta drachefn, yn ddryslyd. O fethu deall i ddechrau am beth roedd ei merch yn sôn, a pheidio â malio rhyw lawer, yn sydyn roedd hi'n gwybod i'r dim ac yn malio'n fawr.

Ailstrwythurodd ei meddwl. Ailstrwythurodd ei diod hefyd. Rhoes hwb i'r soser gentimedr neu ddwy oddi wrthi, yn nes at gwpan Melissa, a throi ei chwpan ei hun rhyw bymtheg gradd i'r dde fel bod y glust yn haws mynd i'r afael â hi.

'Wel, pwy yn y byd oedd hwnnw 'te, Mam fach?'

'Aros funud, dwi'n trio meddwl,' atebodd Nesta'n onest. 'Y diwrnod y cafodd y cyfrifiadur ei ddelifro . . ? O, ie, wrth gwrs,' ychwanegodd yn hyderus. 'Dwi'n cofio nawr. Wel, fe ddaethon nhw â fe'n gynnar. O leia ddeuddydd cyn y dyddiad ges i ganddyn nhw. Do'n i ddim wedi cael cyfle i ailosod y celfi . . .'

'Ond roedd rhywun gyda chi yn y tŷ, Mam.' Dechreuodd llais Melissa newid o'r didaro i'r ymchwilgar.

'Wel nag o'dd, siŵr iawn,' mynnodd y wraig hŷn gydag argyhoeddiad. 'Nid yn y tŷ. Yn yr ardd. Wedi dod i dorri'r lawnt oedd e. Dwi'n gobeithio nad wyt ti'n awgrymu y dylwn i fod i wedi helpu'r boi i gario bwrdd.'

'Na, ond "ŵyr" ddeudodd e.'

'Roedd e wedi camddeall, mae'n amlwg.'

'Do, mae'n rhaid.'

'Neu fe ddychmygodd pwy oedd y dyn, o'i ben a'i bastwn ei hun,' awgrymodd Nesta ymhellach. 'Tybio mai mab i ti oedd e. Dod i'r casgliad anghywir, dyna i gyd.'

'Sut alle fe fod yn fab i fi?'

'Oedd e'n meddwl 'mod i wedi galw'r llanc yn fab i fi 'te?' cynigiodd Nesta wedyn mewn llais a awgrymai ddryswch llwyr. 'Rhaid bod colled ar y dyn!'

'Go brin y byddai wedi cymryd yn ei ben eich bod chi'n fam i ddyn pump ar hugain oed!' Dilornodd Melissa'r awgrym hwnnw'n syth. 'Dim ond edrych arnoch chi oedd angen i sylweddoli eich bod chi'n rhy hen o lawer i fod yn fam i neb mor ifanc â hynny.'

'Ydw i?' holodd Nesta. 'O'r hyn ddwedest ti, roedd e hefyd yn ame mai ti oedd ei fam e.'

'Dyn tua'r pump ar hugain oed?' protestiodd Melissa. 'Wrth

gwrs 'i bod hi'n amlwg 'y mod i'n rhy ifanc i fod yn fam i ddyn yr oedran yna . . . pwy bynnag oedd e.'

'Wel!' meddai Nesta, gan ysu am gael cau pen y mwdwl arbennig hwn. 'Mae'n amlwg 'mod i'n rhy hen a tithe'n rhy ifanc.'

'Mae'r creadur wedi'i ddal rhyngddon ni, felly . . .,' barnodd Melissa. 'Yn ddi-fam!'

'Heb berthyn i neb, mae'n ymddangos.'

'Ac yntau'n droednoeth hefyd,' ychwanegodd Melissa, fel petai'r manylyn hwnnw newydd ddod i'w chof.

Pesychodd Nesta'n amserol o sydyn. 'Sôn am hufen iâ,' meddai, 'dwi'n meddwl y dylen ni gael peth cyn mynd adre, gan obeithio y bydd e'n well na'r coffi 'ma, yntê?'

*

Y fe oedd unig ddarn y jig-so wrthodai ddisgyn i'w le. Yr unig un ar ôl i'w ddifa, er mwyn adfer anrhydedd y gatrawd drachefn. Byddai'r twyll yn gyflawn wedyn. Y teulu'n gytûn.

Nid tribiwnlys go iawn mohono, wrth reswm. Wedi ei lusgo o'i wely liw nos. Ei amgylchynu. Ei herio. Ei demtio gan wên deg. Ei fygwth â holl rym y sefydliad. Doedd hi ddim yn rhy hwyr. Gallai dynnu'r holl haeriadau'n ôl. Byddai pawb yn deall dryswch.

Ond nid dioddef o ddryswch oedd e, ond o gof rhy glir. Yr unig syndrom a bwysai ar ei ben oedd y cynllwyn grymus oedd wrthi'n gweithio arno mor ddidrugaredd i gynnal celwydd.

Bolycs! Pan boerodd ei ddirmyg yn ôl i wyneb y CO, dyna pryd yr oedd hi ar ben arno go iawn.

Dim lle i droi. Gyrfa ddisglair ar ben. Dechrau'r dianc.

Fe ddylai fod wedi diflannu'n syth. Erbyn iddo fynd, roedd yr helgwn eisoes wrth ei sodlau. A hithau eisoes yn rhy hwyr?

*

Ni allai'r ddwy wneud mwy na sefyll ar ben pella'r prom yn edrych i lawr ar yr heulwen hwyr yn bendithio'r blodau a'r bandstand. Newydd gerdded ar hyd y prom oedden nhw, o gyffiniau'r ffair, gyda'r bwriad o fynd i gymryd golwg fanylach ar y gerddi cyhoeddus enwog. Ond yno, ger y fynedfa, safai gwarchodwr arfog yn goruchwylio pob mynd a dod. Un bach ifanc, bochgoch, brwd.

'O, Mam, wir!' ebychodd Melissa pan eglurodd y llanc yn gwrtais gadarn na allai adael iddynt fynd gam ymhellach.

Nesta oedd ar fai, roedd hynny'n wir. Gadawodd ei chartref y bore hwnnw heb ei cherdyn adnabod. Er nad oedd hynny'n drosedd fel y cyfryw, daethai'n amlwg ei fod yn gallu gwneud bywyd yn anghyfleus ar y naw. ('Wel, dyw 'nghenedlaeth i erioed wedi cymryd atyn nhw, wyddost ti,' meddai Nesta'n ddiymddiheuriad.)

'Mae cyngor y dre wedi gorfod ein galw ni i mewn, chi'n gweld,' eglurodd y llanc gyda balchder. 'Roedd y lle'n cael ei ddinistrio'n ara bach, gan "chi'n gw'bod pwy".'

Heidient yno bob penwythnos, yn ôl y sôn. Codi twrw. Cadw reiat. Creu anrhaith bur o hafan hyfryd y bu brodorion y dref yn ymfalchïo ynddi ers cenedlaethau.

Cytunodd y ddwy ag ef eu bod nhw'n gallu gweld yr angen amdano. Ei arbenigedd. A'i arfau. Yna, dywedodd Nesta ei bod hi'n resyn i'r ddwy ohonynt golli'r cyfle. Cynigiodd ei fod yn caniatáu mynediad i Melissa am ddeng munud, tra âi hithai'n ôl at y car, ling-di-long.

Ond gwrthododd Melissa yr awgrym, a bodlonodd y ddwy ar rythu mewn edmygedd mud.

Yr unig elfennau a ddenodd sylw Nesta mewn gwirionedd oedd y merched ifanc a wthiai eu bygis anosgeiddig ar hyd y llwybrau, y doreth o flodau unlliw a blannwyd yn batrymau o gysactrwydd milwrol ar hyd y lle, a'r gofgolofn goncrit galed a osodwyd yn ganolbwynt i'r cyfan. Creadigaethau dynion oeddynt, un ac oll, meddyliodd. Pob un wan jac ohonynt.

Yr unig ran o'r olygfa y gallai wironeddol ddotio ati oedd y myrdd gwylanod a gadwai eu pennau'n uchel wrth swagro'n smala ar draws y lawntiau llyfn.

Y nhw oedd yr unig rai a edrychai fel petai ganddyn nhw hawl i fod yno go iawn.

*

Perthyn! Perthyn! Ofer pregethu perthyn i ddyn didylwyth. Er cystal yr oedd wedi cymathu â bywyd y fyddin, doedd e erioed wedi llyncu'r celwydd am y teulu a fwydwyd iddo'n gyson o'r dechrau'n deg. Dyna fu'r maen tramgwydd cyntaf iddo, mae'n debyg. Y prif un. O edrych yn ôl, gallai weld mor groes graen iddo fu hynny.

Fi yw dy ffycin fam! Fi yw dy ffycin dad! Fi yw dy ffycin chwaer. A fi yw dy ffycin brawd . . . frawd!

Anodd cymryd mantra o'r fath o ddifri pan gaiff ei sgrechian atoch drwy'r tywyllwch am bump o'r gloch y bore a chithau hyd eich ceilliau mewn ffos ddrewllyd.

Yn sgil y sgrech honno yr hogodd y gred mai malu cachu wedi'i droi'n gelfyddyd gain oedd pob chwedloniaeth. Fyddai hynny byth at ei ddant, barnodd.

Ond doedd ganddo fawr i'w ddweud wrth realaeth chwaith.

Gwyddai fod y diangfeydd a oedd ar gael iddo'n prinhau o ddydd i ddydd.

*

'Diolch byth fod y lle 'ma'n dal ar agor, 'ta beth,' meddai Nesta'n galonog, wrth weld bod arwyddion o fywyd yn y dafarn.

Wrth gyrraedd eu cyrchfan nesaf – hen bentref pysgota bychan a fyddai dan ei sang ar ddydd o haf – roedd y ddwy wedi sylweddoli'n syth bod y prysurdeb tymhorol eisoes wedi edwino. Roedd y maes parcio, a fyddai'n llawn dop ar ddiwrnod braf, yn hanner gwag; roedd arwyddion bod y siopau gwerthu teganau traeth ar gau, neu eisoes wedi gwneud hynny, ac edrychai'r traeth ei hun fel petai wedi cael llond bol ar bobl am eleni.

Yn sgil yr enw da a roed i'w stêcs mawr a'i chwrw da, deuai digon o gwsmeriaid i'r dafarn i'w chadw ar agor haf a gaeaf.

Unwaith y cafodd wybod i ble'r oedd Melissa'n bwriadu mynd â hi, roedd Nesta wedi gwneud y 'gwaith cartref' angenrheidiol, gan ymweld â'r gwefannau a gynigiai argymhellion ar y llefydd gorau i fwyta ac ati.

'Chwarae teg ichi, wir!' meddai Melissa'n nawddoglyd.

'A tithe wedi gwneud y trefniade teithio, y peth lleia allen i 'i neud oedd trefnu lluniaeth teilwng inni ar y bererindod.'

'"Lluniaeth teilwng ar y bererindod",' ailadroddodd Melissa mewn rhyfeddod. 'Wn i ddim o ble dach chi'n cael yr ymadroddion 'ma, na wn i. Tydy hi'n ddim syndod yn y byd imi dyfu i fyny'n teimlo'n annigonol.'

O'i gymharu â'r brolio a ddarllenodd Nesta ar y sgrin, braidd yn gyffredin oedd y bwyd. Pysgodyn ddewisodd hi, a phorc oedd dewis Melissa. Ond daeth i'r casgliad bod y ddau greadur – yn fochyn a physgodyn – wedi treulio mwy o amser mewn rhewgist yn rhywle nag a wnaethon nhw erioed mewn unrhyw dwlc neu fôr.

Doedd hyd yn oed y siom honno ddim yn ddiwedd y byd, tybiodd Nesta. Rhannodd y ddwy botelaid o win, a llifodd cynnwys honno fel y sgwrs – yn ddigon rhwydd, dim ond bod yn ofalus.

Pan soniodd Melissa wrth ei mam am darten gwsberis ddrud roedd hi wedi'i phrynu'n ddiweddar mewn archfarchnad, bu'n rhaid i honno gnoi'i thafod rhag crybwyll y darten llusi duon bach oedd ganddi ar ôl o hyd yn ei rhewgell, ac na chostiodd ddimai iddi.

Pan soniodd Nesta eto fyth am gwrdd â Morus y diwrnod o'r blaen ac am y bom a laddodd Naomi, cafodd Melissa ei hatgoffa o ymweliad a gafodd rai wythnosau ynghynt. Yr awdurdodau'n pryderu ynghylch ei mam, yn ôl y sôn. Lleoliad ei chartref. Y ffaith ei bod hi'n byw ar ei phen ei hun ac yn agored i bob math o beryglon. Enwyd un dihiryn yn benodol. Dangoswyd ei lun iddi. Doedd hi ddim yn cofio beth oedd ei drosedd, ond yr awgrym cryf oedd bod angen iddi gadw golwg fwy gofalus na'r cyffredin ar ei mam. Gallai 'dalu'r ffordd iddi yn y pen draw', yn ôl y dyn – ond nid oedd hyd yn oed Melissa'n rhy sicr o ystyr hynny.

Afraid dweud na fu'n fawr o gamp iddi gadw'i cheg ar gau wrth fwyta. Daliodd i gnoi. Daliodd i wrando. Ac yng nghefn ei meddwl, ceisiodd gofio beth yn union oedd enw'r dyn roedden nhw ar ei ôl. Fel ei mam, un sâl am gofio enwau oedd hi.

*

Doedd e erioed wedi mynychu angladd neb a laddwyd ganddo. Ni fu pwysau'r un arch erioed ar ei ysgwydd. Wyddai e ddim pam yn union. Petai rhywun wedi dweud wrtho bod hynny ymysg ei ddyletswyddau, fe fyddai wedi mynd yn ddiymdroi. Ond doedd neb wedi gwneud erioed. Rhaid nad oedd yn rhan o'r drefn.

Y tebyg oedd mai rhywbeth a wnâi aelodau teulu oedd hynny. Mynychu angladdau. Talu'r deyrnged olaf. Esgus helpu i ysgwyddo'r baich. Cydnabod perthyn a symud ymlaen.

Doedd e erioed wedi talu teyrnged i neb yn ei fyw. Erioed wedi ysgwyddo baich neb. Ac er cymaint y carai symud ymlaen, roedd hynny'n profi'n anos iddo beunydd.

Fel y wâl a dyrchodd, doedd ganddo bellach fawr o le ar ôl i droi.

*

Yn araf y gyrrodd Melissa i fyny'r rhiw a arweiniai'n ôl at briffordd yr arfordir. Roedd hi'n anghyfarwydd â lonydd troellog y wlad, ac yn falch o o gael dychwelyd i brif ffrwd traffig y ffordd fawr. Fel ei mam wrth ei hochr, roedd hithau'n teimlo braidd yn gysglyd.

Y cinio sylweddol a'r awyr iach oedd i gyfrif am hynny'n rhannol. Ond roedd y deng munud a gymerodd y ddwy i gerdded i lawr at lan y dŵr hefyd wedi gadael eu hôl ar Nesta. Doedd hi heb fod mor agos â hynny at fôr neu lyn ers blynyddoedd, ac roedd rhywbeth o'r tragwyddoldeb a berthynai i eangderau dyfrllyd wedi cydio ynddi.

Roedd yn dda ganddi gyrraedd y car ar ôl y cerdded gofalus dros dywod a cherrig mân. Byddai nap bach wedi bod yn llesol, ond doedd hi ddim am golli dim.

'O, edrych,' meddai yn y man, fel petai ei hymdrech i gadw ar ddi-hun newydd gael ei chyfiawnhau. 'Yr hen eglwys 'na. Dim ond lled cae o'r ffordd fawr yw hi. Gad inni fynd i gael gweld. Synnwn i ddim nad rhywbeth gododd y Normaniaid yw hi.'

'A beth wyddoch chi am bensaernïaeth eglwysig? Pan o'n i'n fach, roedd 'na ddau fath o adeilad doedd fiw i neb sôn am fynd ar eu cyfyl – cestyll oedd un ac eglwysi oedd y llall.'

'Wel, dwi'n hen bellach,' plediodd Nesta. 'Dwi'n fwy parod i faddau.'

Cafodd ei ffordd. Trowyd trwyn y car i lawr lôn wledig, er mai'n anfoddog y gwnaeth Melissa hynny – roedd hi'n dragwyddol gaeth i orthrymderau ofn ac amser. Ond wrth ddynesu, gallent weld nad eglwys oedd hi bellach. Cartref oedd hi i rywrai, gyda charafán wrth ei thalcen a honno fel petai'n gweithredu fel cwt ci anferth. Heidiai cŵn bach o gwmpas y beddau fel petaen nhw bridio wrth brancio ymysg y meirw.

'Ddeudish i bod angen cadw at y priffyrdd, yn do?' bytheiriodd Melissa, heb geisio cuddio'r ffaith ei bod hi'n rhoi'r bai ar ei mam. 'A dwi ddim am droi trwyn y car rownd a gorfod gyrru heibio'r rheina eto, chwaith.'

'Wela i ddim fod gen ti ddewis,' cyhoeddodd Nesta braidd yn grand, 'neu dim ond mynd yn fwyfwy ar gyfeiliorn fyddwn ni.'

'Mae gan bobl ddewis o ryw fath bob amser,' arthiodd Melissa, gan wrth-ddweud ei hun yr un pryd trwy frecio'n sydyn wrth sylwi ar glwyd lydan, lle y gallai droi rownd yn go handi.

'Doedd 'na neb yn cymryd sylw yn y byd ohonon ni,' meddai Nesta ymhellach. 'Fe edrychais i'n graff wrth i ni yrru heibio. A wir i ti, doedd neb fel petaen nhw'n edrych yn ôl.'

'Welsoch chi'r lein ddillad 'na? Os taw dyna'u syniad nhw o ddillad glân, dyn a ŵyr sut gyflwr sydd ar 'u dillad budron nhw!'

Doedd Nesta, er rhythu, ddim wedi sylwi ar lein ddillad o fath yn y byd a gwnaeth bwynt arbennig o gadw llygad amdani wrth fynd yn ôl heibio'r hen addoldy.

'Sipsiwn! Sgwotars! Ffoaduriaid! Does wybod be ydyn nhw.'

'Bridwyr rhyw frîd anghyffredin o gŵn, falle?' pryfociodd Nesta gyda'i harddeliad arferol.

Ni chafodd ateb i hynny. Gwyddai yn ei chalon nad oedd hi wedi haeddu un.

Pan gyrhaeddodd Nesta adref maes o law, canfu fod amlosgfa wedi'i hagor yn ei gardd. Un fechan, mae'n wir. Ond amlosgfa, serch hynny.

'Fe ddois i o hyd i saith corff ar hugen heddi,' oedd ei eiriau cyntaf iddi; ei eglurhad.

Newydd ffeirio'i sgidiau am sliperi oedd hi, hongian ei chot a mynd trwodd i'r gegin i lenwi'r tegell ar gyfer paned nad oedd arni wir ei heisiau. A dyna pryd y gwelodd hi'r mwg yn dod o'r tu ôl i'r garej a mynd allan i ymchwilio. Dyna lle'r oedd hi'n sefyll yn ei sliperi ar fin y borfa, gyda thwmpath drewllyd yn mudlosgi'n gymylau aflan yr olwg o'i blaen, a'r dyn yn bwydo'r goelcerth angladdol â phentwr o ddail sych.

'Saith ar hugain?' holodd mewn syndod.

'O lygod.'

'Ie,' cytunodd yn ddiamynedd. 'Mi wn i'n iawn am beth y'ch chi'n sôn.'

'Dyna'r nifer mwya imi ddod o hyd iddyn nhw mewn un diwrnod,' meddai. 'Rhaid llosgi cyrff llygod, ti'n gweld. Dyna'r unig ffordd o ofalu na ddôn nhw'n ôl.'

'Ydy hynny'n wir?'

'Dwi'n meddwl 'u bod nhw'n trio mynd yn ddwfn i'r ddaear i farw pan fyddan nhw'n synhwyro bod pobl am eu lladd.'

'Ydyn nhw mor ddeallus â hynny?' gofynnodd Nesta mewn braw. Gresynai na fyddai'n gwylio rhaglenni natur yn amlach.

'Creaduriaid torfol,' meddai'n awdurdodol. 'Ac eto, pawb drosto'i hun yw hi yn 'u byd nhw, fel ym myd pawb.'

'Fe gymeroch chi dipyn o risg yn cynnau'r tân 'ma,' meddai hithau wedyn yn gyhuddgar.

'On i'n gwbod y byddet ti adre toc. Fe gadwes i nhw i'w dangos iti am amser hir. Ond wedyn, ro'n i wedi danto.'

'Pam yn y byd fyddech chi am 'u cadw nhw i mi?'

'Roies i nhw ar lawr fan hyn. Dwy res o ddeg ac un o saith. Yn dwt ... yn gwmws fel y byddi di'n lico gweld pethe.'

'A be tase Melissa wedi penderfynu dod i mewn?'

'Do'n i ddim yn meddwl y bydde hi,' atebodd y dyn yn hyderus. 'Am fynd yn syth i gasglu'r ddou grwt 'na sy 'da hi, oedd hi? Dyna dybies i, ta beth.'

'Ond fe alle hi fod wedi dod i mewn a'ch dala chi fan hyn.'

'O na. Mi fydden i wedi'i hen heglu hi o'r golwg, achos mi fyddwn i wedi clywed sŵn y car a'i gweld hi'n dod ohono.' Ateb hyderus arall.

'A beth am y tân 'ma? Sut fyddwn i wedi egluro hwn iddi?'

'Mi fyddet ti wedi meddwl am rywbeth,' heriodd hi'n ddi-daro. 'Ti wastad yn!'

Nid ei haerllugrwydd oedd wedi codi ias arni. Oblygiadau'r geiriau oedd yr arswyd mwyaf. Hynny'n anad dim fu'n troi a throsi trwy ei hymennydd yn y nos. Dyna oedd i gyfrif am y ffaith na wyddai ei phen yn iawn ymhle roedd e pan ddihunodd. Clywai wynt y mwg du yn dal i ogr-droi yn ei ffroenau. Gwelai'r cymylau carlamus yn codi megis o'i gobennydd.

Ers ei ddyfod, roedd y dyn wedi ymlafnio i argyhoeddi'r byd nad oedd yn bod. Bu'n obsesiwn ganddo, bron. Ac eto, dyna lle y bu e ddoe yn cynnau tân yn ei gardd. Doedd dim ots ganddo bellach, mae'n ymddangos. Pam? Oedd yr ysbryd a fu'n gymaint cynhaliaeth iddo ar fin ei adael? Neu a oedd pa gynllwyn bynnag oedd gan Wendel ar y gweill ar fin dwyn ffrwyth?

Gorfododd ei hun i godi. Teimlai'n oer.

Yn y gegin, cododd y bleind i ddal disgleirdeb gwyn y llwydrew'n dawnsio rhwng canghennau'r coed a phorfa'r lawnt. Tynnodd ei gŵn gwisgo'n dynn amdani gan wybod na fyddai'r haul yn hir cyn sarnu'r sioe honno. Doedd dim modd dianc rhag y gwir. Roedd lleuad Fedi eisoes wrth ei gwaith. A'r hydref eisoes yn y gwaed.

Wrth roi ei bys ar fotwm y peiriant coffi, cofiodd fod amlen a gafodd ddoe gan Melissa'n aros amdani yn y cyntedd. Carden gyda'r geiriau 'Pen-blwydd Hapus, Mam' oedd ynddi. Bownsiodd y geiriau tuag ati o ganol llu o falŵns amryliw. Roedd hynny'n dweud y cyfan. Hwn yn wir oedd dydd pen-blwydd Nesta Bowen.

Doedd hi ddim am unrhyw ffŷs. Ac fel arfer, ni châi hi ddim. Cinio mewn rhywle crand yn y ddinas oedd dathliad y llynedd – Melissa'n talu, fel y gwnaethai am bopeth ddoe, chwarae teg. A diolchai Nesta mai ddoe y digwyddodd hynny. Roedd hi'n amlwg bod y tymheredd wedi disgyn yn ddramatig yn ystod y nos.

Aeth â'r garden i'w gosod ar y seidbord yn y parlwr, cyn mynd at y cyfrifiadur i weld sawl un arall oedd wedi cyraedd yn electronig. Dim ond tair. O, wel! Siawns na ddeuai dwy neu dair arall eto fyth pan ddeuai'r postmon henffasiwn heibio.

Gafaelodd y dyn yn yr hen beth, a thynnu'n galed. Roedd tamprwydd a marwolaethau wedi ychwanegu'n ddybryd at ei bwysau. A'r ffaith iddo gael ei adael cyhyd. Doedd wybod am ba hyd roedd y carped wedi bod yn gorwedd yno ar lawr y garej. Roedd ei blygiadau'n frau yr olwg ond yn dwyllodrus o ddisyfl.

Ceisiodd sôn wrth Nesta unwaith mai'r peth callaf iddi fyddai cael sgip o flaen y garej a thalu dau ddyn i wacáu'r lle. 'Ond gas gen i feddwl am ddieithriad llwyr yn rhoi'u dwylo ar bopeth,' oedd ei hymateb afresymol.

'Mi fydde tipyn gwell siâp ar y lle wedyn,' mynnodd yntau. 'Haws i'w gadw'n gymen.'

'Wel, mi wn i mai chi sy'n iawn. A dwi'n fodlon llogi sgip. Ond se'n dda gen i tasech chi'n gallu gwneud y gwaith.'

'Ti'n gwbod nad yw hynny'n bosib,' meddai'r dyn. 'Alla i ddim bod mas yn ffrynt y tŷ am orie, yn wynebu'r hewl, lle galle pawb 'y ngweld i. Dyw e ddim yn mynd i ddigwydd. Ddim am ffortiwn.'

'Na, falle ddim,' ochneidiodd Nesta.

'Roedd peintio'r cefen yn wahanol,' eglurodd wedyn, fel petai hynny'n ddigon i liniaru'r siom. 'Mae ffrynt a bac y byngalo 'ma'n ddau fyd gwahanol iawn.'

'Dyna dw inne wedi'i feddwl erioed,' cytunodd Nesta. A gwenodd i ddangos ei chymeradwyaeth. 'Ond ches i erioed achos i ddifaru'r ffaith o'r blaen, chwaith.'

Er gwaetha'r siarad a fu, afraid dweud na chafodd dim byd ymarferol ei wneud i glirio'r garej ar ôl i'r car gael ei symud oddi yno. Yr unig reswm pam y gwelodd yntau'n dda i symud pethau heddiw oedd am ei fod ar drywydd rhagor o gyrff.

Codai gwynt afiach i'w ffroenau. Roedd cyhyrau ei freichiau'n dechrau gwingo. Gallai weld y pydredd yn y pren. Y craciau yn y concrid. Ac yna, pan oedd ar fin rhoi heibio'r helfa am gelanedd, digwyddodd gwyrth fechan o flaen ei lygaid. O blygiadau'r carped, cododd haid o wyfynod amryliw yn enfys hyfyw. Llifasant fel nant dryloyw tua'r drws, cyn diflannu rywle hanner ffordd ar draws y lawnt. Wedi eu llyncu gan heulwen ola'r haf.

Cododd o'i gwrcwd i'w lawn faint, wedi'i syfrdanu am eiliad. Dilynodd eu hynt at y drws, dim ond i'w gweld nhw'n toddi fel tylwyth teg yn y gwres gwan.

Doedd wybod beth oedd yn nythu o dan ein trwynau, meddyliodd. A throdd y dotio'n gryndod yn ei asgwrn cefn wrth iddo sylweddoli i'r egwyl annisgwyl honno o ras anweddu o flaen ei lygaid.

Pan gydiodd yn yr horwth brwnt drachefn, a llwyddo i'w lusgo ychydig fodfeddi, daeth o hyd i lygoden arall. Rhaid bod hon yn anelu at un o'r tyllau yn y llawr concrid pan diffygiodd ar ei ffordd. Cydiodd ynddi gerfydd ei chynffon a thaflu'r corff at y gweddill, oedd yn bentwr ar hambwrdd y daeth o hyd iddo'n gynharach ar silff o dan y ffenestr.

Roedd hynny'n ddigon o helfa am heddiw, barnodd. Aeth â'r hambwrdd allan i gefn y garej a gosod y llygod yn rhesi cymen ar lawr, er mwyn eu cael yn barod i'w harddangos i Nesta pan gyrhaeddai honno adre o'i gwibdaith.

'Diwrnod slacs yw hi heddi, ife?' holodd y dyn.

Prynhawn ei phen-blwydd oedd hi, a than rhyw bum munud yn ôl roedd Nesta wedi bod yn pendwmpian yn ei pharlwr. Hwyliodd ymaith ar ganol helyntion llithrig criw o hwyl-syrffwyr yn Awstralia, a chael ei hun 'nôl ar dir sych drachefn hanner awr yn ddiweddarach ar ganol llawdriniaeth i sugno'r bloneg oddi ar ryw Archentwr tew. Diffoddodd y teledu ar frys i atal y golygfeydd rhag codi mwy o gyfog arni. Wrthi'n cerdded ar hyd y cyntedd oedd hi pan ymddangosodd y dyn mor ddirybudd o ystafell y cyfrifiadur.

Dryswyd Nesta am eiliad. Ni allai gofio iddo erioed wneud unrhyw sylw am ei gwisg o'r blaen. Dyna pam y trodd yn fudan am dro, mae'n rhaid. Wyddai hi ddim sut i ymateb yn iawn. Er ei bod hi'n berchen ar drowsusau a slacs, teg dweud mai anaml y byddai'n eu gwisgo. Menyw sgert a ffrog oedd hi'n bennaf; topiau *cashmere* neu gotwm main ym misoedd yr haf; siwtiau clasurol o doriad da na fyddai byth yn dyddio'n ormodol. Ffrogiau llac, cysurus o ddi-ddim i'w chadw'n gartrefol o gwmpas y tŷ a rhai tipyn drutach, mwy trawiadol, i'w gwisgo y tu allan.

Byth ers cyfnod ei harddegau, roedd Nesta Bowen wedi bod yn ddarbodus a chywrain yn ei dewis o ddillad. Fu hi erioed yn eicon ffasiwn i neb. Hi fyddai'r fenyw olaf yn y byd i chwennych cael ei hystyried felly. Yn wir, yn ei meddwl ei hun, un o'r gwragedd hynny nad oedd ganddi fawr o ddiddordeb mewn dillad a delwedd a rhyw drimins o'r fath oedd hi. Edrych yn drwsiadus oedd swm a sylwedd ei huchelgais i'r cyfeiriad hwnnw. Ond serch hynny, ymysg ei chydnabod, y gred gyffredinol oedd fod Nesta Bowen yn 'gwbod shwt i wisgo'.

Hoffai dwyllo ei hun mai dawn a etifeddodd yn ddiarwybod iddi' hun oddi wrth ei mam oedd ei gallu i edrych yn dda heb wneud fawr o ymdrech.

'Wedi meddwl gwneud pethe o'n i, os cofia i'n iawn.' Daeth o hyd i'w llais o'r diwedd, heb fawr o argyhoeddiad yn y dweud.

'Pa bethe?'

'Ie! Wel!' meddai, gan gogio amwysedd. 'Chofia i ddim nawr . . . Pethe lle y byddwn i wedi codi llwch, siŵr o fod. Pethe lle y bydde trwsus yn fwy ymarferol na sgert.'

Roedd hi wedi oedi ennyd o flaen y drych. Wedi'r cwbl, heddiw roedd hi flwyddyn yn hŷn ac roedd geiriau annisgwyl y dyn wedi ei gorfodi i gysidro.

'Pethe brwnt fel gwneud paned o de i ti dy hunan?'

'O bosib,' cytunodd, gan wrthod cael ei chythruddo. 'Ar y ffordd i ferwi'r tegell ydw i.'

Pan daflodd gip i gyfeiriad cloc y gegin, gwelodd ei bod hi eisoes yn chwarter wedi pedwar. Rhwbiodd ei llaw dde dros ei garddwrn chwith yn hiraethus o ddidaro.

Ni wisgai Nesta oriawr. Adeg marw ei gŵr, defnyddiai un a gafodd yn anrheg ganddo flynyddoedd cyn hynny ar achlysur degfed pen-blwydd ar hugain eu priodas. Parhaodd i wisgo'r oriawr honno am bum mlynedd ar ôl ei farwolaeth. Ond yna, pan dorrodd, penderfynodd ei rhoi yn y drôr wrth ymyl y gwely. Ni fyddai Nesta byth yn edrych arni na breuddwydio am ei thrwsio, a bu'n ddi-wats byth ers hynny.

'Mae 'da fi ormod o bethe sydd angen 'u gwaredu, dyna'r drafferth,' meddai hi wrth y dyn. Roedd e wedi ei dilyn.

'Paid â chael gwared o ddim rwyt ti am 'i gadw.'

'Na,' atebodd yn gadarn. 'Dw i erioed wedi bod mor esgeulus â hynny.'

Po fwyaf y pendronai Nesta dros ei thrip, mwyaf dig oedd hi gyda Melissa na chafodd aros am ennyd i werthfawrogi'r goleudy. Erbyn iddyn nhw gyrraedd ato, wrth gwrs, roedden nhw ar y ffordd 'nôl i gyffiniau'r ddinas, a phennod anffodus yr eglwys fach bert yn y wlad eisoes y tu ôl iddynt.

Mynnu bod yn rhaid iddi gyrraedd adre mewn da bryd i gasglu'r meibion wnaeth Melissa – a gyrru yn ei blaen. Doedd dim y gallai Nesta ei wneud ond dal i rythu drwy'r ffenestr a serio'i llygaid ar y bys mawr gwyn gyda'r ewin coch ac aros i'w weld yn diflannu wrth i'r car wibio heibio.

Roedd hi wedi anghofio pa mor agos at y goleudy ei hun y rhedai ffordd yr arfodir. Crewyd maes parcio bychan yn agos ato, mae'n ymddangos. Chofiai hi ddim am fodolaeth hwnnw ddeugain mlynedd yn ôl. Roedd y creigiau a ymwthiai i'r môr ar hyd y darn hwnnw o'r arfordir yn enwog o dwyllodrus – fel y tystiai'r angen am oleudy yn y lle cyntaf – ond gwyddai Nesta'n iawn bod yr eofn a'r gwirion yn herio'r perygl er mwyn cyrraedd y tri thraeth bychan a lechai yn eu cysgodion.

Mater bach fyddai hi i Melissa dynnu i mewn am bum munud. Ond gallai weld mor beryglus o agos at wersyll y rhai diwladwriaeth oedd y fangre, a synhwyrai Nesta mai dyna wir reswm ei merch dros wrthod ei chais.

Doedd wybod pwy allai fod yn llechu yno, mae'n wir – roedd hanes rhyw fisdimanars ar droed yno rownd y rîl – ond byddai Nesta wedi bod yn fodlon mentro am ennyd, petai ond er mwyn newydd-deb y profiad. A dyna braf fyddai cael cyfle i graffu'n fanwl ar adeilad a oedd ymysg golygfeydd enwocaf y ddinas.

'Dwi'n cofio'r lle pan o'n i'n ifanc, chi'n gweld.' Wrth iddynt gael eu te, ceisiodd Nesta ddwyn ddoe i gof i'r dyn trwy sôn wrtho am bopeth a ddigwyddodd. Ond doedd ganddo fawr o ddiddordeb, hyd y gallai hi ddirnad. Roedden nhw bellach fel dau bryfetyn yn feddw dwll yng nghromen rhyw eglwys gadeiriol, yn methu dod o hyd i'w ffordd allan.

Ac yna, daeth y sŵn. Yr unsain diflas yn y cefndir. Y grŵn undonog o'i chwmpas. Nesta'n unig a'i clywodd. Doedd hithau heb ei glywed ers amser maith. Eistedd wrth fwrdd y gegin gyda'i gilydd oedden nhw pan ddechreuodd. Cododd hithau'n reddfol gan droi tuag at darddiad y sŵn yng Nghoed Cadno.

Gwyddai na fyddai'r dyn wedi ei freintio â'r gallu i'w glywed, er na wyddai pam y dylai ragdybio hynny. Gallai miloedd glywed yn ddireswm. Tra bod miloedd eraill wedi eu hamddifadu – neu eu harbed. Roedd dwy ffordd o edrych arni.

Nid sain fel clychau eglwys yn canu mohono. Na gwichian yr un llygoden ar drengi. Ni ddeuai o'r un ddelwedd neu sgwrs gyfoes. Roedd yn hŷn nag unrhyw gyfnod y gallai neb ei fesur. Yn feinach a mwy dienaid. Nid oedd iddo oslef na rhythm nac emosiwn. Dim ond crafiad ydoedd. Grwndi grwgnachlyd. Tipyn o fwrn. Tincial diflas yn y cefndir, fel slawer dydd pan fyddai radio'n llithro oddi ar y donfedd gywir gan fynd ar nerfau pawb.

Ni ddangosodd y dyn unrhyw embaras. Na chwilfrydedd. Na diffyg amynedd. Ni ofynnodd, 'Pam ti ond nid fi?' Defnyddiodd y llwy a gafodd i droi ei de. Yna cymerodd lymaid arall ohono.

'Fydd e'n mynd heibio toc?' gofynnodd.

'Anodd dweud,' atebodd hithau. 'Fe barith rai munude'n unig weithie. Awr neu ddwy dro arall . . .'

'Fydd e'n dy gadw di ar ddi-hun y nos?'

'Na, byth,' atebodd Nesta'n gadarn. 'Ches i erioed noson ddi-gwsg oblegid unrhyw beth a ddeilliodd o Goed Cadno.'

Byddai wedi bod yn dda ganddo yntau allu dweud yr un peth. Ond am y tro, ymataliodd rhag dweud dim.

Gan i Nesta ymateb yn yr un modd, tawelwch ymddangosiadol fu rhyngddynt wedyn. Dim ond te ac ymwybyddiaeth o 'rywbeth yno' nad oedd modd ei enwi.

Haniaeth yn unig oedd y sŵn i'r dyn. A sain a oedd yn sail i lu o ddamcaniaethau iddi hithau. Hyd yn oed ar ôl cydnabod ei fodolaeth, doedd dim modd iddyn nhw ill dau, na neb arall, ei enwi. Yn ôl y sôn, credai rhai gwyddonwyr mai symudiadau daearegol oedd i gyfrif. Haenau'n corddi, i lawr ym mol y byd. Ffynhonnell yr esgyrn anesboniadwy rheini, efallai? Sail y grudd yn y pridd?

I eraill, o'r coed eu hunain y deuai. Rhyw ffenomen atmosfferig, medden nhw. Awel nad oedd modd ei chofnodi'n wyddonol ond a chwibanai ei grŵn trwy entrychion y canghennau. Mor gyfrin a diesboniad â'r chwedloniaeth a gariai yn ei sgil. I greu chwilfrydedd yng nghlustiau'r dethol. A sôn amdani ar lawr gwlad.

Cynhaliwyd cyrch arall ar Goed Cadno'r noson honno. Nid bod gan hynny ddim oll i'w wneud â'r sŵn a fu'n dod oddi yno am ddwyawr ar brynhawn ei phen-blwydd. Trwy'r blynyddoedd hir o fyw yng ngolwg y fforest gyfrin, nid oedd Nesta erioed wedi gweld unrhyw gysylltiad rhwng y ddau beth – y sŵn a ddeuai ohoni a'r cyrchoedd a gynhelid arni. Aethai dwy flynedd a mwy heibio ers i'r goedwig gadw sŵn ddiwethaf. Ond misoedd yn unig oedd ers y cyrch.

Cynnyrch coel gwrach oedd synau enwog Coed Cadno. Rhan

o lên gwerin gyfoes a hynafol yr un pryd, yn ddinesig a chyntefig. Er cael eu cydnabod fel ffaith ddichonadwy, afreswm pur oedd eu hanfod a'r gred gyffredinol oedd bod yn rhaid derbyn eu deuoliaeth.

Ond os nad dim o wneuthuriad dyn oedd achos y sŵn, doedd yr un peth ddim yn wir am y cyrchoedd. Gwyddai pawb beth oedd tarddiad y rheini. Achosent fwy o anesmwythyd na'r synau, ac roedd eu heffaith yn llai dethol.

Y dyn gafodd ei ddeffro gyntaf. Cododd ar ei bengliniau gyda'r sach gysgu'n dal amdano. Oedd y to ar fin disgyn arno? Oedd rhywrai newydd dorri i mewn i'r gegin oddi tano? (Os felly, roedd hi ar ben arno.) Byddarwyd ef gan orthrwm y twrw uwch ei ben. Dryswyd ef gan y düwch. Y tro hwn, yn lle dod i mewn dros y goedwig, roedd yr hofrenyddion wedi blaenaru'r hymosodiad o'u safle ddechreuol, droedfeddi'n unig uwchben toeau'r tai, gyda'u llifoleuadau wedi'u cyfeirio oddi yno at ddwyster trwch y coed.

Gwisgodd amdano'n gyflym. Er yr adrenalin a'i cynhesai, roedd yn dal yn ymwybodol o naws fain y nos. Mentrodd i lawr i'r gegin heb gynnau'r un golau. Roedd wedi dechrau sylweddoli natur y sŵn a glywai. O'i brofiad blaenorol, tawelodd ei feddwl ryw gymaint, gan dybio mai aros yn llonydd yn ei unfan fyddai orau iddo.

Aeth am y tŷ bach, a chan nad oedd llenni dros y ffenestr yno ni chynnodd y golau. Darparai'r awdurdodau ddigon o hwnnw i'w ddibenion ef. Ac yna, gallai glywed symudiadau Nesta yn ei hystafell wely drws nesaf.

Erbyn iddo ddod yn ôl i'r gegin, roedd Nesta yno o'i flaen. Cafodd y ddau wydraid yr un o ddŵr. Eisteddodd ef ar y grisiau a hithau wrth y bwrdd. Cawsant bwl o edrych ar ei gilydd mewn cydymdeimlad. Ac yna un arall o wneud eu gorau i osgoi ei gilydd. Ni thorrwyd gair rhyngddynt.

Ymhen hir a hwyr, mentrodd Nesta'n ôl i'w llofft i gael golwg bellach trwy gil y llenni.

'Ga i gymryd pip?'

Bron nad oedd llais y dyn yn sefyll y tu cefn iddi wedi codi mwy o fraw arni na dim y gallai ei weld. Hyd y gwyddai, nid oedd erioed wedi bod yn ei llofft o'r blaen. Ildiodd ei lle iddo wrth y llenni, gan arwyddo iddo mor bwysig oedd hi i gadw'r rheini ynghyd wrth sbecian.

Roedd hi'n amlwg i'r ddau ohonynt fod y cyrch hwn yn fwy trwyadl o lawer na'r un cynt. Gallent weld y strategaeth ar waith. Yn ogystal â'r hofrenyddion holl-bresennol a ddaethai o sawl cyfeiriad yr un pryd, roedd cerbydau o ryw fath hefyd i'w gweld ymysg y coed eu hunain. Moto-beics, efallai. Anodd gweld. Anodd dychmygu. Fe wyddai'r dyn mor ddwys a dilwybrau oedd hi ym mherfeddion Coed Cadno. Ond roedd ôl paratoi ar hyn oll, allai neb amau hynny.

Wedi gweld digon, heb allu gweld dim byd yn iawn, roedd y dyn wedi dod â deupen y llenni'n ôl ynghyd yn ofalus. Safai Nesta draw ymhen arall yr ystafell, wrth y drws, yn aros amdano.

'Dyw hi ddim yn edrych yn dda,' sibrydodd. Ac aeth y ddau yn ôl i'r gegin, heb ragor o drafodaeth.

Dechreuodd y dyn feddwl y dylai ei heglu hi, wedi'r cyfan. Fe allen nhw fod yn mynd o dŷ i dŷ ar hyd y stryd y tro hwn. Ond wedyn, os oedd e'n iawn i amau hynny, roedd hi eisoes ar ben arno, siawns. Byddai gwarchodwyr a milwyr a duw-a-ŵyr beth ganddynt allan ar y strydoedd yn barod. Hyd yn oed pe na bai, byddai'n tynnu sylw ato'i hun trwy fod allan o gwbl. Gallai'r peiriannau a oedd yn rhan o offer yr hofrenyddion adnabod gwres dynol a dod o hyd iddo o fewn hanner canllath i'r byngalo.

'Weles i erioed mohonyn nhw yn y coed o'r blaen,' cyfaddefodd Nesta. Yna, ar ôl sawl munud arall o dawelwch rhyngddynt, dywedodd: 'Mae'n drueni nad yw'r anghenfil 'na sy'n diodde o ddiffyg traul bob yn awr ac yn y man yn llyncu'r blydi lot ohonyn nhw.'

Roedd rhywbeth annodweddiadol o naïf am y geiriau a'r ffordd y cawsant eu hynganu. Ond nid oedd y dyn wedi clywed Nesta'n mynegi barn mor agored am ddim byd gwleidyddol o'r blaen.

Ni pharodd cyrch ar Goed Cadno erioed cyn hired o'r blaen. Nid o'r hyn a gofiai Nesta.

Yn ôl y cloc ar y bwrdd bach wrth ei gwely, roedd hi'n chwarter i wyth pan ddaeth ati'i hun. Wyddai hi ddim a oedd hi'n effro ai peidio. Ni theimlai iddi gysgu go iawn. Ond rhaid ei bod hi wedi bod yn rhywle achos, yn sydyn, roedd popeth yn newydd a chyfarwydd iddi'r un pryd.

Ar ôl bod ar ei thraed am awr a hanner, gallai gofio iddi benderfynu mynd yn ôl i'w gwely tua hanner awr wedi tri. Roedd y sŵn wedi parhau'n bur fyddarol am gryn amser. Sŵn mecanyddol, gan mwyaf. Ambell lais yn gweiddi gorchmynion na fedrai hi eu deall yn iawn. Rhyfedd mor amwys oedd yr atgof, er mor ddiweddar y digwyddiadau.

Bellach, tawelwch oedd yn teyrnasu. Ac roedd yr haul wedi codi, gan ddod â rhimyn main o oleuni gwan i gonglau'r llenni, i ddisodli gwynder bygythiol y llifoleuadau. Tynnodd y llenni'n ôl yn ddifeddwl, a sylweddoli bod y gweithgarwch yn dal i fynd rhagddo yng Nghoed Cadno.

Daliodd ei hanadl am foment, wedi'i syfrdanu gan yr annisgwyl. Yr unigryw, yn wir. Dacw ddynion, meddyliodd. Draw ymysg y coed. Yn fychan yn y pellter, mae'n wir. Ond yno. Yn lifrai a lludded i gyd. Wedi cael noson brysur. Yn barod i ddiflannu eto. Eu gorchwyl ar ben. Ac ambell gerbyd. O ran maint, roedden nhw'n edrych fel hen fotocar a seicls y cofiai eu gweld o gwmpas y wlad pan oedd hi'n blentyn. Ond o ran yr argraff a adawent, edrychai'r rhain yn y pellter yn debycach i danciau.

Camodd yn ôl o'r ffenestr i wneud ei ffordd i'r gegin. Ond cyn iddi gyrraedd yno, clywodd lais yn dod o ystafell y cyfrifiadur: 'Dwi fan hyn.'

Pur anaml y byddai'r dyn yn dal o gwmpas y lle pan godai yn y bore. Hyd yn oed pan fyddai, ni ddywedent fawr ddim wrth ei gilydd. I'r diwedydd ac oriau mân y bore y perthynai pob siarad o werth a fyddai rhyngddynt.

Dehonglodd Nesta'r ffaith iddo adael iddi wybod ei fod yno – ac ymhle – fel arwydd o faint yr argyfwng yn ei olwg.

'Meddwl sen i'n trial dod o hyd i fwy o wybodaeth,' meddai ymhellach pan agorodd Nesta'r drws arno. 'Ond wela i ddim fod 'na lawer o sens i'w gael.'

Roedd y golau bach ymlaen ganddo, ond nid yr un mawr ar y nenfwd. Ni throdd ei wyneb i'w chyfeiriad wrth siarad.

'Maen nhw'n dal yno,' meddai hithau. 'Fe ddo' i â phaned ichi fan hyn. Peidiwch chi â dod i'r gegin i'w nôl. Bydd raid i mi godi'r bleind nawr pan a' i i roi'r tegell i ferwi, rhag ofn i rywun sylw. Gofalu bod popeth yn edrych mor normal â phosib sydd ore.'

Tridiau anghyfarwydd oedd y dyddiau hynny. Y trip. Y penblwydd. Y cyrch.

Erbyn naw o'r gloch trannoeth y pen-blwydd, ymddangosai fel petai'r olaf o'r tri wedi dod i ben o'r diwedd. O'r hyn oedd i'w weld, roedd llonyddwch yn teyrnasu unwaith yn rhagor. Yn eu gwahanol ffyrdd, cymerodd y ddau gysur o'r dybiaeth – gyfeiliornus, fel mae'n digwydd – na allai coedwig fyth ddatgelu cyfrinachau cyn hawsed ag y gallai ddiosg dail.

Doedd ar Nesta fawr o archwaeth am ginio, ond aeth i'r gegin p'run bynnag ganol dydd a gweld bod y moelni digynnwrf arferol wedi dychwelyd i'r olygfa y tu hwnt i'r wal. O'r hyn a welai, ni tharfwyd ar ddim ar ei hochr hi o'r wal. Ni ddamsganwyd ar yr un dywarchen. Ni fu ôl traed yr un creadur i'w weld ar wlybaniaeth y bore bach. Hyd yn oed nawr, a hithau'n amser cinio, doedd yr un creadur wedi meiddio symud cam o'i wâl.

Y rheswm pam nad oedd fawr o chwant cinio arni oedd y ffaith iddi wneud brecwast mwy sylweddol nag arfer tua hanner awr wedi naw – selsig, cig moch ac wyau. Yna, yn fuan wedyn, roedd y dyn wedi mentro diflannu yn ôl ei arfer. Aethai hithau at ei heisteddfan arferol yn y parlwr, gan dybio na fyddai'r teledu'n debygol o'i chysuro y bore arbennig hwnnw. Ond fe wnaeth.

Rhyfedd fel yr âi popeth yn llonydd drachefn ar ôl drama, bron fel petai dim byd wedi digwydd. Dim sôn am ddim ar y newyddion. Neb ag unrhyw wybodaeth yr oedd yn barod i'w rhannu'n electronig gyda neb arall. Tangnefedd a syrthni'n teyrnasu. Oerni hefyd. Roedd hi'n gwisgo pâr o slacs am yr ail ddiwrnod yn olynol. A siwmper wlân ddi-siâp.

Byddai selsigen oer a darn o fara menyn wedi bod yn braf i ginio, meddyliodd. Cysur. Ond heddiw, doedd dim ar ôl. A daeth hynny ag atgof y selsig coll yn ôl; y rhai a ddygwyd bron i flwyddyn yn ôl. Ni allai lai na gwenu – a difaru, fymryn.

Aeth am y llofft, gan ddringo at y ris a roddai iddi'r olygfa orau. Safai'r clustogau'n dŵr, fel arfer; y sach gysgu'n gorwedd blith-draphlith trostynt, yn hytrach nag wedi'i rhowlio'n gymen fel y câi ei gadael ar y dechrau. Sylwodd fod dilladach hefyd yn llechu ar y llawr. Rhai wedi eu plygu'n dwt ac eraill wedi eu gadael rywsut-rywsut, yn ddi-feind o'r posibilrwydd y gallai neb holi pam eu bod nhw yno.

Pan glywodd ddrws y cefn yn agor y tu ôl iddi, cynhyrfodd fymryn gan gymryd gofal wrth droi rownd ar y ris gul.

'O, chi sy 'na!' ebychodd mewn rhyddhad. 'Dim ond sefyll yma'n meddwl o'n i. Fe ddylech chi adael imi roi'r dillad 'na sydd ar lawr fan hyn mewn drôr. Haws rhoi cyfri amdanyn nhw wedyn, tase raid. Fe fedrwn i ddweud taw pethe'n perthyn i 'ngŵr i oedden nhw, neu'r mab-yng-nghyfraith, neu rywun. Fe fedrwn i feddwl am rywbeth i'w ddweud, dwi'n siŵr.'

'Y dillad 'na yw'r unig rai s'da fi ar ôl,' meddai'n dawel.

Wrth droi i'w wynebu, roedd Nesta wedi canolbwyntio ar ei diogelwch ei hun, gan estyn am y canllaw a symud un droed yn araf o flaen y llall, er mwyn dod i lawr dow-dow. Newydd edrych arno'n iawn oedd hi. Gwisgai'r dillad y gwelodd hi ef ynddynt gyntaf erioed, ar wahân i'r ffaith nad oedd yr het wlân am ei ben. Roedd llaid ar odre'i drowsus. Edrychai'n welw a thrist. Ac yn olygus mewn ffordd na fyddai Nesta'n ei weld fel arfer. Yn anobeithiol o hardd.

'Popeth arall wedi mynd. Popeth oedd 'da fi wedi'u cwato yn y coed.'

Ysgydwodd Nesta'i phen fel petai'n methu credu, neu'n methu dirnad.

'Daethon nhw o hyd i'r den,' aeth yn ei flaen. 'Gyrru tanc drosto fe, o'r hyn allwn i weld. Y lle wedi'i falu'n llwyr. Rhacs jibidêrs. Wy'n eitha siŵr nad yw'n enw i ar ddim. Ond fe all fod olion bysedd . . . Ac ôl dy fysedd dithe hefyd, ledi.'

Dyna'r drwg 'da anrhegion. Roedden nhw'n gallu clepian.

Cyrhaeddodd Nesta'r ris waelod a sadio'i hun drachefn. Roedd y dyn wedi syllu arni bob cam o'r ffordd. Yn ddwys ac ymbilgar, fel petai'n amddifad drachefn mewn ffordd newydd sbon.

Gallai drywanu â'i lygaid. Gwyddai Nesta hynny'n iawn. Gwyddai ers eu cyfarfyddiad cyntaf un. Ond, am y tro cyntaf erioed, synhwyrai fod rhywbeth mwy nag ofn ar waith yn y llygaid hynny. Mwy nag erfyn. Mwy nag oerni. Roedd ei fyd bach wedi mynd yn llai byth. Y dewisiadau oedd ar gael iddo bron â dirywio'n ddim.

Doedd ryfedd iddi ddarganfod rhyw ddibyniaeth newydd, ddieithr yn ei drem. Yr unig eiddo a feddai nawr oedd yr hyn a oedd yn weddill o dan ei tho hi. Er na feiddiai hi gydnabod hynny, hyd yn oed iddi hi ei hun, roedd rhyw gyfran fechan o Nesta'n falch o'r ffaith.

Pennod 8

'Wel! Wn i ddim ai "ofn" yw'r gair cywir', ceisiodd ymresymu. 'Wrth gwrs, mae'r sŵn oddi allan wastad yn frawychus, rhaid dweud...'

'Bownd o fod, yn anffodus, Mrs Bowen! Bownd o fod! Ond beth allwn ni wneud?' Roedd defnydd drud y siwt ar ei ysgwyddau solet wedi codi'n ddefodol wrth iddo lefaru'r frawddeg. 'Ond fe ddylech chi gymryd cysur ohono, chi'n gwbod ... y sŵn brawychus hwnnw ... y cysur o wbod bod yr holl bobol 'ma'n gwneud 'u gore glas i'ch cadw chi'n saff.'

'O, mi ydw i,' prysurodd Nesta i'w sicrhau.

'Dy'n nhw ddim mor dwp â meddwl nad yw'r holl sŵn a goleuadau'n codi braw ar ambell un. Tipyn o ffair yng nghanol y nos fel 'na. All pawb ddim bod yn ddigon ffodus i gysgu drwy'r cyfan. Ond mae'n galondid gwbod bod pobol dda fel chi, sy'n amlwg ymhlith y rhai sy'n cael 'u cadw ar ddi-hun, hefyd yn gwerthfawrogi.'

'O, mi ydw i,' ailadroddodd. 'A wyddoch chi, synnwn i fawr nad yw pawb yn y stryd hon yn teimlo'r un fath.'

'Wel, da clywed hynny. A synnwn inne fawr nad oes yn eu plith nhw rai sy'n diodde'n waeth o lawer na chi, wyddoch chi,' cynigiodd yntau fel cysur pellach. 'Wedi'r cwbl, os y cofia i'n iawn, dach chi'n drwm eich clyw. Rhaid ichi gofio bod eich byddardod yn siŵr o fod yn lliniaru tipyn ar eich ofn.'

'Digon gwir . . . mae'n debyg.' Roedd e wedi gwneud i'r dirywiad yn ei chlyw swnio fel bendith, a chymerodd gryn ymdrech ar ran Nesta i roi dogn o raslondeb yn ei llais wrth ymateb. I feddwl ei fod ar genadwri i ddod â chysur tebyg i bob tŷ ar y stryd!

Stryd osgeiddig ar ffurf cilgant oedd yr un lle y safai byngalo Nesta. Gogwyddai ei bwa'n araf a thawel am hanner milltir a mwy, gyda choed plentynnaidd o fyr hwnt ac yma ar hyd iddi, a goleuadau stryd *chrome* am yn ail â nhw fel coesau cewri yn camu rhyngddynt, yn dal a thenau.

Nid oedd yr un dau dŷ yn union yr un fath â'i gilydd, a safai pob annedd yn ei dir ei hun – ar wahân i'r deg a godwyd yn deras ar y plot pellaf un, nid nepell o un o'r mynedfeydd swyddogol i Goed Cadno. Eidalwr a gododd gartref ar y llain honno o dir yn wreiddiol – tŷ mawr crand, cyfoethog yr olwg, a godwyd ar elw gwerthu hufen iâ. Roedd gan Nesta frith gof o weld y tŷ pan oedd yn dal i sefyll, pan symudodd hi a'i gŵr i'w cartref hwythau gyntaf. Ond hyd yn oed bryd hynny, roedd yr adeilad a godwyd gan yr Eidalwr wedi'i gondemnio, ac fe'i dymchwelwyd yn fuan ar ôl iddyn nhw symud i mewn. Er cymaint awydd y gwneuthurwr hufen iâ i arddangos ei olud, y sôn oedd mai defnyddiau a chrefftwyr sâl a ddefnyddiwyd ganddo i wireddu'i freuddwyd. Prin hanner canrif fu'r tŷ ar ei draed. Gadawyd y safle'n ddiffaith am ugain mlynedd a mwy, cyn i'r teras presennol gael ei godi. Tua diwedd yr ugeinfed ganrif y digwyddodd hynny, a bellach safai deg tŷ lle bu unwaith un.

Yn ôl yr hyn a honnodd Gavin wrth gyrraedd, ei nod wrth alw ym mhob tŷ oedd diolch i'r deiliaid am eu hamynedd yn ystod y cyrch sylweddol a gynhaliwyd wythnos yn ôl bellach, ac '. . . i egluro pethe,' chwedl yntau.

Hyd yma, nid oedd wedi egluro dim.

Suddodd troed y dyn, fel yr oedd ei galon wedi suddo ers oriau. Rhyfeddai at y ffaith nad oedd ef na Nesta wedi sylwi ar y glaw yn yr oriau mân. Neithiwr, pan oedd y cyrch ar ei anterth, dim ond y sŵn a'r goleuadau oedd wedi mynd â'u bryd. Wrth sbecian yn slei rhwng llenni'r ystafell wely, am yn ail ag eistedd yn lloches y gegin, yn oer o ddiymadferth, prin eu bod nhw wedi gweld y glaw. Roedd eu sylw wedi'i hoelio'n llwyr gan yr ymdreiddio trwyadl drwy'r coed.

Nawr, roedd hi'n ganol y bore trannoeth, a brecwast sylweddol Nesta yn ei fol. Roedd ar dir cyfarwydd nad oedd mwyach yn gyfarwydd iddo o gwbl. Gwlychwyd y ddaear a'i chorddi'n slwtsh gan ddannedd y cerbydau rheibus. Chwalwyd y canghennau pydredig ar lawr. Tylinwyd y dail a oedd wedi dechrau disgyn, gan eu gwneud yn rhan o'r mwd y suddai ei droed iddo wrth gerdded. Tynnodd hi'n rhydd. Byddai'n rhaid iddo droedio'n ofalus i adennill ei dir.

Yn y pellter, gwelai ddelw gwraig yn archwilio coeden a ddadrisglwyd yn y nos. Adnabu hi o ran ei golwg. Un arall o'r brodorion a welsai'n achlysurol dros y misoedd diwethaf, yn cerdded o gwmpas yn ddiamcan yn ei hymdrech i'w gwneud ei hun yn un â'r coed.

Doedd neb yn anweledig mwyach. Dinoethwyd rhannau o'r coed. Cafodd y tir ei droi – yn arw iawn mewn mannau – fel grudd a grafwyd gan ewinedd egr. Bellach, roedd mwd lle bu mwswgl. A naws ymyrraeth yn dal yn drwm dros y fan, fel sy'n anorfod yn dilyn trais.

Yn ogystal â'r llaid dan draed, gwnaed cerdded yn anodd gan

lwydni'r tarth a orweddai ynghudd o dan fantell y coed. Llwydni llaith y bore, a hwnnw'n llonydd ac annifyr yr un pryd. Gallai'r dyn ffroeni'r difrod wrth gymryd ei gamau bach gofalus. Rhaid oedd bod yn llygaid ac yn glustiau i gyd. Doedd fiw cymryd dim yn ganiataol.

Gorfodwyd ef i ganolbwyntio; i chwilio'n ofalus am goed y cofiai eu lleoliad, wrth weithio llwybr iddo'i hun yn ôl at yr hyn a oroesai o'i 'gynefin'.

'O, yn sicr!' Parhâi llais Gavin i ddal ei sylw. 'Un o'r achosion mwyaf ffiaidd o drais a welwyd yn ystod y rhyfeloedd diweddar. Hen wraig druenus fel'na! Doedd hi fawr iau na chi, wyddoch chi?'

'Na . . .' Er y negydd, ceisio cytuno ag ef oedd hi.

'Ac yna ei saethu fel'na, mor ddidrugaredd.'

Roedd y dyn wedi oedi eto, fel petai'n disgwyl rhyw borthi pellach, ond erbyn hyn roedd Nesta wedi penderfynu glynu at ei bwriad gwreiddiol a dweud cyn lleied â phosibl.

'Synnwn i ddim na welsoch chi'r hanes yn y papurau.' Er ei fod yn ceisio swnio fel petai'n ymfalchïo yn y sylw a roddwyd i'r achos, roedd ei lais yn ceisio cuddio pa mor wrthun iddo oedd pob ymyrraeth gyfryngol mewn gwirionedd. 'Gohebwyr teledu'n gwneud eu gorau i barddu'r fyddin bob cyfle gân nhw. Rhaglenni rif y gwlith mae'n ymddangos. Talu rhyw actoresau ceiniog a dime i chwarae rhan y fenyw fach. Ail-greu'r diwedd ofnadwy gafodd y greadures. A'r cyfan yn enw newyddiaduraeth dreiddgar, medden nhw i mi.'

'Yn ofer o'm rhan i, mae arna i ofn. Nid y math yna o adloniant fydd yn mynd â 'mryd i.'

'A'i gŵr wedyn,' rhygnodd y dyn yn ei flaen, gan wrthod dilyn y sgwarnog a ryddhawyd gan Nesta i'r sgwrs. 'Wyddoch chi i hwnnw orfod godde gweld ei wraig yn mynd trwy'r fath anfadwaith?' Ar hynny, pwysodd Gavin ymlaen fymryn i bwysleisio'i bwynt nesaf. 'Sut bynnag y dewiswch chi ddehongli'r digwyddiadau, dyn drwg, peryglus iawn, iawn yw'r un 'dan ni'n ofni ei fod e'n rhydd yn y cyffiniau. Dyna pam rwy'n cymryd y cam anghyffredin hwn o fynd o dŷ i dŷ.'

'Rydach chi i'ch canmol, wrth gwrs,' meddai Nesta'n ffwndrus.

'Roedd y lleill wedi'i threisio hi gyntaf, mae'n wir. Cyn iddi farw, hynny yw. Cyn iddi gael ei saethu trwy ei thalcen. Cyn iddo fe ei lladd. Ond milwyr yw milwyr! Be wnewch chi? Does gan yr awdurdodau ddim amheuaeth ar ysgwyddau pwy mae'r bai'n syrthio. Y fe oedd wedi corddi nwyd y llanciau eraill gyda'i antics, heb os nac oni bai. Y fe oedd yr arweinydd naturiol, dach chi'n gweld. Cafodd y gwir ddrwg ei wneud cyn i un o'r lleill roi'i big yn y frywes. Roedd y tir wedi cael ei flaenaru ar eu cyfer, fel petai. Yn 'y marn bersonol i, doedd eu trosedde nhw ddim hanner cynddrwg, achos mae'r pethe 'ma'n gallu digwydd, gwaetha'r modd. A dwi'n amau dim nad oedd yr arswyd yn lleihau iddi, ar ôl y trais cyntaf . . . erbyn i'r lleill ddod i ymhel â hi. Siawns nad oedd hi wedi dod i gynefino â'i chroes erbyn hynny. O, na! Y diawl 'na a ddechreuodd y dioddefaint iddi oedd gwreiddyn y drwg.'

'Wela i!' Gollyngodd Nesta ei hebychiad mewn ysbryd o ymbellhau. Oni chlywodd ddigon? Onid oedd y post wedi cael ei daro'n ddigon caled i'r pared mwya trwm ei glyw ei glywed? 'Gwallt coch, ddywetsoch chi?'

'Na, du,' cywirodd Gavin hi'n gadarn. 'Du ddwedais i. Du fel y frân.'

'Mae'n flin gen i. Bydd raid imi wneud yn siŵr 'mod i'n cofio'r manylion.'

Manylion oedd y pethau olaf yn y byd y dymunai Nesta eu cofio yn y munudau hynny. Yn ei chalon, roedd hi eisoes yn galaru dros wraig nas adnabu erioed, a gwirioneddau na fyddai modd rhoi anadl einioes yn ôl ynddynt byth mwy.

'Nid croenddu. Ond pryd tywyll. Tenau. Tal. Chwim. Cyfrwys. A slei fel llwynog. Celwyddgi heb ei ail.'

Llyncodd Nesta boer yn hyglyw yng ngrym y fath huotledd. Ni allai rwystro'i hun. Roedd ei llygaid hefyd wedi dechrau lleitho. Ond fe ddigwyddai hynny i hen bobl heb reswm yn y byd. Tynnodd hances o boced ei chardigan a gwneud sioe o'u sychu.

'Mae'n flin gen i achosi'r fath anesmwythyd i chi o bawb, Mrs Bowen,' ebe Gavin, gan dyneru ei lais. 'Ond mae gyda ni le i gredu bod hwn yn cuddio yn rhywle'n agos ers peth amser. Daliwyd ei wyneb ar gamerâu'r ddinas, flwyddyn a mwy yn ôl. Neu rywun hynod o debyg iddo. Daeth tystiolaeth i'r fei trwy law'r rhai sy'n bwydo gwybodaeth inni o rai o gilfachau mwya "amheus" cymdeithas. Fe all fod wedi dianc drwy'r rhwyd yn barod, wrth gwrs. Ond mae'r un mor bosibl ei fod yn dal o gwmpas. Chi yw'r unig hen wraig sy'n byw ar ei phen ei hun yr ochr hon i'r stryd . . .'

'O, twt, does dim angen ichi bryderu amdana i . . .'

'Wel, mae 'na un arall yn y rhes dai 'na ar y pen,' ychwanegodd y dyn yn swta. 'Rhyw estrones. Hen ferch.'

'Os byth y gwela i unrhyw beth amheus,' meddai Nesta, 'wrth gwrs, fe fydda i'n . . .'

'Dyn twyllodrus, treisgar, cofiwch,' ailbwysleisiodd Gavin. 'Alla i ddim gorbwysleisio ichi pa mor bwysig yw hi ein bod ni'n ei ddal. Fe geisiodd fwrw'r bai i gyd ar un o'r lleill, wyddoch chi? Bu bron iddo lwyddo.'

'Do fe?'

'Wel, mae rhywbeth dwys, deallus yn ei gylch e. Ac roedd yr un gafodd ei ddefnyddio fel bwch dihangol ganddo yn hen gwlffyn mawr afrosgo, twp fel sledj. Milwr da, cofiwch, medden nhw i mi. Ond pan ddechreuodd y stori dorri am y digwyddiad anffodus, hwnnw gafodd ei ddarlunio fel y drwg yn y caws i ddechrau.'

'Rhaid bod 'na gryn ddryswch,' cynigiodd Nesta. 'Dyna sydd i'w ddisgwyl bob amser pan fydd yr erchyllderau 'ma'n dod i'r amlwg.'

Lledodd gwên fawr gynnes ar draws wyneb Gavin. Cynhesodd ei lygaid. Gallai esgus ei fod yn ŵr bonheddig drachefn.

'Ro'n i'n gwybod y byddech chi, o bawb, yn deall,' meddai.

Roedd y dyn wedi ei gweld hi'n nesáu o bell. Gwyddai'n reddfol mai gwneud ei ffordd yn wyliadwrus tuag ato ef yr oedd hi. Un o nodweddion argyfwng oedd fod pobl na fyddent fel arfer hyd yn oed yn cydnabod bodolaeth ei gilydd yn torri gair. Fel petai arno angen cadarnhad o'r ffaith, gallai'n awr ystyried hyn yn argyfwng.

Pwysodd yn erbyn gweddillion y car yn edrych arni'n camu'n araf gan esgus iddi'i hun mai rhyw ymlwybro'n ddiamcan oedd hi. Roedd e wedi cerdded o gwmpas y ddau gerbyd nifer o weithiau. Wedi craffu i bob cyfeiriad. Heb allu dygymod â'r amgylchiadau newydd yn ei ben.

Anaml y byddai'n crwydro mor ddwfn â hyn i grombil y coed. Ond roedd chwilfrydedd wedi ei gymell ymhellach o'i gynefin nag y mentrai fel arfer, wrth geisio dyfalu pa mor bell y cyrhaeddodd y cyrch.

Gwyddai eisoes am fodolaeth y ddau hen gerbyd rhydlyd. Roedd wedi eu gweld yn y pellter o ben y bryn yr oedd y fenyw nawr yn igam-ogamu trwy ei dyfiant. Ond hwn oedd y tro cyntaf iddo drafferthu mynd yn agos atynt.

Nid oedd ymwelwyr neithiwr wedi eu cyrraedd, mae'n ymddangos. Doedd neb wedi aflonyddu ar y tir rhwng y coed o'i gwmpas. Safai'r coed yn ddiwahân. Roedd rhai llefydd nad oedd modd eu cyfweld. Efallai taw dyma lle dylai fod wedi gwneud ei wâl.

'Dach chi'n cysgu'n rỳff yn fama?'

Nodiodd y dyn. Nid oedd y ddau mor agos â hynny at ei gilydd. Daethai hi cyn belled ag y meiddiai, ond dim pellach.

'Wedi'ch gweld chi o gwmpas y lle,' eglurodd yn ddiangen.

Nodiodd yntau eto.

'O leia dach chi'n saff.'

'Tithe hefyd,' atebodd ef hi o'r diwedd.

'Ddôn nhw'n ôl?'

'Shwt gwn i?' atebodd yn ddi-hid. Prin edrych arni wnaeth e. Roedd hi'n hŷn na'r argraff a gyfleai o bell. Gallai weld hynny'n awr. Gwallt fel ysgub gwrach. Cot law lliw nefi amdani. Sgidiau dyn. Doedd dim i gymell closio rhyngddynt, ar wahân i ddisberod y foment.

Synhwyrodd y wraig ei ddiffyg diddordeb a'i gamddehongli fel gelyniaeth. Diflannodd eto. Ac o fewn dim iddi fynd o'i olwg, gresynnai'r dyn nad oedd wedi achub ar y cyfle i'w holi'n fanwl am yr hyn a ddigwyddodd. Oedd hi wedi bod yno, yn y coed, pan gyrhaeddodd y fintai? Oedd hi wedi gweld beth ddigwyddodd? Oedd hi'n gwybod beth ddigwyddodd i Wendel?

'Ar y dechrau, rhoddwyd cryn goel ar ei stori,' aeth Gavin yn ei flaen. 'Ei haeriad mai'r Jinx 'ma oedd wedi dechrau'r holl beth. Hambygio'r hen ŵr a'r hen wraig. Yr artaith. A'r trais. Gwrandawodd yr awdurdodau milwrol ar dystiolaeth pawb. Er eu bod nhw braidd yn gyndyn o siarad, roedd y tri milwr arall oedd gyda'r ddau ar warchodaeth y diwrnod hwnnw fwy neu lai wedi cefnogi'r honiadau. Ond buan iawn y newidion nhw'u stori ac y daeth hi'n amlwg mai byw mewn ofn o'r gwalch oedd y tri hynny. Roedd Jinx, chwarae teg, wedi mynnu trwy'r cyfan ei fod e'n gwbl ddiniwed. Heddwch i'w lwch, yntê?'

'Mae e wedi marw?'

'Cwbl gelain. Mrs Bowen fach, wyddoch chi mo'i hanner hi!'

Ciciodd y stribyn canfas â'i esgid. Aethai'r *camouflage* gwyrdd a brown ar goll yn y llaid pridd-goch. Gallai weld ôl dannedd olwynion y cerbyd a ddefnyddiwyd i yrru dros y babell. Y rheini oedd wedi rhwygo drwy'r defnydd. Ni allai ond tybio nad oedd Wendel yn cysgu ynddi ar y pryd, neu fe fyddai ei olion wedi cyfrannu mwy o liw i'r llanast.

Ers bron i awr, roedd wedi sefyll ynghanol golygfa a godai bwys arno. A doedd dim yn newid. Y gorchudd o ganghennau a gwiail a arferai guddio'i dden yn gyrbibion. Craidd y ddiddosfa gyfrin lle'r arferai gysgu wedi'i ddinoethi i lygaid y byd. Yr encil lle cedwid ei fanion bach personol wedi'i dreiddio gan ddwylo estron. Mor haerllug fu'r halogi nes bod gweddillion ambell ddilledyn rhwygiedig yn gymysg â'r llaid dan draed – yn union fel pabell Wendel. Yno hefyd, hwnt ac yma dros y lle, ceid olion rhai o'i daclau eraill. Rhannau ohonynt yn unig. Creiriau i dystio i ddefnydd a fu. Ac na fyddai eto.

Darganfu'r drych bach sgwâr a ddefnyddiai gynt wrth eillio a thorri'i wallt – bellach roedd yn ddarnau. Ei siswrn – mewn dau hanner. Pecyn o gondoms – wedi'i agor, a'r cynnwys wedi'u taflu ar wasgar dros y lle (gyda'r bwriad o geisio tagu anifeiliaid gwyllt, mae'n rhaid, dyfalodd, wrth geisio dirnad meddylfryd y difrodwyr). A draw i'r cyfeiriad lle'r arferai'r babell sefyll, daeth o hyd i'r erfyn eillio a ddygodd ddeuddydd ynghynt o fferyllfa ddrud yn y ddinas – hwnnw hefyd wedi'i falu cyn cael ei ddiystyrru. I ddangos dirmyg, mae'n debyg.

Plygodd i godi'r pecyn. Gollyngodd ef o'i law drachefn.

Pa obaith adfer dim?

Dyna pam yr aeth wedyn ar sgowt i berfeddion y fforest. I droi ei gefn ar y dinistr. I esgus ymchwilio ymhellach i faint y difrod. Ond gwyddai drwy'r amser mai dod yn ôl fyddai raid. Yn ôl o rwd hen geir a dyfnder diddiwedd y coed.

Yn ôl i gyfri'r gost.

Doedd dim o betheuach Wendel ar gyfyl y fan. Dim ond y babell, a honno'n rhacs. Ac roedd y rhan fwyaf o'i eiddo yntau wedi diflannu hefyd. Ei stôf fechan. Y can tun a ddefnyddiai i goginio. A'i fatsys. Pâr o sgidiau hefyd, cofiodd wedyn – hen bâr na fyddai byth yn eu gwisgo bellach ond a gadwyd am fod cymaint o atgofion wedi'u gwaddoli ynddynt. Pe medrai gwadnau'r rheini siarad ...

A dyna'r gofid. Oedden nhw'n mynd i gael eu tynnu'n ddarnau mân a'u dadansoddi mewn rhyw labordy soffistigedig, fel bod modd gwybod yn union ymhle y buon nhw a beth fu eu hanes?

Gwyddai mai dim ond mewn iaith go annelwig y medrai'r sgidiau hynny siarad, ond roedd hyd yn oed y posibilrwydd y gallent sibrwd amlinelliad amwys o'i hanes yn ddigon i sugno'r sicrwydd o'i gyfansoddiad.

Gofid mwy o lawer iddo oedd diflaniad Wendel. Dim ond i dafod hwnnw gael ei ryddhau, meddyliodd, fyddai dim pall ar ei allu i ganu fel caneri. Roedd e'n gryf. Roedd e'n benderfynol. Ond roedd hefyd yn ddyn o emosiynau cryf. Yn llawn angerdd ac egwyddorion, chwantau a chwys. Dyna'i wendid pennaf. Dynion a ymatebai'n hawdd i emosiynau oedd y rhai olaf y dylech ymddiried eich bywyd iddynt, o'i brofiad ef. Os oedd eu hangerdd yn eu gwneud yn ddynion teyrngar, roedd eu chwantau hefyd yn eu gwneud yn ddynion gwan.

Ond pa ddewis oedd ganddo ond ymddiried ynddo? Onid oedd y cyswllt wedi'i wneud? A'r ddibyniaeth wedi'i chwblhau? Wel, na. Ddim mewn gwirionedd. Ddim yn llwyr. Ddim cweit.

Gwasgodd ei ddwylo'n ddwfn i bocedi'i siaced. Mwythodd flaenau ei fysedd trwy eu rhwbio rhwng defnydd gwlân ei fenig. Am y tro, ni welai fod ganddo ddewis arall ond mynd yn ôl at Nesta.

'Ar y cychwyn, ddwedodd neb 'run gair,' meddai Gavin wrth fanylu. Erbyn hyn, teimlai'n gysurus yn ei gadair. Yn sicr o'i le. Yn sicr o'i gynulleidfa. 'Synnwn i ddim nad oedd y CO'n amau bod pethe wedi mynd dros ben llestri – mae'r rheini wastad yn nabod eu dynion yn dda os ydyn nhw'n werth eu halen. Ond soniwyd 'run gair gan neb o'r dynion eu hunain. Dim ond pan ddaeth y llunie i lygaid y cyhoedd am y tro cyntaf y dechreuodd pawb anesmwytho. Ry'ch chi wedi gweld y llunie, wrth gwrs?'

Cyn i Nesta gael cyfle i bwyso a mesur pa ateb i'w roi, roedd hi wedi ysgwyd ei phen – ystum o onestrwydd yr oedd hi'i ddifaru'n syth.

Tra parhâi llifeiriant awdurdodol y dyn i lenwi'r parlwr, a fyddai fel arfer mor ddi-boen, gwthiwyd dau lun i'w sylw. Crynai ei dwylo wrth eu cymryd oddi arno. Hyd yn hyn, roedd hi wedi llwyddo i osgoi canolbwyntio ar yr hyn a ddywedwyd. Geiriau oeddynt. Geiriau am bethau y gwyddai Nesta'n iawn eu bod yn digwydd yn y byd, ond nad oedd arni awydd rhoi ei thrwyn yn agos atynt, diolch yn fawr. Llai fyth weld lluniau ohonynt a chael ei gorfodi i ymdrybaeddu yn y disberod.

'Fydda i byth, wyddoch chi . . .' ffwndrodd. 'Wn i ddim byd am y dyn 'ma o gwbl . . .'

Llun o hen ŵr oedd y naill a llun o hen wraig oedd y llall. Ill dau'n farw gelain, gyda'r tyllau lle y treiddiodd bwledi drwy eu talcennau i'w gweld yn glir, fel y smotiau coch y bydd Hindwiaid yn eu gwisgo fel arwydd o'u crefydd. Chofiai hi mo'r enw cywir ar yr addurn hwnnw am y funud. Er na thrafferthai gyda ffydd ei hun, byddai Nesta'n aml yn pendroni dros sêl crefydd pobl eraill.

Yn achos y dyn, roedd ôl gwewyr i'w weld ar ei wyneb. Ond tybiai Nesta fod ei hwyneb hi, yr hen wraig, yn rhyfeddol o ddifrycheulyd – fel petai taerineb ysol y pum treisiwr roedd hi newydd eu dioddef wedi sgwrio'r llechen yn lân.

Doedd hi ddim am weld y lluniau. Doedd hi ddim am glywed llais y dyn. Doedd hi ddim am gael gwybod rhagor. Doedd gan hyn ddim oll i'w wneud â'r 'fe' hwnnw y bu hi'n hanner rhannu aelwyd ag ef am bron i flwyddyn. O hynny, roedd hi'n sicr.

'A hwythau'n byw lle'r oedden nhw, pwy fase wedi dychmygu fod gan un o'u cymdogion gamera mor soffistigedig?' aeth Gavin yn ei flaen. 'Rhaid 'i fod e wedi gwneud ffortiwn yn gwerthu'r rhain i gyfrynge'r byd. Dyna sy'n dod o geisio rhannu'n cyfoeth 'da gwledydd tlawd y byd. Allwch chi byth rag-weld beth fydd blaenoriaethau pobl eraill.'

Estynnodd ei law i gael y lluniau'n ôl, ac roedd Nesta'n fwy na pharod i'w dychwelyd iddo.

'Beth ddwedwch chi nawr, Mrs Bowen?' gofynnodd yn heriol. 'Dyw e ddim yn gymaint o Dwm Siôn Cati bellach, ydy e? Rhaid ei ddal. A'i ddal ar frys, cyn i ryw hen wreigan annoeth arall orffen lan yn yr un modd, yn lwmpyn gwaedlyd o gnawd a ddefnyddiwyd yn ddidrugaredd ar lawr ei chegin ei hun.'

Wyddai e ddim a gafwyd gwared â'r llygod i gyd, ond ar ôl wythnosau o wenwyno sylwodd nad oedd eu gwynt bellach yn ei daro mor affwysol wrth fynd i mewn trwy'r drws. Nid fel cynt. Diolch i'r drefn.

Wedi cyrraedd yn ôl i diriogaeth Nesta, i'r garej yr enciliodd gyntaf. I'w hosgoi hi, efallai. I gael bod mewn gofod moel lle'r oedd o leiaf ffenestr, er mor fach oedd honno. Tynnodd ei hen het wlân oddi am ei ben a'i dal at ei frest fel y bydd plentyn yn magu tedi. Eisteddodd ar y llawr noeth. Oedd, roedd y concrid yn oer a chaled o dan ei din. Ond rhan fechan iawn o'r anghysur a'i meddiannai oedd hynny.

Ceisiodd osgoi meddwl am y carped ger y wal bellaf. Ond, yn y diwedd, doedd dim modd rhwystro'i lygaid rhag troi i'r cyfeiriad hwnnw. Y pwysau. Y lleithder. Y prydferthwch a'r byrhoedledd. Er ei waethaf, ni allai lai na thaflu cip a chofio llif y gwyfynod a ddatguddiodd eu hunain iddo mor sinistr a synhwyrus echdoe. Pam yn y byd roedd pethau bach mor hardd wedi dewis deori ym mhlygiadau drewllyd peth mor hyll?

Anadlodd yn ddwfn i sawru'i anwybodaeth. Gallai glywed y surni'n troi'n un â thamprwydd y gofod grotésg. Gofod a grewyd ar gyfer car oedd hwn, meddyliodd. A chafodd ceir eu creu i gludo pobl, ymresymodd. Ond pam gafodd pobl eu creu? I achosi mesur cyfartal o loes a llawenydd i'w gilydd, siŵr iawn. Pa reswm arall allai fod?

Ble ffyc oedd Wendel? Oedd e'n debygol o'i weld byth eto?

Gwyddai na welai ei eiddo diflanedig ei hun byth mwy. Ddim hyd yn oed fel creiriau i'w harddangos i reithgor mewn llys barn. Wnaen nhw byth ei roi ar brawf ar unrhyw gyhuddiad. Ni châi byth gyfle i sefyll o flaen ei well (oedd ynddo'i hun yn ymadrodd i'w ddilorni). Pe deuai 'dal' i'w ran, byddai 'diflannu' yn siŵr o ddilyn. Cyn wired â'i fod yno'n eistedd ar lawr concrid budr yng ngarej Nesta Bowen.

'Wrth i Nos Calan Gaea nesáu, all y posibilrwydd o ddod ar draws stori arswyd ddim ond cynyddu,' barnodd Gavin.

Roedd rhywbeth anorfod am y ffordd y gwnâi'r cyhoeddiadau awdurdodol a ddeuai o'i enau'n achlysurol, ac eto, ceisiai swnio fel petai'n cynnig cysur iddi. Doedd e ddim yn llwyddo, wrth gwrs. Efallai nad dyna ei wir fwriad o gwbl. Ysai Nesta am ei weld yn mynd.

'A wedi'r cwbl, dwi ddim yn meddwl bod angen ichi deimlo gormod o drueni drosti. Tipyn o hen sguthan oedd hi. Draenen yn ystlys democratiaeth yn ei gwlad ei hun. Hi a'r llipryn gŵr 'na oedd ganddi. Meddyliwch am hwnnw'n sefyll yno heb wneud dim, tra bod ei wraig ei hun yn cael ei dal yno ar lawr a phob un o'r llanciau garw 'na'n cymryd ei dro . . ? Wel, mae e'n dweud popeth am y dyn, on'd yw e? Hen gachgi bradwrus . . .'

'Peidiwch, da chi . . .'

'Mae'r gwir yn gas i'w lyncu weithie, Mrs Bowen,' aeth yn ei flaen yn ddi-ildio. 'Doedden nhw ddim fel chi a fi. Ddylen ni ddim gwastraffu gormod o gydymdeimlad arnyn nhw. Gyda'r gwrthryfelwyr sy'n lladd ein hogiau ni yr oedd eu cydymdeimlad nhw. Cynorthwywyr terfysgwyr oedden nhw. Roedd 'na amheuaeth gref iddyn nhw roi lloches i'r gelyn. Dyna pam y tynnon nhw'r tŷ'r ddarnau cyn pen dim – i wneud yn siŵr nad oedd yr un gelyn arfog yn cuddio yno.'

'Oes 'na'r fath beth â therfysgwyr bellach, dywedwch?' mentrodd Nesta. 'Ro'n i'n meddwl 'u bod nhw ar ddarfod o'r tir.'

'Wel! Mae hynny'n wir yma. Ond nid yno.'

'Dwi wedi clywed digon.'

'Wel ydych, siŵr iawn,' cydymdeimlodd heb rithyn o ragrith.

'Ar fin eistedd fan hyn i wylio'r teledu am awr neu ddwy ro'n i gynnau . . .'

'Rwy'n cofio eich bod chi'n hoffi'r rhaglenni cwis 'na yn y prynhawn,' gwenodd Gavin, yn falch bod ganddo gystal cof.

'Wel, nid heddiw.' Tynnodd Nesta'n groes. 'Mynd i wylio hen ffilm ro'n i heddiw. Yr hen rai fydd ore gen i, gan amlaf. A nawr, dwi wedi'i cholli hi.'

'Fe gaiff 'i dangos eto, peidiwch â phoeni,' dadleuodd Gavin yn ddigywilydd. 'Ewch i chwilio yn yr archif gwylio . . .'

'Dwi erioed wedi gallu gweithio hwnnw'n iawn.'

'Na hidiwch. Dim ond yr un hen bethe maen nhw'n 'u dangos drosodd a throsodd.'

'Falle na fydda i o gwmpas i'w gweld hi'r tro nesa caiff ei dangos.'

'O, diar! Dwi wedi'ch danfon chi i hwylie go dywyll nawr, mae arna i ofn.'

'Does gan ofn ddim byd i'w wneud â'r peth.' Aeth Nesta yn ei blaen gyda hyder newydd. 'Dwi wedi dweud wrthoch chi'n barod nad yw ofn yn mennu dim arna i. Pan fyddwch chi yr un oed â mi, wyddoch chi ddim pa gyfleoedd gewch chi i weld ffilm dda ar y teledu na dim byd arall . . . fel sy'n amlwg o'r hanes mochynnaidd 'na chi'n mynnu'i bedlera o dŷ i dŷ. Diolch i'r drefn, wydde'r gr'adures fach 'na ddim beth oedd o'i blaen pan gododd hi'r bore hwnnw.'

'Wel, doedd hi ddim yn edrych ymlaen at ddim byd mor ddiniwed â gwylio hoff ffilm ar y teledu, fe alla 'i eich sicrhau chi o hynny,' atebodd y dyn, gan ddal ei dir. 'Yn rhyfedd iawn, wyddoch chi, doedd ganddyn nhw'r un teledu yn y tŷ. Dim ond gynnau. A'r diciâu.'

Chlywodd Nesta'r un gair am y diciâu ers degawdau. Gair anghyfarwydd. Salwch dieithr. Ond nid yn y fan honno, mae'n debyg. Nid yng nghynefin yr hen wraig. Yn ôl Gavin, roedd yn afiechyd cyfarwydd iawn ymysg geifr y wlad. A'r moch daear. Pob gwenci a ffwlbart dan fygythiad. Byddai'r brodorion yn cael eu heintio gan y creaduriaid a drigai yn eu mysg. Doedd dim diwedd ar y pynciau'r oedd Gavin yn hyddysg ynddynt.

'Fe ddysgoch chi ormod imi heddiw'r prynhawn,' ebe hi'n ddifrifol gan godi ar ei thraed. 'Nawr, mi fydd raid ichi fy esgusodi. Dwi wedi blino'n lân.'

Trwy gydol siarad diddiwedd Gavin, roedd hi wedi serio'i llygaid arno. Tybiai mai peidio ag ymddangos fel petai hi'n osgoi ei drem a'i bresenoldeb oedd orau, i'w ddarbwyllo nad oedd ganddi ddim i'w guddio. Bu'n astudio ei siwt, a hoffai honno'n fawr iawn. Un las tywyll, glasurol yr olwg oedd hi, ond bod iddi hefyd nodwedd ddieithr – rhyw sêl yn y gwead a weddai iddo.

Doedd ganddi mo'r help ei bod hi'n cael y dyn hwn yn ddeniadol. Roedd rhywbeth yn ei gylch wedi apelio ati ers y noson ryfeddol honno y cyfarfu ag ef gyntaf. Hen gosi wedi'i ailoglais, efallai. Rhywbeth ynghylch yr ysbryd a ddangosai. Toriad ei frethyn – yn llythrennol a ffigurol. Bu ganddi fan gwan am ddyn o'r fath erioed, ond roedd hi wastad wedi llwyddo i ddiystyru'r gwendid fel mân fefl.

Y peth pwysig i'w gofio nawr oedd na chredai air a ddywedai.

'Diolch ichi am eich amser,' aeth Gavin yn ei flaen yn hyderus. Er bod Nesta eisoes wedi arwain y ffordd i'r cyntedd, mynnai hwnnw barablu o hyd. 'Rwy'n gwybod y gallwn ni ddibynnu arnoch chi a phawb yn y stryd 'ma i wneud y peth iawn yn y diwedd. Mae'n fater o enw da.'

'O, mae i'r stryd hon enw da dros ben,' ffalsiodd Nesta'n ffwndrus. 'Wedi bod erioed . . . Er, cofiwch, mi fydd Melissa'n hoff o ddweud nad oes iddi'r un urddas ag y bu.' Yna stopiodd

Nesta yn ei hunfan yn ddramatig, gan droi i wynebu'r ymwelydd. Roedd e mor agos ati, bu bron i'r ddau fynd benben â'i gilydd.

'Falch o glywed hynny,' atebodd yn sebonllyd. Prin fodfedd oedd rhwng wynebau'r ddau; edrychai i lawr arni, i fyw ei llygaid – mewn modd a fyddai wedi codi braw ar y mwyaf di-euog, barnodd Nesta.

Roedd wedi ceisio gwneud iddi gredu mai'r dyn ifanc yn ei gardd oedd treisiwr a llofrudd ei stori. Ond chredai hi mo hynny am eiliad. Roedd yr ensyniad yn wrthun ganddi ers awr a mwy.

Yr unig ffordd y llwyddodd hi i wrthsefyll erchyllterau'r prynhawn fu trwy ei darbwyllo ei hun mai am Wendel y siaradai Gavin mewn gwirionedd. Hwnnw gyflawnodd y gyflafan gyfoglyd y bu'n rhaid iddi glywed yr hanes hyd syrffed. Ym mha wlad y digwyddodd yr holl drybini rhyfel 'na eto? Ai un o bant oedd y Wendel 'na y rhoddai'r dyn gymaint ffydd yn ei alluoedd achubol? Aethai popeth braidd yn ddryslyd iddi – popeth ar wahân i'r ddau dwll. Dau benglog wedi'u dryllio. Dau gelain. Dau gariad gynt, mae'n rhaid. Bellach yn haeddu bod yn destunau dau lun, mae'n ymddangos. Ar wahân. Llun yr un, yn hytrach na chael llun wedi'i dynnu o'r ddau gyda'i gilydd.

Rhyfedd hynny, hefyd, erbyn meddwl. Rhyfedd na thynnodd y cymydog un llun hollgynhwysfawr o'r olygfa enbyd ar lawr y gegin. Un llun yn cofnodi diwedd trychinebus dau a dreuliodd oes gyda'i gilydd. Ond efallai mai'r trais oedd ar fai am hynny. Efallai fod hynny wedi chwalu'r ffyddlondeb rhyngddynt yng ngolwg y cymydog. Wedi torri'r cwlwm. Efallai na haeddent mwyach gael eu gweld fel un. Roedd glân briodas wedi mynd yn chwilfriw mân. Neu o leiaf wedi'i difwyno gan ffieidd-dra y tu hwnt i bob rheswm. Oedd hynny wedi lliwio'r penderfyniad i dynnu dau lun? Gallai crefydd gael effait ryfedd iawn ar resymeg ambell un.

Rhaid ei bod hi'n dechrau drysu go iawn, oherwydd sylweddolodd yn sydyn fod Gavin yn dal i sefyll yno, reit o flaen ei thrwyn. Yn darllen ei meddyliau, efallai? Pwy a ŵyr? Troes ei sylw drachefn at ddrws y ffrynt gan lefaru rhyw ystrydebau a fyddai, fe obeithiai, yn ailddyrchafu ei bri yn ei feddwl.

Sicrhaodd hi ef fod ei bys ar y pỳls, ac y byddai ar ei gwyliadwriaeth.

O'i ran yntau, parhaodd i ddoethinebu fel pwll y môr tan y foment y caeodd ddrws ei gar a mynd y tu hwnt i'w chlyw.

Llwyddodd Nesta i sefyll yno'n solet yr olwg tan y sillaf olaf. Cododd law a chaeodd ddrws. Yna, trodd at y drych yn y cyntedd a gweld bod blinder yr ymweliad mor amlwg ar ei hwyneb â'r ansicrwydd a welai'n symud fel cysgodion ar draws ei gwep.

Ochneidiodd mewn siom. Doedd hi ddim wedi llwyddo i dwyllo neb. Gallai weld y dystiolaeth yn blaen yn y gwydr. Doedd hi ddim hyd yn oed yn gallu ei thwyllo'i hun. Doedd dim gobaith ganddi gredu ei bod wedi twyllo Gavin a'i drwyn am anwiredd.

Aeth ias oer drwyddi.

Wendel oedd yr unig un i'w feio. Pwy arall allai fod ar fai? Yr unig enw i'w amgyffred wrth ddychmygu pwy fyddai'n abl i greu golygfa mor ysgeler.

Wythnos yn ôl, pan welodd y dyn ddiwethaf, roedd e wedi dweud wrthi bod Wendel naill ai wedi'i ladd neu wedi'i gymryd i'r ddalfa. Dim ond carpiau pabell oedd i dystio i'w fodolaeth yng Nghoed Cadno, yn ôl y sôn. 'Gwynt teg ar ei ôl,' fu ei hymateb hithau ar y pryd. Ond nawr, doedd hi ddim mor siŵr. Roedd ar yr awdurdodau angen rhywun i'w ddal. Rhyw filwr – mawr neu fach – i'w roi ei hun i lawr ym mlaen y gad. I syrthio ar ei gleddyf. I sefyll yn y bwlch. I wneud yr holl ystrydebau arwrol hynny yr oedd pob gwareiddiad er cyn cof wedi eu mynnu gan y rhai a gâi eu talu i'w amddiffyn.

239

Roedd hi'n hen, a gwyddai o'r gorau nad oedd y byd ar fin newid er mwyn esmwytho'i baich hi. Roedd yntau, ar y llaw arall, wedi mynd. Ei dyn dieithr. Ei lletywr cyfrinachol. Ei milwr bychan, bychan, bychan hi ei hun. Wedi dianc. Diflannu. Fel roedd Gavin newydd fynd. Pawb yn gadael, a phawb yn mynd â mymryn bach o'i goleuni hi gydag ef i'w ganlyn.

Gallai Nesta weld ei bod hi'n nosi'n gyflym arni bellach a dychwelodd i'w pharlwr. Hen bryd tynnu'r llenni ynghyd ar noson arall, tybiodd. Wrth iddi sefyll ar ochr y ffenestr, yn estyn am gornel y defnydd, sylwodd er mawr syndod iddi nad oedd Gavin wedi gyrru ymaith eto. Doedd hwnnw ddim wedi diflannu, wedi'r cwbl. Dim ond ei gadael. Dyna lle'r oedd e'n eistedd yn ei gar o hyd, yn ysgrifennu'n brysur. Wrth ei waith. Wrth ei bethau, beth bynnag allai'r 'pethau' hynny fod.

Nid oedd wedi dod â blodau iddi'r tro hwn. Nid oedd hithau wedi cynnig paned iddo yntau. Synhwyrai na fu ei ymweliad y tro hwn yn debyg o gwbl i'w ymweliad blaenorol, a gallai ddeall hynny heb ddirnad pam yn union.

Ymhen hir a hwyr, daeth y dyn o hyd i'r ewyllys i godi ar ei draed drachefn. Sylweddolodd ei fod yn dal i fwytho'i het, a gwthiodd hi o'r golwg yng ngwregys ei drowsus, gyferbyn â'i gyllell. Yn ei boced, cariai'r arian a gafodd am y peintio. Roedd yn dal ganddo. Er mor addawol oedd cynlluniau Wendel, nid oedd wedi rhoi'r un ddimai iddo eto am ei drafferth. Diolch byth am hynny, tybiodd.

Mentrodd roi ei drwyn drwy'r drws. Tawelwch. A naws hydrefol iachus i gymryd lle'r lleithder fu yn yr awyr ers y bore. Cerddodd heibio'r bin. Neidiodd yn sionc dros risiau'r feranda. Ei fwriad nawr oedd syrffio'r we yn y gobaith y câi synnwyr yn rhywle – mwy o synnwyr nag y llwyddodd i ddod o hyd iddo'n gynharach.

Cyrhaeddodd ddrws y gegin yn ddiarwybod iddo bron, ac aeth i mewn yn ddifeddwl o sydyn. Yna rhewodd am ennyd wrth weld Nesta'n sefyll ar y grisiau, yn syllu i ofod ei fywyd yn y llofft.

Dim ond hanner gwaelod ei chorff oedd yn y golwg. Slacs llwyd a godre cardigan. Yr hen sliperi cyfarwydd. Rheini'n symud rownd mewn camau bach gofalus a braich yn ymestyn i ddal yn dynn yn y canllaw.

'O! Chi sy 'na!' meddai'r llais cyfarwydd wrtho; y pen wedi gwyro ymlaen fymryn fel ei bod hi'n gallu ei weld. Roedd ôl rhyddhad ar ei llais. Ac adnabyddiaeth. Ond am ba hyd y parai hynny, wyddai e ddim.

Pennod 9

'Wyt ti'n siŵr nad llwynog oedd e?' holodd Nesta.

'Wrth gwrs 'mod i'n siŵr,' wfftiodd Melissa, ei llais yn codi i'r fath raddau nes i'r ddau blismon edrych arni'n syn.

'Wel, blewyn coch sy gan lwynog,' dadleuodd ei mam, gan geisio rhesymoli ei hawgrym.

'Ond weles i erioed lwynog mewn mac o'r blaen.'

'Fe weles i un felly unwaith,' mynnodd Nesta, 'flynyddoedd mawr yn ôl, mewn stori ar gyfer plant ddarllenais i iti pan oeddet ti'n fach. Dwyt ti ddim yn cofio'r llyfr hwnnw?'

'Es i allan i weiddi ar 'i ôl o a phob dim,' aeth Melissa yn ei blaen, 'ond roedd o wedi diflannu.'

'Mae hi wedi etifeddu dewrder ei thad,' eglurodd Nesta'n dalog wrth yr heddweision, fel petai hi'n hynod falch o'i merch.

Doedd ganddi fawr o nerth ar ôl i ymdopi â helynt arall, a hwnnw wedi'i ddwyn ar ei gwarthaf gan Melissa. Ond rhaid oedd parhau i ymdrechu ymdrech deg, mae'n debyg. Cadw wyneb. Bod yn driw i deulu. Dyma pam iddi gogio consýrn wrth sefyll yn ei chegin, yn edrych allan ar y pedwar plismon yn prowla o gwmpas ei gardd.

Chwilio am Wendel oedden nhw. Doedd gan Nesta'r un amheuaeth nad hwnnw welodd Melissa. Gan nad oedd hi ei hun erioed wedi gweld y creadur, ni allai fod yn sicr gant y cant. Ond sawl desperado gwallt coch a gwyllt yr olwg arall allai fod yn rhydd yn y gymdogaeth?

Pan gyrhaeddodd adre o'r swyddfeydd yn y ddinas lle bu'n llofnodi papurau, roedd tri cherbyd o flaen y byngalo – car Melissa ac un car heddlu ar y dreif, a char heddlu arall allan ar y stryd.

Y dyddiau hyn, galwai Melissa'n ddirybudd yn amlach nag a wnaethai erioed o'r blaen, fel petai hi'n gwneud ati i alw pan fyddai ei mam allan. O'r herwydd, roedd Nesta'n amheus iawn ohoni. Ac yn gynddeiriog ei bod wedi galw'r heddlu heddiw ar ôl gweld rhywun yn cerdded ar draws y lawnt.

'Roedd e'n smocio. Ffàg yn hongian o gornel ei geg,' cofiodd Melissa'n sydyn.

Cofiai Nesta pa mor gyffredin oedd hynny erstalwm – gweld pobl wrth eu gorchwylion bob dydd, pob un â'i sigarét siabi'n glynu wrth ei wefus isaf. Roedden nhw wedi darfod o'r tir, y drewgwn hunanddinistriol rheini . . . gan adael dim ond ambell ddelwedd yn y cof. Nid rhai cynhesol a dedwydd – rhai mwy myglyd ac anneniadol. Y math o ddelweddau yr hiraethai pobl ar eu holau mewn hen ffilmiau'n unig.

Ceisiodd gael rhywfaint o reolaeth ar y sefyllfa trwy fynd allan ar y feranda i ymchwilio'n bersonol i'r hyn a ddigwyddodd. Daeth un o'r plismyn draw ati, a chyflwynodd hithau ei hun iddo fel y perchennog. Gallodd ateb ei gwestiynau i gyd yn gwbl onest. Na, doedd hi erioed wedi gweld neb gyda gwallt coch o gwmpas y lle o'r blaen. A na, doedd gwehilion Coed Cadno byth yn tarfu arni.

Roedd ef a'i gyd-heddweision eisoes wedi bod trwy gynnwys y garej a'r hen gwt glo, sicrhaodd y dyn hi. Awgrymodd yn gryf ei bod hi'n cael cloeon cryfach ar y ddau, ond yn y bôn ni ddaethpwyd o hyd i ddim amheus.

Diolchodd Nesta iddo am ei drylwyredd ac estyn llaw'n fonheddig ato.

Cyn pen dim, roedd y bennod fach honno ar ben. Ceir yr heddlu wedi gyrru ymaith a Melissa wedi mynd i'w canlyn, gan adrodd ei mantra arferol am ofalu cadw'r drysau a'r ffenestri i gyd ynghlo wrth gerdded at ei char.

Dim ond ar ôl i Melissa fynd y sylweddolodd Nesta nad oedd ganddi'r syniad lleia pam ei bod wedi galw yn y lle cyntaf.

Doedd neb yn canu yng Nghoed Cadno nawr. Neb ar gerdded yno. Cadwai'r coed eu cyfrinachau gyda'r un arddeliad ag y collent eu dail. Ni chrawciai'r un frân na broga. Ni chwareai'r cenau wrth gwt yr un llwynoges.

Dim ond pythefnos oedd wedi mynd heibio ers y cyrch, ac eisoes roedd y flanced flynyddol o felyn ac efydd wedi gorchuddio olion hyll y traciau a fu'n troi'r tir. Treiglodd y tymhorau ac aeth bywyd i guddio am gyfnod. Parlyswyd swyn y lle mewn anesmwythyd tawel. Fel petai tan warchae; hen alawon yn y gwynt a neb i'w canu; dail dan draed a neb i ddamsang arnynt.

Digalon, meddyliodd Nesta. Pan ddeuai'r gwanwyn eto ar ei hynt, dim ond i'r coed y byddai'n atgyfodiad. O ran y dail, roedd y darfod presennol yn derfynol. Eleni fyddai'r hydref cyntaf yn ei byw iddi ddeall ystyr colled. Uniaethai hi â'r dail.

Y cyfan yr oedd angen i'r ddau gyn-jynci ei wneud oedd ateb un cwestiwn arall yn gywir: Beth oedd enw prifddinas Ffrainc yn 1900? Bu cryn drafod. Fe allai'r Ffrancod fod wedi newid eu prifddinas rywbryd yn ystod yr ugeinfed ganrif. Neu fe allai'r enw fod wedi newid er i'r ddinas aros yr un. Penbleth. Swniai Paris yn iawn i'r ddau. Ond wedyn, doedden nhw ddim yn gwbl argyhoeddedig nad oedd tric o ryw fath ymhlyg yn y cwestiwn.

Yn y fantol roedd tŷ. Bwthyn, a bod yn fanwl gywir. Un anghysbell yn un o fforestydd Tir y Gogledd. Cyn cyrraedd y penllanw tyngedfennol hwn, cafodd y ddau a fu'n gaeth i gyffuriau – ond a oedd bellach mewn cariad dwys, angerddol ac wedi newid eu ffyrdd – eu tywys o gwmpas tri chartref posibl. Roedd pob un o'r tri yn cynnig cyfle iddynt droi eu cefnau'n llwyr ar eu digartrefedd presennol a chreu nyth newydd, ddedwydd, yn rhydd o bob temtasiwn. Byddai bod yn berchen ar gartref hefyd yn golygu y caen nhw eu merch fach hynod dlos yn ôl o ofal yr awdurdodau. Ailadroddodd y cyflwynydd yr honiad hwnnw'n ddi-baid er mwyn esgor ar ragor o ochneidiau a dagrau o du'r ddau blorog na fu erioed ym Mharis. 'Petai 'da chi dŷ, fe allech chi fynd yno fel teulu i weld y lle drosoch eich hunain,' ffrydiodd brwdfrydedd y cyflwynydd ymhellach. (Doedd rhesymeg y gosodiad hwnnw ddim yn amlwg iawn i Nesta, ond wedyn, doedd rhesymeg a hithau fawr o ffrindiau'r dyddiau hyn.)

Roedd y cyfan yn dibynnu ar enw prifddinas Ffrainc yn 1900 – a doedd y ddau gyn-jynci wir ddim yn siŵr o gwbl.

Er bod Nesta'n lled gyfarwydd â rhediad y fformat, doedd hon ddim ymysg eu hoff gyfresi. Y rheswm ei bod yn ei gwylio heddiw oedd y ffaith taw hon fyddai'r rhaglen olaf un i gael ei darlledu. Bu'n rhaid diddymu'r syniad – rhoi cyfle i aelodau mwyaf difreintiedig cymdeithas ennill cartref yn rhad ac am ddim – am iddi ddod i'r amlwg nad 'difreintiedig' mo hanner y cystadleuwyr o gwbl. Mawr fu'r siom a'r embaras pan ddatgelodd rhyw bapur newydd (a oedd yn rhannol eiddo i gwmni teledu arall) nad jyncis, mamau dibriod diymgeledd a phobl yn dioddef o gyflyrau meddwl astrus a'u hataliai rhag gweithio am eu bywoliaeth oedd llawer o'r 'trueiniaid' a fu ar y sioe dros y deunaw mis diwethaf o gwbl, ond twyllwyr henffasiwn. Am ffiasgo!

Cododd i wneud paned iddi ei hun yr eiliad y cychwynnodd sain y gerddoriaeth deitl, a dyna pryd y sylweddolodd gyntaf fod 'na dân. Gallai wynto'r mwg y munud y cerddodd i mewn i'r gegin. Hynny a'i denodd at y ffenestr, ac am ennyd breuddwydiodd fod y dyn wedi dychwelyd i losgi rhagor o lygod. Rhedodd ei llygaid yn ôl a blaen ar hyd yr ardd heb ddirnad beth oedd ar droed.

Yna, yn raddol, gallai weld symudiad yn yr awyr, fel llen lwyd o darth yn croesi o flaen y canghennau gwag. O'r chwith i'r dde y symudai, cyn diflannu tua hanner ffordd ar draws y lawnt, heb ewyllys i wneud sioe ohoni, mae'n ymddangos. Rhaid oedd craffu i sylwi ar y llwybr a gymerai'r cymylau ar eu ffordd i doddi'n un ag ebargofiant, ychydig droedfeddi i ffwrdd, o flaen ei llygaid.

Cymaint oedd ei chwilfrydedd, symudodd Nesta'n araf at y drws. Roedd hi'n dal i'w adael heb ei gloi – a'r eiliad yr aeth trwyddo, daeth clecian y gwreichion i'w chlyw yn syth. O ardd drws nesa y deuai'r sŵn. Rhywrai yno oedd wedi cynnau tân.

Wyddai hi fawr amdanynt. Y cymdogion hynny. Hon oedd eu coelcerth gyntaf, o'r hyn a gofiai Nesta. Doedd dim fflamau i'w gweld. Ond pan gamodd i lawr o'r feranda i'r lawnt, sylweddolodd fod dafnion mân o ludw yn gymysg â'r mwg uwch ei phen.

Trawodd hyn hi fel syniad da. Cael gwared ar y fateroliaeth a droes yn faich. Byddai bryncyn bach o sborion a matsien yn ateb y gofyn i'r dim. Roedd e wedi ensynio'r fath beth, beth amser yn ôl, rhaid cyfaddef. Awgrymu. Argymell yn gryf, hyd yn oed. Hithau wedi codi bwganod ar y pryd. Ond nawr, gallai weld doethineb yr awgrym. Byddai'n rhaid iddi alw am gymorth ei mab-yng-nghyfraith pan fyddai hwnnw o gwmpas y lle rhyw ben. Ei wahodd e a'r wyrion draw am y dydd.

Wrth droi'n ôl at y feranda, sylwodd ar fonyn sigarét wrth ei sliper chwith. Er cymaint fyddai Melissa ar frys ac yn mynnu busnesa drwy'r amser, gwyddai'n iawn nad hi oedd yn gyfrifol am yr halogiad hwn. Olion budreddi'r hen Wendel 'na oedd hyn, doedd dim angen gofyn. Gwgodd wrth blygu i'w godi, ac aeth draw i'w luchio yn y bin ar ei ffordd 'nôl i'r gegin.

Yna edrychodd Nesta draw'n achwyngar, i gyfeiriad y wal a thu hwnt. Roedd hwnnw'n dal ar dir y byw, yn ôl pob tebyg, a'i croen yn holliach. Ond nid oedd ganddi syniad i ble'r aeth yr un a'i denodd yno.

*

Pan gollodd ei ffrind gorau ei goes, ffrwydryn oedd ar fai. Ffrwydryn a adawyd yn y ddaear gan elyn. Nid gelyn eu hysgarmes nhw ar y pryd. Ond ffrwydryn a blannwyd yno gan elyn rhywrai eraill, mewn rhyfel yn y gorffennol, rhwng byddinoedd tra gwahanol. Dyna sut y gweithiai. Roedd gwaddol un rhyfel yn ernes o'r nesaf . . . neu'r un ar ôl hynny. Y saeth a ryddheir o fwa heddiw yn lladd rhywun yfory . . . neu drennydd.

Wyddai e ddim a oedd rhyfela'n anorfod yn y ffordd yna ai peidio. Roedd wedi ceisio ystyried y cwestiwn unwaith neu ddwy a chael ei hun mewn dryswch llwyr. Gwell oedd glynu at y gofynion sylfaenol, fel goroesi.

Aed â'i gyfaill ymaith, wrth gwrs. Ac ymwelodd ag ef unwaith wedi'r digwyddiad. I sefydliad meddygol yr aethon nhw ag e. Ym mherfeddion y wlad. Ymhell o olwg pawb. Y rhai a drechai amgylchiadau anodd ac arwyr oedd yn hawlio'r penawdau. Doedd neb am bendroni'n rhy hir dros anafiadau. A ph'run bynnag, roedd awyr iach yn dda i bobl. Yn annog adferiad. Heblaw nad oedd adferiad mewn gwirionedd yn bosibl pan oedd coes a fu yno unwaith wedi mynd i rywle na fedrai neb roi ei fys arno.

Unwaith, pan oedd angen arddangos yr aberth y bu rhai'n barod i'w gwneud dros eu gwlad, cafodd ei hen ffrind ei gludo i ymuno â gorymdaith fawreddog. Fisoedd lawer yn ddiweddarach y digwyddodd hynny, wrth reswm. Pan oedd ei nerfau wedi tawelu rhywfaint. Ac yntau wedi dysgu dygymod.

Yn ôl yr hyn a glywodd gan rai a'i gwelodd yno, edrychai'n rhyfeddol o smart, a'r goes glec yn effeithiol tu hwnt.

*

Pa haerllugrwydd yrrodd hwn i feiddio cysgu'r nos ar ei feranda? I roi ei ben i orffwys yn yr union fan lle'r arferai *e* roi'i ben i lawr?

Newydd godi oedd Nesta, a phrin wedi lapio'i gŵn gwisgo amdani cyn tynnu'r llenni'n ôl i ddarganfod y pentwr di-siâp yn gorwedd yno. Wendel. Fel y ddrychiolaeth y daliodd Melissa gip arni rai dyddiau ynghynt. Ei berth anniben o wallt i'w weld yn glir rhwng drws y cwt glo a thop ei sach gysgu – ac yn dweud y cyfan.

Nid oedd gronyn o ramant yn perthyn iddo. Dyna'r drafferth. Dim ysbryd antur. Dim iot o awch. Dim ond dieithryn afrosgo oedd e, yn meddu ar gysylltiadau defnyddiol. Rhywun i'w ddefnyddio. Nid rhywun i'w ymgeleddu.

Am eiliad fer, teimlai'n ddig wrth ei dyn diflanedig. Am iddo'n amlwg ddweud popeth wrtho. Nid am ei haelioni hi'n unig. Ei chymwynasgarwch. Ei theyrngarwch. Ond hefyd am yr awyr gynnes a chwydai o'r *vent* drwy gydol oriau'r nos. Yr holl gyfrinachau bach ymarferol hynny a ddylai wneud pob cyfeillgarwch gwerth ei halen yn ddolen gyfyng, gaeëdig, rhwng dau.

Ond nid oedd y modd roedd hi'n dannod i hwnnw yn ddim o'i gymharu â'r llid a saethai drwy ei phen i gyfeiriad Wendel.

Gwreichionai gwallt ei phen i'w wraidd mewn dicter. Pam oedd raid i hwn ddod i sarnu popeth? Yn drwsgl. Budr. Hyll. A hy.

Tynnodd y llenni ar draws drachefn yn anterth ei ffyrnigrwydd. Ond synhwyrai na fyddai dwndwr hynny, hyd yn oed, yn ddigon i'w ddeffro. Onid oedd hi eisoes wedi troi wyth o'r gloch, ac yntau'n dal i gysgu? Doedd dim byd chwim yn ei gylch. Dim byd cyfrwys. Dim byd gosgeiddig. Doedd e ddim hyd yn oed yn beryglus. Ac roedd Nesta bob amser wedi ei chael hi'n anodd tynnu at yr un dyn nad oedd rhyw fymryn o berygl yn perthyn iddo.

Dyn heb hunanfalchder oedd hwn. Un heb hunanddisgyblaeth. Heb yr ysfa finiog i oroesi yr oedd ei hangen arno yn yr hen fyd 'ma os oedd am fyw i'w hoedran hi. Y cyfan a welai hi yn Wendel oedd slywen froesg oedd yn siŵr o gael ei ddal.

Aeth Nesta i'r tŷ bach a thynnu'r dŵr cyn gwneud dim byd arall, gan obeithio y byddai'r sŵn yn deffro'r cysgwr diwahoddiad ac y diflannai heb sylweddoli ei bod hi'n ymwybodol o'i fodolaeth. Doedd hi ddim am weld ei wyneb. Ddim am dorri gair.

Gweithiodd ei chynllun i raddau. Ond roedd Wendel yn amlwg yn arafach ei symudiadau nag yr oedd hi, hyd yn oed, wedi'i synhwyro. Pan aeth i'r gegin a chodi'r bleind, dyna lle'r oedd e'n croesi'r lawnt gan ei dwyllo ei hun nad oedd neb wedi'i weld. Daliodd Nesta gip o'i gwt wrth iddo ddiflannu rownd cefn y garej yn rhywle. Gwyddai bryd hynny nad oedd dyfodol iddo.

*

Un o'r ychydig bethau a gofiai iddo erioed ei ddysgu am Jinx oedd mai Siencyn oedd ei enw iawn. Tybiai fod yr enw'n gywir ganddo yn ei gof, er na fyddai wedi gallu tyngu llw mai dyna'r union air.

Enw nas clywodd sôn amdano erioed o'r blaen oedd Siencyn. Enw a berthynai i iaith na olygai ddim iddo. Iaith nad oedd prin wedi sylweddoli ei bod hi'n bod cyn hynny.

Treiglodd Siencyn yn Jenks ymysg ei ffrindiau. Dyna'r stori. A chyn pen fawr o dro, esblygodd Jenks yn Jinx.

'Nôl yn nyddiau Siencyn y plentyn oedd hynny.

Bellach, roedd esblygiad Jinx yn gyflawn. Trywanwyd ef i farwolaeth. Ac nid oedd iddo ddyddiau mwy.

*

Profodd y cyfrifiadur yn dynfa naturiol i Nesta. Âi i eistedd o flaen y sgrin yn aml. Nid am gyfnodau hir ar y tro, mae'n wir, ond yn ôl a blaen. Rhag ofn . . .

Nid oedd wedi ei weld, na chlywed gair oddi wrtho, ers y bore hwnnw trannoeth y cyrch pan aeth i grwydro yng Nghoed Cadno ac adrodd yn ôl am ddiflaniad Wendel. Ofnai yn ei chalon i ble'r aethai nawr. Dyna pam y byddai'n gwirio'r e-bost mor aml – rhag ofn ei fod e'n ceisio cysylltu â hi trwy ryw ddirgel ffyrdd. Byddai'n astudio enw pawb a ddanfonai neges ati'n ofalus, rhag ofn mai oddi wrtho ef y deuai dan gochl cyfrinachedd.

Go brin y byddai'n defnyddio'r ffôn. Wyddai hi ddim a oedd e erioed wedi gwneud nodyn o'i rhifau. Ond, rhag ofn, gofalai gadw ei ffôn symudol gerllaw. Ar y dyddiau prin hynny pan alwai'r postmon, byddai'n siŵr o frysio at y drws i weld beth oedd newydd gyrraedd.

Roedden nhw'n gwybod amdano nawr. Roedd hi'n argyhoeddedig o hynny. Efallai eu bod nhw hyd yn oed yn gwybod iddo gael lloches achlysurol ganddi hi. Onid oedd y Gavin hwnnw fwy neu lai wedi dweud hynny wrthi'n blwmp ac yn blaen, yn ei ffordd fach gynffongar ei hun? O'i blegid ef y dechreuodd hi feddwl am y dyn fel ei milwr bychan. Ond nid ef oedd yr un y disgrifiwyd ei gampau mor fanwl iddi ychwaith. Nid yr un a dreisiodd ac a laddodd y Foslemwraig mor ddidrugaredd. Os Moslemwraig oedd hi, mewn gwirionedd. Hindŵraig, efallai. Doedd hi ddim yn cofio. I ba grefydd bynnag y perthynai, ni fu'n ddigon i'w harbed. Doedd wybod a fu ei chrefydd yn gysur iddi, hyd yn oed. Efallai nad cynnig cysur oedd diben crefydd. Efallai mai pwn ydoedd. Baich i'w chario o gwmpas fel llond llyfrgell twrne o ddeddfwriaeth, i gyfyngu a chystwyo pob cam o'r daith.

Fe wyddai o'r gorau nad ei milwr bychan hi oedd yn gyfrifol. Pwy bynnag a wnaeth, nid fe oedd e.

Dechreuodd Nesta grwydro o gwmpas ei byngalo, yn ymddangosiadol ddiamcan. O ystafell i ystafell, fe gerddai'n ddigyfeiriad gan sefyll fel delw yn nrws pob un. Yr ystafell wely gyda'r wardrob lle cadwai ei sgidiau a llond bocsys o hen luniau teuluol. Yr ystafell wely fwyaf, lle cysgai. Ystafell y cyfrifiadur, wedyn, gyda'i chadair droelli fodern oedd yn swanc ryfeddol, ac yn gwrthgyferbynu'n llwyr â phopeth arall yn y lle. Ei pharlwr; mor boenus o gysurus a henffasiwn, fe wyddai'n iawn mai mewn sgip ar eu pennau y byddai pob dodrefnyn yn glanio ar ôl ei dyddiau hi. Yr un modd yn y gegin. Er bod popeth yn gweithio'n lled effeithiol, perthynai popeth ynddi i ganrif o'r blaen. Rhyw ddiwrnod, cyn bo hir, fe ddeuai dynion â morthwylion mawr i chwalu'r lle'n dipiau mân.

Yr unig ofod yr âi hi i mewn iddo pan grwydrai felly fyddai'r atig. Safai'n union o dan brif drawst y to gan loddesta ar y gwacter. Gorweddai'r ddau glustog mawr yno o hyd, a'r sach gysgu, ond roedd hi wedi cuddio'i ddillad yn gymysg â'i dillad hi ei hun. Pe deuai'n ôl yng nghanol nos rhyw dro, byddai'r drws yn dal ar agor a modd iddo roi ei ben i orffwys. Ond os oedd am newid ei ddillad, byddai'n rhaid iddo bellach ofyn iddi hi.

Roedd dyddiau'r rhoi digynnig a'r cymryd diddiolch yn bendant wedi dod i ben.

'Ches i ddim magwrfa grefyddol o gwbl,' meddai hi wrth Melissa.

'Na. Llechen lân fuoch chi erioed, Mam. A lwyddodd neb erioed i adael marc arnoch chi, do fe?'

'O, ddwedwn i mo hynny,' atebodd Nesta'n bwyllog.

Roedd hi'n olygfa anghyffredin. Y fam a'r ferch yn eistedd, gyda'i gilydd, ym mharlwr Nesta. A sŵn aflafar rhywun yn chwarae'r trwmped yn dod o'r gegin.

'Fe geith fynd lan y grisiau 'na os yw'n well gynnoch chi,' cynigiodd Melissa ynghynt. 'Fe allet ti godi'r to go iawn wedyn, yn gallet ti, pwt?' Ond, 'Na, na! Mae hi fel gwyll parhaol fanno, heb ffenest na dim,' oedd ymateb pendant y nain i hynny. 'Y gegin 'ma yw'r lle gore i'r hogyn ymarfer.'

Ar hynny, roedd y ddwy wedi encilio a gadael y bachgen i'w bethau.

'Dad, dach chi'n feddwl?' Saethodd Melissa ei chwestiwn fel petai'n arf a finiogwyd ganddi amser maith yn ôl.

'Wel, yn naturiol,' atebodd Nesta, yn bryfoclyd o ddidaro. Roedd yn gas ganddi fod yn rhan o'r gêmau geiriol y byddai Melissa mor hoff o'u chwarae – yn enwedig o gofio un mor hoff o'i chyfrinachau bach cynllwyngar oedd honno.

Heddiw, er enghraifft. Hi a'r mab hynaf wedi cyrraedd yn ddirybudd. Cael ar ddeall bod hwnnw adre'n sâl o'r ysgol ac am achub y cyfle i ymarfer ei offeryn. Yr awydd i beidio â tharfu ar y cymdogion a'u gyrrodd ati, yn ôl y stori swyddogol. Ond buan iawn y dywedodd trwyn Nesta wrthi fod rhywbeth amgenach na hynny yn y gwynt.

'Cyfle rhy dda i'w wrthod. Y pris yn fargen – o dan yr amgylchiadau,' meddai Melissa o'r diwedd. Ar ôl awr a hanner o ladd amser yn trafod dim o bwys, roedd y gath allan o'r cwd. Roedd hi wedi prynu'r fflat uwchben ei fflat ei hun. Y fan lle y lladdwyd dwy wraig. Yr un lle y bu eu cnawd yn pydru lai na deuddeg mis yn ôl. Yr un a ddiferodd yr holl ddŵr 'na drwy ei nenfwd. Yr union fflat honno.

'Fe ddaw'n handi ar gyfer y dydd pan fydd raid ichi symud yn nes ata i,' ychwanegodd mewn llais diniwed, fel epilog i'r hanes.

Trwy lwc, roedd Nesta ddigon o gwmpas ei phethau i anwybyddu'r ensyniad gydag urddas. Doedd hi ddim am ddangos ei dicter o flaen ei hŵyr, a oedd eisoes wedi dechrau mynd i'r afael â'i drwmped draw wrth y seidbord o dan y grisiau pan dorrwyd y newyddion.

'Ddim nawr, wrth gwrs.' Diferodd gweddill gwenwyn Melissa oddi ar ei thafod. Roedd hi'n amlwg yn siomedig nad oedd wedi ennyn mwy o ymateb gan ei mam. A wyddai hi ddim pryd i dewi. 'Ond rywbryd. Pan ddaw'r amser. Dyna pam yr aethon ni amdani. Wel, yn rhannol, p'run bynnag. I fyny un set o risie'n unig fyddwch chi wedyn! Meddyliwch! Rhagluniaeth ar waith.'

'Mae Rhagluniaeth wedi'i or-ganmol yn ddybryd, o'r hyn brofais i dan 'i law e erioed,' dywedodd Nesta.

'Doeddech chi a Dad ddim yn hapus iawn efo'ch gilydd, oeddech chi?' holodd Melissa'n heriol.

'Nag oedden ni? Pwy sy'n dweud hynny?'

'Darllen rhwng y llinelle, dyna i gyd.'

'Arfer arall y mae gormod o bwys o lawer yn cael ei roi arno, os gofynni di i mi,' meddai Nesta. 'Rheitiach i bobl ddarllen a deall y llinellau'u hunain yn gynta, cyn cymryd arnynt eu bod yn ddigon clyfar i ddarllen rhyngddyn nhw.'

'Fe ges i'r argraff yn gry ambell dro wrth dyfu i fyny mai aros efo'ch gilydd er 'y mwyn i oeddech chi.'

'Hy!' Ebychodd Nesta ei dirmyg at hynny gyda'r fath rymuster fel bod y sgwrs wedi mynd yn nos rhyngddynt am rai munudau. Ond ymhen hir a hwyr, penderfynodd barhau – yn rhannol oherwydd bod ganddi fwy i'w ddweud, ac yn rhannol oherwydd bod sgrechiadau'r mwrdwr metalaidd a ddeuai drwy'r wal bron â'i gwallgofi.

'*Typical* o blant!' meddai. 'Meddwl bod pawb a phopeth yn troi o'u cwmpas nhw drwy'r amser. Ond cred ti fi, roedd yr hyn gadwodd dy dad a finne gyda'n gilydd yn bwysicach o lawer nag wyt ti. Yn gryfach hefyd. Yn galetach. Yn gyfrwysach. Yn iachach. Ond, ar yr un pryd, yn hyllach hefyd, os ga i ddweud. Ac fe ddyweda i rywbeth arall wrthot ti, cyn cloi – ddoi di byth i wybod beth oedd e, 'merch i!'

Oriau ar ôl i dwrw'r trwmped ddod i ben ac i Melissa a'i mab ddychwelyd i gyffiniau eu dwy fflat, dyna lle'r oedd Nesta yn ei pharlwr o hyd, ar ei phengliniau o flaen y seidbord orau. Twrio oedd hi ymhlith hen anrhegion priodas.

Roedd ei sgwrs y bore hwnnw wedi ei hatgoffa o bwysigrwydd glynu wrth hen werthoedd. Doedd hi ddim am golli dim. Doedd hi ddim am ollwng dim. Tynnodd yn ofalus wrth wefus plât. Ac yna, powlen gawl. Daeth â'r ddau lestr yn ddiogel i olau dydd drachefn.

*

Nid oedd wedi breuddwydio am eiliad y byddai'n trywanu Jinx. Nid o fwriad y digwyddodd. Ni fu unrhyw baratoi. Na hogi.

Holai ei hun weithiau, petai e wedi gwybod bod y dyn drws nesa'n dal yn fyw a bod ganddo gamera da, a fyddai e wedi saethu hwnnw hefyd? Ond doedd ganddo'r un ateb pendant i'w gynnig gydag unrhyw argyhoeddiad. Nid rhoi atebion pendant i gwestiynau anodd oedd ei rôl. Gwaith gwleidyddion oedd hynny.

Y fe saethodd yr hen ŵr a'i wraig. Roedd hynny'n berffaith wir. Ac nid oedd wedi cyfaddef gair wrth neb ar ôl y digwyddiad. Gorseddwyd mudandod nad oedd angen ei goroni ymysg y pump a gymerodd eu gwahanol rannau yn y gyflafan.

Roedd yn gas ganddo eiriau fel 'cyflafan'. Anaml iawn y byddai'n eu defnyddio. Am eu bod nhw'n swnio fel petaen nhw'n eiriau hir, mae'n debyg. Rhy hir iddo fe. Rhy astrus. Geiriau fel 'cyflafan', 'erchylltra', 'galanastra' a 'cigfa'. Geiriau 'da' bob un, mae'n siŵr. Ond geiriau amlsillafog oedd yn tynnu sylw atynt eu hunain yn hytrach nag at natur salw eu gwir ystyron. I un a fu fyw drwy brofiadau o'r fath, roedd eu hyd a'u rhwysg yn swnio fel cynllwyn ieithyddol i liniaru realiti. Roedden nhw fel cwmni glanhau yr oedd galw am ei wasanaeth brys ar ôl parti a aeth dros ben llestri braidd. Gweithwyr glanwedd, effeithlon oedden nhw, i adfer popeth nes ei fod fel pìn mewn papur eto ymhen chwinciad.

*

Gan Melissa y clywodd Nesta am annidwylledd, os nad anonestrwydd rhonc, y pâr a ddewisodd Paris yn ateb i'r cwestiwn mawr tyngedfennol a ofynnwyd iddynt.

'Twyll?' gofynnodd.

'Wel, beth arall alwch chi fe?' ebe Melissa'n llawn sen.

'Ond fe gadwon nhw'r rhaglen honno i'w dangos reit ar ddiwedd y gyfres, am fod y ddau 'na mor driw i ysbryd y syniad.'

'Yn hollol,' condemniodd Melissa. 'Yr holl gyhoeddusrwydd gafodd y ddau! Dau gyn-jynci, wir!'

'Oedd hyd yn oed hynny ddim yn wir?' holodd Nesta, gyda syndod gwirioneddol yn ei llais.

'Wel, oedd, roedd hynny'n ddigon gwir. A'r hanes fod 'u hogan fach nhw yng ngofal yr awdurdodau lles . . .'

'Peth bach dlos oedd hi hefyd. Wyneb fel angel. O't ti ddim yn meddwl?' torrodd Nesta ar ei thraws.

'O! Welais i mo'r sioe, siŵr. Mi fydda i yn y gwaith yr adeg yna o'r dydd, fel arfer,' arthiodd Melissa. 'Mi wyddoch chi na fydda i byth yn dilyn yr holl sothach 'ma fyddwch chi'n 'i wylio. Wedi darllen holl hanes yr hyn ddigwyddodd wedyn ydw i. Ac mae pryd a gwedd y ferch yn amherthnasol.'

'Wel, be ddigwyddodd 'te? Fe weles i nhw'n ateb y cwestiwn â'm llygaid fy hun. Beth oedd prifddinas Ffrainc yn 1900?' Chwarddodd Nesta wrth ddwyn hynny i gof.

A chwarddodd Melissa mewn cytundeb. 'Fe gymeron nhw hydoedd i ateb, yn ôl y stori ddarllenais i.'

'W, hydoedd,' cadarnhaodd Nesta. 'Dwi'n cofio nawr. Ro'n i'n ysu am godi i fynd i neud paned.'

'Wel dyna chi! Doedden nhw ddim gyda'r mwya peniog, oedden nhw?'

'Go brin! Ond doedd hynny ddim yn 'u gwneud nhw'n dwyllwyr.'

'Wel, dyna chi, Mam! Dyna'n union fel mae'i dallt hi. Da'n ni'n pampro i'r twpsod 'ma a tydyn nhw'n gwneud dim byd yn ôl ond chwerthin am ein penne ni.'

'A be wnaethon nhw, felly?'

'Fe gafodd rhywun y dasg o fynd drwy'r rhaglenni oedd eisoes wedi cael eu recordio i wneud yn siŵr mai dim ond rhifynne gyda chystadleuwyr *bone fide* fydde'n cael eu darlledu. Safone. Integriti. A rhyw bethe felly.'

'Wel, mi fyddwn ni i gyd yn sôn llawer am y rheini ar ôl cael ein dal, yn byddwn?' heriodd Nesta.

'Ond doedd neb wedi meddwl siecio beth oedd wedi digwydd *ar ôl* i'r rhaglenni gael eu recordio.'

'Dy'n nhw ddim yn dal yn y bwthyn unig yn y fforest?' gofynnodd Nesta, gan newid gogwydd o'r heriol i'r diniwed.

'Ydyn,' gorbwysleisiodd Melissa'r ateb. 'Ond nid o'u dewis. Deufis ar ôl cymryd meddiant o'r tŷ, fe geision nhw 'i werthu fe. Trwy lwc, roedd print mân y cytundeb arwyddon nhw gyda'r cwmni teledu'n nodi na chân nhw ei werthu am o leiaf ddeng mlynedd ar ôl cymryd meddiant. Ond mae'r ffaith eu bod nhw am ei werthu o gwbl yn dweud cyfrolau.'

'Ydy e?'

'Ydy, Mam. Cyfrolau.'

'Beryg dy fod ti'n iawn,' ildiodd Nesta. 'Ond falle mai eisie mynd i fyw yn nes at bobl eraill maen nhw. Ysgol i'r ferch fach ac yn y blaen. Lle anghysbell iawn oedd y bwthyn 'na . . .'

'Cyffurie, Mam! Dyna'r unig beth sy'n mynd â bryd y ddau yna. Chwe mis ar ôl gwneud y rhaglen, maen nhw'n ôl wrthi. Unwaith yn jynci, wastad yn jynci!'

'O, fel'na mae'n gweithio, ife?'

'Dach chi mor naïf ynghylch rhai pethe, Mam fach,' ebe Melissa'n fuddugoliaethus. 'Digon i godi braw arna i, wir. Ond fe lwyddodd rhywun o ryw bapur newydd i gael mynediad i'r tŷ rai dyddie'n ôl – gyda chamera cudd. A wyddoch chi, does fawr ddim celfi ar ôl yno. Popeth wedi'i werthu i dalu am 'u habit nhw. Ddoe ddiwetha, fe gyrhaeddodd yr awdurdodau i achub y beth bach 'na, gyda'r "wyneb fel angel", chwedl chithe, rhag y fath uffern. Roedd pob papur yn llawn llunie y bore 'ma.'

'Rhag 'u c'wilydd nhw!'

'Wn i ddim pam na fyddwch chi byth yn prynu papur neu'n gwylio mwy ar y sianeli newyddion 'na. Mae'n bwysig gwbod be sy'n mynd ymlaen yn y byd 'ma, wyddoch chi? Fe ddylech gymryd diddordeb.'

'Mi fydd aml i un arall yn dweud hynny wrtha i,' cytunodd Nesta'n dawel. 'Ond mae hi braidd yn hwyr yn y dydd erbyn hyn imi ddechre edrych ar y byd trwy lygaid pobl eraill. Finne wedi bod yn dibynnu ar 'yn llygaid 'yn hunan trwy'n oes. Ac rwy'n ofni mai'r rheini fydd yn gorfod gwneud y tro tra bydda i bellach.'

*

Gweithiodd cynllwyn tawelwch y pump yn berffaith am rai wythnosau. Cadwasant o gwmni ei gilydd hyd yr oedd hynny'n bosibl. Chafodd 'run gair ei yngan.

Ond yna, dechreuodd y sïon ledu am fodolaeth lluniau. A chyn pen fawr o dro, dyna lle'r oedden nhw. Ar ddu a gwyn. Neu'n hytrach, mewn lliw ysgeler o ysblennydd. Ym mhapurau'r Almaen yr ymddangoson nhw gyntaf. Yna, yn un o gylchgronau newyddion mwyaf dylanwadol Sbaen. Toc, roedd hi'n ymddangos fod y defnydd a wnaed o'r ddau lun yn ddiddiwedd. Dau lafn o oleuni'n disgleirio ar ddüwch y byddai wedi bod yn well gan bawb ei anghofio.

Gwaetha'r modd, yn yr achos hwn, roedd llafn wedi esgor ar lafn – a dysgodd yntau wers a wybu angylion erioed, sef bod grymoedd y goleuni'n gallu bod lawn mor ddidrugaredd â grymoedd y tywyllwch.

*

Ar ôl iddi gymryd rhan mor allweddol yn llywio gweddill ei fywyd, roedd hi'n anochel y byddai'r gyllell honno a laddodd Jinx yn gydymaith oes iddo. Âi gydag ef i bobman. Nid yn gymaint fel arf, ond fel crair y perthynai rhyw arwyddocâd penodol iddo.

Am y tro, gorweddai'r erfyn ar y cwpwrdd erchwyn gwely yn ei ymyl. Roedd yntau ar y gwely, yn ei drôns, yn syllu ar y nenfwd. Crwydrai ei lygaid yn ymddangosiadol ddiamcan, ac eto'n graff yn ôl ei arfer, yn ôl a blaen ar hyd y papur brwnt. Syllai ôl blynyddoed o fwg ffags yn ôl arno, yn farw frown. Trwy'r ffenestr, gallai weld llinynnau main o gymylau'n croesi'i gilydd blith draphlith – fel petai dwsin neu fwy o awyrennau wedi mynd yn hollol boncyrs gan hedfan fel pethau gwyllt ar draws y ddinas o fewn byr amser i'w gilydd.

Oedd, roedd e'n dal yn yr un hen ddinas. Roedd hynny'n ofid iddo. Yn siom. Fe ddylai fod wedi manteisio ar gyfle i ddianc erbyn hyn. Ond ar ôl methu fforio'i ffordd drwy'r dryswch heb gysylltiadau Wendel, doedd dim amdani ond cadw'i ben yn isel, yn ôl yr arfer. Teimlai ei fod yn byw mewn swigen lonydd. Y peryglon cyfarwydd ym mhobman o'i gwmpas. Ac yntau, am y tro, yn llwyddo i ddal ei dir.

Aethai mis heibio oddi ar y bore hwnnw pan adawodd noddfa Nesta. Mynd i weld a allai ddod o hyd i unrhyw wybodaeth am Wendel – dyna oedd y bwriad gwreiddiol. Ond sylweddolodd yn fuan y dylsai fod wedi mynd â'r *kit bag* a rhagor o'i eiddo gydag ef. Y sach gysgu, efallai. Ond wedyn, gwyddai mai dim ond tynnu sylw ato'i hun a wnâi trwy gerdded o gwmpas gyda'r rheini ar ei gefn.

Doedd y llety lle roedd y funud hon ddim yn poeni nad oedd ganddo gesys. Bu'n dod yma bob nos Wener. Hon oedd y bedwaredd. Gallai dalu ag arian parod – gwarantai hynny ei ystafell a'i breifatrwydd iddo. Yma, teimlai'n rhesymol o ddiogel. Gallai socian mewn bath henffasiwn, eillio, golchi ambell ddilledyn a'i roi i sychu dros nos ar y gwresogydd. Roedd y brecwast yn dda a doedd neb yn edrych i fyw eich llygaid. Byth.

Cyfyngai'r moethau hyn i unwaith yr wythnos am na wyddai am ba hyd y byddai'n rhaid i'r drefn fach hon barhau – ac er i Nesta ei dalu'n anrhydeddus am beintio'r feranda, fyddai'r arian hwnnw ddim yn para am byth.

Barn pawb y bu'n eu holi oedd eu bod nhw'n troi'n llawdrwm iawn ar Goed Cadno. Cynyddwyd nifer y gwarchodwyr ger y mynedfeydd swyddogol. Roedd hyd yn oed y rhai a drigai'n agos, ac a âi yno'n ddiniwed gyda'u cŵn ambell brynhawn, bellach yn gorfod dangos cerdyn adnabod ar bob un achlysur.

Am fod y safle'n ymestyn am sawl milltir, y tu hwnt i'r mynyddoedd, roedd hi'n dasg amhosibl ceisio diogelu pob modfedd o'i ffin. Ond tybiai'r dyn ei bod hi'n deg disgwyl i'r stryd lle safai'r byngalo fod dan oruchwyliaeth gyson, am mai dyna'r agosaf y mentrodd neb at ddofi'r bwystfil hyd yn hyn. Gyda'r ymgyrch yn cael ei dwysáu, roedd hyn yn sicrach fyth o fod yn wir. Dyna pam nad aeth yn ôl yno. Roedd yn awyddus i fynd. Ond doedd fiw iddo fentro am y tro.

Am y tro, y gyllell oedd ei unig hen ffrind. Yn ei gwain ledr, edrychai'n od o osgeiddig ac allan o le ar ben cwpwrdd yr oedd ei bren wedi'i staenio gan gylchoedd a adawyd gan wydrau a photeli gwlyb. Estynnodd amdani, a phan gododd hi oddi ar y celficyn diflannodd pob harddwch a berthynai iddo. Nid oedd i'r cwpwrdd wedyn ddim ond olion brech angheuol y smotiau duon a achoswyd gan losgfarciau sigarennau'r gorffennol. Ond roedd y gyllell, ar y llaw arall, wedi magu rhyw fawredd newydd.

Dwy fodfedd a hanner o lafn oedd iddi. Nid oedd yn un o'r cyllyll hynny a edrychai'n fwriadol aflan. Roedd yn debycach i'r cyllyll a roddid i fechgyn amser maith yn ôl i naddu pren a thynnu cerrig mân o bedolau ceffylau. Cyllell i fagu cymeriad ac annog y perchennog i wneud pethau defnyddiol oedd hi. Ei charn o bren golau, fel lliw'r lledr.

Yn Antwerp y prynwyd hi. Glasfilwyr â'u traed yn rhydd mewn dinas na olygai ddim iddynt, ond un yr oeddynt yn benderfynol o adael eu marc arni. Gwenodd mewn cyfuniad rhyfedd o hunanwatwar a hunanedmygedd wrth gofio'r cadlanc coci'n ei lordio hi i mewn i'r siop gyda chynffon o gyfeillion wrth ei gwt. Buan y tynnwyd y gwynt o'u hwyliau gan ymarweddiad yr Iddew Hasidaidd a oedd piau'r siop. Ei ddüwch a'i ddieithrwch yn cymell tawelwch sydyn. Sobrodd pawb dan ei lachr. Sobrwyd pawb gan ei brisiau. Diemwntau a cherrig gwerthfawr eraill o bob rhan o'r byd. Addurniadau. Metelau o bob math, wedi eu gweithio'n gain i fod yn fuddsoddiad i'r dyfodol ac yn dyst o olud y presennol. Ac yna'r cyllyll. Arddangosfa ohonynt wrth gornel y cownter – a bocseidiau ohonynt o'r golwg oddi tano.

O un o'r blychau rheini y daeth hon. A na, doedd Jinx ddim ymysg y cwmni oedd gydag ef y noson honno i weld ei phrynu.

Hon oedd un o'r rhai mwyaf distadl ymysg y dewis. Ac un o'r rhataf. Yr un em wedi'i gosod yn ei charn. Yr un addurn nac arwyddlun wedi ei gerfio ar ei gwain. Dim ond cyllell luniaidd, lân oedd hi – un nad oedd eto wedi gwneud y gwahaniaeth rhwng bywyd a marwolaeth i neb.

Y gaeaf hwn, doedd swyn yr holl raglenni hynny a âi â bryd Nesta fel arfer ddim fel petai'n gweithio fel ag y bu. Er gwaetha'i siniciaeth cynhenid, roedd hi wedi gallu ymgolli yn arlwy'r teledu ar hyd y blynyddoedd. Oherwydd ei hagwedd, efallai; does wybod! Ond erbyn hyn, rhyw rwgnach heb fwynhau a wnâi.

Cafodd y dadrithiad hwb sylweddol gan Melissa a'i glafoerio dros ragrith a thwyll y ddau jynci, mae'n wir, ond nid dyna'r stori'n llawn o bell ffordd. Roedd rhywbeth ynddi hi ei hun wedi mynd. Y gallu hwnnw i ymgolli mewn pethau na fyddai neb byth yn eu colli pe na baent yno mwyach. Y ddawn honno i ryfeddu ar yr anrhyfeddol. Y cynhwysion cyfrin hynny a oedd yn gwbl angenrheidiol os oedd cyfrwng fel teledu i weithio'n llwyddiannus. Yn achos Nesta, roedd yn ymddangos fel petaen nhw wedi mallu a mynd, dirywio a diflannu – a hynny bron yn llwyr ac o fewn cyfnod o gwta chwe mis. Rhan o symptomau'r henaint a oedd arni, fe ofnai.

Roedd marwolaeth yn mynd i fod yn dric syfrdanol o fawr pan ddeuai, a synhwyrai Nesta mai dyna'r drwg yn y caws – y meistr mawr du oedd yn gwrthod caniatáu mân driciau eraill ar y ffordd, rhag tynnu dim oddi ar ei ysblander ei hun.

Efallai i'r ysictod hwn fod yno y llynedd, hyd yn oed. Tybed? Dechreuodd holi ei hun. Flwyddyn a mwy yn ôl, wrth i'r dyddiau fyrhau ac i'r llenni ddod ynghyd ychydig yn gynt o ddydd i ddydd, a fu dyfodiad y dieithryn i'w gardd yn glustog i'w harbed rhag sylweddoli'r newidiadau oedd ar droed?

Ddeuai hi byth i wybod. Roedd cymaint bellach na ddeuai hi byth i wybod.

Dydd Gwener oedd hi heddiw. Yr un dydd Gwener â'r un pan orweddai'r dyn ar wely siabi ei lety. Ar ei gwely y gorweddai hithau. Yn cymryd hoe fach ganol prynhawn. Napyn. 'Blaw nad oedd yn cysgu.

Gwyddai i sicrwydd fod yn rhaid iddo fynd. Y milwr bychan. Dros foroedd. Dros fynyddoedd. Yn danddaearol, os oedd raid – fel gwahadden – o'r golwg i fan lle na fyddai modd ei ddal.

Ychydig iawn a wyddai hi am fywyd milwrol go iawn. Drwy ei hoes, ni allodd wneud mwy na syllu a sylwi o'r cyrion. Roedd yn wir iddi dreulio oes yng nghwmni dynion a wnaeth yrfa o 'wasanaethu'r wladwriaeth'. Ond trwy ddirgel ffyrdd y symudent hwy. Ar un lefel, dynion agored, mawreddog, balch a chyhoeddus oedden nhw. Fel ei gŵr. Tua diwedd ei oes, bu sïon ar led y câi hwnnw ryw anrhydedd go sylweddol cyn darfod, ond gorfod mynd heb ei derbyn fu raid. Gallai Nesta gofio iddi, ar y pryd, edrych ymlaen gyda chryn ymffrost at gael ei galw ei hun 'Y Fonesig Nesta Bowen'. Ond erbyn hyn, wrth gwrs, roedd hi'n fwy na bodlon cael ei hadnabod wrth y teitl Mrs yn unig. Roedd yn llai o faich. Yn llai o ragrith. Wrth gofio'r balchder a fu, roedd ei llygaid wedi dechrau lleitho'n arw a throes ei hwyneb tua'r gobennydd i geisio dileu'r hiraeth gwirion a deimlai er ei gwaethaf. Diolch byth nad oedd mwy na'r Bowen yn glynu wrth ei henw i'w hatgoffa ohono!

Nid oedd arni angen unrhyw beth mwy cyhoeddus na hynny. Aethai pob dirgelwch a berthynai i'w gŵr gydag ef i'w fedd. Onid oedd hi wedi eu hebrwng nhw yno gydag ef, ddydd yr angladd, flynyddoedd maith yn ôl?

Cymerodd gysur o feddwl mai'r un ffawd oedd yn disgwyl ei dirgelion hithau hefyd. Cael eu claddu gyda'i chorff.

Trwy ddirgel ffyrdd y gweithredodd ar hyd y blynyddoedd. Fel ei gŵr a'i gydweithwyr. Mater o ddyletswydd oedd hynny iddyn nhw. Gyrfa. Goruchafiaeth. Dyrchafiad. Ond nod tipyn llai uchelgeisiol oedd ei un hi. Dedwyddwch. Diddanwch. Dyna a'i sbardunodd hi ar y slei. Amddiffyn ei hun rhag diflastod dybryd wnaeth hi. Difyrru ei hun trwy greu sioe bypedau o'r bobl o'i chwmpas. Ond doedd dim diflastod mwy. Dim difyrrwch. Roedd y cyfan ar ben, fwy neu lai.

Un pyped yn unig oedd ar ôl i'w faglu. Roedd y llinynnau eisoes yn eu lle.

Fyddai neb wedi breuddwydio ei fod e'r math o ddyn a ddyheai am gyfle i ddysgu dawnsio salsa – y rymba, y polca a'r *cha-cha-*

cha. Ond ysai am wres; am deimlo haul cynhesol cyfandir newydd ar ei groen. Doedd dim a ddymunai'n fwy na dianc. Ailgartrefu. Ymgolli. Dawnsio'n rhydd mewn dechreuad newydd.

Trodd ar ei ochr yn sydyn yn nŵr y bath, i greu ton fechan. Bu'n socian ers dros hanner awr ac roedd yr oerfel yn araf afael ynddo eto. Hwn oedd ei gyfle wythnosol i gadw'n lân; gofalai wneud y gorau ohono, gan aros yno cyhyd ag y medrai.

Profiad anghyfarwydd iddo oedd cael bath. Cawodydd oedd y drefn ym mhobman cyn hyn. Yr amddifadfeydd. Y fyddin. Cartref Nesta.

Brith gof yn unig oedd ganddo o fod yn rhywle unwaith lle nad oedd cawodydd. Chofiai e fawr o'r manylion – rhaid ei fod yn ifanc iawn. Ond gwyddai nad oedd yr atgof yn annymunol iddo.

Roedd ei gymalau'n arnofio'n rhydd. Daliai ei wynt. Ei wyneb wedi suddo o dan y dŵr am y tro olaf cyn y byddai'n rhaid iddo orfodi'i hun i godi. Gallai glywed gorfodaeth popeth yr oedd angen iddo eu gwneud o hyd yn rhythmau dieithr ar gerdded trwyddo. Ar yr union eiliad honno, roedd e wedi dod mor agos ag y meiddiai at lwyr ymlacio.

Cododd Nesta oddi ar ei gwely cyn i'r dyn godi o faddon ei lety. Ni thynnodd y llenni'n ôl. (Byddai llenni'n aml heb eu hagor ganddi yn ystod misoedd y gaeaf.) Oddi ar gadair, cododd un o'r ffrogiau bob-dydd hynny a ffafriai, a'i thynnu dros ei phen.

Hyd yn oed cyn cyrraedd y gegin a gweld yr olygfa y tu allan, gallai arogleuo'r mwg. Safodd yn stond wrth y drws. Agorodd ei llygaid led y pen. Er iddi daflu cip greddfol i gyfeiriad ei gwaith llaw, seriwyd ei sylw'n anorfod gan y cymylau du. Nofient dros y wal, gan gribo pennau'r ddwy goeden afalau a chuddio Coed Cadno'n llwyr.

Drws nesaf eto. Y tŷ ar yr ochr chwith iddi. Camodd draw at

y ffenestr. Nid bod angen golygfa well arni. Gallai weld yn iawn o ddrws y cyntedd. Cymylau duon, trwchus y tro hwn. Nid plu mursennaidd y tân o'r blaen. Roedd hwn yn fwy o beth o lawer.

Twt-twtiodd iddi'i hun, heb syniad yn y byd beth a ddwrdiai mewn gwirionedd. Diolch byth nad oedd ganddi ddillad ar y lein, meddyliodd. Hen bobl anystyrlon, pwy bynnag oedden nhw!

Fe allai ffonio Gavin i holi pwy oedden nhw, pe bai raid. Roedd hwnnw wedi gadael ei gerdyn gyda hi yn rhywle – a siawns nad oedd hyn yn cyfri fel ymddygiad anghymdeithasol. Ond yna cofiodd. Na, nid ymddygiad 'anghymdeithasol' oedd o ddiddordeb iddo fe, ond ymddygiad 'gwrthgymdeithasol'. Roedd gwahaniaeth, a dyfarnodd 'Dwt!' arall iddi hi ei hun am ddrysu rhwng y ddau.

O dan ei thrwyn roedd tarten. Codai gwynt ffres y pobi i'w thrwyn, i ddisodli mymryn ar ffyrnigrwydd y mwg oddi allan. Gostyngodd Nesta ei golygon i edrych arni'n iawn, heb ei chyffwrdd. Hon oedd y gwaith llaw a'i cadwodd yn brysur yn gynharach yn y dydd. Roedd golwg berffaith arni. Ac ar y ddwy arall debyg y tu ôl iddi ar y bwrdd. Eu harogleuon yn felys. A sudd eu ffrwyth yn dianc drwy'r crwst mewn mannau. Anadlodd yn drwm i werthfawrogi eu rhinweddau.

Roedd hi wedi eu gadael yno i oeri tra oedd hi'n gorffwyso. Roedd wedi ymlâdd ar ôl yr holl baratoi. Ond nawr, roedd hi'n falch o'r ymdrech. Byddai wastad yn falch pan oedd ar fin cyflawni rhywbeth.

A dyma oedd diwedd y ffrwythau haf ddaeth y dyn iddi. Doedd dim rhagor ar ôl yn ei rhewgist.

Cariodd ei jîns yn ofalus yn ôl ar hyd y coridor tywyll a arweiniai at ddrws ei ystafell. Buont yn gorwedd, wedi eu plygu'n gymen, ar y stôl bren yng nghornel yr ystafell ymolchi. Yn y boced chwith roedd ei allwedd. Yn y boced ôl, ei arian. Wrth y gwregys, y gyllell yn ei gwain. Tri rheswm da pam nad aeth i'r ystafell ymolchi heb y dilledyn.

Byddai gwely go iawn yn ei aros eto heno. Y matras di-ffrwt yn foethusrwydd o fath. Yn or-feddal, fel y rhai yn yr ystafelloedd eraill a roddwyd iddo ar ei ymweliadau blaenorol. Nid oedd wedi arfer â defnyddiau a ildiai iddo mor hawdd. Roedd daear y den yn ddi-ildio. A rhyw gyfaddawd swclyd oedd y berthynas rhwng ei gorff a gobenyddion Nesta.

Ei fai ei hun, fe wyddai. Ni fyddai dim wedi plesio'r hen fenyw'n fwy na'i gael wedi'i lapio'n gysurus rhwng cynfasau gwely'r llofft sbâr. Ond roedd wedi bod yn ofalus i beidio â'i phlesio ormod, rhag ei siomi wedyn.

Roedd yn gweld ei heisiau, fel y tro o'r blaen, pan ddiflannodd hi dros nos i grafangau'r heddlu ar ôl ffars y cyrch cyffuriau. Bu'n gofidio bryd hynny hefyd. Ond nid gofid fel y cyfryw oedd yn ei gymell i feddwl amdani nawr. Awydd dweud ffarwél oedd arno bellach. Gyda phethau fel petaen nhw'n ymdawelu, fe fentrai'n ôl i'w gweld cyn bo hir. Cyn mynd. Hen ysfa sentimental, ddieithr iddo. Dirmygai ei hun yn dawel bach.

Y peth olaf un cyn syrthio i gysgu'r nos, byddai'n meddwl amdani, yn clywed ei llais.

Nid bod cwsg wedi dod i'w ran rhyw lawer dros y mis diwethaf. Nosau Gwener oedd yr unig rai pan orffwysai go iawn. Weddill yr amser, crwydrai draw at fancyn y daeth o hyd iddo y tu ôl i stad ddiwydiannol fechan ar gwr y dociau, ger y fan lle llifai'r afon i'r môr. Roedd ffens uchel o'i chwmpas, ond dim ond iddo weithio'i ffordd drwy'r rhedyn a'r borfa dal a dyfai yno'n drwch, gallai ymguddio'n weddol hawdd. Taflwyd pentyrrau o hen focsys cardfwrdd yno, a gallai swatio yn eu mysg, wedi'i orchuddio ganddynt. Pan rewai'n gorn, fel y gwnaethai sawl noson eisoes y gaeaf hwn, roedd creu digon o gynhesrwydd i gysgu yn amhosibl, ond o leiaf roedd bod yno'n golygu ei fod wedi diflannu o olwg y byd am gyfnod.

Ei flaenoriaeth gyntaf ar ôl gwneud ei ffordd i ardal y dociau drannoeth y cyrch oedd mynd ar drywydd Wendel, ond er holi a holi, nid oedd byth sôn amdano. Ymdrechodd i fynd at lygad y ffynnon hefyd. Gwyddai pwy oedd y Gobaith Mawr Achubol roedd Wendel yn ei ystyried yn gysylltiad pwysig. Ond derbyniad negyddol a gafodd pan fentrodd fynd ymlaen ato. Na, wyddai e ddim am neb o'r enw Wendel. Na, chlywodd e erioed sôn amdano yntau. A na, doedd dim modd iddo gael 'gair bach'. Yr unig air bach rhyngddynt oedd 'Na'.

Câi loches achlysurol mewn caffi garw ar gornel brysur. Gofalai eistedd ymhell yn ôl o olwg y ffenestr, wrth ddrws y gegin, lle'r oedd hi'n gynhesach ac yn dywyll. Byddai paned o goffi'n para teirawr iddo weithiau, a gallai weld pob mynd a dod. Pan fyddai cwsmer wedi gadael papur dyddiol ar ei ôl, byddai'r wraig o Malaysia a weithiai yno'n dod ag ef draw ato a'i adael wrth ymyl ei fwrdd, heb wenu nac yngan gair – dim ond gostwng ei phen i'w gyfeiriad mewn gweithred o ostyngeiddrwydd.

Byddai'n gwneud yr un peth yn union wrth ddod â bwyd iddo ambell dro – nid dim a archebai oddi ar y fwydlen, ond gweddillion prydau pobl eraill; gweddillion go sylweddol nad oedd y sawl a dalodd amdanynt wedi prin gyffwrdd ynddynt.

Byddai yntau'n gofalu edrych i'w chyfeiriad bob gafael, fel cydnabyddiaeth, ac yn codi'i aeliau i ddynodi rhyw lun ar ddiolch. Cymerai fod hynny o arwyddion yn dynodi dealltwriaeth rhyngddynt, er na allai fod yn siŵr o ddim. Yr unig beth a wyddai gant y cant oedd y byddai hi'n caniatáu iddo wneud yr un peth eto y tro nesaf y deuai i mewn.

Doedd dim angen mwy o ddealltwriaeth na hynny arno. Nid Nesta arall yn ei fywyd oedd hon am fod. No wê!

Y dydd Iau cyn y nos Wener olaf honno a dreuliodd yn y gwesty llwm, daethai ar draws Melissa. Yn gwbl annisgwyl ac ar ddamwain. Poerad yn unig oedd rhwng y ddau. Bu bron iddo gerdded heibio heb sylweddoli pwy oedd hi. Ond daliwyd ei sylw gan ei hwyneb ar y foment olaf. Pwy allai gamgymryd wyneb Melissa?

Gwnaeth sioe o syllu ar boster yn hysbysebu rhyw ffilm yn ffenestr y siop gerllaw. Trodd i edrych arno fel petai'n darllen yn ddyfal, er na fedrai air o Hindi.

Doedd dim angen esgus arno. Ni olygai ei wyneb ef ddim oll i Melissa. Doedd hi erioed wedi ei weld yn y cnawd – dim ond llun ohono a ddangoswyd iddi sawl mis yn ôl. Dihiryn. Dyn drwg. Troseddwr rhyfel. Rhywun y caren nhw ei ddal. Hyd yn oed ar y pryd, roedd hi wedi synhwyro nad oedd yr ysfa i'w ddwyn o flaen ei well cyn gryfed ag y bu. Gwyddai'n burion fod blaenoriaethau'r bobl hyn yn newid yn barhaus.

P'run bynnag, dyna lle'r oedd hi. Melissa. Yn siarad â rhyw ddyn. Wedi ymgolli yn eu sgwrs. Ceisiodd yntau glustfeinio, ond doedd dim modd iddo ddeall digon i wneud y profiad yn un ystyrlon. Bodlonodd ar sefyllian yno, heb dynnu sylw ato'i hun yn ôl ei arfer, gan gymryd ambell gip ar wrthrych ei ddiddordeb.

Ymddangosai fel sbloet o gnawd iddo. Rhaid mai dilyn ei thad yr oedd hi o ran corff. Ac o ran pryd a gwedd. Y gwallt wedi'i dynnu'n ôl yn rhy dynn. Y colur ar ei hwyneb yn ormod o orchudd i fod yn addurn. Paent i guddio y tu ôl iddo oedd hwn, nid ymgais at harddwch.

Yr hyn a feddai Melissa oedd hyder. Hyd yn oed yno ar stryd brysur, mewn rhan amheus o'r ddinas, glafoeriai hyfdra ohoni fel tarian amddiffynnol. Doedd dim golwg arbennig o ddisglair arni. Na hyd yn oed olwg ddeallus. Yn sicr, doedd hi ddim yn fenyw smart. Yr hyn a feddai oedd wyneb. Wyneb a huotledd. Y gallu i fod yr hyn ydoedd. I arddangos hynny o awdurdod a gariai fel gorchest y dylai'r byd ei barchu.

Yn ei llaw chwith, cariai friff-cês lledr drud gan afael yn ei ddolen fel dwrn dur. Amdani gwisgai siwt dywyll, ddrud yr olwg, oedd yn amlwg faint neu ddau'n rhy fach iddi. Er bod ôl straen amlwg ar y berthynas rhyngddynt, roedd rhyw gydymdeimlad tawel wedi datblygu rhwng y defnydd a'r cnawd, a gadwai'r ddau yn eu lle. Doedden nhw ddim yn ddestlus nac yn ddengar, ond gyda'i gilydd roeddynt yn sicr yn dal sylw.

Efallai mai dyna a ddaliodd ei lygad yntau wrth gerdded heibio. Nid ei hwyneb o gwbl. Erbyn meddwl, ni fedrai fod yn siŵr.

Yr unig bethau a wisgai a ymddangosai'n gysurus amdani oedd ei sgidiau – rhai duon, moethus a waddolai ei thraed â mesur o barchusrwydd nad oedd yn gwbl amlwg yn unman arall arni.

Hon oedd merch Nesta. O bell yn unig y gwelodd hi cyn hyn; yn mynd i mewn a dod allan o geir neu'n loetran ar feranda a lawnt gyda ffàg yn ei llaw. Swniai ei llais fel un ei mam. Yn goeth a chryf. Ond heb yr elfen chwareus a fyddai'n tincial trwy leferydd honno weithiau.

Er tegwch, gwyddai ei bod hi'n ddigon posibl ei bod hi'n meddu ar yr union dinc hwnnw – 'run ffunud â'i mam yn gwmws. Gwyddai mai natur y cyfarfod hwn ar balmant dinas oedd yn llywio goslef ei llais ar gyfer yr achlysur. Mewn amgylchiadau gwahanol, gyda phobl wahanol, pwy a ŵyr? Ni ddeuai byth i wybod.

Beth oedd a wnelo hi â'r dyn hwn, tybed? Pwy oedd e? Ai

wedi dal y ddau ar ddiwedd cyfarfod mwy ffurfiol oedd e? Ynteu digwydd taro ar ei gilydd ar y palmant wnaethon nhw? Safai'r ddau o fewn trwch blewyn iddo, ac ni ddeuai byth i wybod amgylchiadau'r ennyd awr hon yr oedd e'n rhan mor gyfrin ohoni.

Dyn busnes oedd y dyn, mae'n ymddangos. Ond amhosibl oedd dweud i sicrwydd. Roedd gan bob math o bobl frith swyddfeydd yn y rhan honno. Y rhan fwyaf ohonyn nhw'n ariannog a phwerus. Ai newydd ddod trwy'r drws cul wrth ymyl y siop a arddangosai'r poster oedden nhw? Chwiliodd am arwydd neu blàc o ryw fath i ddynodi enw cwmni neu unigolyn gyda swyddfa ar un o loriau'r adeilad, ond methodd weld yr un.

Stwcyn pwysig yr olwg oedd y dyn. Canol oed a llond ei groen. Gwisgai got fawr drom, draddodiadol. Roedd ei sgidiau'n sgleinio. Troellai ei freichiau'n llawn mynegiant wrth siarad. Roedd hwn eto'n hyderus, ac er nad oedd hi'n edrych fel petaent yn dadlau, roedd angerdd yn eu trafodaeth.

Bu'n tindroi rhag rhythu'n agored arnynt rhagor. Ar ei ffordd i'r caffi lle câi fwyta'r sbarion yr oedd e, a dechreuodd feddwl y byddai'n well iddo fynd ar ei hynt. Ond roedd rhan ohono'n gwrthod gadael iddo symud cam o'r fan.

Byddai'r ddelwedd yn aros gydag ef am byth. Golygfa hyfyw a gofiai'n iawn yn ei feddwl am flynyddoedd i ddod. Ymhen hir a hwyr fe fyddai'n araf bylu, mae'n wir, ond yna fe ddeuai'n ôl drachefn i drwblu blynyddoedd olaf ei oes hir.

Pam oedd e wedi gweld hon fel bygythiad, tybed? Ceisiodd gofio, yno ar y stryd. Nid oedd wedi cymryd ati o'r cychwyn, mae'n wir. Ac am weddill ei fywyd, ni fyddai ganddo byth fawr o feddwl ohoni. Ond pam iddo ystyried erioed cael gwared arni, dyn a ŵyr! Ni chofiai.

Fe ddylai ei hofni o hyd, efallai. Trwy ddefnydd poced ei

siaced, gwasgodd flaenau ei fysedd i deimlo gwain y gyllell wrth ei forddwyd.

Greddf. Sylweddolodd mai dyna'r ateb. Doedd dim angen ateb mwy rhesymegol na hynny arno i'w gyfiawnhau ei hun. Roedd hi'n fam. Ac yn ferch. Ac yn fan gwan.

Ac yn sydyn, roedd hi'n fenyw ar hast. Canodd ei ffôn a thynnodd y teclyn o boced dde ei siaced. Torrodd air byr â rhywun cyn rhoi'r ffôn yn ôl drachefn. Ysgydwodd law â'r dyn a chamu'n haerllug o ddibryder allan i ganol y traffig.

Hanner canllath i ffwrdd, ar y gornel, safai tacsi yn disgwyl amdani. Camodd yn gyflym i'w gyfeiriad. Ei chyfarfod – boed yn un a drefnwyd neu'n un a ddigwyddodd trwy hap – ar ben, fe ymddengys.

Tacsi diflanedig. Melissa wedi mynd. Eiliad arall drosodd.

Wrth dywallt dogn hael o'r cwstard ar ben y darn tarten yn y bowlen, ystyriodd Nesta fod hyn oll o chwith o'i gymharu â threfniant y llynedd. Bryd hynny, roedd hi wedi osgoi bwydydd poeth ond, eleni, rhaid oedd derbyn y byddai'r cwstard yn lwmpyn melyn solet erbyn i Wendel ddod i'w fwyta. Roedd y llestri wyneb i waered hefyd – yn llythrennol. Y bwyd yn y bowlen a'r plât ar ei ben. Yn gwbl groes i drefn y llynedd.

Doedd ond gobeithio y byddai'r tric yn gweithio. I hynny ddigwydd, roedd angen i Wendel fod wedi cael clywed am sut y bu hi'n bwydo'r dyn y gaeaf diwethaf. Gwyddai Nesta eisoes ei fod yn hyddysg yn y 'trefniant cysgu' ar y feranda ac, o'r herwydd, teimlai'n bur ffyddiog.

Allan ar y feranda, gyda'r danteithion rhwng y dysglau yn ei dwylo, gallai ddal i arogli'r mwg yn loetran ers ysgyfala eithafol y prynhawn. Crychodd ei thrwyn yn sawrus i gydnabod ei synhwyrau ac i ddangos gwrthwynebiad. A phesychodd.

Sylweddolodd, wrth gamu i lawr y ddwy ris, nad oedd ganddi garreg yn gyfleus. Byddai'n rhaid iddi fentro draw at y ochr y garej i nôl un. Er bod cyffro hen wefr wedi cydio ynddi wrth iddi gamu o'r gegin, gwyddai'n reddfol nad yr un antur oedd hon â'r un a gydiodd ynddi y llynedd.

Wrth adael yr arlwy i gydbwyso'n fregus ar gaead y bin, simsanodd ennyd – nid o ran ei chydbwysedd ond o ran ei chydwybod. Wel! Ofer bellach fyddai gofidio gormod. Rhy hwyr i droi'n ôl. Ac roedd hi'n eitha posibl na fyddai ganddo'r dychymyg i feddwl edrych yno am fwyd wedi'r cwbl. Efallai ei fod yntau, fel yr un arall hwnnw a lenwodd cymaint ar ei lle, wedi hen ddiflannu.

Y noson honno yn ei gwely, meddyliodd Nesta am angau. Nid yr union farwolaeth a oedd yn ei haros hi'n benodol. Ni fedrodd erioed dderbyn y gallai honno fod yn ddim namyn ystadegyn; nid yn ddigwyddiad o bwys yn ei hanes. Hyd yn oed pan oedd ar ei phrifiant, ni chafodd ei thrwblu erioed gan y rhamantu morbid sy'n aml yn mennu ar adrenalin yr ifanc. Ym mynwentydd ei dychymyg, darfu ei brodyr a'i chyfoedion yn rheolaidd mewn mil o ddramâu arwrol. Och a gwae! Yr holl ddynion ifanc rhwyfus rheini a dynnwyd trwy berthi profedigaeth . . . a'r lodesi gor-wyryfol a ddrysodd weithiau rhwng amdo merthyrdod a lliain main eu gwisgoedd priodas!

Rhaid bod y pruddglwyf a brofasant yn ddilys, wrth gwrs. Yn ei ffordd. Ond, hyd y gallai gofio, ni fu gan yr un copa walltog ohonynt ddim i'w ddweud wrthi y gallai hi uniaethu ag ef. Torri ei chwys ei hun fu diléit Nesta erioed. Nid dilyn sgript.

Dyna oedd yn ei chadw i fynd o hyd.

Min y gyllell oedd min ei awch i oroesi. Doedd e ddim am orfod ei defnyddio byth eto. Ond fe wnâi petai raid. Cynneddf felly oedd y reddf i oroesi. Gorfodaeth y foment. Yr eiliad honno pan fyddai'n rhaid i'r boi arall farw – neu chi. Dyna'r dewis.

Roedd y dewis hwnnw wedi dychlamu'n llachar wrth i'r llafn drywanu. Am un eiliad frau, rhwng gwain a chnawd, fe ddisgleiriodd ei gyllell mewn diniweidrwydd.

Nid y gwthio i'w chael hi i mewn iddo oedd y cof cryfaf. Ond y tynnu allan. Yr ymdrech a gymerodd hi i gyhyrau ei fraich. Y loes coch.

Golchwyd y llafn. Rhoddwyd cywilydd heibio.

Enciliodd pob atgof i'r gyllell ei hun. I'w metel hi y perthynent mwyach. Ynddi hi y trigent. Pob euogrwydd. Pob edifeirwch. Pob cydwybod. Ni fyddent byth yn rhan gynhenid ohono fe bellach. Er na fyddent byth ymhell.

Roedd y ffrwgwd ar ben. Dialedd drosodd. A'r angen i ddianc yn ei waed am byth.

*

Ond beth wnâi hi yn y bore petai'n digwydd dihuno i ddarganfod corff celain ar lawr ei feranda?

Doedd hi heb feddwl am hynny ymlaen llaw. Ac wrth geisio cysgu, ni allai lai na gwenu at y diffyg hwnnw. Mae'n wir nad oedd hi erioed wedi hidio rhyw lawer beth ddigwyddai yn ei gardd, ond rhaid cyfaddef y byddai dod o hyd i gorff marw yno yn rywbeth na allai hi, hyd yn oed, roi cyfrif amdano'n hawdd iawn. Niwsans!

Pendiliodd ei meddyliau rhwng ei hiraeth am ddoe a'i darogan am fory. Ond, yn y diwedd, nid ei meddyliau a'i gorfododd yn gegrwth effro ynghanol y nos, ond ei synhwyrau. Gwynt cnawd yn rhostio yn ei ffroenau. Sŵn gwreichion yn ei chlyw. Yr holl loddest fyglyd, wenfflam oedd newydd serennu'n fflamboeth ar draws sgrin ei nos.

Wedi bod yn breuddwydio yr oedd hi – breuddwydio ei bod hi'n tynnu wrth sodlau'r corff, wrth lusgo gweddillion Wendel at y tân. I lawr grisiau'r feranda. Ar draws y lawnt. Tynnu gyda grym deg coelcerth a thrigain a mwy – un am bob un o'r blynyddoedd eirias a dreuliodd ar y ddaear hyd yn hyn. Eu cryfderau. A'u gwendidau. A'i garddyrnau bach yn biws gan straen y llusgo.

Dim ond tân oedd yn puro'n berffaith. Onid oedd e wedi haeru hynny? Hen wireb. Fe wyddai pawb. Yr unig ffordd.

Cododd ar ei heistedd yn y gwely, i gael ei gwynt ati. Yn raddol, ymdawelodd. Yn y bore, dim ond matsien oedd ei hangen arni, ymresymodd. Byddai hynny'n gwneud y tro i'r dim.

Gostegodd y chwerthin fu'n crechwenu arni o bell. Ymdawelodd y synhwyrau a fu mor hyfyw yn ei phen. A diflannodd holl ddryswch ei hanhunedd pan swatiodd drachefn, yn ddraenog o dan y *duvet* – fel pelen ddrain.

Pennod 10

'Pan o'n i'n ifanc, pwy fase wedi meddwl y bydden nhw'n caniatáu i bobl fyw mewn bocsys bach fel'na rhyw ddydd?' holodd Nesta'n ddirmygus.

'Maen nhw wedi caniatáu i bobl fyw mewn boscys erioed,' atebodd yntau'n gadarn – yn ddigon cadarn i'w sobri.

Siarad am y stryd oedden nhw cyn hynny. Yn ddifater braf. Y math o sgwrs bob dydd nad oedd rhyngddynt bob dydd. A nawr, dyma fe wedi difrifoli popeth. Dwysáu'r dweud. Dod â'r tlodion a'r digartref i mewn i'r drafodaeth. Y rhai a esgymunwyd o gymdeithas. Y rhai a ymesgymunodd eu hunain. Yr esgusodion am fodau dynol. Yr anaeddfed. A'r affwysol o aneffeithiol. Roedden nhw i gyd mewn bocsys. O gwmpas drysau'r siopau mawr. A *vents* y gwresogyddion lleiaf. Beth bynnag oedd y galw, rhaid oedd ceisio'i gwrdd. Beth bynnag oedd ar gael, rhaid oedd gwneud y gorau ohono. Yno y buont erioed. Felly y bu hi erioed.

'Pawb â'i focs yw hi.' Ceisiodd Nesta wneud yn ysgafn o'r dadrithiad. Amheuai bod y frawddeg yn swnio braidd yn rhy ddifater. Ond difater oedd hi, waeth iddi gyfaddef hynny ddim – er nad oedd modd dianc rhag derbyn bod gan y dyn ifanc hwn o'r cychwyn y ddawn i wneud iddi ddifaru agor ei cheg ar brydiau. Pesychodd.

'Pawb â'i focs,' pwysleisiodd y dyn.

'O'r bocs soldiwrs ddaethoch chi, yntê?'

Ymatebodd i'r her trwy wenu'n ôl arni, ei lygaid treiddgar yn llawn goleuni. Edrychent i fyw ei llygaid hithau mewn modd mwy agored nag a wnaethant erioed o'r blaen. Mwy diniwed, bron. Yn fywiog a llachar, ond heb y drwgdybio bygythiol a danlinellai ei dreiddio prin blaenorol. Cymerodd ei amser cyn ateb, fel petai'n ymdrybaeddu yng ngonestrwydd yr awr.

'Ie,' atebodd o'r diwedd, yn gymen a di-lol. 'Soldiwr ydw i.'

Gallai Nesta ddirnad o'i ddweud nad oedd dim a oedd wedi ddigwydd iddo dros y tair blynedd diwethaf wedi pylu'r un iot ar ei falchder yn ei ddewis broffesiwn. Tynnai hithau rhyw gysur o hynny. Rhyw ryddhad. Enynnai barch ynddi. Ni allai lai na gwenu'n ôl arno, yn ddigleme a braidd yn ddiymhongar.

Hon oedd y sgwrs olaf a fyddai rhyngddynt, er nad oeddynt i wybod hynny ar y pryd.

Aethai tridiau heibio ers iddo ddychwelyd i'r byngalo. Tair noson a thri bore ers yr un hwnnw pan gododd Nesta i ddarganfod bod darn olaf y darten yr oedd hi ar hanner ei bwyta wedi diflannu, a'r plât y safasai arno yn yr oergell wedi ei olchi'n lân a'i adael i ddiferu ger y sinc.

Hen dric i orfoleddu ynddo oedd hwnnw – ei arfer o olchi ei lestri ar ei ôl. Dotiodd ar ei daclusrwydd o'r dechrau. A thri bore'n ôl, roedd hi wedi llonni drwyddi wrth sylweddoli iddo adael ei hun i mewn a gwneud ei hun yn gartrefol. Roedd e'n ôl. Pan ddringodd Nesta y grisiau'n ddigon uchel i daflu cip ar y llofft doedd dim golwg ohono, wrth gwrs. Roedd hwnnw'n un arall o'i driciau cyfarwydd. Diflannu drachefn fel chwa o wynt. Doedd dim wedi newid.

Chafodd hi wybod fawr ddim ganddo am lle y bu. Ond, o'r diwedd, roedd e wedi cael rhywfaint o newyddion am Wendel. Er iddi grybwyll y digwyddiad gyda Melissa fel prawf na chawsai ei ladd ar noson y cyrch, na'i ddwyn i'r ddalfa, soniodd Nesta yr un gair wrtho am y tro y daeth ar ei drawd yn cysgu ar y feranda, na'r bwyd a adawodd iddo. Ffawd y milwr bychan fyddai parhau i bendroni dros y dirgelwch hwnnw weddill ei oes, gan ddyfalu'n aml tybed beth ddaeth o Wendel.

Credai Nesta ei bod hi'n gwybod, wrth gwrs, ond ni ddatgelodd fwy, gan benderfynu mai cyfrinach fach rhyngddi hi, Wendel a'r patholegydd ddylai hynny fod hyd byth.

Dechreuodd digwyddiadau'r prynhawn trannoeth i Nesta pan hyrddiwyd ei hen beiriant torri porfa drwy ffenestri'r drws Ffrengig. Y cymydog a drigai ar draws y ffordd – yr un a enillodd y fraint iddo'i hun o fod yn gyfrifol am gynnal a chadw'r lawnt – oedd wedi tynnu'r teclyn o'i sied a chyflawni'r weithred. Prawf o'i gryfder corfforol oedd iddo allu trin y sypyn trwm o fetel mor ddeheuig, ei godi i'r awyr a'i anelu mor gywir at y gwydr. Eiliadau ynghynt, roedd wedi rhuthro at gefn y byngalo gan weiddi 'Mrs Bowen! Mrs Bowen! Ydych chi gartre, Mrs Bowen?' yn ei wylltineb. Wrth weld nad oedd hynny'n ennyn ymateb aeth i banig braidd, gan gydio yn y peth cyntaf y gallai feddwl amdano.

Cysgu ar y gwely wnâi Nesta ar y pryd, ar ganol un o'r hoeau wedi cinio a gymerai'n achlysurol. Y sŵn a'i deffrôdd, mwy na thebyg. Neu'r oerwynt ffyrnig a chwipiodd i'w chyfeiriad yn sgil y chwalu. Hynny, neu'r don annaturiol o wres a anelai ei grym tuag ati, efallai? O'r tri dewis, y gwres oedd y sioc fwyaf.

Doedd sŵn byth yn hawdd iddi. Ond y gwynt, fe allai ddeall. Bu'n stormus drwy gydol y bore, a dyna i gyd oedd wedi ei addo. Yr hyn nad oedd modd yn y byd iddi fod wedi ei rag-weld oedd bod llenni ei hystafell wely'n dawnsio i rythmau awel rewllyd â thro trofannol yn ei chwt.

Siawns mai hunllef oedd y cyfan? Fel yr un a gafodd fis yn ôl pan ddarbwyllodd ei hun y byddai'n dod o hyd i gorff Wendel ar y feranda yn y bore ac yn gorfod llusgo'i gorff at gefn y garej i'w amlosgi.

'Dewch chi! Dewch chi! Fe gewn ni chi allan yn ddiogel mewn chwinciad. Peidiwch â phoeni!' Wrth siarad, roedd y cymydog wedi dod i'r golwg o rywle. Cyn iddi gael amser i brotestio, cafodd Nesta ei hun yn sefyll ar ei thraed, ar garped gwydrog, gyda gorchudd trwm y gwely'n cael ei lapio dros ei hysgwyddau.

Pan fyddai hi'n ail-fyw'r profiad ymhen amser i ddod, fedrai hi byth benderfynu i sicrwydd pa air i'w ddefnyddio am yr hyn a ddigwyddodd nesaf. Roedd elfen o 'hebrwng' yng ngweithredoedd y gŵr. Cafodd ei 'thywys', heb os. Ond mynnai 'hyrddio' a 'llusgo' gynnig eu hunain hefyd.

Aeth drwy ffrâm y drws Ffrengig. Aeth rhwng y llenni. Aeth dros y gwydr. Ac, yn ddiamheuol, fe fu allan yn droednoeth ar y feranda am rai eiliadau. Gydol y siwrnai fer a rhyfeddol hon, ymbalfalai am eiriau ynghanol y dryswch, gyda braich y dyn yn feichus o gaethiwus ar ei gwar. Drwy'r amser, brwydrai i gael dychwelyd i'w byngalo. I rybuddio'r dyn. I'w achub. I wneud yn siŵr ei fod e wedi dianc i ddiogelwch.

Yno, ar y feranda, un ddelwedd yn unig oedd i fynd â'i bryd. Cododd fraich at ei haeliau, i arbed ei llygaid. Roedd fflamau'n prysur lyo'r bondo; toreth o dafodau tân, rhyfeddol o osgeiddig yr olwg, yn cael eu cludo gan y gwynt. Roedd perthi drws nesa'n wenfflam. Pontiai'r llafnau coch yn bert dros ei garej gan anelu'n dwt am y gegin.

Mwy o sŵn, meddyliodd yn sydyn. Sŵn dieithr. Sŵn poeth i wrido'r wyneb. Sŵn difa'n awchu am ludw. Am ennyd, doedd ganddi'r un gair na gweithred i'w cynnig mewn gwrthwynebiad. Rhythodd yn llawn edmygedd ar y lliwiau gwrthgyferbyniol o'i blaen. Yn gefnlen i'r cochni roedd gwynder yr wybren a chymylau a oedd yn foliog – nid gan dân, ond gan eira.

Brifai'r olygfa ei llygaid. Brifai'r gwreichion ei chlyw. Dan draed, roedd smotiau coch i'w gweld, lle troediodd dros y teilch gwydr. Arswydodd a rhuthro'n ôl i'w hystafell wely, i ddianc rhag tanbeidrwydd y lliwiau llachar a gafael y dyn.

'Ble mae e?' ffwndrodd.

Ceisiodd wneud dau beth ar yr un pryd – rhoi ei thraed yn ei sliperi ac anelu at y drws. Siawns nad oedd y twrw wedi ei ddeffro, neu dynnu ei sylw oddi ar sgrin y cyfrifiadur? Siawns nad oedd e'n saff?

'Dewch rŵan,' mynnodd y cymydog wrth ei chwt. Roedd e'n amlwg yn benderfynol o'i hachub. 'Dyna ni. Rhowch hon amdanoch 'te, os yw'n well gynnoch chi.'

O weld y *duvet* wedi'i ddiystyru ar y llawr, roedd wedi estyn am ŵn gwisgo gan orfodi ei breichiau i'r llewys tra cerddai.

'Rhaid gwneud yn siŵr bod pawb mas,' mynnodd Nesta.

'Ond dim ond chi sy'n byw 'ma, Mrs Bowen fach,' ceisiodd yntau ei chysuro. 'Dewch. Fe ffoniwn ni Melissa o'n tŷ ni. Ac fe fydd pob dim yn iawn . . .'

Agorodd Nesta ddrws pob ystafell. Doedd neb yno. Rhaid ei fod e wedi mynd ar grwydr yn ôl ei arfer, neu wedi clywed sŵn y lleisiau a'r llosgi ac wedi llwyddo i ffoi.

Doedd y dyn ddim am fodloni ar y gŵn gwisgo, mae'n amlwg, achos y peth nesaf wyddai Nesta, roedd y got a gadwai hi ar y fachyn yn y cyntedd yn cael ei rhoi amdani hefyd.

'Wnewch chi plis adael llonydd imi, ddyn,' trodd arno'n grac. 'Nid dol ydw i.'

'Rhaid ichi adael *y munud yma*, mae'n flin gen i,' bytheiriodd yntau'n ôl. 'Mae'r frigâd dân ar y ffordd a dwi'n mynnu.'

Un da am fynnu oedd e, meddyliodd Nesta. Wedi mynnu torri i mewn i'w chartref fel hyn. Mynnu ei dilyn wrth iddi gymryd cip ar bob ystafell. O'i blegid ef, roedd bysedd ei thraed wedi rhewi'n gorn. Ac roedd arni ofn ei bod hi'n diferu gwaed o'i hôl. Doedd e ddim mor ddewr pan oedd gwynt llygod mawr yn yr awyr, meddyliodd. Na phan dwyllodd e 'i ffordd i gael ei lanciau i dorri'r glaswellt.

Cyn cyrraedd drws y ffrynt, digwyddodd rhywbeth a sarnodd ei chynddaredd tuag ato'n llwyr. Torrodd twrw a swniai fel petai 'na daran yn seinio'n union uwch eu pennau. Bu bron i'r ddau neidio o'u crwyn. Eiliad yn unig oedd wedi mynd heibio ers i Nesta fod yn sefyll yn nrws ei chegin yn rhythu'n gegrwth ar y fflamau'n goglais y gwydr.

Yn awr, ni fynnai edrych 'nôl. Gwyddai mai'r ffenestr honno oedd newydd ffrwydro'n yfflon yn y gwres.

'Cyfeillion fydd yn galw arna i. Nid cymdogion.'

'Ie, dwi'n gwbod,' cytunodd y dyn yn dawel. 'Fi wedi sylwi.'

'Ydych chi wir?' holodd Nesta'n amheus.

'Do,' atebodd. 'Dros y flwyddyn ddiwethaf, wrth gwrs 'mod i wedi dod yn gyfarwydd â phwy sy'n mynd a dod 'ma. Roedd e'n bwysig i mi wybod.'

'Ches i erioed yr un o'r cymdogion dros y trothwy,' haerodd Nesta'n falch. 'A fues inne erioed yn un o dai eraill y stryd, chwaith. 'Wel, ar wahân i'r un tro hwnnw ...'

'O, ie!' bachodd y dyn ar ei gyfle. 'A phryd yn gwmws ddigwyddodd yr un tro hwnnw, 'te?'

'Toc wedi imi golli'r gŵr,' atebodd Nesta. 'Gwahoddiad i swper. Wel! Dyw'r pethe 'ma ddim yn arferol rownd ffor' hyn. Ond derbyn wnes i.'

'Unigrwydd?'

'Chwilfrydedd, falle? Teimlo rhyw reidrwydd i ymateb yn rhadlon i gynnig cymdogol?' awgrymodd Nesta. 'Dydw i ddim yn cofio'n iawn.'

'Ti wastad wedi bod yn ddethol iawn dy gof,' meddai yntau'n ddireidus.

'Chi'n meddwl 'ny?' holodd Nesta gyda syndod a swniai'n ddidwyll. 'Mae 'na rai manylion y galla i 'u cofio'n iawn.'

'Beth gesoch chi i fwyta, 'te?' holodd y dyn wrth geisio rhoi prawf arni.

'Rhywbeth Sgandinafaidd,' atebodd hithau'n syth. 'Er, mae'n wir na alla i gofio beth yn union. Eog o ddyfroedd Norwy mewn saws sgadenyn, falle.'

'Mmmmm, gwahanol!'

'Wedi ei osod ar hyd wal un ochr gyfan i'r lolfa, roedd ganddyn nhw danc pysgod anferth. Hen beth mawr, gwydr ac yn hir drybeilig. Fel byd bach tanfor mewn bocs tryloyw. Pob math o blanhigion rhyfeddol a cherrig. A physgod, wrth gwrs. Y lliwiau mwya aflan yr olwg ar rai ohonyn nhw. A hyll fel pechod.'

'Pwy a ŵyr nad pechode oedden nhw? Pechode wedi'u hymgnawdoli er mwyn arbed eu perchnogion?' cynigiodd y dyn.

Ni allai Nesta wneud mwy na gwenu am foment, gan wybod nad oedd hynny'n ddim namyn cellwair o enau dyn na chredai yn y cysyniad o bechod.

'Mae'n eitha posib, sbo,' cytunodd o'r diwedd. 'Fe wnaeth e 'nharo i bod 'na rywbeth sinistr iawn ynghylch y lle – pobl fel'na, oedd yn ymddangos yn sobor o resymol a hynaws, yn cadw acwariwm mawr mewn man mor ganolog yn eu bywydau.'

'Wel! Dwyt ddim yn credu mewn anifeiliaid anwes, wyt ti?' meddai'r dyn yn joclyd.

'Cŵn! Cathod! Pysgod! Waeth gen i!' barnodd Nesta. 'Mae 'na rywbeth od am bobl sy'n gorfod rhannu'u haelwydydd gyda'u sw bach breifat nhw'u hunen. Yn 'y marn i, eu cadw nhw er mwyn gallu bwrw baich eu niwrosis eu hunain ar y creaduriaid maen nhw.'

'Ac rwyt tithe wedi gallu byw 'da dy niwrosis dy hunan yn ddidrafferth ar hyd dy oes?' ychwanegodd yntau'n ysgafn.

Doedd dim byd angharedig am ei goegni y noson olaf honno, ac roedd hithau wedi gallu chwerthin heb chwithdod.

'Pâr o dras morwrol oedden nhw, chi'n gweld? Fe fuon nhw fyw i oedran mawr. Am eu bod nhw'n bwyta mor iach, siŵr o fod. Mae hi'n dal yn fyw.'

'Ydy hi? Ym mha dŷ? Rhaid 'mod i wedi ei gweld.'

'Drws nesa ond un i mi,' eglurodd Nesta, gan godi bys i gyfeiriad y garej. 'Mae hi mewn gwth o oedran. Flynyddoedd lawer yn hŷn na fi, wrth gwrs. Fe gollodd ei gŵr ddeng mlynedd yn ôl. Es i ddim i'r angladd, ond fe es i draw 'da nodyn o gydymdeimlad un diwrnod yn fuan wedyn, pan ro'n i'n gwbod nad oedd neb gartref.'

'Wnest ti mo'i gwahodd hi draw am swper? Talu'r gymwynas yn ôl?'

'Naddo,' oedd yr ateb swta. 'Doedd hi ddim ar ei phen ei hun. Ddim fel ro'n i wedi bod.'

'Yr holl bysgod 'na, ti'n feddwl? I gadw cwmni iddi?'

'Nage, siŵr,' dwrdiodd Nesta'n ddiamynedd, fel petai hi wedi disgwyl i'r dyn wybod busnes pawb. 'Rhieni. Roedd 'i rhieni hi'n dal yn fyw. Maen nhw'n dal yn fyw o hyd.'

'Beth?' chwarddodd y dyn. 'Paid â'u malu nhw!'

'Mae'r ddau ymhell dros eu cant. Neu mi oedden nhw'r tro diwetha imi glywed neb yn sôn amdanyn nhw,' aeth Nesta yn ei blaen. 'Cyfuniad o fwyd da, digon o wynt yr heli pan yn ifanc, a byw ar gyrion Coed Cadno. Mae'r stryd hon yn ddiarhebol am hirhoedledd ei thrigolion. Wyddech chi ddim?'

'Na, wyddwn i ddim,' ildiodd y dyn gan wenu. Roedd yn gwatwar fymryn ar ei hieithwedd goeth. Ond dim ond mymryn.

'Fe geision nhw lunio rhaglen deledu am y ffenomen rywdro,' cofiodd Nesta'n ddidaro. 'Mynd o ddrws i ddrws. Holi. Rhyfeddu. Ceisio tynnu sgwrs. Cynnig arian da a phopeth, o'r hyn gofia i. Ond doedd neb yn barod i fynd o flaen y camera i siarad, wrth gwrs. Pawb yn gyndyn i ddatgelu'u cyfrinache.'

'Rhy swil?'

'Gormod o ofn.'

Brynhawn trannoeth, wedi iddi gamu dros y rhiniog a gwneud ei ffordd i'r lôn ar fraich y cymydog, gallai ddal i sawru'r tân o'i hôl. A'i glywed. Teimlai'r cerrig mân yn galed drwy ddefnydd ei sliperi. Roedd hi'n ymwybodol iawn o'r gŵn gwisgo a'r got fawr amdani, a sylweddolodd na chafodd hyd yn oed gyfle i dynnu crib trwy ei gwallt. Rhaid bod golwg y fall arni. Y fath gywilydd.

I wneud pethau'n waeth, pan gyrhaeddon nhw'r glwyd ar ben y dreif gallai weld bod nifer o'i chymdogion ac eraill oedd yn digwydd bod yn y cyffiniau wedi ymgasglu yno'n dorf fechan. Roedd rhai'n siarad ac amneidio pen, ac ambell un arall yn taro penelin i ystlys y sawl a safai wrth ei ymyl. Sefyll yno'n delwi wnâi'r rhelyw, eu clustiau'n ceisio mesur pellter y clychau oedd i'w clywed yn dod tuag atynt.

Ac yna, fe'i gwelodd *ef*. Ar gornel bellaf y dyrfa. Roedd e yno. Mor ddi-nod, bu bron iddi beidio â'i weld. Dim ond sefyll yno oedd e. Ei sgrepan ar ei gefn. Ei lygaid wedi'u serio arni mewn modd na fyddai neb ond hi wedi sylwi arno. Yn llam. Yn llafn. Yn llachar ddwys.

Fyddai neb wedi sylwi arno o gwbl, dyna'r gwir. Dim ond dyn di-ddim oedd e. Ar gyrion y dorf, mae'n wir. Ond eto, wedi ymgolli ynddi. Ac yn sydyn, ni welai Nesta Bowen neb ond y fe.

Ei ddüwch. A'i arwahanrwydd. Ei hen het wlân yn cadw'i benglog yn gynnes ac yn hanner gorchuddio'i wyneb.

Doedd fiw iddi ddangos unrhyw arwydd o adnabyddiaeth. Fe wyddai hynny o'r gorau. Dim codi llaw. Dim aros. Wnâi e byth faddau iddi petai hi'n tynnu sylw ato mewn unrhyw fodd. Cloffodd am eiliad, mae'n wir, ond ni phlygodd ei phengliniau. Roedd hi'n hen ac mewn sioc, ac ni fyddai cynulleidfa byth yn cronni heb ddisgwyl sioe o ryw fath.

Y cyfan y meiddiodd hi ei wneud i'w difyrru oedd ochneidio. Trodd ei llygaid i gyfeiriad y dyn, ond ni ogwyddodd ei phen. Aeth yn ei blaen.

Disgynnodd pluen wen o flaen ei thrwyn. Onid oedd hi wastad wedi gwybod y deuai eira pan yr elai? Ynteu dim ond ffansi hen wraig ffôl oedd hynny?

Siŵr o fod.

Parhaodd i gerdded ei thaith ddiderfyn. Ei chamau bach, gofalus yn mesur ei fyned. Ei llesgedd yn llygaid y cyhoedd. A hithau am achub mantais ar bob eiliad i ymestyn y foment. Am ei bod yn gwybod yn ei chalon mai dyma'r tro olaf y byddai byth yn ei weld.

Dyma'r tro olaf y byddent byth yn gweld ei gilydd. Yr olaf, olaf dro.

Cyrhaeddodd y palmant yr ochr draw i'r stryd yn ddiogel a pharhau i gerdded. Gallai glywed llais y dyn a gydgerddai â hi, ond nid oedd i'r llais hwnnw mwyach na sylwedd na geiriau nac ystyr. Dim ond sŵn.

Wrth glwyd y tŷ lle trigai, meiddiodd Nesta oedi, fel petai hi'n cael ei gwynt ati. Ac yn yr oedi hwnnw, bu hi mor hy â cheisio dwyn cip arall yn ôl. Trodd ei hwyneb tua'r dorf, ond doedd neb yno bellach. Fan lle y safai lai na munud yn ôl, doedd dim ond olion eira nawr. Rhyw leithder yn y pellter. Rhith o'r milwr bychan yn ei chof.

Mor wahanol oedd pethau arni neithiwr. Y boilar yn gorfod gweithio goramser, a'r gegin yn gynnes hyd yr oriau mân. Doedd dim yn well ar gyfer gynnal cwmnïaeth hwyr y nos na thynnu amrywiaeth o fwydydd a diodydd i'r bwrdd yn ysbeidiol wrth i sgwrs fynd rhagddi. Brechdanau, cawsiau, pasteiod a hufen iâ i fwyta. Cwrw, gwin a choffi i yfed.

Ers ei ddychweliad, roedd y dyn wedi treulio oriau ar y cyfrifiadur. Gallai wastad ddibynnu ar wneud cysylltiad â chysylltiad rhyw gyswllt annelwig y cysylltodd ag ef cynt. Gêm o gadw mewn cysylltiad oedd hi. Ymddiried, heb fyth allu bod cant y cant yn sicr ei bod hi'n ddoeth ymddiried yn neb. A thrwy'r cyfan, roedd gobaith yn goroesi. Hyd yn oed heb gymorth Wendel ac mor hwyr yn y dydd â hyn, darganfu fod yna ddirgel ffyrdd ar gael – hyd yn oed os oedd y ffyrdd hynny'n gallu bod yn araf a llysnafeddog, fel llwybrau malwod. Roedd drws y ddihangfa derfynol ar fin agor iddo.

Yn y cyfamser, heb Goed Cadno i ddianc iddi, doedd ganddo unman amlwg i fynd liw nos. Hon oedd y drydedd noson yn olynol iddo aros yng nghyffiniau'r byngalo ar ôl swpera gyda Nesta. Ar ôl hel ei draed yn y ddinas am fis, heb allu penderfynu'n iawn beth ddylai ei gam nesaf fod, rhaid bod atyniadau'r lle hwnnw hefyd wedi mynd braidd yn denau yn ei olwg. Roedd hi'n ddydd o brysur bwyso. Tridiau, a bod yn fanwl gywir.

'Beth ar wyneb y ddaear . . ?'

Roedd wedi llwyddo i syfrdanu Nesta'n gynharach y diwrnod hwnnw pan ddaeth i mewn i'r gegin gyda chelyn yn ei freichiau. Anrheg iddi, meddai, er mai hi oedd piau'r llwyn p'run bynnag.

'Wel, beth ddaeth dros ych pen chi . . ?' rhyfeddodd wedyn, gan chwerthin yn wyneb anghrediniaeth.

Wrth ollwng y pentwr ar y bwrdd a gwneud rhyw sylw

gwamal, roedd ei lygaid wedi bradychu'r ffaith nad oedd gobaith yn y byd y byddai yno gyda hi pan ddeuai dydd Nadolig. Roedd Nesta wedi deall, gan gymryd rhyw gysur o'i atgoffa'i hun na fyddai hithau yno chwaith.

Er nad oedd hi'n un i dalu fawr o wrogaeth i'r gwyliau a oedd ar y gorwel, ni allai lai na chymryd arni ei bod yn gwerthfawrogi'r weithred, gan ychwanegu yn yr un gwynt, 'Creu llwch i mi ei hel yw ystyr dod â rhyw drimins diangen fel hyn i'r tŷ.'

Erbyn iddi nosi, roedd sbrigyn o'r celyn ar ben y teledu yn y parlwr, a threfniant anartistig o'r deiliach ar ben y seidbord yn y gornel.

Pan ddaeth ef ati i'r gegin yn gynharach, ar ôl bod orig arall yn ceisio hel manylion ei ddiflaniad at ei gilydd, daeth o hyd i'r hen wraig wrth y seidbord yn chwarae â'r canghennau pigog; eu plethu'r ffordd yma a'r ffordd arall, heb greu fawr o gampwaith y naill ffordd na'r llall pe dywedid y gwir.

'Towla nhw i'r bin os 'yn nhw yn y ffordd,' meddai wrthi. 'O ddifri! Wna i ddim gweld chwith.'

'Na, dy'n nhw ddim yn y ffordd o gwbl,' eglurodd. 'Y fi sy ddim yn gyfarwydd, 'na i gyd.'

Roedd hynny'n ddigon gwir. Er ei hoes hir, roedd 'na lond gwlad o ddoniau nad oedd Nesta wedi cael cyfle i'w datblygu eto, a phentwr o brofiadau na chawsai gyfle i ddod yn gyfarwydd â nhw. Doedd bywyd ddim wedi gorffen â hi eto.

Gwely ei hoff butain yn y ddinas fu man darfod Wendel. Cerddodd trwy ddrws fflat y ferch am wyth y nos a chludwyd ef trwyddo eto am hanner awr wedi tri y bore, y tro hwn mewn cwdyn canfas trwm gyda sip yn rhedeg yr holl ffordd o'i gorun i'w draed.

Gweddai'r lleoliad i'r farwolaeth. Roedd iddo fesur o arwyddocaol, am mai rhan o fargen ariannol fu rhyw iddo ar hyd ei oes, yn hytrach na rhan o berthynas o unrhyw fath. I'r fenyw, ar y llaw arall, anghyfleustra tost oedd yr amgylchiadau hyn. Bwciwyd awr o'i hamser gan gleient arall am un ar ddeg, ac roedd marwolaeth yn siŵr o olygu cwestiynau di-rif.

Ond beth fedrai hi ei wneud? Doedd ganddi fawr o ddewis yn y mater. Dechreuodd y dyn gwyno o gylla drwg yn fuan wedi i hanfod eu busnes gyrraedd ei benllanw. Doedd arni ddim cymaint â hynny o ots ar y dechrau. Cwsmer didrafferth iawn oedd Wendel o'i gymharu â rhai a ddeuai i'w rhan. Onid yr union wely hwn a achubodd ei fywyd ar noson y cyrch enwog? Yma, ym mynwes masnachol hon, y gorweddai tra crafai ewinedd miniog peiriannau'r awdurdodau dros ei wâl yng Nghoed Cadno a'i malu'n rhacs. Oedd, roedd y fenyw wedi caniatáu iddo aros dros nos ar yr achlysur hwnnw, heb i'r naill na'r llall ohonynt sylweddoli ar y pryd ei bod hi'n achub ei groen.

Yn anffodus, ni fyddai ffawd lawn mor drugarog wrthynt y tro hwn.

Estynnodd ei photel fodca iddo, heb fwriad codi dimai'n ychwanegol arno am y gymwynas, am ei bod hi o dan y gam-dybiaeth bod hwnnw'n stwff da i'r stumog. Ond doedd dim siâp gwella ar Wendel. Tylinodd ei fola wedyn am beth amser – ei dwylo mawr bras yn mwytho'n ôl a blaen dros ei floneg blewgoch – yn y gobaith y byddai hynny'n ysgafnhau'r boen. Ond yn ofer. Doedd dim rhyddhad. Chwyddo'n fwyfwy wnaeth y bola. Cynyddu wnaeth y boen. Dwysáu wnaeth y chwys a ddiferai ohono.

Wrth i'w gyflwr ddirywio'n gyflym, aeth y fenyw drwy ei eiddo. Y waled. Y pocedi. Pobman a allai gynnig gnewyllyn stori iddi i'w galluogi ateb yr holl holi anorfod a ddeuai o gael cymorth meddygol iddo. Ond roedd y dyn yn druenus o ddigyfeiriad, mae'n ymddangos.

Dim enw.

Dim cerdyn adnabod.

Dim ffôn symudol.

Dim cardiau credyd.

Dim i nodi câr.

Dim i gyfeirio neb at unrhyw gysylltiadau.

Gallai hi ddeall fel y byddai rhai o'i chleientau mwyaf nerfus yn gofalu nad oeddynt yn cario gormod o gliwiau wrth ddod i'w gweld, ond nid oedd erioed wedi dod ar draws yr un o'r blaen a oedd mor ddi-ddim â hyn.

Dechreuodd Wendel fynd yn rhwyfus iawn yn gynnar. Nid oedd eto'n hanner awr wedi deg pan ddechreuodd regi a rhechu'r gwynt gwenwynig oedd yn bwyta drwy ei ymysgaroedd. Erbyn ganol nos, fedrai'r butain ddim diodde rhagor, a defnyddiodd ei ffôn ei hun i alw am ambiwlans. Cymerodd hwnnw ddwyawr a hanner i gyrraedd – digon o amser i'r dirdyniadau droi Wendel yn glinigol wallgof ac iddi hithau ddrysu wrth wylio'r dyn yn chwyddo i'r fath faint nes ei bod yn grediniol ei fod ar fin bostio.

Wnaeth e mo hynny, wrth gwrs, er yr holl arwyddion bygythiol i'r gwrthwyneb. Aros yn gyfan wnaeth corff Wendel. Ond erbyn i'r parafeddygon gyrraedd o'r diwedd yr hyn ydoedd, yn anad dim, oedd corff. Yn wir, corff yn unig ydoedd – nid Wendel o gwbl. At bwrpas y busnes rhyngddynt, roedd e wedi defnyddio enw arall gyda'r fenyw, a'r enw ffug hwnnw a ddefnyddiwyd ganddi hithau i'w adnabod.

Gwrthododd gweithredwyr yr ambiwlans gymryd y corff ymaith. Mae'n ymddangos nad oedd hynny'n rhan o'u job.

Byddai'n rhaid i uned arall, a ddeliai'n benodol â'r meirw, ddod i'w nôl, medden nhw. Galwyd yr heddlu.

Aethant hwythau drwy bopeth. Glynodd hithau wrth y gwir. Dywedodd iddi ei weld sawl gwaith o'r blaen. Nad oedd yn drafferth o fath yn y byd. Ei fod yn siarad gydag acen anghyfarwydd iddi. Nad oedd hi byth yn holi am dras neb oherwydd bod cymaint o dramorwyr dieithr o gwmpas y dyddiau hyn.

Ni thaflwyd fawr o amheuaeth ar ei stori. Ond ni roddwyd fawr o goel arni chwaith. Teg dweud nad oedd difodiant Wendel wedi ennyn ymateb o fath yn y byd ynddynt, mwy na'r isafswm a fynnid gan eu swyddi.

Llenwyd y ffurflenni priodol yn y fan a'r lle. Gosodwyd ef yn y bag. Aed ag ef ymaith. Ymhen deuddydd, cynhaliwyd post mortem. Ar wahân i'r fodca a lyncwyd fel meddyginiaeth ofer, doedd dim i ddangos ym mhle y cafodd yr ymadawedig ei bryd olaf o fwyd. Dirgelwch. Un nad aeth neb ar ei drywydd, mwy na chyflawni'r gofynion mwyaf sylfaenol. Cyhoeddwyd rheithfarn o farwolaeth agored.

Welodd neb y corff yn cael ei gario ymaith o adeilad fflat y fenyw ym mherfeddion nos. Ni fu cymaint ag un adroddiad am y farwolaeth ar y cyfryngau.

Oherwydd natur ei bywoliaeth, cadwodd y fenyw ei cheg ar gau. Ni soniodd air wrth neb – doedd hi ddim am gael enw drwg. Erbyn bore trannoeth, roedd cynfasau'r gwely hwnnw wedi'u newid, a hithau'n diolch i'w hangel gwarchodol am dri pheth yn benodol. Na chymerodd yr heddweision gas yn ei herbyn. Nad oedd hi'n debygol o glywed rhagor am yr helynt. Ac na chadwodd ei chleient un ar ddeg o'r gloch ei oed.

Er eu diffyg brwdfrydedd, fe aeth yr awdurdodau drwy'r

profion i gyd dros yr wythnosau a ddilynodd. Y DNA. Olion ei fysedd. Iris ei lygaid. Rhwng adeg ei farw a'r Nadolig, gwnaed popeth posibl. Rhoddwyd tic ym mhob blwch. Ac, yn ddieithriad, cofnod negyddol a roddwyd yng ngholofn llaw dde pob tudalen a sgrin. Yn genedlaethol, yn rhyngwladol ac yn rhyng-gyfandirol fyd-eang, doedd dim a berthynai i gleient y butain i'w glymu mewn unrhyw fodd o gwbl gyda'r un bod dynol y cofnodwyd ei fanylion yn unman am unrhyw drosedd neu gamwedd, neu ar amheuaeth o unrhyw drosedd neu gamwedd. Llechen arswydus o lân.

Doedd achos o'r fath byth yn debygol o gael ei gau'n derfynol. Yn swyddogol, ddamcaniaethol, byddai'r ffeil ar agor hyd dragwyddoldeb. Ond, yn ymarferol, roedd Wendel wedi peidio â bod yn y modd mwyaf absolíwt. Nid oedd. Ni fyddai. Ac ni fu erioed.

Go brin bod modd i hunaniaeth neb fod yn fwy anghofiedig na hynny.

Diwrnod tesog braf yn llawn tanbeidrwydd haf. Gyrra'r hers drwy'r clwydydd mawr rhwysgfawr ar ei chyflymdra arferol. Mewn car mawr du sy'n dilyn yr hers, eistedda gwraig ganol oed mewn siwt nad yw'n edrych yn ddestlus na chysurus amdani. O bobtu iddi, mae dau ŵr ifanc anemaidd yr olwg. Mae'r ddau'n sythu trwy'r ffenestri wrth eu hymyl a does yr un ohonynt yn ceisio cysuro'r wraig.

Diwrnod angladd Nesta yw hwn, er na fydd yn digwydd am flynyddoedd maith i ddod.

Â'r ddau gerbyd i lawr y llwybr y cerddodd yr ymadawedig a'i lletywr answyddogol y diwrnod anghofiedig hwnnw, flynyddoedd yn ôl, cyn aros cyn agosed ag y gallant at y bedd.

Tra bod yr ymgymerwyr wrth eu gwaith yn cyrchu'r arch o

gefn eu cerbyd a gofalu bod popeth yn gymen ar gyfer y gladdedigaeth, daw'r tri o'r car wrth eu pwysau. Maent yn cymryd eu hamser, am bod y cyfan yn digwydd ar gyflymder eliffant, yn araf ac afreal ei faint.

Cerdda'r ychydig eraill a ddewisodd ddod ynghyd o gyrion y clwydydd i ymuno â'r prif alarwyr. Ni chânt hwy yrru i mewn i'r fynwent. Mae maes parcio cyfleus ar eu cyfer.

Bum munud yn ddiweddarach, troediant yn ôl at eu ceir. Â'r tri a gyrhaeddodd yn y car yn ôl i mewn iddo. Mae'r cyfan drosodd.

O fewn tri mis, bydd mainc bren newydd ger y llwybr sy'n amgylchynu'r lle. Mainc na fydd neb byth yn eistedd arni. Ger llwybr na fydd neb byth yn ei gerdded – ddim hyd yn oed i oedi a darllen yr arysgrif a fydd wedi'i gerfio ar y plàc metel:

> Er cof am Nesta Bowen
> Rhoddedig gan Melissa a'i meibion

Yn dilyn enw Nesta, mewn cromfachau, mae dwy flwyddyn wahanol wedi'u cofnodi mewn ffigurau Arabaidd, gyda dash bach mursennaidd rhyngddynt. Cyfrifwyd y blynyddoedd yn ôl Oed Crist. Dyna oedd dymuniad Melissa, a bu'n rhaid iddi fynnu mai felly y dymunai hi iddynt fod.

Un dda am fynnu yw Melissa. Mae hi'n styfnig fel ei mam.

Erbyn i Nesta gael ei chyfle cyntaf i fod gartref ar ei phen ei hun, roedd yr ysfa i lefain wedi hen fynd heibio. Ni fyddai pyliau o'r fath byth yn para'n hir iddi. Doedd hi ddim y teip i ymdrybaeddu.

Diwrnod yn unig oedd wedi mynd heibio ers i'w byd newid am byth. Y tân. Ei ymadawiad ef. Byddai'n dealladwy petai wedi gollwng dagrau. Ddoe, fe fydden nhw hyd yn oed wedi bod o ryw les, efallai. Erbyn heddiw, roedd rhesymeg yn cydbwyso'r holl brofiadau – gwynt y llosgi'n pellhau o'r ffroenau, a gwacter y galar yn ddim namyn oerni llonydd yng nghignoethni'r cof.

Gwahanol iawn i'r amser hwn ddoe, mae'n wir. Bedair awr ar hugain yn ôl, roedd hi wedi bod mewn tŷ ar draws y stryd, yn sipian brandi cymydog, gyda gwraig hwnnw'n hofran drosti fel sguthan nerfus, a sŵn y cyffro oddi allan fel adlais o ddiwedd y byd.

'Tydy'r difrod ddim hanner cynddrwg ag oedd maint y fflamau'n awgrymu, medden nhw i mi,' ceisiodd Melissa ei chysuro pan gyrhaeddodd. Roedd y ffaith iddi'n amlwg dorri gair gyda gwŷr y frigâd dân a'r heddlu cyn dod i weld sut oedd ei mam yn dweud cyfrolau am ei blaenoriaethau, meddyliodd Nesta. Ond doedd hynny ddim yn syndod iddi, chwaith. Llyncodd gegaid arall o'r brandi a derbyn cysur y newyddion heb wneud unrhyw sylw. Yn wir, heb edrych ar ei merch o gwbl.

O ddeall fod y cyfan drosodd – y tân wedi'i ddiffodd a pherchnogion yr ardd lle y'i cyneuwyd wedi eu cymryd ymaith ar gyhuddiad o godi tanau – bu'n rhaid iddi fodloni ar fynd i mewn i gar Melissa a chael ei gyrru ymaith o fewn yr awr.

Nawr, roedd hi'n drannoeth.

Tybed ble'r oedd e?

Ymhell i ffwrdd ar fwrdd llong a'i cludai i bellafoedd byd, efallai? Neu'n dal i guddio yn y cysgodion? Rywle yn ardal y dociau o hyd, o bosib? Ar ei ffordd i un o ddinasoedd eraill y wlad? Mewn coedwig wahanol? Gardd newydd, hen ac anghyfarwydd?

Ni chysgodd Nesta fawr. Gofidio oedd hi, mae'n rhaid. Nid galaru wedi'r cwbl. Nid galar go iawn. Fe gysgai galar. Fe wyddai o'r gorau. Roedd hynny'n wybyddus i bawb.

Gofid oedd y giamstar am eich cadw ar ddi-hun. Synhwyro ei fod yn dal yn fyw oedd hi, cysurodd ei hun. Synhwyro mai dim ond wedi mynd o'i golwg unwaith eto oedd e. Fel y troeon o'r blaen. Gwneud ei hun yn ddiflanedig. Defnyddio'r gallu rhyfedd hwnnw a feddai i'w wneud ei hun yn anweledig. Fel consuriwr.

Newydd fynd oedd Melissa. Y ddwy ohonynt wedi bod allan yn yr ardd yn asesu'r difrod. Cymoni.

Wrth iddi gael ei gyrru ymaith i fwrw'r noson yn fflat Melissa ddoe, roedd didwylledd y sicrwydd a gawsai honno gan yr arbenigwyr wedi chwarae ar feddwl Nesta. Wrth fynd yn hen, roedd perygl i bobl ddechrau eich trin yn nawddoglyd neis-neis, eich arbed rhag y caswir gyda phob math o eiriau teg a chelwydd, fel y bydd rhai oedolion yn dewis siarad â phlant. Ond a oedd y fflamau mewn gwirionedd wedi edrych yn waeth o lawer na'r hyn oedden nhw? A beth pe gwelai hi'r dyn wrth i Melissa eu gyrru tua chanol y ddinas?

Bu'n syllu'n ddyfal drwy'r ffenestr wrth deithio – heb wybod oedd hi eisiau cip arall arno ai peidio.

Dros nos, y cyfan a wnaed i'w chartref oedd taenu tarpôlin dros y cefn, ond erbyn iddi hi a Melissa gyrraedd roedd ffenestr y gegin a drws Ffrengig ei hystafell wely wedi eu cau'n llwyr gan fyrddau pren. Am y tro, byddai angen golau trydan arni yn y ddwy ystafell. Ac onid oedd Melissa eisoes wedi bod ar y we y bore hwnnw'n trefnu i'r holl waith adnewyddu gael ei wneud o fewn y dyddiau nesaf? Pan gododd o'i gwely'r bore hwnnw, deallodd fod y cyfan wedi'i drefnu, fwy na heb. Teimlai'n hen ddihenydd.

Gan sefyll ar y lawnt, rhythodd y ddwy ar gefn yr adeilad, yn delwi ar dro ac yn prysur ddoethinebu dro arall.

'Mi fydd raid ichi beintio'r lle eto,' meddai Melissa, gyda phendantrwydd un a fynnai drywanu'r ergyd galetaf gyntaf.

Bu'r sylweddoliad hwnnw'n llechu yng nghefn meddwl Nesta hefyd. Câi gwaith llaw'r dyn ei ddad-wneud a'i ailorchuddio – a hynny mor fuan! Llyncodd boer mewn coffadwriaeth.

'Wel, bydd, mae'n debyg . . . maes o law,' cafodd ei hun yn gorfod cytuno.

'O, dim "maes o law" o gwbl.' Parhaodd Melissa i hyrddio cledd ei geiriau hyd y carn. 'Fe fydd hyn yn wych. Fe gawn ni wneud y cyfan ar yr yswiriant.'

'Gawn ni?'

'Do'n i ddim yn hapus gyda gwaith y dyn 'na ddefnyddioch chi yn yr ha' o'r cychwyn,' aeth Melissa yn ei blaen. 'Mi fydda i'n teimlo'n llawer hapusach gwybod bod y lle wedi'i addurno gan gwmni o beintwyr proffesiynol. Dyna lwcus fuon ni na chydiodd y tân o ddifri ym mhren y feranda 'ma.'

'Mae golwg ddu iawn ar y piler pella 'na, draw wrth ddrws y cefn,' ebe Nesta gan bwyntio. 'A'r to yn y gornel bella hefyd.'

'Difrod arwynebol iawn, yn ôl y sôn. "Cosmetig" oedd gair y dyn 'na o'r Gwasanaeth Tân siaradodd â fi bore 'ma.'

'Siarad â ti!' ceisiodd Nesta brotestio. 'Pam siarad â ti?'

'Bydd pobman yn ôl fel newydd eto.' Erbyn hyn, roedd Melissa yn llawn brwdfrydedd ynghylch y prosiect oedd yn llenwi'i phen. Anwybyddodd ei mam heb arlliw o gywilydd. 'Fe gawn ni ffenestri newydd, modern; drws newydd ar yr hen gwt glo 'na, gyda chlo sy'n gweithio'n iawn . . . ar ôl bwriadu gwneud rhywbeth yn ei gylch am yr holl flynyddoedd. Nawr, mi fydd hynny'n newyddbeth ynddo'i hun . . . A chegin newydd, wrth gwrs.'

'Cegin newydd?' torrodd Nesta ar ei thraws. 'Prin bod y tân wedi cyffwrdd â'r tu mewn o gwbl.'

'Ella, wir,' atebodd Melissa'n ddiamynedd, 'ond mae'n gyfle

rhy dda i'w golli. Mae angen cegin newydd arnon ni.' (Swniai'r holl sôn yma am 'ni' yn fygythiol iawn i glust Nesta, ond doedd ganddi mo'r nerth i'w gwestiynu.) 'O'r arch ddaeth y gegin 'na – ac mewn arch mae'i lle hi. Mae'n hen bryd rhwygo'r cyfan allan ac ailgynllunio'r lle.'

'Ond dwi'n hoff o 'nghegin fel ag y mae hi, diolch yn fawr.'

'Dyw'r gegin 'na ddim wedi'i harbed yn llwyr. Mae'r nenfwd wedi'i bardduo yn un peth. Fe fydd hynny yn adroddiad y Gwasanaeth Tân. Mae'r dyn wedi fy sicrhau i . . .' Anwybyddodd Melissa sylwadau ei mam. 'Mae'r cyfan wedi'i drefnu. Fe allwn ni fod yn ffodus a chael gwneud y cyfan cyn y Nadolig, gyda thipyn o lwc. Fe wnes i'n fawr o'ch oedran chi. Hen wraig fusgrell ar ei phen ei hun ac ati . . . A chyn ichi fynd i dop y caetsh arna i eto, meddwl amdanoch chi o'n i trwy wneud hynny. Ocê?'

Roedd Nesta'n fud. Roedd hi'n newid byd arni, a doedd Melissa ddim ar fin gadael iddi anghofio hynny.

Camodd draw at gongl y cwt a'i hystafell wely. Yna, croesodd y lawnt yn ôl fel petai'n archwilio'r union fan lle bu'r fflamau'n chwyrlïo, lle bu ei llygaid yn llosgi a'i thraed yn gwaedu.

Heddiw, roedd y gwynt wedi gostegu. Yr eira fu'n bygwth ddoe wedi troi'n ddim. A'r storm o'i mewn, yn hytrach nag o'i chwmpas.

Arhosodd Melissa gyda'i mam am awr a hanner. Bu'r ddwy'n glanhau. Gwthiwyd hwfer dros garped yr ystafell wely. Tynnwyd brws dros lawr y gegin. Casglwyd y gwydr toredig ynghyd mewn tawelwch, a chafwyd gwared arno â thrylwyredd.

Ger y sinc, bu'n rhaid i'r ferch ddefnyddio'i dwy law i godi'r bleind oedd wedi chwarae rhan mor ddefodol ym mywyd ei mam ers blwyddyn. Ni châi ei dynnu i lawr na'i godi byth eto. Disodlwyd ef gan ddrama ddoe. Roedd miniogrwydd y gwydr ffrwydrol wedi rhwygo trwyddo. Daeth ei ddiwrnod gwaith i ben.

'Hen bryd gwaredu'r hen beth,' ceisiodd Melissa fonllefain yn fuddugoliaethus. 'Y bin oedd lle hwn flynyddoedd yn ôl,' aeth yn ei blaen, gan geisio cael y gorau ar y crair. 'Fe stopion nhw gynhyrchu'r teip hwn o fleind flynyddoedd yn ôl, wyddoch chi?'

'Dyw hynny ynddo'i hun ddim yn ddigon i'w gondemnio.'

'Dwi'n cofio hwn yma pan o'n i'n blentyn.'

'Beth am hynny? Doedd dim byd yn bod arno,' mynnodd Nesta'n amddiffynnol. 'Rho fe yng nghefn y garej. Falle y bydd modd 'i drwsio.'

'Trwsio, wir! Be haru chi?' arthiodd Melissa'n ddiamynedd. 'Mae e wedi colli'i liw. Mae e wedi colli'i siâp. A nawr mae e wedi colli'i ddefnyddioldeb hefyd.'

'Mi fydd yr un peth yn wir amdanat tithe un dydd, 'y merch i,' sibrydodd Nesta wrthi'i hun. Ond roedd Melissa a'r bleind eisoes wedi diflannu drwy ddrws y cefn. Dim ond Melissa ddaeth yn ôl.

Cafodd gwely'r llofft sbâr ei wneud yn barod ar gyfer Nesta'r noson honno. Doedd hi ddim am gysgu mewn ystafell lle'r oedd byrddau pren wedi'u hoelio'n ddi-lun dros y ffenestri.

'A dach chi'n siŵr mai yma dach chi am fod heno?' holodd Melissa wrth baratoi i adael.

'Ydw, wir iti,' atebodd Nesta. 'Diolch yn fawr iti 'run fath.'

'Bydd raid ichi fyw gyda'r golau trydan 'ma mlaen am sbel, wyddoch chi?'

'Mae'n fis Rhagfyr, Melissa fach,' ymresymodd Nesta. 'Mae angen gole 'mlaen bob awr o'r dydd, ta beth. Wela i fawr o wahaniaeth. Nawr, cer di at dy bethe. Ac fe fydda i'n iawn, paid ti â phoeni.'

Mor braf oedd gweld ei chefn.

Y fath ryddhad o gael bod ar ei phen ei hun unwaith eto! Ar ei phen ei hun yn y gofod a oedd mor gyfarwydd iddi. Gofod cartref. Gofod yr hunan. Gofod Nesta Bowen.

Dyna pryd y sylweddolodd nad oedd hi'n mynd i lefain – wrth glywed car Melissa'n gyrru ymaith a theimlo cynhesrwydd trwm ei hen system wresogi'n cael y gorau drachefn ar yr oerni a sleifiodd i mewn drwy'r drws wrth iddi adael.

Nid nad oedd hi dan deimlad. Ond doedd dim yn y golwg. Doedd dim i'w weld. Amser ffroeni a ffrwyno oedd hi. Amser casglu a rhoi heibio. Amser cymryd stoc a chanu'n iach.

Yn wyrthiol, doedd dim wedi'i gyffwrdd. Neb wedi chwilio am unrhyw arwydd o'r annisgwyl. (Pam ddylai neb chwilio? Nid cyrch oedd wedi digwydd, ond tân.) Popeth yn ddiogel o hyd. Roedd y dyn wedi mynd â'i sach gysgu, mae'n wir. Ond roedd llawer o'i ddillad yn dal ar ôl. Ar ôl iddi hi eu rhoi mewn drôr drachefn a'u cuddio o'r neilltu. Fe gymerai amser iddi ddygymod o'r newydd. Ond fe ddeuai trwyddi. Fe ddeuai trwyddi, fel ag erioed.

Aeth i ystafell y cyfrifiadur, rhag ofn bod neges yn aros amdani.

'Nesta – Wedi 'mrifo i'r byw. Rwy'n naw deg mlwydd oed heddiw. Dim carden na dim oddi wrthych! Hy!'

Neges oddi wrth un o'i ffrindiau – yr unig neges oedd yn aros amdani ar y sgrin. Honno wedi'i danfon ddoe, fe sylwodd. Doedd arni fawr o amynedd danfon ateb ato'n syth. Fe gâi aros. Tipyn o hen swnyn a thynnwr coes oedd e, y ffrind arbennig hwnnw. Ond pan glywai am y tân, teimlai Nesta'n ffyddiog y câi hi faddeuant ganddo. Byd felly oedd o'i blaen hi bellach, rhwng gwefrau a bedd. Byd o wneud yn fawr o'r trugareddau bach yr oedd pobl yn barod i'w rhannu â'i gilydd.

Diweddglo: Swper Olaf Nesta

Doedd hi erioed wedi gadael i wy o unrhyw fath ferwi am fwy na phedair munud.

Dyna'r amser perffaith ar gyfer wy melyn meddal. Dyna a ddysgwyd iddi pan yn fach. A dyna'r oedd hi wedi glynu ato gydol ei hoes.

Gallech ddweud ei bod hi'n ddefod ganddi. Ac roedd Nesta wedi cyrraedd cyfnod yn ei bywyd pan bwysai'n drwm ar ddefodau. Yr hyn a ddysgwyd iddi'n blentyn. Arferion. Geiriau. Ymadroddion. Y delweddau lliwgar, afresymol rheini. Y priod-ddulliau nad oedd modd olrhain eu tarddiad.

Yng ngwlad y cŵn a'r brain y trigai bellach. Yn rhannol, o leiaf. Gwlad hen wragedd a ffyn. Gwlad y 'divas' tew fyddai'n siŵr o ganu cyn i'r cyfan ddod i ben. Gwlad hyfryd, gysurlon a chreulon. Hon oedd y wlad lle bu'n trigo erioed, efallai.

Perthyn i'r ail o'r nodweddion hynny wnâi wy wedi'i ferwi. Bwyd cysur. Bwyd cyfarwydd. Bwyd perffaith o fewn pedair munud.

Byddai ei llygaid yn gwybod yn union ble i droi tua'r stof yn ei hen gegin. Ble i droi i weld wyneb y cloc. Y bys yn troi mewn cylch. Bedair gwaith. Wyneb cloc yn glir a glân.

Ond ofer troi i'r cyfeiriad hwnnw bellach. Garw beth! Doedd dim cloc yno. Dim stof. Dim byd tebyg i'r un a gofiai. Eisteddai'r wy mewn sosban ar arwynebedd nad edrychai'n debyg i dop stof o fath yn y byd. Roedd y dŵr yn berwi, achos gallai weld yr ager yn codi ohono. Ond ar wahân i hynny, anodd ganddi gredu ei bod hi'n berwi wy o gwbl.

Aethai degawd heibio ers yr hen drefn. Deng mlynedd o ddal i edrych yn reddfol i gyfeiriad yr hyn yr arferai hi ei alw'n 'gloc y gegin', dim ond i ddarganfod o'r newydd bob tro nad oedd yno mwyach. Yr un hen amser, wrth gwrs. Ond mewn casyn newydd. A lleoliad na fedrai llygaid Nesta ymgyfarwyddo ag ef.

'Mi ddowch chi i arfer,' ceisiodd Melissa ei sicrhau hi ar ôl i bopeth newid yn dilyn y tân. Ond dim ond rhan o'r gwir oedd hynny. Dim ond rhan o'r adnewyddu hefyd.

Er mor ffyddiog oedd Melissa y byddai pwysleisio oedran ei mam yn ddigon i beri i'r gwaith gael ei wneud yn gyflym, bu gweithwyr o wahanol fath yn ôl ac ymlaen gyda Nesta am fis a mwy cyn gadael llonydd i'w byngalo. Erbyn diwedd y mis Ionawr yn dilyn ymadawiad y dyn, nid y gegin yn unig oedd wedi'i gweddnewid.

Rhoddwyd ffenestri Ffrengig newydd sbon yn ei hen ystafell wely, gyda drws a symudai'n ôl a blaen yn hytrach nag agor allan ar y feranda. Roedd hynny wedi ymddangos yn glinigol iawn i Nesta ac ni chysgodd noson arall yno weddill ei hoes. Cadwodd at y llofft bach. Yno, tybiodd, y byddai hi saffaf.

Er mwyn cydweddu â'r hyn a wnaed i ffenestri'r gegin a'r ystafell wely, newidiwyd ffenestr fechan y tŷ bach hefyd. Cafwyd boilar newydd – un llai o faint, llai swnllyd. Un nad oedd ei bresenoldeb mor amlwg – tebycach i was na chyfaill.

Taflwyd yr hen ffrind i sgip, ynghyd â'r torrwr porfa henffasiwn a wnaeth ei ymddangosiad olaf mor ddramatig y prynhawn hwnnw. Gorfododd Melissa unrhyw lygod a oedd yn dal i lechu yn y garej i ail-letya a gwnaeth hen garpedi a chorynnod yn ddigartref yr un pryd, trwy glirio'r lle'n llwyr.

Yn fuan wedyn, dymchwelwyd yr adeilad ei hun, yn ddiseremoni, un dydd o wanwyn mwyn.

Ar ôl hynny, doedd dim gobaith y deuai neb byth eto i guddio yn yr ardd. Gyda'r coed a'r perthi a arferai dyfu o bobtu'r wal rhyngddi a'r drws nesaf wedi eu tocio yn dilyn y tân, bu cefn y byngalo'n hawdd iawn i'w weld o'r palmant ers sawl blwyddyn. Os byth y byddai Nesta'n digwydd sefyll o flaen ei hen gartref a'i astudio, byddai wastad yn meddwl mor noeth yr edrychai'r lle. Fel petai moelni'n rhinwedd. A chaledi'n arwydd o ruddin.

Yn ei dydd, byddai pobl yn arfer meddwl am Nesta fel gwraig o gryn ruddin. Bydd dyn o'r fath yn mynd i'w hangladd. Er na chaiff reswm i wneud dim â hi am ddegawd a mwy, a'i fod wedi hen ymddeol, pan ddaw'r dydd pan glyw sôn am ei hymadawiad, bydd yn penderfynu gwneud yr ymdrech i fod yno. Yn unol â'r safonau y byddai Nesta wedi eu disgwyl ohono, bydd yn gwisgo'i siwt orau ac yn edrych y tu hwnt i'r hyn a gaiff ei ystyried yn barchus. Bydd yn edrych yn werth y byd. Bydd yn cerdded wrth gwt yr osgordd fechan o'r maes parcio at safle'r bedd. Nid yno i alaru fydd e, yn gymaint â dal i gadw dyletswydd.

Bydd yno am ei fod am wneud yn siŵr ei bod hi wedi cyrraedd ei chell olaf yn ddiogel.

Llosgodd y sosban yn sych. Amgylchynwyd yr wy gan fwg du.

Cael a chael fu iddi gydio yn y ddolen a llusgo'r cyfan at y sinc cyn i'r larwm tân ar y nenfwd seinio. Byddai hwnnw wedi galw Melissa i fyny'r grisiau i weld beth oedd yr argyfwng diweddaraf.

Rhedodd ddŵr. Doedd agor y ffenestr uwchben y sinc ddim yn ddewis fel y byddai wedi bod o'r blaen.

Cegin fflat ar seithfed llawr twˆr tal ynghanol y ddinas oedd hon. Dyma'i chartref bellach. Oddi tani, trigai Melissa ar ei phen ei hun. Diflannodd gŵr honno'n derfynol dair blynedd ynghynt. Roedd yr hogie wedi gadael cartref, fwy neu lai. Mae'n wir fod y nyth yn dal i'w denu'n ôl adeg gwyliau a phob tro y byddai rhyw helynt wedi dod i'w rhan ond, i bob pwrpas, roedd Melissa'n byw ar ei phen ei hun.

Dri mis yn ôl y bu'n rhaid i Nesta symud yma. Tri mis o sefyll wrth ei sinc yn edrych ar gymylau yn lle coed. Dim porfa. Dim wal. Ambell do ac aderyn. Ôl dynoliaeth rywle yn y pellter, neu i lawr ymhell oddi tani, ar y stryd islaw, pe meiddiai edrych i lawr.

Roedd hi wedi anghofio cadw llygad ar y cloc.

Doedd dim cloc.

Dim ond amser.

Roedd hi wedi gadael i amser gael y gorau arni. Y sosban wedi'i gadael ar y stof am awr a mwy. Rhy hir. Rhy hwyr. Doedd dim i'w ddisgwyl ond llanast.

Anwadalwch cof. Ei gelyn olaf.

Sŵn a berthynai i'w misoedd olaf yn y byngalo oedd yr atgof cryfaf a deithiodd gyda hi oddi yno. Sŵn llifiau'n mynd trwy bren. Cadwyni mecanyddol coblynnod ynfyd yn malu eu ffordd drwy'r trwch. O'r diwedd, roedd yr anorfod wedi digwydd a'r awdurdodau wedi dod i dorri crib Coed Cadno. Câi'r cof am yr hyn a ddigwyddodd yn ystod ei hwythnosau olaf yn y byngalo ei gadw'n fyw gan yr unig un o'i synhwyrau a fu'n ddiffygiol erioed.

Cychwynnwyd ar y cyrion. Rhai dynion. Peth llanast. A sawl jac codi baw. Bu Nesta'n dyst i'w dyfodiad. Bu Nesta'n dyst i ddyfodiad llawer un yno yn ystod ei hoes, mae'n wir, ond nid llechu'n dawel rhag i neb eu gweld oedd steil yr ymwelwyr olaf hyn. O fewn dyddiau, niweidiwyd y wal gan y giwed. Y dynion yn esgeulus wrth eu gwaith. A'r peiriannau'n arw. Cafodd yr hen ffiniau clir eu gwanhau a'r pridd gwaedrudd ei arteithio. Cyn bo hir, daethpwyd â phob math o benglogau rhyfedd i olau dydd – yn eirth a meirch a babanod bach. Achoswyd cryn gyffro. Ond chafodd dim ei ddweud.

O hyn ymlaen, ni cheid yr un guddfan – meddwl Nesta oedd yr unig loches ar ôl.

Byddai'r dyn yn derbyn noddfa yno tra parai'r meddwl hwnnw. Afraid dweud hynny, am ei bod hi'n ffaith mor amlwg. Ni fyddai'r cofnod o'i gyfnod yn cuddio yn y coed yn wirioneddol ddod i ben nes y byddai Nesta wedi darfod.

Un neges a dderbyniodd hi oddi wrtho erioed. Dri mis ar ôl ei ddiflaniad y cyrhaeddodd, ac er nad oedd enw neb ar ei diwedd, fe wyddai Nesta'n iawn pwy a'i danfonodd.

'Mewn lle braf. Mae'n boeth. Wedi dechrau dysgu dawnsio.'

Naw gair ar sgrin.

Darllenodd Nesta nhw deirgwaith. Unwaith. Ddwywaith. Deirgwaith. Yn syth ar ôl ei gilydd. Ac yna, heb feddwl eilwaith, gwasgodd y botwm Dileu a diflannodd y geiriau hynny am byth.

Oedd e'n rhydd o'r diwedd? Dyna'i gobaith. Ar gyfandir gwahanol. Dan haul gwahanol. Dan enw newydd. Ei hunaniaeth artiffisial, diogelach, yn gwarantu iddo fywyd mewn man lle'r oedd gwareiddiad yn golygu rhywbeth gwahanol.

Dyfalai mai yn Ne America yr oedd e. Neu Affrica, efallai. Awstralia, hyd yn oed. (Er na welai fod hynny'n debygol iawn os oedd e'n dysgu dawnsio.)

Cymerodd gysur o'i mynych ddyfaliadau dros y ddegawd a aethai heibio. (Bu'n ddegawd hir ac araf iddi ers yr hydref hwnnw pan sylweddolodd fod yr henaint 'arni'. Cafodd ddigon o amser i ddyfalu. Ond ni ddaeth ar draws neb arall y teimlai'r angen i'w hebrwng ar ei ffordd.) Nid oedd iot o rwystredigaeth arni na châi hi byth wybod beth ddaeth o'r dyn mewn gwirionedd. Ddegawd yn ôl, ni ddaeth i wybod dim amdano i sicrwydd. A doedd dim byd wedi newid. Hen sgamp a gymerodd fantais arni oedd e. Dyna i gyd. (Gadael rhyw hen ddihiryn drewllyd i ddefnyddio'i hystafell ymolchi fel'na, wir!) Beth mwy oedd i'w ddisgwyl gan hen rebel o filwr? Ei lach mor finiog â llafn rasel pan fynnai. Ei dafod yn glafoerio gwyleidd-dra dro arall, am yn ail â phoeri gwawd.

Machludai'r haul arno eto heno, dychmygodd. Pa haul bynnag oedd hwnnw. I ba orwel bynnag yr âi i orwedd. Yfory, fe godai drachefn. Yr un hen gelwydd golau. A phob yfory'n ddiwrnod newydd sbon yn ei hanes. Ac yn hynny o beth, o ran y dyn, roedd Nesta yn llygad ei lle. Dychmygai'n gywir. Dyna'n wir oedd yn disgwyl y dyn.

Ond amdani hi ei hun, nid oedd pethau'n edrych lawn mor llewyrchus. Roedd ei phedair munud hi wedi hen fynd heibio.

Pan alwodd Melissa i weld ei mam, fel y tueddai i wneud bob nos cyn i honno glwydo, ni sylwodd ar ddim byd anghyffredin yn y fflat. Doedd dim byd anghyffredin yno iddi sylwi arno. Dyna ogoniant y sefyllfa. Roedd y mwg wedi clirio o'r gegin ers oriau. Cuddiwyd y sosban a losgwyd o'r golwg yn y bin. A gwnaeth y chwistrellydd persawrus ffug ei waith yn rhagorol.

O flaen y bocs yn ei lolfa newydd sbon danlli yr eisteddai ei mam, heb fawr o glem pa arlwy oedd o'i blaen. Nid bod gan Melissa fawr o bwys am hynny. A digon di-hid oedd hi hefyd o'r balchder a loywai yn llygaid yr hen wraig – y balchder a gawsai honno o ddeall iddi gael y gorau ar ei merch am un tro bach arall eto. Hon fyddai ei buddugoliaeth olaf dros ei merch, a bron na chlywsai lais o'i mewn yn gadael iddi wybod.

A hithau wedi rhoi cynnig arall ar baratoi swper yn gynharach, gan ferwi ail wy yn llwyddiannus a'i fwyta'n ddiddamwain y tro hwn, roedd hi wedi cymryd cawod yn yr ystafell ymolchi lle bu'r butain yn pydru a'r dŵr yn pistyllio dros ddeng mlynedd ynghynt. Bellach, roedd hi mewn gŵn gwisgo a gafodd yn anrheg y Nadolig cynt, ac edrychai'n urddasol braf mewn cadair freichiau grand – dodrefnyn newydd arall. Roedd hi'n barod am ei gwely. Ei thraed yn gorffwys ar stôl. A'i meddwl yn fuddugoliaethus o dan swyn yr oruchafiaeth.

'Cysgwch yn dawel,' gwaeddodd Melissa arni gan dynnu drws y fflat yn glep.

Prin wedi cyrraedd ei chlustiau oedd y geiriau hynny, na chawsant eu disodli gan ddau sŵn arall, yn glir fel tincial grisial main o'i mewn – ei sliperen chwith yn syrthio oddi ar ei throed oedd y naill, a'r llall oedd grwndi'r llifiau'n dal i ladd y coed.

Onid oedd hi wedi gwybod erioed mai dyna fyddai eu diwedd?

'Mi wna i,' atebodd. Ond yn rhy hwyr o lawer. Roedd y ferch wedi hen ddianc.